泣血长城

紫金 著

"7·16"
大连特大原油火灾纪实

人民文学出版社

图书在版编目(CIP)数据

泣血长城/紫金著.—北京：人民文学出版社,2015
ISBN 978-7-02-011149-7

Ⅰ.①泣… Ⅱ.①紫… Ⅲ.①报告文学—中国—当代 Ⅳ.①I25

中国版本图书馆CIP数据核字(2015)第226071号

责任编辑　付如初
装帧设计　陶　雷
责任印制　苏文强

出版发行　人民文学出版社
社　　址　北京市朝内大街166号
邮政编码　100705
网　　址　http://www.rw-cn.com

印　　刷　三河市宏盛印务有限公司
经　　销　全国新华书店等

字　　数　258千字
开　　本　700毫米×1000毫米　1/16
印　　张　22.25　插页1
印　　数　10001—13000
版　　次　2016年1月北京第1版
印　　次　2016年8月第2次印刷

书　　号　978-7-02-011149-7
定　　价　38.00元

如有印装质量问题，请与本社图书销售中心调换。电话:010-65233595

目　录

序：心灵史与事件史的融合 ················雷达 1

引子 ··· 1

第一部　迷径 ······························· 19
第一章　覆盖在军旗下的眼泪 ············· 21
第二章　病房里的一棵树 ················· 28
第三章　天上的孩子　地上的父亲 ········· 40
第四章　爱情故事 ······················· 51
第五章　海之殇　情之殇 ················· 61
第六章　雾中的路 ······················· 64
第七章　被埋没的孤胆英雄 ··············· 70
第八章　九个战士、八米生死线和一座城市 ····· 76

第二部　金色花开——九个战士之外的传奇 ······· 83
第一章　出发时没打算活着回家的公安部长 ····· 85
第二章　补充的采访 ····················· 88
第三章　大连港的前生今世 ··············· 91
第四章　祸起萧墙 ······················· 99
第五章　"小男孩"莅临 ··················· 103
第六章　地狱门 ························· 107

1

第七章　海南丢的新梦想 ……………………………113

　　第八章　《弟子规》与老码头精神 …………………117

　　第九章　千万里，我追寻你 ……………………………128

　　第十章　罐根阀下六君子 ………………………………140

　　第十一章　绝地孤军 ………………………………………149

　　第十二章　悲情午夜 ………………………………………159

　　第十三章　题外的人　题外的话 ………………………170

　　第十四章　打生出来就是交通警察的人们 ……………181

　　第十五章　二零哥的另类追求 …………………………189

第三部　七十二勇士生死鏖战 103 ……………………201

　　第一章　妈妈的故事 ……………………………………203

　　第二章　向着死亡发出命令：前进！ …………………210

　　第三章　女人和孩子的歌 ………………………………218

　　第四章　小小的战士之一：胡一所 ……………………227

　　第五章　小小的战士之二：马尧 ………………………233

　　第六章　只要和你在一起 ………………………………238

　　第七章　成阳，你在哪里 ………………………………247

　　第八章　理想的颜色 ……………………………………259

　　第九章　绝地警卫 ………………………………………268

　　第十章　谁是最可爱的人 ………………………………277

　　第十一章　沉默是金 ……………………………………285

尾声　燃烧的海 …………………………………………………311

　　第一章　引子 ……………………………………………313

　　第二章　光头大副潘宏正 ………………………………318

第三章　沙坨子历险记 ·················328

第四章　长城长 ·····················333

第五章　遗憾的话 ···················340

代后记：后来的救援者 ··············紫金 345

序：心灵史与事件史的融合
——谈紫金的报告文学《泣血长城》

雷 达

　　大连作家紫金的《泣血长城》是一部记叙大连"7·16"特大原油火灾的报告文学。2010年7月16日晚，大连新港油品码头输油管道发生爆炸引发了原油储罐着火，消防官兵连续奋战15小时，成功扑灭大火，创造了世界火灾扑救史上的奇迹。据媒体报道，这是一次未升级的灾害，倘若扑救不力，将可能产生两颗原子弹一般的能量，整座城市将不保。这样严重的灾难事故及其英勇扑救过程，包含多少人物和事件，精神和信仰，当然值得大书特书，写一部史诗性的报告文学。

　　可是，我打开《泣血长城》时，却陷入阅读的迷雾，开篇十几页看不到对事件的实录性描写，只看到一个小女子在不断地倾诉写这部作品如何艰难，所经历的心灵痛楚与困惑连连。直到看完第一部"迷径"，才算勉强走出了迷径，写作的端倪、事件的轮廓才在迷雾中若隐若现。原来，紫金创造了一种写作报告文学的新方法，就是把自己放进去，不仅把自己的采访过程、写作过程和写作中所经历的心灵创痛全部放到了作品中，还把许多这次写作之外的人生感悟也放进去了。据我有限的视野，这应是报告文学创作的一种新范式，可称之为"报告文学的元叙述"。这种写作方法我在二

1

十世纪八十年代的先锋小说中看到过,如马原等的"元小说"。报告文学创作中虽偶尔也有作者跳出,但我还是第一次看到作者的心灵如此大规模、全过程地参与事件的发展进程,创造了一种心灵史和事件史浑然融合的报告文学写法。

正如作者开篇所说,她的写作"清晰地走过了从文字匠到作家的旅程,也清晰地体会到了成长的每一缕创伤、每一次心痛"。这部报告文学最大的特点是展示了作家的心灵成长史,写作本身砥砺了作家的精神世界,让她发生了精神的蜕变。面对这样一个天大的事件,面对数量众多的处于生死边界的英雄群体,作者个体之身是多少渺小,唯有全身心投入,把自己全部的爱和痛全部放进去,才可能在一个巨大的事件内部开出一条心灵的路径。我注意到,事件发生时间是2010年,作品发表在《中国作家·纪实》2014年第10期,已经过去了四年,报告文学的时效性和新闻性已然消弭,作者写作的着重点就肯定移向心灵叙述了。重点不是写一个静态的、业已完成的事件,而在写一个漫长而艰难的精神之旅,以写作行为完成一个内心的情结或愿望。

这一切,都是在进行深度精神对话的过程中实现的。与通常报告文学创作的外来视角不一样,作者通篇写作都是采用心灵的内视角。这是由作者的身份决定的,作者本身是大连人,她的命运与这座城市休戚相关。更重要的,她有一颗善感和体恤的心灵,与被采访的人物平等相待,将心比心,把自身的生命体验和切肤之痛投射到作品的人物身上,达到精神的深度理解和情感的和谐共振。面对被采访人物时,作者根本不把自己当作一个素材的收集者,而是与人物处在同一心灵场域中,情感彼此沟通,血肉相连的同志,作者的痛切与人物的痛切是一样的。比如她采访殉职战士张良的战友郑占宏,先描绘自己与女儿那种温馨的亲情,再过渡到采访对象的失女之痛,再过渡到失去战友之痛,再联结起张良与女友之间动人的爱情故事。从亲情和日常生活入手,使事件显出本真面目,让读者为作品中的人物扼腕叹息,像看到一个至亲的人不幸去世,自然而然受到了信仰和精神的洗礼。再如,写消防战士曹志伟把来探亲的母亲遗忘在长途汽车站,作者把此事与自己在外地思念女儿的情形联系起来,使这个故事摆脱了"舍小家为大家"的宣传套路,具有可理解性和亲近感。这种将心比心的体恤,这种细致入微的心灵发掘,为战士外在的英雄行为找到了内在的性格依据和精神依据。此外,这部作品还加入了作者对人生、生活、佛理的沉思,以及对文学和创作的一些体悟,有一些片段甚至就是和读者直接谈文学。这些部分看似与事件本身无关,实际上是与事件融为一体的,作者把自己的心灵无限地向事件敞开,她对生活的思考影响到对事件的描述,她的文学观和写作观作用于事件并且在事件的写作中得到发展。

当然,作为一部报告文学,作者不能回避它基本的记事功能。报告文学就是运用文学形象真实地、及时地反映社会生活事件和人物活动。因此,在心灵史叙述的框架下,作者还是突显了事件的基本轮廓。第一、二部讲述化学危险品罐区及南海罐区抵御流淌火事件,第三部分讲述中石油103号罐主阵地灭火事件,第四部分讲述扑灭海上燃油大火事件。各个部分连接起来,基本上形成一个"7·16"特大事故的完整新闻叙述,让读者在读完全文之后还是能够大致了解事情的原委和始末。可以看出,这是作者为了顾及报告文学的叙述功能而特意设计的板块结构。但需要指出的是,在这四大板块内部,作者还是遵从心灵叙事的逻辑,事件叙述是零碎的,不完整的,以人物刻画为主线,以打开人物真实的内心世界为主要旨归。作者自述,这样的写作也是不得已而为之,因为作者不是大的新闻机构的专业记者，只是大连市公安局的一名普通干部，没有准入资格完成大规模的采访，手头资料有限，故只能从身边的人出发，从个人的体验出发，在有限的事件材料里建构完整而纵深的心灵史。现在看来，这个限制反倒成全了作者，完成了一部接地气的报告文学。

  我想，这样的写作有它特别的意义：一方面，它告诉我们真诚的写作永远是文学打动人心的必备条件，哪怕是以写事件为主的报告文学，心灵书写可以为事件注入光亮和热力，以真情打动读者；另一方面，它具有文体学上的意义，告诉我们报告文学还可以这样写——就是把重大事件日常化和个人化，把宏大的客观化叙事转换为心灵史与事件史的融合。

引　子

　　2014年6月30日深夜,我终于完成了这部报告文学的写作。采访三百八十七人,完成二十万字的初稿,后又重写两次,历时四年。其间,由开始的怀疑、焦虑,到最后的坚定、冷静,我清晰地走过了从文字匠到作家的旅程,也清晰地体会了成长中的每一缕创伤、每一次心痛。我把这段心灵史也写进了这部作品,不是为了宣泄,更不是为了炫耀,而是为了一种最真诚的表达。是普鲁斯特教给了我这种方式,他对文学的贡献并不只是开创现代派写作的先河,还有将自己的心灵当作历史去叙述、去剖析的新方式。这其中有最鲜艳的血和剧痛的痉挛。把写作当作一条路,勇敢地走过来,完成自我的涅槃。这不啻是一次酷刑,有多难、有多苦,报告文学作家徐迟作了注脚。他读了《追忆似水年华》后,写作《我的文学生涯》,最终却经不住心灵的折磨,以自杀完成了作品的最终结局。

　　我仔细地将最后的定稿存盘,深深地舒了一口气。我为自己庆幸,命运和阅历都不足以令我这个小女子与巨人比肩,所以,我可以学习他们的方法,而不必付出鲜血、剧痛甚至生命的代价。

　　夜已深,丈夫和女儿都已安睡。完成了这部作品,卸下了四年的重负,我的心情愉悦而轻松。顺手点开网络,想在临睡前浏览一下,就像在夜的街头徜徉。世界却仿佛幡然变脸,一条短讯赫然出现:大连中石油输油管线发生泄漏爆炸,火势异常凶猛,全城消防车赶赴救援!

就像一颗子弹射进了我的心脏,先是剧痛前的麻木,接着恍若隔世,仿佛回到了自己的作品里。2010年7月16日晚,同样的中石油输油管线发生泄漏爆炸,同样的火势异常凶猛、全城消防车赶赴救援,险些酿成人类历史上罕见的惨祸:六百万人口殒命、美丽的大连变成黑色油海里漂浮的死城!因此,上万名英雄血战火场,用自己的生命书写了保卫城市的一曲悲歌,也因此催生了我历经四年的采访和写作,催生了这部《泣血长城》。难道一切又要重演,难道大连真的命该绝于中石油之手?

最深重的痛还不止于此。2010年7月16日,我所在的大连市公安局,全体党委成员悉数赶赴火场,他们跟普通的消防战士一样,落进了地狱中。那是比死都残酷的地狱——清清楚楚、每分每秒都在体验,即刻就要诀别这个世界、诀别父母妻儿的锥心痛苦。而我的丈夫是大连市公安局现任工作人员,如果今夜"7·16"真的再次上演,他同样在劫难逃!冷汗湿透了我的胸口和掌心,手在抖、腿在颤,我离开书房,来到客厅。丈夫的手机放在茶几上,我盯着它,眼泪霎时盈眶。也许,铃声马上就会响起;也许,今夜我会真的成为自己写过的故事主角,实现与巨人的比肩。

我盯着茶几上的手机,就像等着即将落下的一把刀。在这煎熬中,我做了决定:万一惨祸重演,就跟随丈夫一同去那地狱。不为别的,只为三百八十七次的采访、三百八十七位勇士,我知道那其中的血,那其中的泪,还有那酷刑一样的痛。我找出牛仔裤,也想好了如果今晚离家,该留给女儿的话……

午夜后,悲剧终未再次上演。我为自己庆幸,更为大连这个美丽的城市庆幸。我们总应记住一些事情,记住那些为了它,曾经准备献出生命的勇士和英雄……

缘　起

　　2010年7月16日傍晚,女儿又因扁桃体发炎引起高烧。这毛病仿佛从娘胎里带出来,如影随形,跟着她长大。从出生四个月起,去儿童医院成了我和她的功课,少则一个月,多说三个月,就要报到一次。排队挂号,握着滚烫的小手做皮试,然后拿了青霉素去挂点滴。那仿佛是最古老的青霉素,装在厚厚的小玻璃瓶里。在大连,只有儿童医院还在使用这种价值仅几块钱的青霉素。它几乎成了女儿的必备药,只要发烧,用上就退;不用,则一定会烧到四十度。扁桃体发炎和那些可爱的小瓶子,伴随女儿一天天长大。上小学、上初中,到了高中依然不离不弃,每逢重要考试必先去儿童医院。身高一米七六的大姑娘,混在婴幼儿之间,就像一个传奇,即使我和她都勉为其难,也还是要去。因为,只有儿童医院的青霉素皮试不会过敏,并且,对付女儿的高烧立竿见影,让她第二天就能走进各式庄严的考场。幸好有爱心缠绵的儿科医生,看见我们就会说:没关系,十八岁以下都可以来儿童医院。

　　女儿的十八岁在连续的超难度考试中度过了,她成了一名优秀的大学生。扁桃体发炎也像长大了的顽皮孩子,在大学里不声不响,放假回到家里,就像见了亲娘,纠缠上来。儿童医院不能去了,我只得亲自上阵,酒精搓身,不断地送水送药。女儿乐在其中,却把我折腾得像苍蝇,东一头西一脚地忙。在过去的十多年中,扁桃体发炎曾是令我和女儿又怕又恨的磨难,每遇高烧,便焦虑不堪。我是怕烧坏了孩子的身体,她则是懊悔耽误了学习和考试。而现在,扁桃腺发炎成了我们的乐趣,在折腾中,重温过去的故事。时间既是一剂良药,也是一种有效的方法,很多伤痛和难题,

泣血
长城···引子

都可以在耐心等待的过程中变换面孔,就像换了人间。

一边忙碌着,我扫了一眼电视。忽见屏幕深处有火焰和浓烟,中央电视台的播音员说:大连新港码头发生了原油火灾。几秒钟后,画面就过去了。

那是消防的事。这个念头在我的脑海里一闪而过,转身又去应付女儿的高烧了。

可我万万没有想到,此时,死神就在城市的上空徘徊。在我的窗外,隔海十多公里处,一场空前的灾难已经降临。太多的如果,太多的也许,都预示了一个令人毛骨悚然的场景:大连被夷为平地,全城的生命在一呼一吸间化为乌有,美丽的海滨城市从此变成恐怖的死城,漂浮在黑色的油海中⋯⋯

第二天,太阳照常升起,我并不知道度过了怎样侥幸的夜晚。坐在女儿的床边,正唠叨自己百说不厌、人家尴尬无奈的童年趣事,手机响了,是大连市公安局政治部的通知:立即赶去新港火灾现场,参加辽宁省公安厅组织的战地采访。我换上警服,一路驱车疾驶,心里却困惑不已。从未听说省公安厅调集大连市公安局所有单位政治处宣传干事进行战地采访,不过是一场火,何至于大动干戈。

一个多小时后,我赶到了位于大连市保税区的新港油品码头的火灾现场。看着眼前的情景,我的心情用尽所有形容震惊的词语都无法表达。仿佛走进了诺曼底登陆的战场,在方圆几公里的码头上,遍地黑油、污泥横流,近一米粗的输油管道,被炸裂后,或悬在半空耷拉着脑袋,或如受了重伤的巨蟒,在地沟里蜿蜒挣扎。海是黑的,山坡是黑的,残垣断壁也是黑的,只有密密麻麻的原油储罐挂着灰白的脸色,仿佛还沉浸在昨夜的恐惧中。泥水里、墙根下、高大的消防车轱辘旁,到处都有十几个小时未吃、未睡的消防战士,或坐着或躺着,进入了梦乡。那会是怎样的梦呵,就像他们抹满黑油的脸和汗湿的头发,令人心碎……

我的心被深深地震撼了,采访的冲动油然而生。可是,从哪里下手呢?茫然间,看见远处有滚滚黑烟升起,觉得应该是火灾中心现场,就随着人流赶过去。那里正是这场特大原油火灾的始作俑者——103号储罐。当时,罐里的火还没有完全熄灭,危险尚存,我却浑然不知,满心想的都是如何找到有价值的素材,写出与众不同的文章。

到了粗大的黑烟根部,眼前出现了一道大门。抬杆外,人群蜂拥,却断难进入。守门的中年人,身高一米九,头发打了绺,脸上抹着一道道油黑,身上穿着的短袖衬衣,黑黑白白,油腻不堪。我挤到前面才看清,他居然是主管消防工作的大连市公安局副局长宁民!堵在大门前,既当交警,又当巡警,一边指挥消防车进出,一边还要围堵像我一样企图冲进还在燃烧的103号储罐现场的各色人等。这位在我十九岁参警时就一起共事的领导,完全没有了昔日的偶像风采。那时,每逢举行篮球比赛,市公安局大院中间的球场边,就会围满像我一样年轻、拿起哄当乐趣的女警察,为他率领的运动员们每一次进攻和得分而欢呼。

宁局长瞪了我一眼,就顾自忙去了。我望着浓烟滚滚的储罐,觉得如果现在冲进去,一定能抓住可写的人和事。可看宁局长的脸色,决不会放我进门。正焦急,忽见从103号储罐的山坡上走下了一个人。我想,等他走过来,趁宁局长放人,我就冲进去。相识二十多年,有一点我还是有把握:宁局长不会强行抓住我,让我在这种场合丢脸。

我急得要死,山坡上的人却不慌不忙。盛夏里,他穿着厚重的消防大衣,大概是受了伤,一瘸一拐,拖着齐膝的消防靴,看起来筋疲力竭。待他走到门前,我却吓得背过了身,此人竟是大连市副市长、公安局长王立科!我的心情很复杂,就觉得无法面对他。于是,逃也般挤出人群,躲开了狼狈不堪的局长。

我站在人群外发呆,一辆红色的消防指挥车缓缓驶近,看起来,是要进入103号储罐现场。到了我身边,停下来。车门刚打开,路旁就跑出一位戴着消防指挥臂章的军官,与我擦身而过,上了指挥车。我想也没想,跟着就挤了上去。军官刚坐下,看见我,开口就说:下车,立即下车!语气严厉,不容置疑。正尴尬间,从车后排传来了一个声音:我认识她,市公安局政治部的。军官上下打量着我,趁他犹豫,我坐在了他身边的位置。大概因为我是女性,又丝毫没有嫌弃他满身的黑油,军官不做声了。

我舒了一口气,回过头,见后排坐着三个人。一个裹在深蓝色的消防大衣里打盹儿,一个正握着手机轻声讲话,另一个坐在中间的人朝我点了点头。我知道是他帮我解了围,于是,笑了笑,算作答谢。

车子驶进了大门,来到103号储罐附近,我跟着军官下了车。他有些不好意思,我连忙主动伸出手说:我是大连市公安局的警营作家,受命进行采访。

军官也伸出手:我是辽宁省消防总队的宣传干事,带领三个火场英雄到这里接受中央电视台的采访。

我问:就是坐在车后排的三个人?

是的。

我欣喜异常,老天关照,竟然将我要找的人物送到了眼前。

裹着深蓝色消防大衣打盹儿的人先下了车,军官为我介绍:这位是盘锦市消防支队鲁晓明支队长。

看着眼前的人,我的心里一阵酸楚。五十多岁的人,汗湿的头发就像刚刚在酷暑里疯玩过的小男孩。一副筋疲力竭的样子,但还是举起右手向我敬了个标准的军礼。我连忙伸出手,刚想说点什么,那边有人喊,中央电视台的记者来了。鲁晓明支队长握了握我的手,就跟着军官走到了不远处的摄像机前。

随后下车的两个人,仿佛一对克隆人。30多岁,体格壮硕,满脸油黑,只露出眼白和牙齿。上身穿短袖迷彩T恤,下身很怪异,银白色、大喇叭形的裤子,闪闪发光,像是锡制的,这让他们看起来笨重而生硬。

在车上打电话的人走在前面,我连忙伸出手,他下意识也伸手,又缩了回去,说:太脏了。我说:没关系。他勉强再伸手,我却惊呆了。只见那只手黢黑僵硬,惨不忍睹,像一块被烧过的焦炭,布满了纵横交错的裂口,仿佛稍稍一碰,就会簌簌地掉下渣儿来。

你的手怎么会变成这样?我难掩震惊,声音都变了调。

对方有些不好意思:对不起,吓着你了。说着,收回了那块焦炭,摸了摸头:没啥了不起的,关闸门的时候磨破了,腻了黑油,既止血,又止痛。

关什么样的闸门会磨成这样?

储油罐上的。对方回答,其实没什么,就是时间太长,十几个小时,一直不停地转动阀门。

我还想再问,他的手机响了,我连忙说:你接电话吧。

他说:对不起,就走到僻静处去了。

第二天,我从铺天盖地的报道中得知,他就是因关闭阀门而蜚声媒体的英雄——大连市消防支队特勤二中队指导员桑武。

帮我解围的人最后下车,一直站在我眼睛的余光里。当我脱离了那块焦炭的震惊,朝他转过身时,却见人家正站着打盹儿,闭着眼睛,不断点头。我走过去,他马上睁开眼睛,努力挺了挺身子,看见我,像又见了老朋友:你好!

我很纳闷:我们认识吗?

他摇头。

我更奇怪了:既然不认识,你怎么知道我是大连市公安局政治部的?

猜的。跑进这种场合的女警察,一定跟宣传工作有关。

我笑了:你真聪明,谢谢了。刚才,若不是你解围,省消防总队的那个家伙会吃了我。

他说:这里的火还没有完全熄灭,很危险,那位领导是担心你的安全。

我连忙点头:是的,我也太冒失,不由分说,就挤上了你们的指挥车。

你很勇敢,像个女警察。说着,他伸出手:我叫刘磊,大连市消防支队开发区大队三中队战士。

我握住他的手,把话头拉进正题:刚才,那位省消防支队的军官告诉我,你是灭火英雄,能谈谈你的事迹吗?

刘磊笑了:我哪里有什么事迹,不过是扛着水枪,来来回回地走。

我不甘心:大家都扛着水枪救火,领导说你是英雄,一定有其道理。

刘磊的脸色黯淡了:昨夜,凡是能走进这个火场的人,都是英雄。

在对"7·16"救援采访半年以后,我才深刻地理解了刘磊这句话的含义。可当时,只觉得他是在敷衍。

我很失望。三个英雄,一个在接受采访,一个在打电话,眼前的这位,似乎又不愿意多谈自己。也难怪,素不相识,如何让人家见了面就跟你掏心窝子。我刚进现场的激情冲动,到了这里,撞上了现实这堵坚硬的墙壁。

心里失望,脸上也失望,我站在那里不知说什么好。

刘磊看出来了,眼睛里闪过一丝同情和焦急。他沉吟片刻,忽然说:我想起一件事情,不知你是否需要。

我立即转忧为喜,连说:需要,需要。请你一定讲给我听听。

刘磊看了看四周,指着一个台阶道:我们去那里,坐下说吧。

我答应了,急急地走过去。到了台阶前,再回头,见刘磊还在半路上。不过十米远,他却走得像千山万水,紧皱双眉,叉着腿,拖着大喇叭裤子,一步一挪。终于挪到了台阶前,坐下也吃力,腿不能打弯,先弯下腰,然后用手扶住地,再艰难转身,坐到台阶上。

我问:你穿的裤子是金属做的吗?

刘磊点头、又摇头:我也说不清,也许有金属成分。这是隔火服,穿着它,能站在大火里。

这裤子看起来很笨重,你行动不便,能救火吗?

刘磊笑了笑:没办法。我们被卷在火里,不穿的话,会被烤死。

我震惊了:什么叫卷在火里?

昨天晚上,大火顺着管线钻进了103号储油罐,它像一支大火炬,熊熊燃烧,火焰高达数十米。着火的起因是103号储油罐附近的900毫米输油管线发生爆炸,原油不断涌出,遇到明火,就像火山爆发后的岩浆,奔腾肆虐。我们三中队的任务就是阻止流淌火进入国家战备储油库区。说着,刘磊抬起手,朝夕阳里指了指。我顺着望过去,只见离103号储油罐不足一百米的山坡上,布满了密密麻麻的储油罐,想到如果刘磊的中队没有阻止住流淌火的蔓延,会造成的可怕后果,我不寒而栗。

刘磊仿佛回到了昨夜的战场,神情沉重,接着说道:消灭流淌火,要用泡沫枪打根部才有效。我们便不断靠近,再靠近,尽力将火控制在103号储油罐附近。那时候,抬起头,只能看见漫天的大火。并且,输油管线接连不断地爆炸,刚打出一块阵地,流淌火又蜂拥而至,再打,再爆炸,再淹没,反反复复,整整一夜,我们都被卷在火里。

我呆呆地听着,无法想象这些消防战士如何活了下来,又如何扑灭了大火。为了弄清其中的状况,我说:你能给我讲些细节吗?

刘磊道:也没有什么细节,反正就是扛着水枪与流淌火展开拉锯战。

我想了想,又问:这一夜给你印象最深的事情是什么?

这正是我想讲给你的故事。说着,刘磊的眼圈慢慢红了。

我的中队有个新兵叫戴永金,参军仅几个月,第一次出火场,就遇上了连我这个老兵都没有见过的大火,抱着成盘的水带,吓得瑟瑟发抖。我心一软,又担心他走进大火、把着水枪会撑不住,就说:你去后面负责供水。他咬了咬嘴唇,执拗道:我就跟着你,哪里都不去。

我无奈,只好指着排在最前面的一辆消防车说:你就在这里负责保障我这支水枪供水!说完,就冲进了大火里。

不知过了多久,在组织进攻的间隙,我忽然想起了他,连忙对着那辆消防车喊:戴永金!连喊了几声都没有回音。我慌了,跑出阵地,四处寻找。最后发现,他跪卧在车顶,头和脸贴着水罐盖,身子下的双手死死地压住水带的接口处,已经昏了过去。

我的声音颤抖了:他为什么会在车顶?

后面的消防车不断为排在最前面的这辆车供水,连续工作时间太长,车顶的水带接口处有些松动。戴永金发现了,可他不会处理,也来不及处理。只好爬上去,用手和身体压住,以保证我的水枪有足够的水压。

说到这里,刘磊的喉咙哽住了,顿了一顿,才说:我离那火太近,太近,如果水枪稍有减压,就有可能被大火烧死。

我说:是他救了你一命。

刘磊点点头:可他自己险些被熏死。你闻到这里的气味了吗?

我抽了抽鼻子,才觉得一股浓烈的沥青味直刺鼻腔和咽喉。刚才,由于精神都集中在三位英雄身上,我没有留意,此时,立即觉得要吐,忍不住说:太难闻了。

刘磊说:昨天晚上,这气味比现在浓烈百倍。别的战士可以躲进车里,或者找毛巾衣服堵住口鼻。可戴永金趴在车顶,不敢撒手,更不敢离开,生怕我的水枪减压,直到自己被熏得昏了过去。

我急问:他现在怎么样了?

已经被送进了医院,我还不知道现在的状况。

刘磊的故事讲完了,我却半天回不过神。在战场上面对生死抉择的英雄,对我们这代人来说,都活在电影文学作品中,就像一些伟大的影子,可望而不可即。今天,他们忽然闯进现实生活中,令我猝不及防。原来,从一个胆怯的孩子到勇敢无畏的英雄,其中的路只有这么短。

那边,中央电视台的记者在喊要换一个位置拍摄。刘磊听见了,吃力地站起身,看起来痛苦不堪。我问:你受伤了吗?他不置可否,我也不好追问。几个月后,在采访一个1992年出生的小战士时,我才知道,战士们穿的消防靴服厚重、生硬,由于拖着沉重的水枪、水带反复奔跑,与流淌火展开拉锯战,他们的裆部和两条腿齐膝以下的部分很快就被磨破了,带着伤在大火里坚持了十多个小时,其痛苦难以想象。

省消防总队的那位军官走过来说,他们要和中央电视台的记者一起乘车去另外的地方拍摄。我觉得战士们已精疲力竭,还要配合采访,再纠缠下去,也难有收获,于是,与他们一一握手、告别。刘磊临上车前,指着103号储油罐顶说:你还可以去采访他们。我顺着他指的方向看过去,只见在十多米高的云梯上,站着一个瘦高的身影,正低着头,一边大声说话,一边打手势比画着。在储油罐底,有位矮个子指挥员,手臂上缠着红色袖标,已经看不出颜色的钢盔歪在头顶,正仰着脖子朝云梯上的人打手势。

刘磊说:罐底边的指挥员是大连市公安局消防支队的丛树印支队长。云梯上的人叫李永峰,是开发区消防大队的大队长。这片着火的区域,属于开发区大队管辖,理所当然,我们是103号储油罐现场的主战单位。昨夜,在全省的增援力量赶到之前,李永峰大队长带领我们抱着这支熊熊燃烧的大火炬,拼了性命,坚持了六个多小时。

我谢过了刘磊,就独自离开了,蹚着油水、泥泞,在现场里转来转去,想走到103号储罐的底部,再试着碰碰运气,找到更多的写作素材。忽然,迎面出现了一堆巨大的黑色钢铁骨架,就像远古时代的猛犸尸体横在我的眼前,皮肉早已被焚烧殆尽,上面覆满了白色泡沫,冒出袅袅黑烟。此时,已是夕阳西下,那东西看起来恐怖、荒凉,如噩梦般扑面而来。我的心止不住一阵狂跳,慌着就逃,结果,稀里糊涂跑出了103号储油罐现场。

看看天色已晚,我只得作罢。来到设在附近工厂会议室的指挥部,向市局政治部的领导汇报了采访情况后,我说:今天,受了太多的感动和冲击,需要冷静下来想一想,才能决定写什么作品。领导们很理解,说:你是作家,需要时间沉淀,不要着急,至于新闻报道的事,还有许多人能做。

我心下释然,与大家告别后,就离开了指挥部。出门下楼,一个人正迎面走上来。他身材不高,戴着无边眼镜,乍一看,像从大学里走出来的老师,只是脸上留着没有洗净的油污。我看了看他,觉得好奇,难道他也是来参加救火的?

对方也看了我一眼。那目光对我来说极为熟悉,是长年从事公安工作培养出的,犀利透彻,直指人心。我心下一凛,这个人一定是警察,而我不认识,他又是要到现场指挥部,很可能是省公安厅的领导。刚想到这里,对方已经擦肩而过。几年以后,我才知道,他是时任省公安厅副厅长刘乐国,主管消防工作,是扑救"7·16"特大原油火灾的前线总指挥。这个职务就是先锋官,要带领来自全省的消防战士冲杀在第一线。刘厅长经历了刀对刀、枪对枪的实战,是最应该采访的对象。可我一无所知,与他擦肩而过。其实,对于刘厅长的名字,我并不陌生,只是我向来认不准人,直到他任职大连市副市长、大连市公安局局长,我才把领导的名字和相貌以及在指挥部楼梯上短暂邂逅的事情联系在了一起。

2013年5月,我听说刘厅长调任大连,不禁窃喜。"7·16"事件已经过去了三年,我的作品还在怀胎。其间,我曾多次试图联系采访他都没有如愿。而今,上天把机会送到了眼前。我立即行动,呈上了要求采访的报告,却石沉大海。刘市长是个视工作为生命的人。无论走到哪里,他都像个独行侠,以罕见的激情,拼尽全力拖起庞大的国家机器,在"7·16"救援现场如此,来到大连市公安局依然如此。我的报告在他铺天盖地的公事中,就像一声呻吟,只能听天由命。终于有一天,传来了消息,市长说,希望我去采访省厅参战的普通干部和民警,并让秘书做了安排。我立即出发,去了省

泣血
长城···引子

厅,采访完成,却意犹未尽。大家的介绍更勾起了我的好奇,在"7·16"救援中,同消防战士一起卷在大火里十几个小时的刘市长,到底经历了怎样的绝望与创伤,我迫切地希望能够亲自听一听。

可他最终也没有接受我的采访。只在一次市局公安文化建设会议上,婉转地向我表达了自己的想法:做过的事情就让它永远过去吧。因为,那是为自己的良心而做,为自己的职责而做。

一次成功的采访,就是能看到对方的心,而这是需要时机的。如果我在"7·16"发生后的第一时间里,听到刘市长说这段话,一定会认为是敷衍、推托。但是,当我历经三年,完成了三百多人的采访后,就清楚地感受到了其中深刻的悲凉。在"7·16"救援中,他交出自己的生命,践行了对事业和人民的忠诚,那是世间任何荣誉和表彰都无法承载的一颗沉甸甸的心。

我驱车返回大连市内。一路上,天渐渐黑下来,我的脑海里不断闪现着火灾现场的情景。一会儿是遍地酣睡的战士,一会儿是鲁晓明支队长汗湿的头发。还有云梯上那个瘦高的身影、跪卧在消防车顶的戴永金、叉着腿走路的刘磊和桑武那双焦炭般的手。一个微弱的声音在心里不断挣扎:写吧,昨晚发生的事情,足够一部报告文学的素材。可另一个声音也在徘徊:不能再写了,难道你又好了伤疤忘了疼?

2007年,我曾经创作了获第三届徐迟报告文学奖优秀奖的作品《寂寞英雄》,那时,颇有初生牛犊不怕虎的气势。用了二十多天的时间,采访了八十余人;又用了一个半月的时间,完成了二十万字的写作。其间,我两次晕倒入院。其实,身体上的困难可以克服,让我饱受创伤、几近崩溃的是采访过程。大家都是陌生人,有的愿意接受采访,有的不愿意。并且,不愿意接受采访的人,往往

14

掌握着最有价值的事情。我生性内向,最不擅长与人打交道。记不清有多少次,放下所有的自尊,不断用自己的真诚去接触一个又一个素昧平生的人。在别人看来,这也许不是什么难事,可我内心的感觉就像一次次撕碎了自己。即使费尽心思获得了采访机会,还要充分调动对方的情绪,走进他的内心世界。在倾听的同时,正确分辨他所处的角度和讲述背后的真实意图,这其中有多难,只有我自己清楚。

《寂寞英雄》只是一个派出所所长和五个民警的故事,而"7·16"救援就像超级好莱坞大片,场面恢宏,牵涉人员众多,要完成这样的采访和写作,只靠我一个人,估计英雄没写成,我自己会先殉身"沙场"。

两个声音在心里不断纠缠,我不得不将车子停在了路边。要写,害怕路太长、太难;不写,直觉又告诉我,如果以此为背景再写一部大型报告文学,很可能会超越《寂寞英雄》,再次为我带来荣誉和声名。我问自己,你真的需要这些东西吗?答案是否定的。无论你得了什么超级巨奖,只要继续写作,依然从零开始,没有任何捷径可走。在五分钟的虚荣心过后,你还是你,要吃饭,要生活。

我终于为自己找到了不写大型报告文学的理由,并且,看起来很美、很超脱。正在高兴,手机响了,是辽宁省公安厅政治部宣传处的一名干事。寒暄后,他问我:你打算写作有关"7·16"救援的报告文学吗?我愣了一下,不知他的话从何说起。于是,小心试探。原来,他昨夜就赶到了火灾现场,打算尝试写作相关的报告文学。

以前见面时,我曾经听他说过,想写作、出版两本书,作为申请中国作协会员的条件。我是从这条路上走过来的人,很理解他的心情。另外,又觉得写作资源并不是任何人的私有财产,人家要采访,要写作,我怎能阻拦?

于是,痛快地说:你有激情,就大胆去写,不必顾虑太多。

他又追问:你写不写?

我觉得很奇怪,不懂他为什么缠住我不放。犹豫了一下,说:暂时还没有计划。

他还是问:你真的不写?

这个人像中了邪,问了一次又一次,我有些不耐烦,为了尽快结束谈话,断然说:不写!"7·16"事件太复杂,单靠个人的力量无法完成采访和写作。

听了我的话,他似乎如释重负,马上收了线。

后来我才知道,这令人匪夷所思的来电,背后另有隐情。原来,是省公安厅领导让他征求我的意见,可否参与创作。可他担心如果我接了任务,自己就会失去机会,于是,用这种方式断了我的后路。

这件事真的害我不浅。无意中拒绝了省厅领导的婉邀,不知人家会怎么看我这个所谓的警营作家。另外,还让我错过了与官方合作的机会,以至于后来,当我决定写作大型报告文学时,几经努力都无法完成省内相关单位的采访。

但是,辩证法放之四海而皆准。因为没有获得系统采访的机会,我的写作不得不另辟蹊径,让这部作品呈现出了报告文学中的另类面孔。其宗旨和方法,正合了报告文学作家徐迟在临终前写作的最后一部作品《我的文学生涯》的深刻理念。说到底,从艺术实践上,我真的还要感谢那位宣传干部。

夜色里,我重新发动了车子,想到不必再走漫漫而艰难的采访之路,我的心情顿时轻松起来,心也飞向了家中的女儿。可是,看着后视镜里渐渐远去的新港码头,脑海里交替出现在火场里见过的每一个人、听过的每一件事,挥之不去。我忽然觉得自己像个逃兵。

平静的日子如水,转眼到了送别女儿的季节。分离在即,握着她的手,我的眼泪止不住地流。我在很年轻的时候就有了女儿,握着那双从未放开的小手,我和她一起长大。而如今,我却不得不放开。孩子已经成人了,可那双小小的手还在我的心里,从未长大。我哭,女儿不哭,只尽力把嘴角挂在耳边。那是怎样的笑容呵,僵在她圆圆的脸蛋上。因为她知道,我是世界上最忧郁的妈妈,她必须做世界上最阳光的小孩。

女儿回大学了,我如丢了魂儿一样无所适从。每一次,她这样的回来再回去,都像生生地从我心上揪下一块肉,需要很长的时间,才能平复别人看不见的伤。稍有空闲,我就在这其中踯躅。想她几个月大的时候,就懂得坚忍、承受。每次发烧去医院,哭的人总是我,她则总是忍,实在忍不住,就只哭一两声;四岁半开始弹钢琴,坐上钢琴凳,她就要提裤子。提来提去,也逃不过那份磨难,她依然能忍,从未抗拒过我的严格要求。女儿是个少见的乖孩子,成全了我在她身上寄托的所有梦想。

对于母亲来说,这样的思念如痴如醉,我常常陷入其中不能自拔。困顿中,市局政治部领导给我打来了电话,说,公安部要向全国公安机关推广大连消防铁军的先进事迹,相关的材料还有些不尽如人意。

我立即说:交给我吧。

领导也说:我们正是这个意思。

看了几个战士的事迹,我觉得应该再充实一些震撼人心的细节,于是,申请采访,很快获准。我心下一阵莫名的喜悦。其实,这喜悦不但因为新的工作可以分散我抑郁的心境,还来自内心的一种解脱。这段日子,除了思念女儿,那天在火场采访的经历依然时常闯入脑海,让我总觉得像欠了什么债。

  我毕竟是一个有着近三十年警龄的警察,无论如何都不能漠视自己的同行们在"7·16"那个地狱般的夜晚所承受的苦难,即使不写大型报告文学,也应该从其他角度对他们有所交代。这就像心灵深处一粒倔强的种子,时刻等待着阳光、雨水。其实,这就是宿命,它并不玄妙,也不是来自我们无法把握的生命以外的东西。宿命就是自己的心,有怎样的心,就会做怎样的选择。参加"7·16"救援的人们同样诠释了宿命的含义,或生或死,当逃兵还是勇士,都来自于心灵深处那粒倔强的种子。

  但即使如此,我还是没有想到,一份政治部领导交给的工作,会引我走上了自己的宿命之路……

第一部　迷径

之所以用这个题目,是因为在当时,我还没有写作大型报告文学的计划,但实际已踏上了启程之旅,可我对此一无所知。就像人生中的许多当下,身处其中时,懵懂迷茫,蓦然回首,才知前路早已命定。另外,在采访之初,我对"7·16"事件的了解,除了那天在现场少得可怜的亲身经历,就是各级媒体的报道和手中几个战士的事迹材料。由于各种原因,这其中所提供的信息,纷杂而缺少系统的叙述。我顺着这样的线索贸然闯进去,就完全陷入了"7·16"事件真相的巨大迷宫,以至于在相当长的采访过程中,都如在迷雾茫茫的小径中摸索、徘徊。

第一章　覆盖在军旗下的眼泪

这部作品从开始采访到完成写作整整经历了四年。对于我来说,这曾是不可想象的事情。过去,只要决定写作,我都会在很短的时间内一气呵成,别说四年,连半个月也不会拖。我向来崇尚巴尔扎克的效率,对动辄几年甚至几十年写一部作品的作家实不敢恭维。但没想到,自己居然也写出了这种效率。原来,作品也有其命运,有的时候,无论如何努力,都无法躲避其中的沟沟坎坎。

仿佛是一个征兆,我的第一次采访即出师不利。按照公安宣传工作惯例,介入一支队伍的采访,应首先面见最高首长,以把握他的思路,进而确定宣传基调。履行了相关程序,大连市消防支队政治处为我安排了采访丛树印支队长的具体时间。

在秋阳灿烂的早晨,我驱车来到了市消防支队的大门前。落下车窗,露出身上的制服,对门口的卫兵招了招手,示意他开启紧闭的闸门。

小战士走下岗台,来到了我的车前。我将头探出说:市公安局政治部的,有公务。

他却挥手:请你将车子开离大门!

我诧异:为什么?

无关车辆,不许进院!

怎么会无关?我是来工作的。

小战士义正词严:那也不行,请你马上将车子开走!

我忍了忍,尽量平和语气:开到哪里去?

那边!

我顺着他指的方向一看,马路对面居民区的人行道上已经停满了车子,放眼几十米,不见一个车位。我收回目光,见支队大门旁边还有空地,于是,指了指说:我停在那里吧。

不行!小战士不依不饶。

我有些急了:你看,马路对面没有车位,难道要我把车子开回市公安局?

我也没办法,这是支队的规定。小战士大概也觉得自己有些过分了,口气软下来。

我趁机说:如果有领导问,你就说是市局的车子。然后,不等他再开口,就迅速地将车子停进了大门旁边的车位。

我下了车,刚想走进侧门,又被他拦住了:你不能进去!

为什么?我的声音变了调儿。

支队规定,外来人员必须有去公务的部门来人接你进楼。

我真想说:我是警察,不是恐怖分子!可话到了嘴边,又生生咽了下去。再生气,也不能跟一个小战士宣战。有时,要想体现心胸宽广,只能让自己憋出内伤。我忍着气,等他打电话询问,再等政治处的工作人员出来认领我。折腾下来,半个多小时过去了,我的心情也开始掺进了沙子。

工作人员将我带到了四楼的会议室。正面墙壁两侧绘着鲜红的军旗,中间簇拥着十二个大字:忠诚可靠,服务人民,竭诚奉献。送茶水的战士先敬礼,再喊报告,这一切让我情不自禁挺直了脊背。片刻后,丛树印支队长走进来,后面跟着两个军官,一位是办公室秘书,另一位是宣传中心的主管领导。

来的时候,我还存着一份私心,想借工作的机会,在这位号称铁军带头人的身上挖掘出与众不同的经历,作为素材留存下来,也许,会用到将来的某部作品中。能满足这种需求的东西,一定是来自内心深处、具有文学况味的片段和感受。但见眼前的阵势,丛支队长的内心世界,被严格的哨兵、鲜红的军旗,还有两位正襟危坐的随从"把守"着,我的私心恐怕没有机会了。

丛支队长五十多岁,身材不高,穿军装,剪了标准的军警发型,圆圆的脸上挂着谦和的笑容。与我寒暄后,说:你可以提问题了。

我说:"7·16"当晚,我没有去现场,对那里发生的事情一无所知,还是先听您的介绍。

这是真话,也是我的策略,让丛支队长按照他的思路展开我的采访,既给了他灵活度,我又能适当掌握主动权,在倾听的过程中,抓住我需要的东西。

果然,丛支队长露出满意的神情,说:可以,有什么问题,你随时提问。

随着他的讲述,"7·16"特大原油火灾的大幕第一次在我的眼前徐徐拉开,那极端惨烈、悲壮的地狱场景,令我震撼不已……

大火起时,远远望去,滚滚黑烟如乌云压顶,覆盖了新港油品码头所在的大孤山半岛上空。全城的消防车一辆接一辆驶进去,转眼就被卷进了宇宙黑洞般的浓烟中。消防战士们像不屈的小蚂蚁,拖着水带在参天的大火中猛跑。密密麻麻的储油罐则如一群待宰的羔羊,脸色灰白,仿佛在发出惊恐之极的绝望呼救。

穿过黑洞,是红天、黑雨和如暴雪般的白色泡沫组成的世界。起火点103号储油罐,熊熊火焰高达五十余米,翻卷奔涌,映照着夜空如血。大火就像飓风登陆,呜呜轰鸣,遍地飞沙走石。103号储油罐中的原油被火焰裹挟,不断燃爆,升起了巨大的蘑菇云,外亮里暗,不断扩展,炸开后,落到哪里,哪里即是一片火海。遍地相连的输油管线经不住高温烘烤,爆炸后,原油流出,遇到明火即燃即炸,四处奔袭,无孔不入,把方圆几公里的码头变成了人间炼狱。

大火烤化了柏油路面,还将凡是刷了漆的东西都烤得滋滋作响,冒着滚烫的气泡。附近房子的水泥墙变成了起酥饼干,簌簌地塌落,露出的钢筋就像进了炼钢炉,通红发软。路边高大的路灯杆则如面条,一排排弯下了腰。被卷在大火里的战士们,手里的水枪、头盔上的有机面罩都发软变形,没有充分燃烧的原油颗粒混在空气中,阻塞了他们的呼吸,每前进一步都要付出巨大的努力。但即使如此,他们还是要顶着大火向前走。实在走不动了,就彼此用泡沫枪喷射,一边是为了降温,一边也是借迅疾的水柱,将战士们生生地顶进火里。

由于大量的消防水遇到高温后蒸发上天,混了随爆炸喷出的原油,再遇冷空气,就变成了黑色的油雨滂沱而下。跟随丛支队长进入现场的办公室秘书小施的眼镜被黑雨糊住,手上、衣服上也是又黏又稠,根本找不到能够擦拭眼镜的东西。他只好在一片模糊中来回奔跑,传达命令。不慎被水带绊倒,活生生摔掉了一个指甲,血流不止。小施抓过一支水枪,消防水权当止血剂。在前方灭火的战士更惨,头上是滂沱的黑雨,脚下是遍地的原油,在原油下面还有罐区小路上的窨井,里面积聚了燃烧产生的大量热气,巨大的压力将窨井盖接二连三的顶起,带着尖锐的啸声飞上天,又落下来,乒乒乓乓,在战士们的四周旋转飞舞。没有了盖子的窨井变成了一个个陷阱,掩在原油下,路过的人稍有不慎,就会被毫不留情地吞噬。战士们只能走一步、探一步,艰难地与天斗、与地斗,与残酷的大火搏斗。

就是在这样的环境中,大连市公安局消防支队的全体将士们拼死抵抗,坚守了近七个小时,直至全省的增援部队赶到。我听得目瞪口呆,想不出比钢筋水泥、路灯杆还要坚忍的消防战士究竟是什么材料做成的。

丛支队长轻描淡写地说:我们是一支铁军。

听了他的话,我的眼前出现了那天在现场看见的巨大的钢铁骨架,就算是铁,也都被烤成了焦炭。极度的震惊让我像个蹩脚的记者,提出了最弱智的问题:你当时心里是怎么想的?

丛支队长拿起手边的烟盒,我清楚地看见他的手在颤抖。点了烟,猛吸了两口,他才说:到了现场,我的第一感觉是自己这三十多年的兵,今天要当到头儿了。

为什么?

他的声音低沉下来:当时,我清楚地知道,如此罕见的火,单凭我们的力量根本救不了。摆在眼前的就是死路一条,率领战士们冲上去是死,退下来,更是死。

我激动地喊:如果逃走了就不会死!

丛支队长苦笑:且不说城市保不住了,是否还会有我们,就算留下一条命,我也要被军法处置。

一种从未有过的绝望掠过我的心头,人生居然要面对如此选择:向左是死,向右也是死。

强烈的心灵冲击令我哑然失语,半天回不过神。

丛支队长又开口:我给你讲个火场里的小镜头。庄河市花园口消防中队接到赶赴现场的命令后,中队长孟布特立即率领战士们开着消防车出发了。一路上,极少进城的年轻战士们很兴奋,互相打趣道:我们终于也有机会去大连看一看了。可当进入火场后,所有的人都沉默了。孟布特命令摄像员打开摄像机:大家都给家里留句话吧。摄像机晃动的镜头一一扫过战士们的脸,却没有人说出半句话。

讲完了这件事,丛支队长沉默了片刻,又缓缓开口:你应该写写我们的战士,他们真的太可爱了。比如,桑武……

说到这里,有三十年军龄、说不清用什么材料制成的丛支队长忽然哽住了,接着,眼角就积了细碎的泪。阳光正盛,透过大玻璃窗,落在他的脸上,映着泪水,如钻石般闪亮。我猝不及防,立时说不出话了。这样的人,这样的泪,上帝来了,都无法安慰。

坐在旁边的办公室秘书小施打圆场,对我说:你一定要去采访桑武,他所在的特勤二中队是大连市消防支队的敢死队。丛支队长派桑武去关闭阀门,其实,就是将他送上了……说到这里,他也哽住了,接着,就用纸巾盖住了眼睛。

丛支队长深舒了一口气,接过话头:具体经过,媒体上都有报道,你还可以采访桑武。

我看出他不愿意继续这个话题,于是,迅速在脑海中整理了刚才的谈话内容,然后说,听了您的介绍,我觉得大连市公安局消防支队在"7·16"当晚,主要把握了四个环节:一是,及时请求全省消防力量增援;二是,派出战士关闭油罐阀门,断了大火的后路;三是,在灭火最艰苦、兵力最短缺的情况下,派出郭伟参谋长带领庄河花园口中队,保住了化学危险品罐区;四是,全国最先进的远程供水系统发挥了无可替代的作用。

我与丛支队长的谈话持续了两个多小时,主要是从工作角度介绍"7·16"救援的相关事件。我用先天的敏感抓出了具有文学意味的情景,用于上面的写作。同时,也准确地判断出了丛支队长心目中的灭火概况。之所以说准确,是因为在我提出的关键环节中,分别立着三个官兵:关闭阀门的桑武、花园口中队长孟布特和"7·16"救援中唯一牺牲的战士——负责在海上看护远程供水系统的张良,而这三个战士正是我手里事迹材料的主人公。

听了我的话,丛支队长露出了赞许的神色,马上吩咐宣传中心的负责人,要认真配合我的工作。事情到此,我的采访圆满结束,说圆满,不但是因为丛支队长认可了我的采访思路,最令人欣喜的是,我在不经意间闯入了一个具有文学况味的寂静角落,它深深地覆盖在军旗下,盈满了让人无法安慰的眼泪。正是这钻石般的泪珠,开启了我的采访之旅。这也是一条另类的男人之旅,在广袤、深沉如海的路上,三百多个参加了"7·16"救援的硬汉与我不期而遇,我也因此成了世界上看见男人眼泪最多的女人……

第二章　病房里的一棵树

丛支队长眼角的泪告诉我,他与桑武之间一定隐藏着深深触痛心灵的故事,可在随后的采访中,我一直没有弄清楚,到底是什么深深地刺痛了这位钢铁战士的心。在我看来,事情很简单,他下命令,桑武去关阀门,似乎没有什么超凡脱俗的细节。几个月后,在另一次采访中,我遇到了相似的事情,才知道,故事虽然简单,却创伤深重。

那是一个隆冬的傍晚,我来到大连市人民政府,见到了时任秘书长的徐国臣同志,他于百忙之中抽出时间,接受了我的采访。在谈到中央领导张德江同志在"7·16"现场明确指示,大连市政府要派出最得力的干部深入103号储油罐前线,直接指挥协调灭火时,徐秘书长忽然潸然泪下。我看着他,不敢说话,只能静静地等待。

徐秘书长不吸烟,又是个极厚道、没有官架子的人。他站起身,在我面前转来转去,终于找到了纸巾,一边擦拭泪水,一边哽咽道:听了首长的指示,大连市市长李万才的目光落在了常务副市长肖盛峰的身上,一句:盛峰……就再也说不出话了。此时,103号储罐现场爆炸声此起彼伏,巨大的火球一个接一个升上天空,离它二百多米的办公室窗户都被大火烤碎了,那里就是人间地狱,眼前即是生离死别的时刻。

临行前,李市长紧紧地握着肖副市长的手,千言万语只剩下了一句话:务必注意安全!肖副市长走了,望着他独自走进大火中的背影,李市长的汗水顺着鬓角、脖颈汩汩而流,湿透了身上的衬衣……

在近三十年的公安工作经历中,我有过多次面见市委、市政府领导的机会。尽管人家都很随和,但在我心目中依然是高高在上的感觉。可在那个隆冬的夜晚,这座城市的市长和副市长第一次离我那么近、离五味杂陈的生活那么近。这些仿佛只生活在电视里和会议上、在老百姓眼中拥有无上权力的人们,其实没有权利哭,也没有权利笑,甚至没有权利讲出半句自己的酸甜苦辣。

再回到桑武的故事。他是大连市公安局消防支队特勤二中队的指导员,公安部二级英模,也是全国消防队伍中最有名气的战士。多次出生入死的经历,被各级媒体广泛报道。其中最著名的一次是在汶川地震救援中,于残垣断壁中救出了一个小女孩。在送医的途中,正遇当时的国务院总理温家宝,记者们的镜头抓住了总理为孩子让路的场景,也抓住了抬着担架的桑武。

他在大连公安系统也声名显赫,是消防支队乃至全公安局的模范典型人物。可我对他知之甚少。去采访时,也藏着私心,除了完成工作,我最渴望探究的,是他在和平时期一次次面对死亡时的心态。

第一次来到特勤二中队,正遇桑武去支队开会。中队长接待了我,他安排参加"7·16"救援的七个战士接受我的采访。在会议室里,战士们一字排开坐在我的面前。其实,这种座谈会式的采访,很难找出直击心灵的素材,大家彼此面对,谁都无法说内心真实的感受。再加上没有见到桑武,我颇感失望。可事情已经如此,只好顺应时势。

战士们你一句我一句说着"7·16"那天的事情,果然,如我所料,他们互相谦虚推让,采访只在面子上打转,我听着,越来越失望。无奈中,我注意到坐在中间的一个战士,他沉默寡言,身材瘦高,脸庞稚嫩,就像一个穿着军装的少年,只静静地看着我、看着身旁的战友。

我对他发生了兴趣,趁着战士们说话的间隙,问道:你叫什么名字?

吕杰。

多大了?

20岁。

1990年出生?

嗯。

我的心底立即泛起了母性的波澜,我那时时刻刻挂在心尖儿上的女儿,也是1990年出生。看着眼前的吕杰,我不禁心潮起伏,相同年龄的孩子,一个坐在大学安静的课堂,一个却已当兵保家卫国。

见我对他感兴趣,旁边的战士热心地做起了介绍:吕杰是我们中队的战斗班长,在"7·16"现场,跟着桑武去关阀门,已被批准火线入党。

我问:战斗班长是做什么的?

战士们的回答让我瞠目结舌。原来,所谓的战斗班就是要承担战场上最艰巨、最危险的任务。特勤二中队是消防支队的敢死队,战斗班就是敢死队的刀尖!作为战斗班长,要具备比别的战士更坚韧的意志、更强壮的体格,还要在各项艰苦到外人无法想象的训练中,获得出类拔萃的成绩。可眼前的吕杰,看起来还只是个正在成长的少年,应该捧着可乐、汉堡,脑袋上挂着耳机,坐在网吧里。

如果不是走进军营、走进战士们的真实生活中,我怎么也无法相信,就是这样一个身材瘦高、满脸稚气的少年,跟着英雄桑武走进了关闭阀门的残酷战场,将一个城市、六百万人口的生死重任,扛在了自己单薄、稚嫩的肩膀上!

战士们还在说着,于我却已经恍若隔世。眼泪在心里流淌,一个强烈的愿望不断冲击着我的心灵:写写这个孩子,一定要写写这个孩子……

正恍惚间,忽然,警铃大作。还未等我清醒过来,眼前的七个战士就没了踪影。我愣愣地坐了半天,才想清楚,应该是又发生了火警。我站起身,蹒跚下楼,来到院子里。只见战士们早已冲上了消防车,红色的大门徐徐卷起,凄厉的警报划破了天空,也划破了我的心。从那以后,每当看见高大、俊武的红色消防车疾驰在城市的街道,我都禁不住泪湿心怀……

在见了吕杰之后,我心中那粒倔强的种子萌芽了。多年的阅读写作经历,让我懂得,每个作家都有自己的土壤,世界文学发展到今天,几乎所有类型的人物——英雄、平民、无产阶级、资产阶级,甚至小偷、流氓、同性恋者,都在经典作品中留下了他们的身影。难道中国的军警只配当表扬宣传稿里的人物?在这块看似贫瘠的文学土壤里,难道除了警匪打斗、破案悬念的通俗故事,就没有人性深处的爱与美?就没有为生活所左右的深深的创伤和痛苦?显然,这是无法深刻介入其中的人们,从自以为是、道听途说的经验出发,制造的虚假的事实,它深深地掩盖了真相。我能做、也应该做的就是揭开冰山一角,代替这些只会奉献、不会说的人们,告诉读者,掩盖在军旗下、警徽中的另一种苦难、另一种伤痛。

第二次约会采访桑武又扑了空,他临时有紧急公务而离开。

憨厚的中队长不忍心让我白跑一次,急了半天,忽然想起了邱英辉。

我问:他是谁?

中队长说:也是跟着桑武去关阀门的战士。上次你来采访,他出差了。

我喜出望外:太好了,我正想多从几个角度听一听这个"7·16"救援中的焦点故事。

邱英辉来了,他不如桑武结实壮硕,也不像吕杰单薄稚嫩,二十七八岁的样子,面孔清秀,眼神透明晶亮,显出精明、健谈的气质。果然,他没有令我失望,用良好的表达能力,形象地再现了浓烟、烈火中,三个战士连续十个小时不断转动钢铁阀门的悲壮景象。

当丛树印支队长用对讲机找来桑武时,正是在一次极其猛烈的管线爆炸之后。起火的103号罐周围,还有五个相同的盛满十万立方原油的储罐。它们的管线互相串联相通,所有的压力都从被炸开的缺口中释放出来,挟着巨量的原油与外面的明火会师,上天的是如原子弹爆炸,滚涌、变幻着的巨大的蘑菇状火球;落地的则如涨潮的海水,汹涌而来,将被气浪掀翻又爬起来的战士们,撵出了几十米,一直撵到了丛支队长的指挥车旁。

桑武就是在这个时候,带领他的两个精兵——邱英辉和吕杰走上了关闭阀门的战场。他们的任务是关闭离103号最近的102、105号储油罐的阀门,切断大火的加油站。三个背着空气呼吸器、身穿白色隔火服的战士,站在丛树印支队长面前。

桑武说:保证完成任务!

丛支队长说:注意安全!

其实,根本没有安全可言。其他战士被大火逼着撤退下来,桑武他们却要走进去。如果说在刀枪相见的战场,有武器可以抵抗,还有逃避子弹或炸弹的侥幸,桑武等三人却是手无寸铁,走进天上是火、地上是火,中间则是滚滚黑烟、爆炸声此起彼伏的地狱。丛支队长是绝望的,他觉得这就是诀别的时刻。桑武却说:保证完成任务!

三个勇士出发了。大火在他们头顶熊熊燃烧,浓厚、刺鼻的黑烟翻涌滚动,四周伸手不见五指。负责掩护的战士,用水枪打出隔火空间,白色的泡沫混着没有充分燃烧的黑色原油颗粒,如暴雨般倾盆而下。脚底是厚厚、黏稠的原油,抬腿拔不出脚,平推又挪不动步子。三个人身上的装备重达七十多斤,每前进一步都要付出巨大的努力。

对于外人来说,前方就是黑暗的死路。可对于已来来回回走过数次的桑武,只不过是再次出发,去地狱边看一看!人生的责任形形色色,桑武的责任生在了地狱边。在后来的采访中,他向我描述了那里的景象。

在参加汶川地震救援时,桑武曾爬上一座随时都有可能倒塌的楼房废墟上,救出了一个七十多岁的老太太。当时,桑武在屋外,老人在屋里,中间隔着一道打不开的门。听见外面有响动,老人大声哭喊呼救。桑武一边安慰她,一边试图弄开那扇门,可几经努力都没有打开。它就像不知天高地厚的小痞子,进了派出所,根本瞧不起和颜悦色的手段,只等着警察狠狠地一脚踹过去,才肯就范。

桑武抬起腿就犹豫,担心这摇摇欲坠的废墟是否还能撑得住这一脚;可放下了,又经不住老人撕心裂肺的哭喊。最后,他决定豁出去了。一脚踹过去,门开了。还未等桑武反应过来,被困数天、没吃没喝、七十多岁的老太太,就已经跳进了他的怀里。

桑武说,从那一刻起,他就拼命救人,不吃、不喝、不睡,无穷的动力就是那个奇迹般跳进他怀里的老人。他说,人到了那种境地,是多么需要救命的人,我怎能撇下他们不管。

桑武再壮硕,也经不住连续几天几夜如此的煎熬。当在他头顶山上的堰塞湖就要倾泻而下的时候,指挥部下达了撤退的命令。望着眼前成堆的瓦砾、废墟,他却已经没有力气走出去了。废墟旁还有个兄弟部队的战友,桑武对他说:老哥,我走不动了。那人说:我也走不动了。两个人环顾四周,发现了一个破沙发,于是,相扶着走过去,坐在了上面。

周围死一般的寂静。桑武想开个玩笑,就拿起旁边的一把拖布递给那个战友:老哥,你把它当战刀摆个pose,就算要死,也留下个光辉英勇的形象。对方接过去就哭了,说:兄弟,我的手机没有电了。桑武也想起了自己的手机。离开家的时候,他骗妻子说,要去沈阳执行紧急任务,不能打电话。所以,进入汶川后,他的手机一直呈关机状态。

桑武掏出了手机,犹豫了许久,还是打开了。举着它在头顶绕了半天,才找到了信号源。望着山崖上汩汩而下的堰塞湖水,桑武泪流满面。他最想给妈妈打电话。参军的那一天,妈妈为桑武穿上连夜赶做的棉衣棉裤,将他送上了火车。分别时,握着儿子的手,她一边流泪一边说:一定要好好干,在部队图个好前途。桑武这一走,就是十多年,其间,只回过一次家。妈妈理解他,连丈夫中风瘫痪都瞒住了儿子。她说的还是那句话:要让桑武在部队安心工作,图个好前途。

此时此刻,在生命的最后关头,一心在部队充当敢死英雄的桑武,却没有勇气跟妈妈说最后一句话。他也想起了妻子和儿子,可更不敢拨他们的电话。最后,桑武擦干眼泪,拨通了好朋友的手机,劈头就说:我不行了,明年的今天,一定记得给我烧点儿纸……

对于文静的邱英辉和稚嫩的吕杰来说,这是第一次走上黑暗的死路,是桑武给了他们勇气和胆量。这个黑脸、壮硕如老树般的蒙古族战士,说起话来,却像北京深巷子里的公子,平静温和,没有一丝的生硬和强势。当窨井盖腾空而起,又拖着尖锐的啸声落在他们的身边时,桑武说:没事儿,我们在罐根部,大油罐会替我们挡着窨井盖;午夜后,赶来增援的解放军战士准备进入现场帮助关闭阀门。桑武出来带队,人家说:这里太危险了。他还是说:没事儿,要死,也是我先死。他天生具备无畏的勇气,也将这种勇气传给年轻的邱英辉和吕杰,让他们体会了人生的独特境界——即使落在地狱中,也要坚守特勤战士永不放弃的信念,那就是:保证完成任务!

但即使有如此勇气和经历的桑武,看见要关闭的阀门时,也倒抽了一口凉气。阀门的螺杆近两米高,杆上的螺口细如游丝,要想数清有多少扣,比去地狱都令人绝望。在螺杆上面,有一个直径半米多的轮盘,每转动八十圈,螺杆才能下降一扣。面对这样的任务,桑武没有抱怨,更没有咒骂,依然像个公子,平静地对邱英辉和吕杰说:我负责105号罐,你们去关102号罐。

三个敢死队员的绝世磨难开始了。刚转动,他们觉得轮盘像方向盘,轻松自如。一个小时后,变成了水井上的辘轳;三个多小时后,则像日晷,动一动,都要千年万年。为了减轻身体的负担,三个战士的空气呼吸器扔了,防火隔离服也扔了,身上只剩下一件短袖迷彩T恤。别的战士可以互相用水枪降温,还可以下意识躲避过度的烘烤,他们三人却不行。任务就像一颗钉子将他们钉在了阀门前！火舌掠过后背,不能动;流淌火涌到脚下,还是不能动。手套早已磨破了,双手握着的轮盘上,铁毛刺密如荆棘。战士们每转一圈,都要松手,然后再握住用力。松手、握住,再松手,再握住。双手的伤口还未等流出血,就被厚厚的原油腻住了,肩膀和胳膊的关节就像被塞进了千斤顶,不断地在骨头之间撬动,这种煎熬,堪比正在忍受酷刑。连续几个小时在这难以想象的痛苦中重复一个动作,结果就是让三个敢死队员几乎失去了意识。附近的井盖又飞上了天,"嗵"的一声落下来,砸在了桑武的身后。他机械地转身,看了看,自语道:哦,我还没死。然后,又转回去,继续接受酷刑。

有许多记者在采访中向他们提过这样愚蠢的问题:你当时心里怎么想?

我可以代他们回答:哦,我还没死,继续干！这就是三个敢死队员在绝境中,最真实的内心写照！

被质疑的"人定胜天"之说,在关闭阀门的战场上露出了真理性的一面。四个多小时后,邱英辉和吕杰真的关闭了102号储罐上的闸门。两个人兴奋至极,朝着105号罐大喊:指导员,我们完成任务了！

桑武回道:休息一下,我马上也要关上了。

邱英辉说:我们去帮你！

说完,顺手拿起挂在旁边的毛巾,却被狠狠地烫了一下。邱英辉举起毛巾凑到眼前仔细看,才发现,它已经被烤成了黑焦的颜色。再看挂毛巾的地方,居然也是一个转盘,下面是近两米高的螺杆,还是到死都数不清的细螺扣。

邱英辉拖着变了调的嗓音喊桑武:指导员,这里还有一个阀门！

桑武的声调也罕见地提高了：什么，在哪里？说着，跑了过来。爬上铁梯仔细察看，的确是另一个阀门。三个人再跑回105号储罐，也在相同的地方找到了相同的阀门。

桑武重重地舒了一口气，还是用平静而温和的语调，对两个战友说：继续关，关死为止！

就像西西弗斯的巨石从山顶轰然滚下，拖着三个遍体鳞伤、筋疲力竭的战士又回到了起点，酷刑再次开始了……

当我和邱英辉的谈话进入尾声的时候，桑武回来了。他满含歉意向我解释：最近实在太忙，要管中队的事，还要操心家里。

我问：家里怎么了？

他皱了皱眉，苦笑道：一言难尽。

我以为他觉得不方便说，就应了声：哦。

桑武的脸上泛出了愁绪，摸了摸头，自语道：都怪我，耽误了媳妇的病。

我问：严重吗？

他点点头：今天刚做了手术，是乳腺炎。说到这里，他又现出了懊悔的神色：刚开始，她只说胸有点疼，我没在意，拖了半个多月，就发展到这么严重的程度。

面对这样一个英雄，我觉得应该为他做点儿什么，于是说：我去医院看看你的妻子吧。

桑武连忙摇头又摆手：可不敢麻烦你。

我说：没关系，我们也算同事，家属病了，应该去看一看。

第二天，我买好了水果篮，在医院门口与桑武见了面。他依然身穿短袖迷彩作训衫，脚上套着运动鞋。这身行头，在部队看起来很正常,可走在大街上或是医院里,就是个另类。我想说,你来医院,应该换套衣服,但转念一想,桑武正内忧外患,顾不得在衣服上做文章,于是,将到了嘴边的话又咽了回去。

桑武的妻子住的是大病房,里面有七八个病人,还有陪护的家属。桑武带我径直走到靠墙的病床,他妻子正在昏睡,旁边坐着他的岳父。老人浓眉大眼,一身正气,一看就是军警出身。果然,互相寒暄后,老人告诉我,他是大连市消防支队的退役老兵。

我说:您辛苦了。

他笑了笑:没关系。

桑武在旁边说:我白天太忙,照顾妻子的任务就落在了岳父身上,岳母则在家里看护小外孙。每天早晨,岳父从金州赶到市内,晚上再回去,我只负责夜间。

我看了看四周:这里没有床,你怎么休息?

我就在病床边坐着,或者在走廊里溜达。

桑武站在那里,就像莫名其妙生在这病房里的一棵树,站也不对,坐也不是。看起来,比在关闭阀门的战场上还难受。我的心酸楚不已,英雄只属于他的战场,可现实生活又无法逃避……

听见我们说话,桑武的妻子睁开了眼睛。手术后的剧痛绑架了她,连手指都不敢动一动。桑武连忙凑过去,向妻子介绍了我。她吃力地朝我点了点头,说:谢谢你来采访桑武。

我从她的眼睛和语气里感受到了一种企盼,便问:你想说点儿什么吗?

她静静地笑了。

我连忙问桑武和他的岳父:可以吗?

两个人都说:没关系。

我的大脑飞快地旋转、思量,然后,轻声问道:你能告诉我,每次桑武出火场,你都在做什么?

听了我的话,她闭上眼睛,咬住了嘴唇。片刻后,才睁开眼睛,定定地看着我,说:就是把自己关在屋里,握着手机,一会儿打开,一会儿合上。我多想给他打个电话,可是,又怕他分心……

桑武是少数几个在面对我的采访时没有掉泪的人,可我却在离开医院的路上泪流满面,不为别的,只为英雄就像一棵长在病房里的树……

第三章 天上的孩子 地上的父亲

采访进行到这里,我已欲罢不能。一种全新的现实扑面而来,令我情不自禁,要继续深入、再深入……我手里第二个事迹材料的主人公叫张良,在"7·16"救援中牺牲了,生前是大连市公安局消防支队战勤保障大队的战士。

水和泡沫是消防灭火战斗中必不可少的弹药。"7·16"当晚,由于火势极为猛烈,不过几个小时,现场的消防水就已告罄。在关键时刻,战勤保障大队的一套能够远程抽取海水做消防水的设备派上了用场。它产自荷兰,价值上千万元,是目前国内唯一的、最先进的供水设备,能把数公里外的海水抽到岸上,用于灭火。在"7·16"事件发生的几年前,时任大连市副市长、大连市公安局长的张继先同志,几经努力,从政府讨来巨款,专门购买了这套设备。他曾经是国家大型石化企业的厂长,深知一旦出事,这套设备能救一个城市的命。事实的确如此,在"7·16"救援中,就是它让海水变成了取之不尽、用之不竭的消防水,源源不断地供向灭火前线。

这套设备由海上浮艇泵、长途管线和现场供水机器组成。张良的任务就是和另一名战士韩晓雄看管海上浮艇泵。它漂在海里,两个战士在附近的舢板上,十几分钟、半个小时左右,便要潜下海,察看浮艇泵的水下发动机,将上面缠绕的各种杂物处理掉,以保证它的正常运转。由于过度劳累和天气原因,张良被海中暗流卷入深水而牺牲。年轻的战士已逝,准备代替他在各类报告会上发言的是战勤保障大队的指导员郑占宏。

在采访郑占宏之前,我对他是抱有成见的。在"7·16"事件中,一个记者抓拍到了张良牺牲时的照片,可怜的战士无助地漂浮在厚厚的油海里,渐渐沉了下去。这张照片被数家媒体转发,它是如此的真实与残酷,深深地触动了每一个看见照片的人。我的朋友曾毫不客气地对我说:你们军警没有人性,让战士守在海上,几天几夜不休息,难道就不会换换人?

多年的公安工作经验让我深知,在这个行当里,许多看起来有悖大众理念的东西,都深深地隐藏着无奈的合理性。所以,听了朋友的激烈抨击,我没有表态。但心里也确实与她有同感,毕竟一个风华正茂的战士牺牲了。

约定的时间在上午九点。八点五十分的时候,我将车子开进了战勤保障大队的院子里。刚熄了火,手机就响了,是女儿用电脑上的Skype打来的电话。我按下接听键,还未等开口,她就说:我在图书馆里,周围有同学,你别说肉麻的话。

我马上迫不及待地回答:好,宝宝。

手机里顿时传来一阵哄堂大笑。好脾气又极懂事的女儿从小到大,经历了许多类似的尴尬,早已练就了化干戈为玉帛的本事。果然,一句轻松的自嘲就化解了同学们善意的起哄。

我知道又惹了祸,赶紧正襟危坐:有什么事情?

我这段日子在上文学课,教授布置的作业是写一篇三千字的论文,评价美国著名诗人惠特曼的诗歌。

我一听,差点儿昏过去。女儿主修数学和经济学,咋也想不通,她所在的大学为何要让这类学生上文学课,布置的作业难度还如此之高。女儿从小就对文学缺乏兴趣,家里的小说堆上了天花板,她只冷眼相待。我也不勉强,但为了扩大她的知识面,会时常用讲故事的方式，让她了解文学名著的大概内容。跟女儿谈这类话题总是挺费力，她可以在高二的时候，就自学大学微积分课程，并通过了相当难度的考试，但对文学中的诗意、境界却是汤水不进。

惠特曼是罕见的天才诗人，一生只写了一部《草叶集》。从第一版的九首诗歌，发展到第九版时的四百余首，其时间跨度、历史变迁和诗人的经历令人目眩。此时，要让女儿写出具有相当水准的关于诗人和作品的论文，拔苗助长都来不及，简直就是逼她直接从种子变成花。但我知道，女儿一定很着急，才会打电话求助，只好硬着头皮想办法。

思忖了片刻，我说：你先从阅读惠特曼的传记入手，看他所处的历史背景，结合诗人的经历，寻找他对当时社会的认知和界定，这就是他的诗歌的灵魂。如果精力允许，再了解一些他所生活的时代及地域的风土人情，对理解诗歌会有很大帮助。动笔写论文前，首先要确立自己的观点。这个观点不求最大，也不求最佳，因为早已有许多评论家做过，你很难超越他们。你的论文只求最怪，只要角度、观点不同于其他人，就有可能赢得高分。

女儿听了我的话释然，又问我最喜欢惠特曼的哪首诗。

我说：《有一个孩子每天向前走去》。

收了线，就见手机屏幕上显示出两个未接来电。再看表，与郑占宏约定的时间已经过去了二十多分钟。我立即紧张起来，赶紧回电，果然是郑占宏。我一边连连致歉，一边下了车，跑进办公楼，跑上了楼梯。

郑占宏三十多岁，个子不高，举手投足都带着口令规范之下的棱角，浑身散发着军人气质。只是他的脸色灰黑，看起来很不正常。简单寒暄后，我连忙解释：刚才，上大学的女儿有急事打来电话,所以耽误了时间。

我没有找其他借口,是因为尽管心里对他怀着成见,但这是第一次见面,人家还是一个部门领导,公务繁忙,又等了二十多分钟,我总应该表达些诚意。

听了我的解释,郑占宏对我的女儿发生了浓厚的兴趣,开始详细询问她的成长过程。我知道这个话题离采访太远,但也是与陌生人沟通的良好途径,于是,顺着他的思路交谈起来。

郑占宏问:你说,要培养出一个优秀的大学生,家长应该怎么做?

这个话题有点儿大。刚见面,我不好问人家的私事,看他的年龄,孩子应该上了小学,于是回答:要从很小的时候,就介入他成长过程中的每一个细节。比如接送上下学,在路上就能倾听孩子每天的经历,大事小情中,都可能蕴藏着教育的机会。这样做,可以潜移默化地引导孩子,树立正确的看待世界和处理问题的方法,这是他以后成长之路上最重要的基础。

郑占宏听得入神,又问:大多数家长过于注重孩子的学习,我总觉得这样做太片面,你怎么看?

我本想赶紧进入采访,但见他问得认真,只好继续回答:你的感觉是正确的。培养孩子有三件事要做,首先是保证身体健康;其次,形成良好的心理和人格;最后才是学习优秀。

听到这里,郑占宏情不自禁拍了一下桌子:你说得太好了。我总在想这些事情,现在总算明白了。

我问:你的孩子多大?

郑占宏愣了一下,旋即说:七个月,是个女儿。

我无奈地笑了:你也太心急了,孩子才七个月,就开始打算将她培养成优秀的大学生。

郑占宏认真起来:我要提前学习。否则,什么都不了解,会耽误了孩子。然后,又饶有兴致地问我:如何才能让她在学业上出类拔萃?

谈到这里,我有些感动了,很少遇到如此关注培养孩子的父亲。每个父母都希望自己的孩子有一个灿烂的明天。但真正落到琐碎、艰苦的培养过程中,大多没有耐心,缺乏足够的毅力。而郑占宏看起来很有诚意和决心,于是,我认真道:要想让孩子在学业上出类拔萃,首先要培养他的专注力。天才总是极少数,绝大多数的普通孩子,要经过艰苦的训练才能走上正路。没有必要报无数个特长班,只要选一项孩子有兴趣的科目,乐器、数学、书法,甚至体育、舞蹈都可以。然后,持之以恒学下去。从每天投入半个小时、一个小时、两个小时,逐渐延长。在这期间,要求孩子全身心投入。经过几年的努力,就能培养出良好的专注力,这是孩子将来应付艰苦学习最有力的武器,同时,又练就了一项具有专业水准的特长。

郑占宏听得眼睛发直,半天才回过神,又问:你女儿学的什么特长?

钢琴。从四岁半开始,每天练习半个小时;五岁以后,一个小时;六岁以后,两个小时。到了初中,已经练到了740教程,相当于专业音乐学校的水平。每天练琴不能少于三个小时,否则,无法通过老师检琴。

郑占宏吃惊了:都说初中以后,学业压力很大,她如何兼顾练琴和学习?

我说:初一下半学期时,我征求她的意见,是去考音乐学院附中,还是继续上普通中学。女儿说:还是最喜欢读书。

我答应了。从那以后,她的主要精力都投入到学习中了。不过,童子功还是非常神奇的,女儿尽管已经多年不练琴,但至今还能弹奏贝多芬的奏鸣曲。

郑占宏问:弹钢琴对她的学习有什么帮助?

我说:练琴需要识谱、背谱,弹奏每一个音符都要精益求精,时间长了,就训练出了超常的细心和记忆力。同时,因为大脑、手脚并用,也锻炼了智力和反应力。

此时,郑占宏的眼睛里已满是憧憬:我也要女儿学钢琴,小女孩坐在钢琴旁,是一件多么美好的事情啊!

我忍不住笑了:行啊,不过,你现在还不急,先当个好父亲吧。

郑占宏连说,是,是,我也这么想。

我又随口道:你的女儿一定很可爱,像爸爸还是像妈妈?

事情到了这里,一百个慈祥的父亲就会有一百个拿出随身携带的照片,晒晒自己幸福的举动。可此时,眼前的郑占宏不拿照片。他的脸色更暗更黑了,声音变得极低沉,拿出的是一张令人肝胆俱裂的心灵碎片:她不在人世了。

如五雷轰顶,我顿时热泪盈眶:你不是说,她已经七个月了吗?

郑占宏点点头:是七个月,七个月大的胎儿,跟着出了车祸的妈妈去了天堂。

我再也撑不住,捂着嘴抽泣了。人生还能多不幸,挚爱的妻子,梦中的女儿,已将郑占宏的心带进了天堂,在煎熬、在燃烧,只留下一张黑色的面庞。

我的心中回响起惠特曼的诗歌《有一个孩子每天向前走去》:

　　或者是早开的丁香,那么,它会变成这个孩子的一部分
　　　还有青草,绚丽的朝霞,那红色白色的苜蓿草,以及菲比鸟的啾鸣

还有那三个月大的小羊羔,淡粉色的一窝小猪,小马驹和小牛犊
谷仓空地上或泥泞的池塘边叽叽喳喳的小鸡一家
池中好奇的鱼儿,以及美丽迷人的湖水
池中的水草优雅地摇曳
所有的这一切,都成了这个孩子的一部分

四五月间,天地里的幼苗变成了他的一部分
还有冬季浅黄色的玉米苗
缀满花朵的苹果树,以及路边最普通的野草
从小旅馆踉跄而归的醉老汉,路过这里到学校去的女教师
争吵的男孩子,整洁而面带羞涩的姑娘
以及这城市和乡村的一切变化

多么希望这诗歌就是现实,让那个天上的小女孩,真的变成这世间的一切、一切,让地上的父亲在转身回眸之间,都能看见她的身影、她的笑容……

我哭得难以自持,郑占宏却并没有掉泪,只是用力吸烟,一根接一根。我几经努力控制住泪水,尽力用平静的语气说:我们谈谈张良吧。

他立即表示赞同,并脱口说:张良真是个好兵。参军多年,几乎没有人说得出他的缺点。永远军容整洁,永远脆生生地喊报告。交给他的事情,从未出过差错。战勤保障大队的各种专业器具很多,他都能一一研究清楚。驾驶技术也过硬,队里有辆带拖车的消防车,长近二十米,中间还有灵活的转轴,只有张良能一次就

将它倒进车库。

他总是能做到服从命令听指挥,就算交给他极不擅长的工作,也能尽心尽力地完成。有一次,支队举行演讲比赛,战勤保障大队缺乏这类人才,思来想去,我找来了张良。他很为难,因为从未登过舞台,又说不好普通话。写演讲稿也是个难关,战勤保障大队的工作平凡琐碎,缺少激动人心的英雄壮举,张良的文化程度也不高,完成这样的任务,实在有些难为他。可张良依然服从命令,不但参加了演讲,还获得了很好的成绩,可想而知,他付出了多大的努力。

听到这里,我心里对郑占宏的成见憋不住了,顺口就溜了出来:既然是这么好的一个战士,在"7·16"救援现场,你为什么不能对他多些关照,哪怕只给他一点休息时间。

听了我的话,郑占宏腾地站起了身。刚才,提到他逝去的妻子、女儿没有流泪,此时,却控制不住了,眼泪滚滚而下,说出的话像咬碎了心:难道我愿意让张良死?他是我的兄弟、兄弟呵……说完,捂住脸,哽咽抽泣,难以自持。

过了片刻,郑占宏用力抹了一把脸,说:好吧,我告诉你,他是怎么死的。随着他满含泪水的讲述,一对生死兄弟的沉重命运,终于浮出了张良牺牲的那片黑色油海。

"7·16"发生时,郑占宏的妻子和女儿离世还不足一百天。那段时间,他白天坚持正常工作,晚上在无法忍受的痛苦中煎熬,几近崩溃。张良看在眼里,默默伸出了援助之手。他是老兵,人又聪明细心,深谙战士与领导之间的进退深浅,让郑占宏在不知不觉中接受了他的帮助。每天早晨,张良都会在屋外喊报告,叫醒郑占宏,然后,替他打理生活琐事。工作中更是尽心尽力,主动为大队操心、分忧。他不准郑占宏独自开车,每遇出门,都由他亲自驾车。无论时间多长、多晚,张良都会耐心地等,直到把郑占宏送回宿舍。善良而体贴的张良,成了郑占宏熬过苦难的精神支柱。

正当两个人努力将已经无法进行下去的生活继续下去的时候,"7·16"特大原油火灾发生了。对于正在痛苦中煎熬的人来说,这看起来真是一件好事,个人的一切都被抛在了脑后,郑占宏带着自己的大队和那套远程供水设备赶到了现场。

二十多个兵,分布在灭火现场、五公里长的供水管线和海上。其中,最重要的岗位是在海上看护浮艇泵。它若出现任何偏差,海水供应不及时,岸上就会告急。别说救火,现场官兵的生命都难保证。因为,战士们卷在火里,全靠手中的水枪与大火保持距离,如果稍有减压,瞬间就会被吞噬。上千名战士命悬一线,此任务当然非张良莫属,他不但对浮艇泵的构造和使用方法烂熟于心,并且,心细如发,有着超强的责任心。

理所当然,郑占宏将张良送到了海边的船上,负责看护浮艇泵,还派了另一名战士韩晓雄配合他的工作。有一位住在附近的大婶,见两个年轻的战士很辛苦,就守在海边,帮忙寻找需要的工具,或者从家里端碗热乎乎的粥,以解他们的燃眉之需。

一切看起来都无危险可言。小船离岸不过两三米,两个战士下到海里,脚触到了底,头还能露在水面。7月16日,最惨烈的夜晚过去了;7月17日的白天和晚上也过去了,到了7月18日,一场地狱之火已成过眼烟云,各级领导和消防官兵都在庆幸没有一个人员伤亡,当地政府还积极组织百姓,准备欢送由全省各地赶来增援的消防战士,火场内外一片祥和喜庆的气氛。可就在此时,死神降临了。

清晨,忽然起了大风。天空阴云密布,海面波涛汹涌。但张良所在的位置却风平浪静,看不到一丝的波澜。这是因为从岸上流淌下来的原油,覆盖了小船周围的海面,将无数暗流、波涌藏在了水下。这样的事情,住在海边的人都知道,可那位帮忙的大婶,偏偏就在那天来晚了。张良和韩晓雄对此一无所知,脱了衣服,只穿了条作训短裤,便跳进了海里。仿佛一眨眼的工夫,两个战士就觉得双脚够不到海底了,再一眨眼,离岸已经十几米远了。正在此时,那位大婶赶来了,她立即看出了危险,拼尽全身力气呼救。凄厉的喊声传到了正在数百米之外的供水管线上忙碌的郑占宏的耳朵里。他疯了一样朝海边跑去,远远地看见,两个战士已经越漂越远。

张良——郑占宏发出了撕心裂肺的呼喊,他一边喊一边跑,一边甩掉了身上的衣服,到了海边,不顾一切扑进了黑色的油海里。其实,郑占宏也已经连续两天两夜没有休息,跳进暗潮汹涌的海里,无异于自杀。但在那一刻,他心里只剩下了一个念头,无论是死是活都要跟张良在一起……

赴死的决心给了郑占宏无穷的力量,他居然穿过厚厚的油海,游到了两个战士身边。张良稍近,韩晓雄稍远,郑占宏伸手就去抓张良,摸到了他的胳膊,但海水混了原油,又滑又腻,根本抓不住。郑占宏心急如焚,张良却静静地看着他,既不挣扎,也不呼救。郑占宏又去托他的下巴,结果还是滑脱了。此时,旁边传来了韩晓雄的呼救声,郑占宏一愣神,张良的头顶就没入了油海中……

侥幸救回了韩晓雄,郑占宏呆呆地坐在岸边,刚刚发生的一切就像巨大的梦魇。濒死的张良还在眼前,不挣扎,不呼救,油黑的脸上只露出雪白的牙齿,静静地看着自己的兄弟,自己的指导员……

说到这里,郑占宏已经完全失控,像一头绝望的狮子从胸腔子里发出了粗重的哽咽:在当时的情况下,张良稍有慌乱挣扎,就有可能拖着我一起沉入大海。可他只静静地看着我,清楚地表达了自己的心意:他要在生命的最后时刻,将活下去的希望留给我。可是……可是,这个傻兄弟,他怎么就不明白,我是多么想随他而去,跟他在一起,跟我的妻子和女儿在一起……

我哭着离开了郑占宏,离开了战勤保障大队。回程中,我抹净泪水,痛下决心,无论如何要写下这些故事,不管以什么方式,遭遇什么困难,都要写下来。写作十几年,直到此时,我才看清了文学的本来面目,它不是炫才、炫技,更与各种奖项荣誉无关,它应该是只温柔的手,去触摸、去表达人类心底最隐秘、最深刻而又无法排解的痛苦。面对郑占宏和张良的故事,我不需要在乎题材,什么"报告文学已经死去",什么"报告文学不是诗歌、小说,缺少技术含量、只能歌功颂德",等等。我更不需要任何人的认可和界定,因为无论是谁,都没有权利漠视我们的战士,漠视如此的痛苦、如此悲壮的命运。

第四章　爱情故事

我已经采访到的这些事情,是无法写入宣传事迹材料里的,因为它们不适合在各种报告会上宣讲。要想让这些真实的故事重见天日,只能通过写作文学作品才能实现。但又谈何容易？文学毕竟不是只有感动,它还需要很多东西支撑。要想让世人皆知,就必须写得好。深刻的思考,精密的构思,都是不可缺少的。直觉告诉我,手里现有的素材还不足以支撑写作,只有扩大采访,寻找更多的线索,才有可能成就一部优秀作品。

事情到了这里,一个我总在下意识躲避的人,就再也躲不过去了,他就是张良的妻子,年仅二十五岁的女孩李娜。女孩和妻子本是两个概念,却在李娜身上成了矛盾统一体。说是妻子,因为,她和张良已经登记结婚；说是女孩,则是因为婚礼还没有举行,张良牺牲的那天正是他们相约去拍婚纱照的日子。那是一个女孩的人生开满粉色玫瑰的阶段,却被死神覆上了黑色的披风。

对于人世间类似的不幸,我向来脆弱之极。过去,有个同事病逝,撇下了十五岁大的女儿。那孩子爱唱歌,也唱得非常好,是少年宫里的合唱团员。曾几何时,同事带着七八岁的她,我带着两岁多的女儿,一起乘班车上下班,车厢里总是回荡着那孩子清亮的歌声。在同事的追悼会上,唱歌的女孩非常坚强,自始至终没有掉一滴眼泪,我却握着她的手,哭得险些晕过去。那真是一件尴尬之极的事情,从此以后,我就尽力逃避类似场合。

为了写作，李娜成了我躲不开的磨难。起因来自郑占宏，他告诉我，张良和李娜的感情非常好，是一对在现今年轻人中罕见的情侣。这真是一件闻所未闻的事情，相爱到罕见的程度，别说在当今时代年轻人里，就是在我的阅读和生活经历中，也不过是天方夜谭般的梦想。这引起了我的采访欲望，于是，通过郑占宏联系李娜，她答应了与我见面。

约会的地点在我并不熟悉的西安路附近。我本想在市中心见面，可李娜在电话里说，她很少进入市区，哪里都不认识。我问：你熟悉哪里？她说：西安路，因为总在附近的商场打工，所以很熟。我立即答应了。

在一个晚秋的黄昏，我开车来到了西安路的一座大厦前，这是我与李娜在电话里约好的地方。等了半天，却不见李娜。看了看表，已经过了约会时间，我拨通了她的手机，原来，她没有想到我会开车来，就去有轨电车站等我，已经在人流中转来转去，找了我许久。弄清了状况，李娜说，我马上到你那里。

过了一会儿，车子的后视镜里出现了一个女孩。个子不高，清瘦落寞，一袭黑衣几乎淹没了她，只有腋下紧紧夹着的黄色手提包显得格外扎眼。秋风吹乱了她的长发，零乱的发丝中，露出大大的眼睛、俏丽的脸庞。我不禁想，真是个漂亮的女孩子。

我下车，锁好了车门，她也走到了面前。我问：你是李娜？她轻轻一笑，露出了可爱的小虎牙。我的心颤抖了，上前握着她的手，将她带到了附近的一家咖啡馆。坐定后，我问她：喜欢吃什么？她摇摇头。

我不敢看她布满忧伤的脸庞，低着头说：客随主便，我点什么你吃什么。见她太瘦，一定很久没有认真吃过东西，我就点了牛排和女孩子都喜欢的西式巧克力蛋饼。

李娜由衷地说:谢谢你,姐姐。

我说:我的孩子已经成年了,叫我阿姨吧。说着话,我还是不敢看她的脸。李娜也有些拘谨,低头摆弄着怀里的手提包。

我找到了话题:过一会儿要吃饭,你把提包放在旁边的凳子上吧。

她本能地应了一声,却并不放下怀里的包,反而抱得更紧了,仿佛生怕被谁抢了去。

我不好再干涉,李娜也聪明,马上换了话题:这里真好啊,我还是第一次进咖啡馆。

我有些吃惊:不会吧,恋爱中的人都会到这种幽静的地方……说到这里,我忽然意识到自己说走了嘴,直接戳到李娜的痛处,连忙将后面的半句话咽了回去。

李娜似乎不在意,眼神迷离,好像回到了过去的时光里,嗫嚅道:是真的,这里太贵了,我们没有钱。

听了她的话,我不知说什么好。正尴尬间,服务员端来了牛排。李娜依然眼神迷离,将脸凑近了盘子:吃牛排也是第一次。

我的心碎了,拿过刀叉,准备帮她切牛排,发现煎得老而硬了,于是喊来服务员:去换一份。他为难,我说:结账时,我会再付一份钱。服务员高兴了,端起盘子就要走,李娜慌着站起身,连说:没关系,没关系。

我拦住了她,示意服务员端走了牛排。

新的牛排端上来了,还有巧克力蛋饼。我说:你先吃饭,我们慢慢谈。于是,她拿起了刀叉,吃着她人生中的第一次西餐。

我看着她,真希望没有过去,也没有未来,只有眼前的这一刻,让这个可怜的女孩留在永恒的安宁与幸福中。

李娜毕竟只有二十五岁,单纯、透明,我的一点真心、真情,彻

53

底感动了她。吃过了东西,就将几年来与张良相处的点点滴滴,全都告诉了我。

　　十七岁的时候,她从锦州来到大连,在西安路的长兴农贸市场帮姨妈经营小杂货摊。那时,张良正在附近的消防大队服役,常和同班的一个战士到李娜的摊子上买烟。一来二去,那个战士喜欢上了李娜,悄悄地告诉张良:我爱上了雪糕。两个人背地里一直叫李娜雪糕,是因为,他们每次去小杂货摊,都看见女孩在吃雪糕。

　　可喜欢吃雪糕的李娜不喜欢那个战士。背运的追求者只好求助张良,经常托他给女孩捎封情书,或者带点小礼物。张良憨厚,情场上拔刀相助,兢兢业业地替人家跑腿。只是见了吃雪糕的女孩,不抬头,也不说话,办完事就转身离开。这倒让李娜注意上了张良,不禁想,那些礼物和情书要是他的该多好啊。

　　十七岁的女孩不知如何表达自己的心情,只好任两个年轻的战士折腾。一个想追求,不敢露面;另一个来了走、走了来,却不追求。这美好的青春、美好的爱情,懵懂纯真,就像夏日夕阳里的一抹微笑……

　　故事终于有了进展。有一天,张良又来了,依然带着礼物,是一个用七色线编制的手链,上面还拴着小兔子形状的香包。李娜属兔,看见这份独特的礼物,立即爱不释手,摆弄了半天,又仔细地戴到了手腕上。张良在旁边看着,说:今天是端午节。李娜应道:嗯,我知道。张良憋了半天,又从嘴里挤出了一句话:希望它能保佑你平安健康。李娜还是没在意,说:麻烦你回去告诉那个战友,谢谢啦。张良彻底憋不住了,脸涨得通红,嗫嚅道:这,这是我送给你的。说完,转身跑得无影无踪。

　　说到这里,李娜的脸上露出了凄然的笑容,仿佛回到了过去的日子里。

我也被这纯真、美丽的爱情打动了,不禁问:你喜欢张良什么?

李娜眼神迷离,好像又看见了自己的恋人:他永远穿着干净、整齐的军装,脸庞端正,一笑就会露出雪白的牙齿。说到这里,她有些难为情,顿了一顿,才道:还有,张良很专情,无论在什么场合,对不相干的女孩,连看都不看一眼。他说,今生只爱我一个人。相处这些年,他真的做到了,从未让我担心会失去自己的爱情。

听了李娜的话,我心下凄然,这是我在生活中第一次见识到这样的传奇。许多女人都在爱情中,可谁敢说从未担心会失去挚爱的恋人。李娜年轻、单纯,没有深刻的心机或者宽阔的胸怀,要想让这样一个女孩子从不担心失去自己的爱情,可想而知,张良会是一个多么令人羡慕的情人。

在我的经验里,爱情其实很短。应该在年轻的战士送出小兔子香包手链的那一刻就定格了,剩下的则是漫长而了无意趣的琐碎生活。但张良和李娜却是个例外,相处几年后,依然还在热恋中。有一次,张良参加为期三个月的封闭训练,不能与恋人见面,他就在艰苦的训练之余,每天写一篇日记,叠三只小鹤,从未间断。其中承载了多少思念与牵挂,令人唏嘘。

爱情虽美,却有着致命的缺欠。作为恋人,张良什么都有,就是没有钱。家在农村,父母多病,还有一个生活困难的哥哥和没结婚的弟弟。他自己只是个拿津贴的战士,随时都会面临复员后漂泊不定的命运。李娜自己不在乎,但只有她一个女儿的父母却说什么也不同意,原因很简单,他们无论如何都不能接受女儿从此就有了一眼望到底的人生——贫困交加,艰难度日。

为了说服自己的父母,李娜决定回锦州。在火车站上,来送行的张良掏出了一张银行卡说,这里有一千元钱,你尽管用。我发了津贴,还会存进去。李娜听了,眼里就有了泪。那时,张良每个月只有几十块钱的津贴,还要时不时接济家里,天知道,他是如何攒下了这笔钱。

回到锦州,李娜用尽所有的办法,让父母了解自己的爱情,可两位老人就是不同意。李娜失望之极,大哭着说,如果你们不接受张良,我就从此没有这个家!说完,就乘火车跑回了大连。

跟父母闹僵了,姨妈家也不好住下去,张良成了李娜唯一的亲人和靠山。俗话说,天无绝人之路。就在山穷水尽之时,张良因为在部队里表现优异,转为一级士官,每个月可以拿到一千多元的工资。领到银行卡的那一天,张良就将它交给了李娜,从此,喧嚣的尘世中,就多了一个美丽的爱情小巢。

显而易见,清贫是他们生活中难以摆脱的主题。李娜没有正式职业,靠打工度日,收入不稳定,大多要靠张良的工资生活。一千多元钱,租一间小房就所剩无几。张良又极富同情心,家里家外都想尽最大努力帮助遇到困难的人。一会儿是父母要看病,一会儿又是哥哥遇到了困难,还未等喘口气,要好的战友又碰上了难心事。李娜说,跟张良在一起的这些年,他们的钱总是不够花。有一次,她不小心被开水烫伤了腿,却不敢去医院,躺在床上硬挺。张良休假回来,一见恋人的惨状,二话不说,抱起她就要出门。李娜一边挣扎一边喊:我只有两百元钱,不能去医院!

二十一岁生日那天,李娜的兜里只剩下两块钱。她委屈之极,趴在床上哭了一天。张良回到家里,见自己心爱的恋人如此伤心,沉默了许久,说:你换一个男朋友吧。话一出口,两个人都哭了。

这件事让张良深受刺激。从那以后,每逢恋人过生日,他都会想方设法送上最独特的礼物。时光荏苒,李娜又长了一岁,她也坚强、平和了许多。生日的那天,她照常去商场打工,晚上九点多钟,临近商场关门的时候,张良打来了电话:我在门口等你。

李娜喜出望外。张良是战士,晚上很难请下假,他居然赶来了。欣喜之余,李娜幻想着,也许恋人手里有一束花或者自己向往已久的生日蛋糕。但理智又在不断提醒她,那些东西太贵了,自己不该奢望。

欢喜的女孩像只蹦蹦跳跳的小兔子,来到了张良的身边。果然,张良的手里没有她最简单的梦想。李娜有些失望,但还是上前搂住了恋人的胳膊。

张良顺势抱起她:你太累了,我抱你回家。李娜知道他每天都要进行艰苦的训练,比自己不知累多少倍,就想挣脱恋人的怀抱,但终是拗不过张良,只好随他。在寒冬的夜晚,在杳无人迹的黑暗中,两个真心相爱的年轻人,留下了最明亮的爱情脚印。

到了他们租住的楼房前,张良放下李娜说:你等一下,我先上楼。说完,就跑进了楼里。片刻后,一层层楼道的窗户亮了起来,随之传来了张良的喊声:你上来吧!李娜困惑了,慢慢走进去,慢慢上了楼梯。每到一个缓步台,地上就有一颗燃烧的心,直到家门口!原来,是张良用沙土画好了心的形状,再浇上少许汽油,点燃了,就成了一颗颗铺在恋人脚下、静静燃烧的心!

张良送给李娜最后的生日礼物,是一个条幅,上面写着:李娜,我永远爱你。这最普通的爱情誓言,被张良做成了荧光字,会在最深暗的夜中闪闪发光。这成了他在人世间为恋人做的最后一件事,不久,张良就牺牲了。那个会闪闪发光的条幅,将为他的恋人照亮每一个伤痛无尽的夜晚……

听了这些事情,我心潮澎湃。在这个年代,还有谁会真心相信爱情,相信纯真、美好的心灵。我却在人到中年之时,又与这样的

57

故事、这样的年轻人相遇,就像回到了自己的少年时代,回了那个槐花盛开的傍晚。可我的年龄和阅历,毕竟早已让自己的心充斥了泥沙俱下的各种经验,于是问李娜:难道张良就没有缺点?

单纯、直率的女孩立即说:有,他的缺点就是太富同情心。即使再为难,也无法拒绝要求帮助的人。有一年秋天,他的嫂子打来电话说,家里的秋菜收了,想拉到大连来卖个好价钱。从未出过远门的农村妇女,不懂城市的艰难,只幻想着多挣一点儿钱。张良不忍拒绝,就答应了。秋菜从家乡拉来了,困难也跟着一起拉了过来。大连遍地都是卖菜的农民,哪里还有立足之地。哥嫂急得发疯,张良也无法帮忙,总不能穿着军装去街上吆喝。李娜只好站出来,每天打工之余,再去卖菜。从未干过粗活的漂亮女孩,风里、雨里,抱着秋菜到处上门服务,总算帮哥嫂渡过了难关。

要结婚了,张良的父母倾其所有拿出三万元,做了李娜的彩礼钱。两个清贫惯了的年轻人,面对这笔巨款,憧憬无数。可现实又是那么猝不及防。张良的哥哥忽然遇到了过不去的坎儿,急需用钱。于是,一万元马上救了急;钱包还未合上,张良又说,战友的母亲得了重病,没有钱住院,我们帮一下吧。李娜只好再掏钱,两个人的婚礼为此又短了五千元。在相处的几年中,除了借钱给别人救急,他们从未有过几百、几千的花费。

能与心爱的女孩结婚,是张良今生最大的愿望。他平时不喝酒,但每逢参加战友的婚礼必醉,回到家里,就抱着李娜说:我们什么时候才能结婚。就这样熬着、盼着,终于,两个人到了结婚的年龄。李娜的父母也屈服了,他们迎来了登记的日子。

在明媚的五月天里,张良换上了新军装,还特意借了一辆车,带上心爱的恋人奔向婚姻登记处。老天仿佛要考验张良的诚意,让一个包青天般的女办事员接待了他们。

黑着脸的女人,面对两个年轻人,就像遇上了即将入境的恐怖分子,认认真真、反反复复地审查每项手续,恨不得用放大镜找出蛛丝马迹。终于,她的努力奏效了,张良的士官证因为洗衣服的时候忘了掏出来,致使钢印略有模糊,兢兢业业守着"国境线"的女人立即警觉起来,指着士官证上的钢印说:这个是怎么回事?

张良马上诚恳地、带着央求的口气,介绍了士官证被洗的过程。黑脸女人却断然否定:伪造也不是没有可能!

张良继续央求:您看,我这一身军装也能做证。

黑脸女人翻着白眼:这世道,假军人多了去了。

听李娜说到这里,我气红了脸,提高声音说:你们就不会反问她,这世道有冒充军人行骗的,难道还有冒充军人登记结婚的吗?

李娜苦笑:她根本不听我们的解释,硬逼着张良回十多公里外的市消防支队开证明信。

将恋人安置在登记处的走廊上,张良开着车赶回了支队。急三火四开了证明,又急三火四地赶回了登记处。

黑脸女人接过证明信,仔细端详了半天,又发现了问题:印章模糊,无效!

张良气炸了肺,强忍怒火问:您说,怎么办?

回去重开,把印章盖清楚!

张良转身又要走,被李娜拉住了,她劝阻道:时间不早了,你回去再赶回来,怕是要关门了,我们抽时间再来吧。

张良说:今天一定要登记,你在这里等着,我很快就回来。

李娜告诉我,反正是要结婚的,她并不在乎早一天或者晚一天登记,可张良却像着了魔,任由黑脸女人折腾,终于在婚姻登记处临近下班的时候,拿到了结婚证书。

生命无常、世事难料。谁能想到,一个多月后,张良就牺牲了。正是他在婚姻登记处的执着和坚持,才使失去恋人的李娜,拥有了烈士家属的身份,让这个娇弱的女孩子在以后的生活中,能够得到国家的照顾。

第五章　海之殇　情之殇

　　结束了对李娜的采访,已是晚上八点多钟。我问:你住在哪里?她说了一个我从未听说的街名。我又问乘车路线,才弄清楚,那里在偏僻的城郊,于是就说:我送你回去。李娜一再婉拒,我还是执意让她上了车。

　　出了市区,又走了半个多小时,路况开始变差,到处坑坑洼洼,飞沙走石。车子在黑暗中颠簸,一辆接一辆趁夜间运送土石方的"太脱拉"从两旁呼啸而过,我不得不小心驾驶。李娜双手抱着黄色手提包,眼睛望着车窗外的黑暗。许久,她忽然开口,幽幽道:阿姨,你相信人有灵魂吗?

　　我不知该如何回答,只好含混过去:也许吧。

　　她又说:我以前并不相信这件事。可现在,每天晚上,都能梦见张良回到了家里,静静地看着我笑,就像活着的时候一样,穿着整齐的军装,露出雪白的牙齿。

　　说到这里,李娜仿佛回到了恋人的身边,低下头凄然而笑:以前,他总是穿军装。跟我一起出门,不许靠得太近,更不许拉手或者做点亲昵的举动。乘公共汽车时,不管有多少空位子,他都不会坐下来,总是站得笔直,就像在部队里一样。

　　也许,大连市公安局政治部的女作家,在阅历简单的女孩心中有高高在上的感觉。所以,在几个小时的采访中,李娜面对我,自始至终都在控制着自己的情绪。此时,坐在我的车上,同在无边萧条的暗夜里,我们的距离静静地拉近了。她再也撑不住,饱含泪珠的眼睛望着我,像个孩子般哭着说:阿姨,张良能带走皮皮,为什么就不能带走我?原来,皮皮是他们养的狗,张良牺牲后,它不吃不喝,过了十几天,就随主人而去了。

我的眼泪决堤而出,谁能安慰这样的女孩,谁又能伴她度过无尽的暗夜。

近十点钟,我的车子终于开到了李娜住的居民楼前。望着黑黢黢、没有安装防盗门的楼洞口,我的心禁不住怦怦地跳,硬着头皮对她说:我送你上楼。

李娜用手背擦干眼睛,扬了扬始终紧抱在怀里的黄色手提包:不怕,有张良陪着我呢。说着,她打开包,拿出一个塑胶口袋,里面装着红色的结婚证。李娜抚摸着它,说:我每天都带着,就像跟张良在一起。

我的眼泪再次涌出。李娜却说:您别担心,自从张良牺牲的那天起,我就不知道什么是害怕了,这一辈子的恐惧都在他牺牲的前一夜经历了。

我不禁问:难道你对这件事有预感?

李娜摇头:没有,可就是害怕。那天,我给张良打了很多电话,他只回了一次,说是大火已经扑灭了。我问:什么时候能回家,明天还要去拍婚纱照。其实,在那一刻,我并不急婚纱照的事情,就是感到害怕,就是想马上看见他。

张良说:大概要推迟了,我还不能回家。

这是他留给我的最后一句话。再打他的手机,就没有了音讯。

说到这里,李娜哭了:到了晚上十一多钟,我还是睡不着。平时,张良不管怎么忙,都要在临睡前打来电话,听见我锁上卧室门,才会放心。唯有那一夜,他没有打电话。凌晨时,我实在熬不住,迷迷糊糊睡了过去。半梦半醒间,忽然,听见外面的客厅有动静,我以为是张良回来了,连忙爬起身,打开卧室门,并没有人,只见客厅的窗口敞开了,我吓出了一身冷汗。因为张良担心有人会爬窗而入,用钉子做了个简易插销,从外面根本打不开。我捂着狂跳的心,查看屋里的东西,发现张良的一双新鞋不见了,桌子上还放着半瓶矿泉水。我真的吓坏了,不敢待在家里,胡乱洗过脸,便出门上班。

那是星期天的早晨,公交车上的人很少。一路颠簸,我又陷入了半梦半醒之间。忽然看见了张良,然后就是大海,正疑惑间,张良就沉入了水里……

听到这里,我早已泪如泉涌,抖着声音说:你太孤单了,让人担心。

李娜说:我不怕。顿了一顿,又道:现在,除了大海,我什么都不怕。

你回锦州吧,回到父母身边。别留在大连,因为这里到处都是海!我流着泪,央求道。

李娜却回答:我不能走,张良还在这里,我要跟他在一起!

我说:傻姑娘,你总不能一辈子守着结婚证和无处不在的大海呵……

李娜又将她的手提包紧紧地抱在怀里:张良家乡的烈士陵园正在翻修,等建好了,当地政府就将张良的骨灰接回去。到那时,我就走,跟他一起走。

夜已深沉,李娜下了车,站在路边,目送我的车子离开。倒视镜里的女孩越来越远、越来越小,渐渐隐没在无边的黑暗中。我的心碎成了漫天的星星,在夜空中无望地企盼,谁能照进她的窗口,安慰她孤单而忧伤无尽的心。面对痛失恋人的女孩,我无能为力。只有靠手中的这支笔,写出将人间的哀痛与悲伤化作挽歌的《安魂曲》!

第六章 雾中的路

从见到战斗班长吕杰开始,我的心里就萌发了要以"7·16"特大原油火灾为背景,写出一部报告文学的念头。随后的桑武、郑占宏、张良和李娜就像无形的大手,一只比一只更有力量,终于将我推上了命定的路。可一旦决定前行,困难也铺天盖地而来。

首先,要弄清事件的全过程。据我所知,辽宁省公安厅和消防总队调集了全省两千多名消防战士参加灭火,这些人都在哪块阵地上、做了什么,是应该掌握的基本素材。另外,"7·16"特大原油火灾是中外近百年历史上最惨烈的事故之一,它经历了怎样的起承转合,才由连续十几个小时的疯狂肆虐,到最后被扑灭,这将是结构作品的重要环节。

当年写作获奖作品《寂寞英雄》时,我采访了八十多人,才比较客观、真实地写出了一个派出所所长和四个民警的故事。没有大量艰苦细致的采访,根本不可能写出优秀的报告文学作品。我粗略地估算了一下,全省十几个城市的消防支队参战,平均每个支队采访十人,就是上百次的谈话;另外,大连市消防支队作为主战单位,孤军坚守近七个小时,其经历悲壮之极,可用于写作的素材层出不穷。我要仔细筛选,才能找出经得住时间考验的人物和故事。想做好这件事,至少也要采访上百人。

其实,还有更大的真相隐藏在迷雾中。刚开始采访时,我接触的都是大连市消防支队的官兵。"7·16"当晚,他们中的绝大多数人被困在103罐的主战场。外面发生了什么,还有哪些单位、哪些人参加了救援,经受了烈火和死亡的考验,他们一无所知。各级媒体也鲜有报道,记者们把目光全都集中在消防英雄的身上。这当然也可以理解,新闻要抢时间,他们不可能深入其中,做大量艰苦细致的采访。后来,当我破除迷雾,弄清了真相,潜在的采访线索足足增加了三倍。单从领导层面上讲,国家相关委部局、辽宁省委、省政府及各相关部门的领导,大连市委7个常委,大连市政府从市长、副市长到十几个相关部门的主要负责人,全部集中在随时都有可能全军覆没的火灾现场。一旦大火失控,这些人将首当其冲,献身火海。他们与普通的消防战士一样,经历了噩梦般生与死的考验。然而,他们的名字和形象尽管占据了各大媒体的头条,却往往被一句"领导重视"和几个指手画脚的镜头,定制在了固有的宣传模式里,显得抽象而空洞。同样的血与泪,桑武、张良等几名消防战士的享誉全国,而他们却只能在小范围的聚会中,喝下最苦辣的酒,痛哭失声。

在决定写作之初,我对这些事情还一无所知。满脑子想的只是如何在全省的消防部队展开采访。当时面临的最大问题是,我总不能直接走进各市消防支队,凭着一张嘴,就要采访。于是,我开始在体制内找寻能够提供帮助的人。先联系了省公安厅的熟人,得到的消息令我从头凉到了脚。人家说,相关的作品已经付印了,几个人共同采访写作,完成了一本内部发行的作品,并且,底稿已经挂在了公安网上。我立即找出并打印了它,正如我所料,它的写作宗旨和内容与我对作品的构想南辕北辙。但木已成舟,人家已经采访了,并且,已经完成了作品。如果我再去省公安厅,游说每天有无数件棘手事务要处理的领导们,谁会有时间和耐心听我谈什么文学价值,识时务者最好闭嘴。我的作品真是比窦娥还冤,连诉状都无处可投，就被判了斩。

诸葛亮出师未捷身先死，我连出都还没有出得去，一大半的希望就被扼杀在了摇篮里。那段时间，我陷入了失眠和彷徨中。如果放弃写作这部报告文学，就要放弃桑武、郑占宏和张良的故事。思来想去，它们最适合的就是这种体裁。若是用小说或者散文、诗歌，我会很省力气，但其文学价值就会大打折扣。艺术就是这么奇怪，相同的素材，采用不同的形式创作，出来的效果会大相径庭。另外，我还想到，只采访了几个人，就得到了如此惊天动地的素材，天知道，在整个"7·16"事件中，还隐藏了多少值得书写和留下来的传奇。

要写，困难像山、像海，横亘在眼前。不写，那些震撼和泪水，会变成我永远的遗憾。那种心境就像走到了悬崖边，前方是望不见底的深渊，身后却没有回头路。我清楚地知道，我已经被自己的命运绑架、被无法摆脱的责任绑架！

几天几夜，辗转反侧。又一个清晨，我开始修改手中的事迹材料，屡次赴死的桑武和年少的战斗班长吕杰回到了我的心中。就像一线阳光照了进来，我忽然明白，在生死面前、在地狱之中，是无畏的勇气救赎了他们。这也终将会救赎我，写作再难，不会比他们还难。我终于下定决心，像英雄一样，决绝地展开翅膀，扑向看似深渊的前路，勇敢地驾驭自己的命运。

当我决定写作一部大型报告文学之时，手里只剩下了一个采访对象。他就是事迹材料的最后一位主人公——庄河市花园口消防中队代理中队长孟布特。这看起来荒唐之极，未来几十万字的作品，只有一个光杆司令，我基本等于赤手空拳，只剩下心中的信念和拜英雄所赐的勇气。

庄河距大连市区一百七十多公里，有一条高速公路，正常情况下,驾车行驶两个小时就能赶到。去采访的那天,我早晨七点就出了家门。一是想躲开上班的高峰时间,另外也想早些到达,争取多采访几个战士。半个多小时后,车子出了市区,大雾忽然降临。路上的能见度不足二十米,我只好打开应急灯,降低车速,小心驾驶。进入开发区路段后,是沿着大海边行驶,雾更浓了,几乎伸手不见五指,收音机里的交通台提醒,此处的能见度只有五米。并且还说,黄海高速公路有可能关闭。车流慢如蜗牛,我则心急如焚。如果放弃今天的行程,返回市区,就要重新申请采访。从市公安局到消防支队,再到相关负责部门,最后落实到庄河,我总不能一个一个环节解释,因为有雾,我才错过了采访。有些事情看起来简单,不过就是一个电话,一次申请,可人心并不简单。在这过程中,有一个人心里不痛快,只需不接我的电话,就有可能将这次采访推到不知何年何月。何况还有人并不理解我的工作,觉得是添麻烦,装高尚。而在我的采访链条上,错过一个机会,就会直接影响写作,这就是我对创作报告文学心存畏惧的主要原因。

自从决定写作的那天清晨后,我把"勇气"两个字刻在心里,还变成了护身咒语。在大雾中,我默默祷念,期望它带我超越困境和恐惧。从开发区到黄海高速公路入口,平时只需十五分钟就能赶到,那天,我开了四十多分钟。一路上,车子就像进入了雷区,我的心吊在半空中,握着方向盘的手心里全是冷汗。终于摸到了高速公路收费口,一排横杆挡住了我的去路,上面贴了几个大字:由于浓雾,高速公路关闭。

我愣愣地看了半天,掉过车头,又回到了大雾中。要去庄河,只剩下了一个办法,找其他路口,争取闯上高速公路。又是十多分钟的雷区行驶,路边出现了一个农民模样的人。我连忙停下车子,落了车窗。他好奇地看着浓雾中冒出的女警察,我连忙搭讪:麻烦您，我要去庄河，有紧急公务，可高速公路封了，您能给我指条路吗？老天有眼，我遇到了一个好心人，憨厚又极富同情心。他说，雾太大了，指给你也看不清，我带你过去。于是，他在前面走，我开车缓缓跟在后头，走过一小段路后，一条大马路出现了。他停下脚步说：你顺着它一直走，就能看见上高速公路的道口。我千恩万谢，离开了他。十多分钟后，从高速公路延伸下来的辅道出现了，我喜出望外，一路欢愉，跑上辅路，再下去，又是一排横杆挡住了我的去路，几个大字贴在上面：由于浓雾，高速公路关闭。

我只好又返回了雾中，心里一片茫然沮丧，念了无数遍护身神咒：勇气、勇气、勇气，却还是垂头丧气。一阵急促、刺耳的喇叭声从我的车后传来，我看了一眼后视镜，是辆大巴车，连忙让开路。它呼啸而过，车身扫过我的眼睛，上面写着：大连——庄河。我的心立即飞了起来，踩下油门就追了上去。赶到大巴车头，我打开车窗，朝着上面的司机鸣笛。我又遇见了好人，那司机一边小心驾驶，一边也打开了车窗，低头看着我问：什么事？

我说：你去庄河吗？

他点了头，接着反问：你也去？

我一迭声说：是，是，有工作，今天必须赶到。

他大声喊道：你在后面跟着，我带你从其他路口上高速公路。

片刻后，我们离开了马路，在一片山间野地里穿行。七扭八拐，找到了一条很窄的辅路，终于闯上了高速公路。老天都跟着我高兴，抹去了满脸的浓雾，一马平川的大道上立时云开日出，一片清朗。

我走了四个半小时，中午时分，赶到了庄河花园口消防中队。孟布特在门口迎接我。他个儿不高，敦实憨厚，见到我就说：先去吃饭。我连忙拦住他：我晚上要赶回大连，时间太紧了，最好现在就开始采访。

他说:不吃饭怎么行?

我说:你去食堂盛碗米饭,再加个青菜,我边吃边采访。孟布特只好答应。在随后的五个多小时中,我连续采访了八名战士,"7·16"救援的真相终于像大雾中的冰山,隐约露出了模糊的轮廓。孟布特就像那个好心的大巴司机,将我引上了渐趋明朗的采访之路,命运也在我的绝境里露出了诡异的面孔。大雾过后,一切豁然开朗。

第七章　被埋没的孤胆英雄

有心的读者会注意到,关于"7·16"特大原油火灾救援,我总在说"真相"两个字。这是因为随着采访的深入,整个事件完全脱离了我从媒体上得到的印象。有些事情,阴差阳错,失去了见诸报端的机会;而有些事情,则是被刻意隐瞒了下来。几个事迹材料中的战士,作为群体形象的代表无可厚非,但还有英雄隐在背后,各种表彰会上不见其身影,更没有媒体广泛的宣传,他们只是光荣榜上的一个名字,但同样经历了命悬一线的生死考验。是孟布特第一次将这样的人推到了我的面前,他就是大连市消防支队参谋长郭伟。

采访一开始,孟布特就迫不及待地说:你一定要写写我们的参谋长。

我愣了一下,问:你是大连市消防支队推出的先进典型,也是媒体报道中的英雄,为什么要我写参谋长?

孟布特急得直摆手:真正的功臣是郭伟参谋长。如果没有他,我都不知道能不能坐在这里。说着话,圆圆的脸已经红到了脖颈。

我觉得他并不是单纯的谦虚,便认真起来:既然这样,为什么你成了有名有声的英雄,郭伟参谋长却默默无闻?

孟布特的声音低下来:我们大连市消防支队有一条不成文的规定,在重大救援行动后,无论情况如何,立功受奖时,战士都要排在干部前面。

为什么？我提高了声音，英雄称号本应该授予贡献最大的人。

孟布特黯然：消防部队与其他军种不同。从战士到士官再到干部，每一次晋升都有严格的年限要求。到了规定时间不能得到晋升，就必须复员回家。我们大多是农村孩子，当兵是唯一的出路。立了功受了奖，就可以提前晋升，也能在部队多留些时日。

如果不是憨厚、朴实的孟布特说出内情，我无论如何都想不到，在中国的军队里，还会因为这种理由埋没英雄。从领导到战士，所有的人都知道他们在战场上的突出贡献。可为了那些热爱部队的普通农村孩子，他们却要心甘情愿，只做光荣榜上的一个名字。

写到这里，我想起了《金刚经》里的一句话：若菩萨作是言：我当庄严佛土，是不名菩萨。何以故？如来说庄严佛土者，即非庄严，是名庄严。

《金刚经》里大多都是这样普通人无力理解的叙述逻辑。我可以尝试用孟布特所说的故事解释其中的深意：如果郭伟参谋长替代孟布特获得了英雄称号，他也是英雄，但不会是终极意义上的英雄。什么原因呢？终极意义上的英雄，并不是为这世间名誉所装点出的英雄。做了英雄的事情，还能放弃浮华回报，这才是真正的英雄。

当然，《金刚经》浩瀚如海，远不是我能参透、说清的。但郭伟参谋长的故事，为我提供了这部作品人物写作的灵魂，那就是通过"7·16"特大原油火灾救援事件，写出隐藏在喧嚣、浮躁的当代社会中的无名英雄，写出他们广袤的胸怀和深沉、寂寥的情感世界。

庄河是位于大连市郊的一个安静、淳朴的县级小城。没有摩天大厦，大型企业和灯红酒绿的娱乐场所也不多。花园口中队坐落在城边,周围是大片的农田。孟布特当消防兵的这些年,参加的救火行动,大多是老百姓的偏厦、草垛或者农作物大棚因用火不慎引发火灾的小型现场。从外人的角度看,在这里当消防兵是件幸运的事:危险性小,训练和实战都相对轻松。可对于那些来自农村的年轻战士来说,正好相反。从小处讲,来到城市当兵,却被发配到了偏远地区。每天面对的仍然还是在家乡早已熟悉的农田和山林,见识不到大城市的繁华景象;从大处说,当消防兵一场,没有参加大型救火行动,的确是件憾事。这又涉及他们的切身利益。当兵期间,没有机会立功受奖,就缺少提拔晋升的砝码。义务服役期只有三年,转瞬即逝,如果没有机会转成士官,只能黯然复员,从哪里来又回到哪里去。所以,对于那些十八九岁的农村战士来说,他们渴望参加大型救援,既能挥洒青春激情,又会立功受奖,进而改变自己的命运。

"7·16"当晚七点多钟,孟布特坐在值班室生闷气。前些天探家,因琐事和妻子闹了别扭。他自觉有理,不肯主动低头,已经一个星期没有给家里打电话了。可心里既挂念妻子,更惦记五个月大的女儿。正郁闷得心情惶惶,警务电话响了,孟布特拿起听筒,里面传来了大连市支队值班员急促的声音:立即带一台泡沫消防车和在岗的全体战士赶赴大连开发区火场。孟布特还没有来得及问清具体地址和火情,电话就被挂断了。

他连忙拉响了警铃,随后,跑进了消防车库里。宿舍里的战士们也闻风而动,顺着滑竿,从三楼一个接一个滑进了车库。几分钟后,他们穿戴整齐,上了斯太尔消防车,准备出发。车库的卷帘门徐徐打开,战士姜福雨忽然从车后冒出来,一边朝身上套防火服,一边喊:我也要去!

他三天前才做了阑尾手术,一直躺在宿舍里休养。刚才,紧急集合时,肚子上的刀口正疼得厉害,所以,迟了片刻。

孟布特在车上冲着他喊:你刚做完手术,不能活动。再说,这次火情紧急,还要去大连,路程太远,别跟着添乱了。

姜福雨一听是要去大连,并且火情紧急,觉得遇上了千载难逢的好机会,顾不得再与孟布特争辩,急跑到消防车前,一只手捂着肚子,一只手攀上了车门。孟布特只好让他上车。于是,八名战士挤在一辆消防车里,奔向了梦中的战场。

一路上,大家情绪高涨。有的说,终于能进城看一看了;有的说,总算能见识到真正的火场。尤其是十八岁的郝志远和十九岁的刘兆强、魏国乐,更是激情难抑,他们是当年的新兵,还是第一次出现场。八名战士数孟布特年龄最大,又是代理指导员,他压抑着自己的兴奋心情说:进了火场一定要听指挥,安全第一。此时,孟布特也有些飘飘然,这毕竟也是他第一次去大型火灾现场。可他万万没想到,这梦中的战场,居然就是地狱。

晚上九点多钟,庄河花园口中队的斯太尔泡沫消防车驶进了开发区地界,只见马路上到处都是交通警察和风驰电掣般驶过的消防车。一路上,孟布特还在担心如何找到起火现场,此时,他随着车流,便顺利地进入了位于开发区大孤山半岛的火灾现场。刚转过一个小丘陵,就见天空红亮。战士们纷纷说:到底是城市,晚上点了这么多的灯,就像还是下午,天上挂着夕阳。可再往前走,八个战士面面相觑,原来,刺目的红亮之光,来自冲天的大火。

他们一路打着双闪,将斯太尔开进了火灾现场。忽然,眼前升起了巨大的蘑菇云,随着一声惊天动地的爆炸声,蘑菇云炸出铺天盖地的浓烟,接着,又翻出数十米高的火龙。斯太尔的前挡玻璃霎时被烤得通红,无法忍受的灼热感扑面而来。正在惊魂未定之时,又一声巨响传来,只见滚滚的流淌火就像迸发的火山岩浆,顺着山坡汹涌而下,大有摧枯拉朽之势。

孟布特最先从惊恐中清醒过来,他对摄像员说:打开机器,大家都说一句话……停了片刻,他又说:也许是最后一句话,留给家里。镜头一一扫过战士们的脸,没有一个人说出半个字。孟布特忽然想起了妻子,他掏出手机给她发出了一条短信:我爱你,也爱我们的女儿陶陶!然后,就关了手机,指挥消防车开向了地狱。

孟布特的手持电台里嘈杂不堪,他多次呼叫,报告自己已经进入火场,都没有回音,他只好跟着其他的消防车缓缓行进。正焦急时,忽然发现前方出现了一个高大的身影,着消防军官服,左臂上佩戴红色的指挥官袖标。只见他堵住一辆消防车,问过话后,就放了行。接着,又堵下一辆,然后,又放行。轮到斯太尔泡沫车,也被军官拦住了。孟布特从车窗探出头,才看清,车下的人居然是大连市消防支队参谋长郭伟!他连忙跳下车、敬礼,然后说:庄河花园口中队孟布特报到!

郭伟参谋长匆匆回了礼,就问:你带的是泡沫车吗?得到肯定的回答后,他立即跳上了车子的踏板,说:跟我走!

孟布特顾不得多想,按照郭伟参谋长的指引,驾驶斯太尔,离开车流,朝一条小路开了过去。

站在车外踏板上的参谋长脸色严峻,孟布特一边开车,一边小心地问:我们去哪里?

郭伟抬手指着前方熊熊的火光说:化学危险品罐区,那里有五十四个储罐,一旦燃烧爆炸,后果不堪设想!

孟布特的心忽地提到了嗓子眼。尽管不知道储罐里到底有什么,但他懂得化学危险品的含义。他尽力克制着颤抖的声音又问:只有我们一辆车、九个人?

郭伟点了点头。回身指着不断升起蘑菇云的山坡说:起火点是位于坡顶的103号储油罐,目前到达的兵力都集中在那里,但阵地依然吃紧。103号罐储存了十万立方原油,已经被炸开了缺口,原油流出,遇到明火,就变成了像岩浆一样的流淌火,现在已逼近化学危险品罐区。丛支队长命令我赶到那里,誓死阻止火势蔓延。

这应该是天下最荒唐的命令,让没有消防车、没有战士的郭伟参谋长独自面对一旦燃烧爆炸,就会将整个城市夷为平地的化学危险品罐区。但也实属无奈之举,在方圆十几公里的现场,大火燎原,爆炸声此起彼伏。丛支队长已经没有能力、也没有时间集合兵力和消防车,只能硬着头皮让郭伟参谋长独闯龙潭虎穴。而孟布特所带领的庄河花园口中队,懵懂地闯进了火灾现场,又懵懂地变成了郭伟参谋长的兵,八个缺少严苛的训练经历,也从未见识过大型火灾现场的战士,就这样被命运送进了最残酷的阵地。

第八章　九个战士、八米生死线和一座城市

斯太尔在一片数十米高的大火前停住了。战士们下了车,眼前除了火,什么都看不见。郭伟参谋长下达命令:孟布特负责驾驶,其他人铺水带、连接车顶水炮和车体水枪!

孟布特重新发动了车子。郭伟参谋长站在车下,示意调转车头,向后倒车。孟布特不明就里,因为车子距大火不足十米远,再倒车,就倒进了火里。可郭伟参谋长就像看不见,依然摆手,示意调头倒车,孟布特只得执行命令。

车头调过来了,出现在眼前的景象令他窒息。只见隔着一条大约八米宽的小路,密密麻麻布满了化学危险品储罐。再看倒视镜,郭伟参谋长站在车后,一边示意倒车,一边后退着朝大火里走去。

孟布特的眼睛湿润了,看着参谋长的身影,他勇气顿生,按照命令,缓缓地向大火中倒车。

车子刚刚停稳,三个二十二岁的战士李志明、王伟军、吴策就"噌"地跳上了车顶。他们是老兵,能够熟练地操控水炮。剩下的新兵则自觉地找到自己的工作,有的调试设备,有的从车里拿出水带,奋力抛出。一路上都捂着肚子的姜福玉也忘了伤口疼,来回奔跑,接好了水带。

很快,车顶的水炮启动了,迅急的水柱冲天而起。三个战士忍受着难耐的炙烤,按照郭伟参谋长的手势,不断调整水炮摇摆的方

向和角度。

后来,我在现场录像中看到,每秒钟出水五十公升、射程几十米的水炮,在冲天的大火前,就像布鲁塞尔小男孩撒出的尿,令人绝望。有点儿头脑和理智的人,都知道根本没有胜利的希望。可郭伟参谋长就是靠这一注"小男孩的尿",与大火展开殊死搏斗。

显而易见,一注尿根本无法灭火。郭伟参谋长的目标是藏在大火中的37号原油储罐。它隶属大连港集团南海罐区,同样是十万立方储量,同样是周围还有数个相同的罐体,与化学危险品罐区近在咫尺。郭伟参谋长命令孟布特不断向大火中倒车,就是为了离37号罐更近,用水炮打出的水柱为它降温,防止爆炸造成原油泄漏,形成更大的流淌火,直扑化学危险品罐区。

郭伟参谋长的决策冷静、理智,但面对如此猛烈的火势,敌我力量实在过于悬殊。他清楚地知道,身后的五十四个储罐里装的是剧毒化学品二甲苯,一旦燃烧爆炸,其能量相当于数个原子弹。并且,随之泄漏的毒气,能让整个城市里的所有生命——人、动物、植物,都会在一呼一吸间殒命,大连将会变成一座死城!命运给郭伟参谋长、给这座美丽的海滨城市唯一的出路就是:在援军赶到之前,死守那条八米宽的小路,绝不能让大火蔓延过去!面对如此悲壮的境况,郭伟参谋长只有一辆车、八名战士,除此之外,只剩下了他的决心:誓与大火共存亡,誓与化学危险品罐区共存亡!

面对敢于挑战自己的钢铁战士,凶恶的大火咆哮了。忽然,大地颤抖,白光闪耀,经验丰富的郭伟参谋长立即意识到爆炸将至。他飞跑到车头,挥手示意将消防车开离大火。孟布特一直紧握方向盘,脚也放在油门上。看见郭伟的手势,本能地开动了车子。

几乎就在同时,传来一声震天动地的巨响,站在车顶的三个战士还没有反应过来,就被猛烈的冲击波掀倒,浓烟、烈火席卷而来,瞬间就淹没了他们的身影。

孟布特开着车子,看到八米宽的小路,就下意识停了车。他知道,那是最后的防线,即使死,也不能再走一步。车下传来郭伟参谋长的喊声:车顶的人,你们怎么样?

孟布特立即想起了自己的三个兵,他跳下车,围着斯太尔一边跑,一边喊着他们的名字。片刻后,王伟军和吴策在车顶上站了起来,满脸油黑,愣愣地看着车下的郭伟参谋长和自己的指导员。

孟布特见少了一个战士,连忙朝车顶喊:李志明呢?

王伟军和吴策还沉浸在恐惧中,只愣愣地摇头。

孟布特慌了,一边查看车底、一边拖着哭音,声嘶力竭地喊:李志明,李志明……

我在这里!

郭伟参谋长和孟布特循声望去,只见李志明浑身上下一团漆黑,居然站在那条八米宽的小路上。直到今天,他也说不清,自己是如何在爆炸的瞬间跳下了车,又跑到了对面的小路上的。

战士们惊魂未定,更严峻的现实出现了。斯太尔里的消防水和泡沫就要用光了,车顶那注小男孩的尿,渐渐耷拉了脑袋。郭伟参谋长一把抓下头盔,对孟布特说:我出去抓水车、找泡沫,你一定给我守住这里,死也要死在阵地上!

郭伟参谋长刚走不久,消防水和泡沫就彻底用光了。大火渐渐地逼近了化学危险品罐区前的小路,一辆消防车、八名战士站在那里,赤手空拳与它对峙。火越来越近,已经烤化了斯太尔的后车灯。孟布特看着7个年轻的战士,泪流满面。他们刚刚踏上人生之路,除了父母的牵挂,一无所有。美丽的憧憬还在心里,就要被大火烧得灰飞烟灭。他也想到了自己,无论如何,这短暂的一生也算赚了,有了贤惠的妻子和漂亮的女儿。可眼前的七个战士,连女朋友都没有,孟布特真想大喊:你们快跑,能跑多远就跑多远,再也别让我看见……却怎么也张不开嘴。

大火已经卷上了斯太尔的车顶,最后的时刻到来了。孟布特忽然横下了一条心,他抬起胳膊用力擦掉了眼泪,然后,跳上了斯太尔。从车里掏出了一袋面包,回到战士们的面前。他一边分发面包,一边说:都饿了吧,来,快吃! 说着,眼泪又涌了出来,声音也开始颤抖:我们不当饿死鬼,吃过了面包再上路……

就在这千钧一发之时,郭伟参谋长回来了! 在他身后,拖着一串长长的车阵,有4辆消防水车,还有一辆大卡车,装着满满的大桶泡沫。八个战士"嗷"的一声,扔掉手里的面包,跑向郭伟参谋长,跑向自己的新生!

接下来的战斗,是对车下四个新兵的严峻考验。他们出生于1990年至1992年之间,最小的,当年只有十七岁,都是第一次出火场。四个人身高平均不足一米七五,瘦而单薄。姜福雨腹部的伤口已经疼得麻木了,郝志远早已饿得头昏眼花,因为晚饭是面条,他不喜欢吃,只好空着肚子。让我们看看他们的任务:成山的大桶泡沫堆放在那里,每个一米多高,要两个人才能合抱过来,重达一百多公斤。四个新兵要将它们弄到车前,再举到车顶,才能灌进斯太尔使用。

身材稍高、自恃强壮的刘兆强和魏国乐一马当先,将硕大的泡沫桶放倒,滚到车前,然后,四个人一起将它套上绳索,推到车旁的梯子上,再拼命朝车顶推滚。一个,两个,十几个,姜福雨只觉得肚子上的刀口一蹦一跳,他不敢看,也不敢想。到后来,几个人累得已经近乎僵直,饿着肚子的郝志远,一边走,一边就倒在了地上,另外三个人居然没有看见。站在车顶的李志明忽然发现了躺在泥水里的郝志远,大声喊了半天,车下的人才反应过来,将郝志远抬到干爽处。刚放下,他就醒了,站起来就跑,另外3个也稀里糊涂跟着跑回车前,又开始用肩膀扛、绳子拽、后背顶,不断把超过他们体重的泡沫桶,推上高大的斯太尔消防车。

在郭伟参谋长的带领下,庄河花园口中队的八名战士,艰苦鏖战了近四个小时,奇迹般地将几十米高的大火控制在了化学危险品罐区外,直到第一批援兵——营口市消防支队的战友们赶到。

听完了孟布特的讲述,我许久说不出话。化学危险品罐区前的这一幕,让我对真实、残酷的战场,犹如身临其境。原来,一旦战斗打响,没有秩序也没有道理可言,有的只是命令,战士们必须坚定不移地执行。至于他们遇到什么困难、遭遇怎样的绝境,都没有人关心,更没有人帮助解决。我无法相信9个战士可以创造这样的奇迹,于是又追问孟布特:在化学危险品罐区的阵地上,真的只有你们9个人,一辆车?

他点点头:当时,103号罐阵地上的战斗异常惨烈,支队根本派不出多余的人和车增援我们。

说到这里,他停下了,思忖了片刻,又道:不过,我好像看见在那条小路的另一头有两辆消防车,还有十几个人。

我连忙问:他们是谁?

孟布特摇头:当时,我又要开车,又要帮战士们推泡沫桶,根本顾不上其他的事情。

会不会是其他县区中队的人和车?

不会。孟布特肯定地说,战斗结束后,在化学危险品罐区的阵地上,只有我们中队立功受奖。

我想了想,觉得他的话有道理。如果还有其他中队参加战斗,一定也会受到表彰。

此时，我对停在小路另一端的两辆消防车发生了兴趣。他们不属于大连市消防支队，又会是哪个单位的呢？并且，它们似乎只是停在小路上，并没有参加救火，这又是为什么？难道我的采访不但能发现英雄，还能遭遇逃兵和胆小鬼？这一连串的问题，又让我失眠数日。原本是桑武、张良的故事开启了我的创作之路，后又有郭伟参谋长的经历，让我决定了这部作品的人物基调。现在却冒出了两辆疑似没有参加救火的消防车，并且，这还是我仅剩的采访线索，怎能不令人失眠？

没有别的路可走，只能从先找到这两辆车的所属单位下手。在我的常识里，灭火就是消防部队的事情，除了他们，我实在想不出还有谁会拥有消防车。于是，上网反复搜索相关新闻，希望能找出线索。可是网上除了消防官兵的事迹，没有任何对其他部门的报道。夜深了，我还钻在牛角尖里，不能自拔。脑海里只有一个问题：它们到底来自哪里？坐久了，也累，就站起来溜达，转来转去，看见放在沙发上的警服，走过去，想把它挂起来，拿着警服，就想起白天在单位工作的事情，思绪接着缥缈，就落到了大连市公安局上。脑袋一亮，我的眼前浮现出了7月17日那天去现场采访，遇到局长王立科和宁民的景象，于是，豁然开朗。这两位领导在现场，一定就会有市公安局相关单位的同事，他们会知道更多的情况。

第二天一早，我决定先从政治部宣教处入手。因为他们主管立功授奖工作，会掌握在"7·16"救援中表现突出的单位和个人。于是，给郭海副处长打了电话。好运再次降临，他说，他在事故发生的第一时间就赶到了火灾现场，负责拍摄照片，一直坚持工作到第二天中午，可以把所有的见闻都告诉我。

放下电话，我就开车去市局。那天是星期天，机关大楼里空旷安静，正在加班的郭海副处长放下手里的工作，热情地接待了我。

大连市公安局有哪些单位参加了救援？我开门见山、直奔主题。

太多了！郭海像个魔术师，从看起来只有一条方巾的手心里，拽出了彩旗无数：大连港公安局、交通警察支队、警卫处、指挥中心、机场公安分局、特警支队、开发区、金州区公安分局……

我欣喜异常，连忙问：这些单位，谁表现最突出？

大连港公安局！

它们有消防车？我恍然大悟，激动地提高了声音。

郭海点点头，神色凝重起来：大连港公安局消防支队在"7·16"当晚，一直坚守在化学危险品罐区。王立科副市长在那里亲眼看见了他们的英勇表现，极为感动，嘱咐我们一定要加大对他们的表彰力度。

神秘的消防车找到了，我觉得没有参加救援的人，居然是表现最突出的英雄。至此，新的采访线索出现了，我也从此走上了更加广阔、艰苦的采访之路。

第二部　金色花开——九个战士之外的传奇[①]

在泰戈尔的散文诗里，金色花象征着人间爱与善的纯洁天性，它开在神圣的菩提树上。菩提，梵语，智慧之意。但此智慧非彼智慧，它是佛教中特指参透自性身心的贤圣大士，放下自我、救脱众生的辽阔胸怀和无畏精神。

自我的含义广袤无边。小到爱恨情仇，大到财富地位。要放下这些，甚至连生命都要放下，对于常人来说，难于上青天。可随着我的采访的展开，在"7·16"特大原油火灾的化学危险品罐区阵地上，出现了一个个为了挽救城市和几百万人口的生命，放下所有个人难舍之情，誓与五十四个储罐共存亡的人。他们就像菩提树上的金色花，盛开在地狱般的大火中。

[①] 本部分写作参考书目为大连港集团编著、长春出版社出版《大码头面孔》。

第一章 出发时没打算活着回家的公安部长

郭海副处长喜欢写诗,曾经是大学里小有名气的诗人。听说我又要创作长篇作品,他非常高兴。翻出在"7·16"当晚抓拍的所有照片,一张张向我仔细介绍。说着,说着,生活又显露出了五彩缤纷、变化莫测的面孔。此行的目的本是寻找神秘的消防车,郭海却完全偏离了主题,将一位身穿白色短袖衬衣的老人推进了我的视野里。因为照片的下角保留了拍照时间,顺理成章,郭海按时间顺序向我介绍了这位领导在"7·16"当晚的行踪,他就是公安部主管消防工作的副部长刘金国。

凌晨2时06分:刘金国副部长坐在考斯特面包车上,眼睛看着车窗外红色的天空,神情凝重。

郭海的画外音:我接到市局指挥中心的通知,刘金国副部长马上就要进入现场,于是,冒着油雨跑到迎宾路上由交警和特警设置的警戒线处。等了一会儿,就见部长乘坐的面包车缓缓驶来。由于道路狭窄,又挤满了消防车,面包车走走停停,一直没有打开车门。我跟着车子跑了一段,终于在市局警卫处的同志打开车门查看路况的时候,幸运地上了车。我坐在司机身后,听见他正在用手机给妻子打电话,声音颤抖道:我很可能回不去了,你要有思想准备。考斯特面包车是政府接待办派出的,司机都有着良好的职业素养。但进入火场后,他清楚地看到了地狱的景象,才不顾一切拨通了家里的电话。

泣血长城 ··· 第二部 金色花开——九个战士之外的传奇

　　凌晨2时32分：刘金国副部长走在漫天的黑雨中，脸上和身上的白衬衣油迹斑斑。

　　郭海的画外音：刘部长拒绝了去指挥部的建议，直接奔赴103号储罐主战场。他不顾随行人员的一再劝阻，冒着黑色的油雨，一直走到了正在灭火的消防战士身后。我们站在足有十层高的大火前，爆炸声不绝于耳。地面滚烫，我穿着皮鞋都站不住。脸也被烤得生疼，眉毛都一根根竖了起来。空气中弥漫着浓重的原油气味，就像掉进了沥青锅里，熏得我直想呕吐。随行人员几乎是在央求部长：这里太危险，我们还是赶紧离开。刘部长神情镇定，说：这些战士都是孩子，他们不怕，我怕什么！

　　凌晨3时44分：刘金国副部长穿着厚重的蓝色消防大衣，走出了设在海港大厦的总指挥部。

　　郭海的画外音：在完成了实地考察后，刘部长来到了总指挥部。听了各部门汇报后，决定亲自去化学危险品罐区指挥灭火。刘部长是现场职务最高的公安消防领导，完全可以留在指挥部里，可他不顾各级领导及随行的劝阻，毅然走出了海港大厦。

　　凌晨4时07分：刘金国副部长站在化学危险品罐区前那条不足八米宽的小路上。头顶是纵横交错的输油管架，脚下到处都是蓝色塑料泡沫桶，身后则是密密麻麻的化学危险品储罐。

　　郭海的画外音：当我的镜头对准此时的刘部长时，我掉泪了。他显得那么的无助和绝望，却又纹丝不动，像一座雕像伫立在化学危险品罐区前。眼前的大火抬头看不见顶，两旁看不到边，在不远处还有两个10万立方的原油储罐，一旦被大火烤炙发生燃烧和爆炸，这里就彻底保不住了。火势极其猛烈，来自营口和沈阳的消防战士拼死抵抗，可两个储罐还是一次又一次陷入火海中。说真的，每当看见它们被大火包围，我就觉得再也回不了家，再也见不到同事们了。但看着刘部长,我就不害怕了……

凌晨4时10分:刘金国副部长与大连市副市长、公安局长王立科握手。

郭海的画外音:听说刘部长来到了化学危险品罐区,正在103号罐主战场指挥灭火的王立科副市长匆匆赶来了。他见到部长就说:这里太危险了,请您马上离开!刘部长平静地回答:我从北京出发时,就没打算活着回去。王立科听了这句话,黯然神伤,再也说不出什么,只好默默地陪伴他。在我的记忆里,那天晚上,刘部长并没有过多地发出命令和指示,只是静静地站在化学危险品罐区前的小路上,看着大火,看着自己可爱又可怜的士兵。于是,一队队消防战士就像夏日里的飞蛾,义无反顾地扑进了耀眼刺目的火光中。

早晨7时15分:在化学危险品罐区前,时任副总理张德江与刘金国亲切握手。

郭海的画外音:黎明时,有随行人员请示刘部长,张德江副总理已经乘专机来到了大连,您是否回到总指挥部去?刘部长摇头:大火还没有扑灭,我不能离开。张德江副总理乘船视察了海上火场的情况后,来到化学危险品罐区,亲切慰问了刘金国副部长和全体消防官兵。

早晨8时30分:刘金国和王立科坐在蓝色塑料泡沫桶上,手里端着简易餐盒。

郭海的画外音:刘部长自从来到化学危险品罐区,在那条小路上,整整站了七个小时,没有喝一口水,也没有坐下来休息。第二天早晨八点多钟的时候,保税区管委会办公室的同志们送来了盒饭,刘部长和王立科副市长才找到空的塑料泡沫桶坐下来。打开餐盒,发现没有筷子,他们就和消防战士一样,用油黑的手抓起食物送进嘴里。

第二章 补充的采访

大连市公安局机场分局局长齐志侠："7·16"当晚,我在分局加班。九点多钟,刚回到家里,就接到了市局王庆国副局长的电话。命我以最快的速度赶回机场,迎接专程来大连指挥灭火的公安部副部长刘金国。他在电话里嘱咐我,市局全体党委成员都在现场参加灭火,你一定要安全、准时地接到刘部长。我放下电话,边穿制服边跑出了家门。一路上,我将警车的油门踩到了底,闯过所有的红灯,仅用了十分钟,就由市区赶回了机场。

如此十万火急,是因为我不知道刘部长的航班号,九点半左右正有一架从北京来的飞机降落。赶到机场后,我和同时赶到的彭有顺政委一起跑进了候机楼。又抄最近的通道,跑上了停机坪。还算幸运,那架飞机刚刚降落。舷梯搭好,我们就冲上了飞机,却没有发现刘部长。

回到停机坪的警车里,我冷静下来仔细想了想,刘部长接到报告,经过请示,再赶到北京机场,需要一段时间,不可能搭上这班飞机。之后,还有最后一个航班在午夜进港,刘部长很可能会搭乘它赶来大连,于是,就与彭政委一起,坐在警车里等候。

午夜时分,忽见市公安局警卫处的前导车驶上了停机坪。我兴奋起来,他们一定接到了准确通知,到这里迎接刘部长。至此,我一直悬着的心才落了地。

最后一个航班降落了。飞机停稳,舱门打开,身穿白色短袖衬衣的刘部长和几个随从走下了飞机。我们站在警车旁,目送他上了考斯特面包车,车队随后驶出了停机坪。

再见到刘金国部长,是第二天上午11点多钟。他将乘中午的班机赶回北京,临走之前,到机场附近的宾馆稍事休息。我接到通知后,在宾馆门前等候。考斯特面包车驶来了,到了眼前,我才认出它。原本干净整洁的车子变得通体油黑,轮胎上沾满了泥浆。车门打开,刘部长走下来,我立即惊呆了。只见他脸色蜡黄憔悴,头发油腻凌乱,白色衬衣沾满了油污。脚刚落地,竟没有站稳,踉跄了几步,险些跌倒。我连忙上前扶住部长,将他送进了宾馆大门。

回过身,正遇考斯特面包车司机。他凑到我面前,悄声问:领导,这老头儿是谁?

我看了他一眼,没有说话。

司机连忙说:对不起,我没有别的意思。昨天晚上,他在大火前站了7个多小时。我听说,他身后的那些罐里装着叫什么二甲苯的东西,万一爆炸,立即就要去见马克思,可这老头儿好像根本不害怕,太令人敬佩了,我今天算是见识到共产党的干部了。

听了司机的这番话,我说不出的震惊和感动,连忙派属下找到刘部长的秘书,想为他们安排午饭。秘书谦和地说:请示一下部长。片刻后,他打来电话说,就要一碗面条。我们便让宾馆的餐厅做了面条,送进了部长的房间。

机场公安分局副局长刘伟:中午十二点钟,刘部长在王立科副市长的陪同下,来到机场候机楼贵宾厅。刚坐下,服务人员就投来了惊讶的目光。原来,刘部长的皮鞋仿佛走过了几百里的泥水路,沾满了油污和泥巴,还从未有人穿着这样的鞋走进贵宾厅。她找来湿毛巾,站在一旁的彭有顺政委连忙接了过去。刘部长执意谢绝,推辞了半天,经不住大家劝说,只好顺从。于是,50多岁的彭政委蹲下身子,认真地将皮鞋擦拭干净。后来,彭政委告诉大家,在那一刻,发自内心地想为这个可敬的老人做点什么,而忘了这是权高位重的公安部副部长。

领导们在谈话,刘部长的秘书来到我身边,悄声问:哪里有提款机?我马上带他出去,找到了最近的提款机。秘书取出钱,转身交给我:这是我们的机票钱,部长指示,一定要交给你们。

飞机要起飞了,刘部长和随行人员朝登机通道走去。我握着机票钱,望着部长渐渐远去的身影,禁不住热泪盈眶。他匆匆地来,又匆匆地走,为了这座城市,几乎付出了自己的生命,而吃的只是一碗面条……

第三章　大连港的前生今世

我问郭海处长:引起火灾的103号储罐隶属于中石油公司,为什么大连港公安局参加了救援?

他说:发生火灾的地点是大连港集团新港成品油码头,在公安局的业务管辖范围里,但我说不清楚中石油的储罐为什么会在大连港的码头里。

为了弄清楚其中的原委,我开始了对大连港的探究。在我的记忆里,自从认识了这个城市,就认识了这座港口。改革开放之前,大连只有一条主干路贯穿城市东西。位于东段的斯大林路,现在已经改作人民路,我小的时候,就住在这条马路附近,它的尽头是大连港,最突出的标志是客运码头。码头有长长的室内栈道,一直伸进大海里,透过玻璃窗就能看见外面的景色。在孤寂苦难的童年,我经常会跑进去,看大海,看轮船,把那里当作我的乐土。

经过"7·16"事件,我才知道,大连港并不是我童年脑海中的样子。为了这部报告文学的写作,我查地图,翻资料,深入大连港集团采访,终于弄清了其中的渊源。并且,我惊奇地发现,"7·16"特大原油火灾一旦失控,不但城市会遭受灭顶之灾,随之被烧毁、被湮没还有中国半部近代史!一个大连港浓缩了从清朝末年、辛亥革命到民族解放、新中国成立和改革开放的全部历程。一旦消失,也将会成为世界人文史上永远的伤痛。

在港口地图上,我才看清,大连港有数个码头,全都集中在濒临黄海的港湾里。最早的码头,始建于清朝,距今已经有100多年的历史,在当时隶属于金州县城的一个叫柳树屯的村子旁。世界上有些事情真的是说不清又很神奇,只能用"缘分"二字形容。在那码头附近,还有我的故乡,也是一个大海边的小村落,但它对于我来说,早已不存在了。我的爷爷14岁就跑进大连城里打工,他刻苦努力,攒下了很多钱,又做起了生意。后来,父亲在城里读了高中,又读了大学,再也不可能回到故乡。到了我这里,籍贯栏上填的是金州县城,那个大海边的小村落仿佛从来没有存在过。如果不是因为一个人,它真的会永远尘封在历史中,也永远与我无关。

这个人生于晚清,与我相识在"文革"之后。他在父亲的酒后真言里出场,没有形,也没有神,只是一个故事就深深地骇住了我。从此,他就经常出现在我的面前。有时,站在夜半的卫生间旁;有时,陪我在寂静的滨海路上,看晚秋大海里的夕阳;还有的时候,当我独自驾车于雾中、于夜里,他就低垂着眼睛坐在副驾驶的位置上……

在现实世界中,我不可能见过他,父亲也说不出他的身材容貌。可每当这个人出现在我的眼前时,就是一个体格高大、形销骨立、神态安然又无比忧伤的男子。他就是我父亲的爷爷,一个切切实实与我梦中的故乡有关的人。

他因为追逐太阳而死,所以,我叫他夸父。

他出生于贫苦的农民家庭,从没有读过书,也没有机会见识与艺术有关的东西。他所受的教育,全部来自一个走村串乡的说书人。那人只会说《三国》,夸父也最喜欢《三国》,百听不厌。年年听,月月听,跟着那个说书人,在梦里构筑自己的王朝。后来,夸父无师自通,居然背下了《三国》,还学会了说书时要用的乐器。于是,夸父也成了说书人。农忙时,照顾田地。农闲时,就背着家当走村串乡,述说梦中的王朝。

夸父不但会背《三国》、演奏乐器,还会盖房子、画画儿。除了说书,他最喜欢被人家请去盖房。我猜想,建筑中也有他梦里的王朝。所以,夸父每盖好一处房子,就要在围墙外画上桃园、草船和策马急驰的关云长。

有一年,柳树屯的一户人家请夸父去盖房子。他兢兢业业苦干,过了春天,又过了初夏。房子即将落成,夸父又开始在围墙上画桃园、草船和策马急驰的关云长。可天公不作美,下起了瓢泼大雨。一天、两天、三天,模糊了他梦中的王朝,桃园、草船和关云长变成了彩色的泪,潺潺而流;四天、五天、六天……大雨整整下了一个月,房子的地基开始下陷。原来,生活中真的有《百年孤独》里写到的雨,将世界变成马孔多,消匿了夸父的太阳,也毁了他一砖一瓦盖起的"王朝"。

刚开始,夸父坐在即将竣工的房子里盼着他的太阳;后来,他走出去,绕着围墙等太阳;再后来,夸父在漫天的大雨中奔跑,呼唤梦里的太阳……他疯了。家人将夸父接回去,锁在一间杂物屋里,只在吃饭的时候,才会打开门锁,扔进一块干粮。

在一个朝阳鲜红的早晨,家人发现屋门洞开,夸父不见了。院门口遗落了一只鞋,人们顺着找出去。不久,又发现了另一只鞋,然后是裤子、内衣等等,一直撒落到朝阳鲜红的大海边。赤身裸体的夸父奔向了沉沉的蔚蓝,也奔向了永远走不出的梦……

从写作的第一天开始,我就知道,夸父的梦就是我的梦,他同时送给我的,还有一切与这梦有关的痛苦与煎熬。我将毕生奋斗,把自己的笔当作一个岛、一条船,在无际的大海上沉浮……

获奖作品《寂寞英雄》的主人公赵振金是新港派出所的所长。所谓的新港,就是指在"文革"时期依托老港口建起的大连港成品

泣血长城 ⋯ 第二部 金色花开——九个战士之外的传奇

油码头,与我的故乡毗邻。当年去采访的时候,我就觉得世事奇妙,居然会以这种方式重回故乡,但更奇妙的事情还在后面。

2010年7月17日,我第一次去"7·16"特大原油火灾现场,并不清楚它到底在哪里。进了开发区,每个路口都有交警,我只是按照他们的指引,就顺利地进入了现场。车子驶上山坡顶,眼前立即出现了几年前的情景,这里居然就是我为了写作《寂寞英雄》时,曾经来采访的地方。"7·16"火灾现场有一条迎宾路,北面的山坡上是103号储罐所在的库区,南面就是当年赵振金派出所的管区。我心下一凛,不但想起了《寂寞英雄》,也想起了夸父。其实,在那一刻,我就预感到了未来,也许,又一部作品、又一次磨难即将开始。这一切与夸父有关吗?还是与他无关?谁能说得清楚⋯⋯

不合时宜的艺术家死了,大海边来了个拖着长辫子的小老头儿。他乘着火轮船在海湾里转了一圈又一圈,指着岸上的柳树屯说:就是这里了。在清朝末期,能够乘着火轮船指点江山的只有当朝宰相李鸿章。为了强军强国,也为了抵御虎视眈眈的各路列强,他建起了旅顺港。有了军港,就要停靠军舰,它们需要上煤、上水、补供给。商船不能开进军港,于是,另一个商用码头基地就在柳树屯崛起了。

我不知道李鸿章的洋务运动是不是也该叫作改革开放,但他面临的困难同中国20世纪80年代初期一样,要建港口,既没有技术,又缺少资金。旅顺军港的建设承包给了法国人,柳树屯商务码头又该如何呢?他只好一边进行地理测量,一边想办法。这引起了俄国人的注意。沙俄皇帝的美梦就是能在中国东北的土地上建立自己的港口,让西伯利亚乃至全俄国与世界通航。他深知孤立在大海之中、被自己的弹丸之地憋得眼珠子发红的日本人,也对中国东北这块肥肉虎视眈眈,万一战争爆发,港口又能直接派上用场。机会终于降临,李鸿章建了军港,又要修建柳树屯商用码头。于是,沙俄皇帝将此重任委派给能干又负责任的财政大臣维特,他立即找到了既缺钱又缺技术的李鸿章,两个人一拍即合,《中俄密约》诞生了。

俗话说,世界上没有无缘无故的爱,也没有无缘无故的恨。俄国人不会只为了帮助李鸿章实现洋务运动的梦想,而为他出钱出力,双方的着眼点都在"利益"两个字上。只是,俄国人的利益看得见、摸得着,实实在在。而李鸿章的利益却是一个近乎荒唐的童话——要让一个皇帝昏庸无能、人民拖着辫子、抽着鸦片的民族,忽然崛起于世界的东方。否则,就要挨打,就要亡国,中华民族的历史将李鸿章推上了风口浪尖。没有利益,谁都不会白帮忙,人家给你技术和资金,你就要付出土地和港口。每一个条约都不可能平等,李鸿章的小辫子被人家死死地攥在了手里。摆在他面前的只有两个选择,要么坐等灭亡,要么引狼入室。李鸿章的悲剧在于,泱泱大国只有他一条汉子,要独自承担所有的后果。

从为了国家强盛而积极投身洋务运动的民族脊梁,到签订了一个又一个不平条约的卖国贼,历史弄人,造化弄人。李鸿章留给世人的只有一句话:受尽天下百官气,养就心中一段春。其实,这句话脱胎于他的老师曾国藩的座右铭:养活一段春意思,撑起两根穷骨头。李鸿章受的不但是天下百官的气,还有天下百姓的气,并且,永远没个完。只要谈到中国现代史,他就是全中国人民唾沫星子里的卖国贼,即使死了,仍然还要受气。俗话说,宰相肚里能撑船,李鸿章的肚子里撑的是一个民族的历史之船,正行驶在狂风巨浪的黑暗海面。面对这样惊世骇俗的委屈,他能做的只有一个字:"挺"。谁又能说得清这位当朝宰相的绝世痛苦?

第二部 金色花开——九个战士之外的传奇

如今,历史终于显露出清晰的脉络。从洋务运动、辛亥革命到中国共产党领导人民实现民族解放,再到今天的改革开放,无数个民族脊梁的无私奉献,千千万万民众的鲜血和生命,才成就了八个字:国家强盛,民族兴旺。李鸿章无疑是处于黎明前最黑暗的时代,他的努力和开拓,除了一个个不平等条约,到底还有什么?历经百年沧桑的大连港提供了一些事实和证据。

《中俄密约》签订后,俄国大量的资金源源不断地流进了中国黄海边的一个小海湾里,规模空前。以至于负责港口建设的财政大臣维特,被政敌弹劾,险些败走麦城。但李鸿章和沙俄皇帝的梦想还是成了现实,港口建成了,并因此崛起了一个城市——达里尼,俄语的意思是遥远的地方,也就是今天的大连,岸上长满柳树的海湾随之被称为大连湾。

目睹此情此景,憋在大海里的日本人再也坐不住了,日俄战争终于爆发了。沙俄政府患了同大清帝国一样的致命毛病,政治腐败直接导致军队软弱,旅顺军港失守后,随即兵败如山倒。据说,日本人的军队只是排着队走进达里尼,就成了新的占领者。而留给中国人的耻辱是,世界战争史上唯一一次两国在第三国的领土上交战,而第三国却宣布中立,任由交战国在自己的国土上横行肆虐。

当时的中国人称俄国人为大鼻子,日本人来了就理所当然被称为小鼻子。李鸿章卖完国就死了,随后的辛亥革命也被扼杀在摇篮里,中国共产党还处在萌芽状态,达里尼的中国人惶惶然就由大鼻子的奴隶变成了小鼻子的奴隶。他们没有权力选择,更没有能力选择。于是,弹指一挥间,又是四十年血泪史。中国人的血汗成就了日本人的东亚第一大港,从东北掠夺的大豆、高粱、煤炭、铁等等物资,从大连港源源不断地运到了日本。

1945年,世界反法西斯战争取得了胜利。苏联红军由东北长驱而入,赶走了大连的日本人。作为出兵筹码,国民政府与苏联签订了《中苏友好同盟条约》,规定苏联可无偿租借大连港30年,于是,港口再次易主,变成了红色苏联的领地。

1949年,新中国成立。国家主权和民族利益是毛泽东心口的最痛,大连港的问题不解决,他寝食难安。两个月后,毛泽东踏上了苏联的土地,与斯大林展开了一场没有硝烟的战争,迫使苏联签下了新中国的第一个平等条约,大连港终于回到了祖国的怀抱。

1973年,四个现代化建设提上了中国共产党的议程。周恩来拖着病体,面对着经历了"文革"浩劫而满目疮痍的国家,在一次中央政治局会议上提出:从现在起,三年改变港口面貌。一句话,催生了大连港的扩建。仅仅十八个月后,以存储、运输石油产品的新港成品油码头就落成了。

1984年,邓小平做出了进一步开放十四个沿海城市的决定。大连港迎来了新的发展契机,先后建成了集装箱码头、矿石专用码头、汽车专运码头、干杂货港区和国家战略储备油基地等等,在全国乃至亚洲都居首位。

如今,一百多年过去了,柳树屯旁简陋的商务码头已经发展成了由大窑湾、大连湾、鲇鱼湾、大孤山半岛组成的一岛三湾的港口群,"7·16"特大原油火灾就是发生在居于其中的新港成品油码头。它是全国最大的成品油码头,由于时代和经济形势的发展,形成了多种经营方式的集合体。一些合资、独资企业也进入码头租用场地进行商业活动。这次引发大火的103号储罐隶属于中国石油总公司,它与隶属于大连港的南海罐区和大连港与挪威一家公司合资经营的化学危险品罐区仅一路之隔。城门失火、殃及池鱼,已有百年历史的大连港就这样被拖进了火海、拖向了地狱的边缘。

大火一旦失控,就意味着中国几代人的所有努力都将付之一炬。"7·16"特大原油火灾成了历史考验新一代大连港人的残酷契机。他们做梦也没有想到,在经历了50多年和平生活、在如今衣食无忧的安逸中,历史和命运会忽然将他们推上了港口生死存亡的紧要关头,需要用自己的生命做出义无反顾地选择。

　　随着采访的深入,我终于弄清,停在化学危险品罐区附近的两辆消防车就是大连港公安局的。它隶属于国家交通运输部,承担着大连港集团各作业区内的公安保卫工作。但业务上又与大连市公安局有着千丝万缕的联系。这种复杂的体制剪不断、理还乱,我在其中采访了近两个月,也没有弄清这些警察的来龙去脉。唯一可以确定的是他们跟我一样穿着制服,并且,麻雀虽小,五脏俱全,不但有治安、刑侦部门,还有一支消防队。

　　在这支队伍中,有警察、工人和招聘的合同制农民工。尽管看起来像个杂牌军,但大连港集团丝毫没有怠慢,每年都从企业收入中拨出专项资金武装这支队伍。拥有的消防车及各种物资装备,堪与专业消防部队相媲美。近百名消防员编成4个中队,分布在各大作业区里。其中的三中队就驻守在"7·16"特大原油火灾的发生地——新港成品油码头。这里尽管有许多各种性质的经营体,但负责消防工作的只有这支队伍。

第四章　祸起萧墙

2010年7月17日6时许,三中队的消防员栾永利正在值班,忽然传来一声巨响,房屋、门窗随之剧烈震动。他连忙跑到窗前,见百余米外的山坡升了滚滚浓烟。他定了定神,仔细观察,发现爆炸声是从中国石油总公司的罐区里传来的,栾永利马上拉响了警笛。几分钟后,十几名消防员和3辆消防车就赶到了现场。

罐区里共有6个十万立方米的原油储罐,浓烟正从其中的103号罐附近涌出,就像一团团巨大的黑色蘑菇云蜂拥翻滚,瞬间就淹没了整个罐区。栾永利和消防员们从未见过这样的阵势,又惊又怕,连忙用对讲机通知队里的值班员拨打119,并向大连港公安局消防支队的领导汇报。同时,他们也立即投入了战斗。农民工消防员姜辉驾驶高喷消防车驶近103号罐,放下四个地面支架,又伸出长达几十米的高举臂,从空中喷洒灭火泡沫。栾永利和许传杰则带领另外两辆车上的消防员迅速铺设水带,连接车体水枪,准备灭火。

工作刚进行了几分钟,忽然,又是一声震天动地的巨响,大火随之冲天而起。接着,裹挟着原油的流淌火如滚滚岩浆,从103号罐的管线里喷涌而出,朝着附近的高喷消防车直扑过去。驾驶室里的姜辉见此情景,急忙操作设备,试图收起地面支架和高举臂。可是,所有的按钮都失灵了,无论他如何按动、敲打,都丝毫不起作用。此时,被流淌火追撵着跑下来的栾永利和许传杰来到车前,朝着驾驶室里拼命喊道：快撤！快撤！却没有回应，情急之下，他们跳上车，见姜辉还在敲打按钮。两个人不由分说，拉着他就朝车外拽，姜辉抓住方向盘哭着喊：这是八百多万元的车啊，不能走，不能走啊……

栾永利和许传杰拼命将他拖下了车，脚刚落地，流淌火就到了眼前。三个人只得跌跌撞撞地朝山坡下撤退。姜辉一边跑，一边回头看，只见大火淹没了高喷车的轮胎，又淹没了驾驶室，最后彻底吞噬了它。看着与自己朝夕相处的"伙伴"葬身火海，姜辉从胸膛里发出了绝望的嘶吼：对不起，对不起，下辈子，你做人，我做车！

这辆价值八百多万元、像擎天柱一样高大、威猛的消防车，后来被烧得面目全非，只剩下黑色的钢铁骨架，变成了我眼中远古荒原上的猛犸尸体。

在第一次爆炸发生前，大连港成品油码头公司的调度小赵，正在距103号罐几十米远的办公楼里值班。因为是公休日，港区里一片宁静。临近交班了，他开始写值班记录。忽然传来一声巨响，还未等他反应过来，就已经被掀到了对面的桌子底下。小赵趴在地上，心里一片空白。片刻后，才被稀里哗啦的响声惊醒，他慢慢探出头，发现是被震碎的窗户玻璃纷纷落下。

糟了，是哪里发生了爆炸！小赵顾不上害怕，从办公桌下爬出来，跑到窗前，只见中石油的103号罐已是浓烟滚滚。他马上抓起电话，拨通了总经理王毅的手机。

喂？电话里传来了王毅的声音，还伴随着杯盘碗筷的响声。小赵看了看墙上的表，正是晚饭时间，于是，努力镇定下来，说：王总，中石油公司的罐区出事儿了，我刚才听到了爆炸声。

现在情况怎么样？王毅顿时紧张起来。

小赵朝窗外看了看,说:消防三中队已经赶到那里……正说着话,他听见电话里传出一个老人的声音:你又要走?

小赵知道这是王毅的老母亲,想到总经理难得回家探望,便尽力用平静的语气说:您别担心,已经有3辆消防车赶到那里了,我随时向你汇报。

王毅的口气依然紧张:发现明火了吗?

小赵又看了看窗外:还没有,只是烟很大。

你一定要严密注视,中石油的罐区与我们的南海罐区和OTD(即化学危险品罐区)只隔了一条创业路,如果有明火蔓延过来就麻烦了。说到这里,王毅果断道:不行,我必须马上回公司,你随时向我报告情况!

小赵答应了,放下电话,手却忍不住颤抖起来。他已经在油品码头工作多年,深知如果有明火越过创业路,就会造成火烧连营的惨祸。几百万吨原油、大量的剧毒化学品还有极易燃烧爆炸的汽油、柴油……他不敢想下去了。正茫然间,又是一声巨响传来,再次将他掀倒在地,接着,滚滚的浓烟和热浪就铺天盖地席卷而来。小赵彻底慌了,摸索着爬起来,又摸到窗前,只见中石油罐区里大火冲天,遍地的流淌火顺坡而下,朝创业路涌去。他转身找到电话,颤抖着拨通了王毅的手机,听见总经理的声音,就哭了起来:王总,流淌火马上就要越过创业路了!

你不要慌,照我的话去做!王毅果断镇定,向小赵下达任务:报告集团总值班室,立即调度新港沿岸的货轮起锚离港。然后,通知全体干部和相关岗位的人员,马上赶回公司,到南门岗集合,我也会尽快赶到!

小赵答应了,刚想放下电话,王毅又喊道:OTD装车平台附近,有一组油罐火车,也立即调离!

当小赵按照王毅总经理的要求完成了调度工作时,办公楼里已是浓烟密布。他只好摸索着下楼,准备去南门岗集合。外面的爆炸声不绝于耳,一阵阵热浪涌进楼里,将他的脸烤得生疼。一边走着,小赵想起了怀孕的妻子。他们刚刚结婚半年,小日子正过得红火。想着,想着,眼泪就流了出来,他觉得自己很可能回不了家了。于是,掏出手机,拨通了好友的电话,简单说了现场的情况后,哽咽道:我今天要扔在油品码头了,回不去了,媳妇儿和孩子交给你了……然后,不等对方讲话,就狠心关了手机。

重重地叹了口气,他一边抹着眼泪,一边下楼,朝门口走去。忽然,浓烟里冒出了一个人。小赵透过泪光仔细看,居然是公司技术处的和聪!他喜出望外:你从哪里冒出来的?我刚通知,你就从大连的家里跑来了,这么快,会飞啊。

戴着黑框眼镜,性格沉稳的和聪倒很镇定:我今天加班,在工地上听见了爆炸声,又看见中石油的罐区起了火,知道你会跟领导汇报,就赶紧跑到这里,看看有什么安排。

王总吩咐,全体人员到南门岗集合。小赵说着,又流出了泪:我觉得咱们今天都要扔在这儿了……

和聪安慰他:别担心,会有办法的,我们走吧。

小赵依然沉浸在惊吓中不能自拔,嗫嚅道:今天,你要是能活着出去,可别忘了曾经有我这个朋友……

第五章 "小男孩"莅临

1945年8月6日,美军飞行员驾驶战斗机来到日本广岛上空,投下了人类历史上的第一颗原子弹"小男孩"。核爆炸后,城市化作废墟,十几万人随之殒命,其惨景让人触目惊心。以至于许多年来,世界上所有的政治家都没有勇气使用核打击。2010年7月16日,一场人类历史上空前的灾难逼近了美丽的海滨城市大连。由中石油罐区103号储罐的管线爆炸引起的大火,直逼附近的化学危险品罐区(简称OTD),那里的54个盛满剧毒物品二甲苯的储罐,一旦燃烧爆炸,其当量相当于数个"小男孩"莅临,瞬间就会将城市夷为平地。随后泄漏的毒气则会令全城的人、动物、植物,在一呼一吸间殒命,美丽的大连从此将变成一座恐怖的死城!

那一天,正值大连最美好的盛夏季节。周末的傍晚,美丽的城市祥和、安宁。海滨浴场里,洋溢着孩子们的欢笑,鲜艳的泳装将大海染成了缤纷的彩画,在天空下起伏荡漾。餐馆、公园、电影院里也正是宾朋好友聚会的时光,人流穿梭,挥洒着幸福生活的柔情蜜意。无数个家庭刚刚点了灯,城市亮了,到处流光溢彩。忽然,全城里,电话铃声骤响。先是119、大连港集团总调度室,接着迅速蔓延。大连市委、市政府、公安局、安监局……急促的铃声惊醒了城市的每一个角落。无数个身影从居民楼、餐馆、海滨浴场涌出,手握电话、行色匆匆。

连接大连市区和位于开发区火灾现场的东快路上,一辆接一辆的消防车拉着凄厉的警报疾驶。驾驶摩托车的交通警察则像从地里冒出来一样,忽然就穿梭在消防车之间。眨眼的工夫,他们就抢在消防车之前,站上了所有沿途的路口。高大、俊武的消防车从未像此时拥有如此众多的追随者。在它的身后,从城市各个角落赶去参加救援的人们,或驾驶公车、私家车,或乘出租车,全部打着紧急双闪灯疾驶。东快路上仿佛变成了F1方程式赛车场,五花八门的参赛车连绵不断。轿车、吉普车、面包车,新的、旧的、国产的、进口的,驾驶它们的司机全都不亚于专业赛车手,在超高速和超流量的竞赛中,居然没有发生一起事故。

在这场竞赛中,获得第一名的是大连港公安局消防支队长徐志有。7月16日下午,他利用周末空闲时间,与负责防火工作的专干王进军一起,逐个对所属的四个中队进行例行检查。第一次爆炸发生时,他刚刚离开三中队,出了港区,正准备去位于大连湾的四中队。接到报告,徐志有立即掉转车头,只用了十多分钟,就赶回了三中队。换上防火服,刚穿了一只消防靴,第二次爆炸就发生了。他浑身一震,顾不得穿上另一只靴子,瘸着腿跑出了三中队,跑上了创业路。

远远望去,只见流淌火撵着两辆消防车和几个消防员直逼OTD罐区。这凶险的情景令徐志有心急如焚、脚下生烟,一口气就跑到了罐区大门口。当王进军拎着另一只靴子赶到时,流淌火也到了眼前,就像一扇火红的大门,在创业路上轰然闭合,将徐志有和王进军等十几个人困在了化学危险品罐区。

大家定下神,发现是罐区前两米多深的管线沟救了他们的命,阻住了流淌火。王进军连忙将靴子递给徐志有,他接过去,一边穿鞋,一边掏出了手机,准备向局长杨明汇报。刚拨通了号码,就见一个白色的身影从OTD罐区里走出来,正是年逾50、身穿警监制服的大连港公安局局长杨明。事故发生时,他正在附近参加港区的工作会议,听到发生事故的消息,立即赶来了。到了油品码头,直接奔向最令他担心的OTD罐区。由于大火已经封锁了创业路,无法直接进入,杨明只好驾车顺着海边绕过几个作业区,来到了OTD罐区背后,穿过54个储罐,出现在了徐志有面前。

见到杨明,徐志有脸色惨白、泪眼婆娑,抖着嘴唇说:局长,出大事了,你看怎么办?

杨明握住他的手诚恳而果断地说:老徐,你是消防业务专家,现场指挥权交给你,我负责协调各方事宜。无论出现什么后果,责任都由我来承担!

听了杨明的话,徐志有用力擦掉眼泪,说:局长,你放心,我豁出命也要保住OTD罐区! 现在,当务之急是请求增援,这里的情况太凶险,只靠我们十几个人,万一顶不住……

杨明马上接过他的话头:大连市消防支队的官兵应该赶到了,我这就出去,找到指挥员汇报情况,尽快争取援兵。说完,转身又跑进了OTD罐区。

杨明局长刚走,从北侧南海罐区的管线沟里爬出了一个人。徐志有冲过去大喊:你不要命了?

来人像没听见,站起身走了过来。只见他浑身上下沾满了原油,就像京剧里的大花脸,只有两个眼白闪闪发光。徐志有定神仔细看,原来是自己的部下、副支队长窦占祥! 他口不择言:你疯了,这个时候钻管线,不要命了!

原油腻住了窦占祥脸上的表情,只能听见他从喉咙里发出的声音:创业路已经被大火封死了,我心里着急,就从管线沟里爬了过来。

两个人顾不得再寒暄,一起观察现场情况。此时,OTD罐区前深达两米的管线沟已渐渐被流淌火裹挟下来的原油填满,大火逐渐朝罐区里逼近。一边是54个二甲苯储罐,另一边则是南海罐区的37号、42号原油储罐。当务之急是扑灭管线沟里的大火,缓解现场压力。弄清了情况,窦占祥说:三中队留守的几个队员已经跑来了,等在南海罐区里。我这就回去,组织他们从管线沟南端灭火,你守住这里,两面夹击,将大火顶在OTD罐区外。

徐志有说:好,我负责管线沟北段。一定要在杨局长带着增援力量回来之前,将火势控制住。

窦占祥抓住徐志有的手:支队长,你千万注意安全!说完,跑到南海罐区的管线沟旁,弯下腰,又爬了回去。

第六章　地狱门

送走了窦占祥,徐志有刚转回身,从103号罐的方向又传来了震天动地的爆炸声。再次涌出的原油加入到已经逼近OTD罐区的流淌火中,令火势瞬间加大,像条巨龙,蜿蜒盘旋,龙头直接扑向了位于罐区北侧的装车平台。那里距徐志有所在的位置几十米,地下铺满了输送剧毒、易爆化学品的管线,平台上则是阀门林立,一旦陷入火海,阀门发生爆炸,流淌火就会顺着管线钻进54个储罐,将OTD罐区变成原子弹发射场。徐志有看着大火扑向装车平台,却无能为力。跟随他的消防员们已经连接了车体水枪、水带,开始扑救管线沟里的大火,要拔下来,再开车赶过去,即使长了飞毛腿,也跑不过疯狂的火龙。他绝望之极,拿起对讲机声嘶力竭地喊:OTD……装车平台……救命,快啊,救命……

仿佛是上帝听到他绝望的喊声,一辆消防车和几个消防员如天兵天将般出现在装车平台前。原来是二中队的农民工消防员孙令明,带着罗双宝等3人赶来了。他们如此神速而及时,得益于已经做了十多年消防员的孙令明。

二中队驻扎在集装箱港区,离油品码头约3公里。当天,正在值班的孙令明忽然听见一声巨响,多年参与港区灭火的经历锻炼了他的直觉,不禁心头一惊:是爆炸声。于是,顺手就拉响了警铃。楼上的农民工消防员罗双宝、孙连涛等3人听到铃声,顺着钢杆滑到了车库中,换好防火服,跳上孙令明驾驶的消防车,就冲出了大门。

　　出发不久,又一次爆炸声传来,孙令明听出,是来自油品码头。于是,按下消防车的警笛,直奔最近的北门岗。上了创业路,流淌火已滚滚而下,拦住了他们的去路。孙令明只得停下车,准备用对讲机呼叫消防支队领导。正在此时,一个工人慌慌张张跑过来,用力敲打消防车,喊道:快去装车平台,那里到处都是管线、阀门,一旦起火,发生爆炸,就会引爆……那……那……他一边喊,一边哆嗦,结结巴巴,说不出关键的词。孙令明正焦急,对讲机里传出了徐志有声嘶力竭的喊声:OTD……装车平台……救命,快啊,救命……

　　孙令明扔下那个工人,开动车子,朝OTD罐区跑去。到了门岗,刺鼻的浓烟蜂拥而至,淹没了眼前的一切。他只好硬着头皮继续前行。忽然,车身右侧传来一阵吱吱嘎嘎的声音,孙令明听出是消防车挤在了大门旁的水泥柱上。他一阵心疼,但想到就要爆炸的装车平台,横下心,再踩油门。又是一阵更剧烈的摩擦声,消防车终于挤进了大门。

　　看见装车平台,他立即停下车,大声吩咐其他队员:罗双宝和邵百松跟我把水枪,孙连涛负责操作车上的控制开关!说完,就率先打开了车门。黑色的浓烟扑面而来,霎时堵住了他们的喉咙和鼻腔,几个人剧烈地咳嗽起来。孙令明用手捂住口鼻,跳下车子,脚刚落地,就觉得像被施了定身法术,动弹不得。他低头看,只见遍地原油,足有半尺厚。那边罗双宝也一边咳嗽一边喊:班长,我的脚不能动了! 孙令明扶着车头,奋力走到罗双宝身边:别怕,是山上流下来的原油粘住了靴子。受了惊吓的罗双宝低头看了看,确认是原油,才放下心,跟着孙令明开始连水枪、接水带。

　　刚刚准备就绪,一座高达数十米的火厦,就矗立在他们的眼前。炙烤扑面而来,将抱着水枪的孙令明、罗双宝和邵百松丢进了大火炉里,呼呼的燃烧声像飓风刮得他们站立不稳。在消防车里操纵控制开关的孙连涛,调整好泡沫和水的比例后,就迫不及待推上了送水闸门。迅急的水流,通过水带直达前方的水枪。巨大的冲击力令正在火炉里挣扎的孙令明猝不及防,一个趔趄摔倒在地,拖着身后的罗双宝和邵百松也倒下了。他们摔倒了,爬起来,再摔倒……拼尽全身力气将水枪对准眼前的火厦。

　　大火围住几个年轻的农民工消防员狰狞肆虐,发出呼呼的咆哮声。时间一分一秒地过去,他们身体里的水分被烤干了,力气也用尽了,抱着水枪,在大火里东摇西晃。邵百松的手臂抽筋了,稍一松劲,水带就脱了手,落在地上,拖着前面的孙令明失去了平衡。他趔趄了几步,试图站稳,无奈脚下到处都是滑腻的原油,也撑不住,摔倒在地。就像一根绳上的蚂蚱,罗双宝在劫难逃,跟着也倒下了。他们被水枪和水带拖着,在地上滚来滚去。邵百松急中生智,飞身跃起,扑进油水里,压住了正在翻滚的水带。

　　三个人挣扎了几次都没有站起来,索性坐在地上。火魔扭动着、翻卷着,不断压下来,水枪射出的水柱却像刚刚学习走路的婴儿,蹒跚、踯躅,随时都会倒下,淹没在火海里。原油燃烧的刺鼻气味阻塞了他们的呼吸,耳中灌满了呼呼的火声,烈火烧尽了蓝天和大地,只剩下严酷的炙烤,一寸寸蚕食他们的意识。眼睛模糊了,身体像根面条,再也没有半分力气。他们已经落在了地狱门口,还端着一条水枪,昭示生命的不屈。

　　在生与死的挣扎中,孙令明腰间的对讲机传出了声音,那是徐志有在哭号:弟兄们,为了自己,为了家园,死也要顶住,顶住……就像一道光明撕开了暗夜,孙令明恍然惊醒。他提起力气,大声喊道:宝子,你怕死吗?

109

泣血
长城 … 第二部 金色花开——九个战士之外的传奇

有你在就不怕！身后的罗双宝毫不犹豫地回答。可他还只是个刚满20岁的孩子，马上又拖着哭腔说：就是太渴了！

喝水枪里的水！孙令明应道。

里面有泡沫能喝吗？罗双宝一边说，一边摘下头盔，接了水。心里想着少喝一点，刚沾到那股沁凉，就忍不住一饮而尽。

趴在水带上的邵百松迫不及待地问：能喝吗？

还行，就是有股臭味。罗双宝说着，又接了水，将头盔递给他。

邵百松抓过去，立即将脑袋埋在了里面。

孙令明也贴着水枪边喝了几口，身上渐渐恢复了知觉。随即觉得脸上疼痛难忍，就像千万根烧红的钢针钉进了皮肤。他想用消防水洗脸降温，又不敢松开水枪，于是大声喊：朝我脸上抹把水！后面的罗双宝伸手接了消防水，胡乱替他抹了抹。

"啊"的一声惨叫：我的眼睛！孙令明身体晃动，险些跌倒，但依然挣扎着抱住水枪。

罗双宝吓坏了：班长，你看不见了吗？

孙令明努力镇定下来，说：水里的泡沫有刺激性，我的眼睛很疼，睁不开了。

把水枪给我，你到后面压水带。罗双宝说着，就要接过水枪。

孙令明道：你给我指方向，节省点体力，万一我不行了，你再上！

罗双宝只好答应。用肩膀抵住孙令明的后背，一边喊着火势的方向，一边帮他调整水枪角度。后面的邵百松趴在地上，用身体压住水带。三个年轻的农民工消防员，顽强地守着装车平台，守着人间和地狱的最后一道防线。

大火愈烧愈烈，孙令明的水枪却越来越弱，是消防车里的水快要用完了。天空上，火头狂舞，越过三个消防员，朝装车平台压下去。就在这千钧一发之际,火光里出现了一个高大的身影。他赤裸上身,拖着一支水枪,如旋风般冲上了装车平台。是大连港公安局消防支队的战训科长李尚勇赶来了。就像他的名字,这位从部队转业的退伍军人,浑身上下充满了孔武气质。他瞪着血红的眼睛,以万夫莫当之势,截住了肆虐、咆哮的大火!

后来,在接受我的采访时,李尚勇说:当我从大连市区赶到油品码头时,整条马路已经堵得水泄不通,车子无法开进现场。我只好从几公里外,弃车跑步。刚开始,心急如焚,恨不得插上翅膀飞进去。可是,越跑脚步越沉,不只是体力消耗,还因为绝望如黑云般压住了我的心。只见创业路上一片火海,爆炸声不绝于耳,一个接一个的火球腾空而起,照亮了整个OTD罐区。我不由自主地朝着它跑去。一边跑一边想,这是我活在世上的最后一个夜晚。其实,我可以去找指挥部,也可以联系领导请示任务,但我就是无法停下脚步。OTD罐区危在旦夕,它就是命令,推着我不断地跑,不断地跑……当看见大火就要吞噬装车平台旁的几个消防员时,我的血沸腾了,再也顾不上前路生死,甩掉身上的T恤衫,抓过刚刚开近的一辆消防车上的水枪,就冲了上去!

李尚勇赶来了,其他队员也赶来了,消防车一辆接一辆驶进了OTD罐区。孙令明等人得救了,他们互相搀扶着站起来,加入新的战斗。孙令明顾不得眼睛的剧烈刺痛,跑去帮助铺设新的水带。正忙碌间,一截还未接好的水带被消防车碾压弹起,金属接头横飞而来,孙令明视线模糊,躲闪不及,被砸中了小腿。他"啊"的一声惨叫,跌坐在地上。罗双宝跑过来,见他疼得浑身缩成一团,无法动弹,连忙扶住他,说:我们的消防车要出去加水,你跟着撤吧!

孙令明说:我不能走!

罗双宝急了:如果再发生爆炸,你跑不动,会死在这里!

孙令明扶着他，挣扎着站起来：就是死，我也要跟你们死在一起！说完，拖着伤腿，一瘸一拐，走进了火光中……

第二天下午，拖着伤腿在大火中挣扎了20多个小时的孙令明，被送进了医院。他的小腿已经肿胀不堪，伤口发黑，医生不得不用剪刀剪开了裤子。躺在病床上，望着窗外无尽的夕阳，孙令明才觉得自己又回到了人间。他想起了妻子和两个年幼的孩子。拿出手机，犹豫了许久，才拨通了电话。

我在电视里看到大连港着火了。妻子听见他的声音就迫不及待地说。

是，是着火了。孙令明压住心里的酸楚，平静地回答。

你没事吧？

嗯，起火的是成品油码头，离我们集装箱码头很远。孙令明知道妻子弄不清状况，就真话假话掺和着说。

那就好，那就好，吓死我了，你没事儿就好。妻子如释重负。

孙令明听着她的声音，浓浓的酸楚已经涌上了喉咙，担心再说下去会露馅儿，连忙改口：我现在有事，晚上再打给你。

放下手机，孙令明抓过被子捂住了脸。来到大连港十多年，他从未告诉家人，自己是在做危险而艰苦的消防员，免得父母妻子担惊受怕。此时，他只能将所有的压抑、痛苦化作无声的泪水，流进无人知晓的黑暗中，流回那些寂寞、坚忍的岁月里……

第七章　海南丢的新梦想

清朝中期,朝廷开始免收人头税。原本是个减轻百姓负担的好事,却不料催生了另一个社会问题——人口急剧膨胀。在山东,农民们的几亩薄地无法养活众多子孙,遇到灾荒年,饿死人便是常有的事,逼得他们只好另谋生计。于是,就有了闯关东的移民潮。走水路的逃荒者,从海上来到大连,因为上岸的地方朝南,看起来是来自大海的南面,大连当地人就给他们起了个可怜的名字:海南丢。可他们遇到了好运气,俄国人正在兴建港口,需要大量的劳动力。下了船,这些被叫作海南丢的山东汉子,就被召集到工头的麾下。那时,俄国人刚刚进驻大连,民风还算淳朴,工头们也厚道,来了新人,先让伙计挑来成担的大馒头和白菜炖粉条。活了多少年就饿了多少年的海南丢们,平生第一次吃上馒头,并且还管了饱,不禁高喊:死了也值!

那时,海南丢们来大连,叫"出洋",口号是:出了洋,吃洋面,挣洋钱!与家乡的几亩薄地和连年的灾荒相比,大连就是人间天堂。尽管后来他们的境遇每况愈下,尤其在日本人统治时期,天堂已经变成了地狱,海南丢们还是源源不断地来到大连,成为港口的主要劳动力。并且,这种传统一直延续下来,直到今天,大连港集团内依然有数以千计来自山东省的合同制农民工,孙令明就是其中的一员。

18岁那年,他从山东沂蒙老区来到大连港,当上了合同制消防

泣血长城 … 第二部 金色花开——九个战士之外的传奇

员,至今,已经在这支队伍里度过了13个年头。合同一签两年,农民工消防员换了一茬又一茬,唯有孙令明留下来了。家里给定了亲,他没有回去;与妻子结了婚,依然没有回去;再后来,一儿一女相继出世,他还是没有回去。十几年如一日,拿着每月一千余元的工资,坚守在这个危险而艰苦的岗位上。他不但坚守,还尽职尽责,是大连港公安局消防队中表现最突出的队员。孙令明就像一个谜,谁都无法说清是什么原因让他做出这种选择。大家只知道孙令明的存在,他成了一茬又一茬农民工消防员的带头人和榜样,为稳定这支队伍做出了重要贡献。

在"7·16"特大原油火灾发生的那天,因为驻扎在现场附近,因为离北门岗最近,而OTD罐区正在码头北段,还因为经验丰富,准确地判断出第一声巨响是爆炸声,并且,来自油品码头……如此多的因为,让命运在第一时间将孙令明送上了装车平台,送到了地狱边。其实,命运也很脆弱。如果孙令明没有判断出爆炸声,或者听到巨响后,先探听情况,再找领导汇报、请示,甚至还可以漠然处之,只当事不关己,相对于孙令明的身份、职责,这些都在合理的范畴。油品码头并非二中队的管区,他只要守住值班电话,等待命令即可。如果他真的这样做了,就会错过宝贵的几分钟,那样的话,即使听到徐志有绝望的呼喊,即使插上翅膀,OTD罐区也在劫难逃。

一百多年来,海南丢们流血、流汗,建起了港口、建起了城市。而如今,他们的后代又为保住这一切,几乎付出了生命的代价。是必然,还是偶然,谁能说得清楚。孙令明到底付出了什么、准备了什么,才在变幻莫测的因缘际会中,承担了如此重任,直到"7·16"特大原油火灾发生几个月后,我走进了大连港公安局消防支队,它们才露出了端倪。

在与孙令明见面之前,我参加了大连港公安局的表彰会,还采访了消防支队的许多领导和同志,已经了解了他的事迹。但没有一个人能够说清他的谜底,这让我对孙令明充满了好奇,除了人们早已习以为常的官方表述外,究竟还有什么故事,让这个普通的农民工,十几年如一日,坚守在默默无闻、收入只能维持自己温饱的岗位上。应该坦率地说,我与大家一样,既敬佩孙令明在"7·16"当晚的英勇表现,又觉得他这些年的坚守令人匪夷所思。如今,他的家乡土地肥沃,风调雨顺,单靠种田卖粮已经达到小康水平。另外,他还有个哥哥在县城里做生意。孙令明回到家乡,或种地,或做生意,都会比在大连港收入高,还能守着父母妻儿,可他不知钻进了哪个牛角尖,守着大连港,就是不肯离开半步,难道他真的傻?

怀着这样的困惑,见到他,我开门见山提出了最感兴趣的问题:你为什么十几年坚守在消防员的岗位上?

坐在我面前的孙令明纯朴腼腆,红着脸说:我喜欢这个工作,再说,每次穿着作训服回家,村子里的人都以为我干着与公安有关的工作,羡慕着呢。

在我看来,这个回答不乏真诚,但还是哪里不对劲。于是,我看着他的眼睛,说:我不是记者,你也别把我当大连市公安局的领导,我只想听真话。我要尽最大的努力,写好关于"7·16"救援的作品,让它永远留在城市的记忆里。

这些话显然打动了孙令明,他的脸上掠过了一丝沉重,犹豫了片刻,嗫嚅道:我确实喜欢这个职业,每天如果听不见警铃声、看不见红色的消防车,就浑身不自在。

我觉得他说的是真话,但在我看来,这样的想法和原因有一些年轻人的幼稚和自私在里面。于是,思忖了片刻,我说:你有没有想过,如果只是为了这些留下来,值得吗?还有,妻子为此付出了多少，两个孩子又是多么需要父亲……

未等我说完，孙令明已经涨红了脸，眼睛里含满了泪水，仿佛下了天大的决心，说：好吧，我告诉你真心话！

> 我是个农村孩子，文化程度低，这辈子要想干出点对国家轰轰烈烈的大事，只有在大连港当消防员，我不想回家种地、做生意，碌碌无为，活过这一生！

这就是孙令明的谜底。当年的海南丢，如今早已步入了小康生活，可他们依然漂洋过海，来到先辈们曾为之流血、流汗的大连港。只是不再为了"吃洋面"、"挣洋钱"，而是要为国家干出轰轰烈烈的大事！

这个埋在普通农村孩子心里的伟大理想，终于在"7·16"救援中得以实现。为了挽救一个城市和600万人口的生命，孙令明拼死建立了梦想中的功勋。可他却不敢面对电视采访的镜头，他怕父母、妻儿看见，再也瞒不住自己的秘密。他还要走下去，完成好男儿为了不枉活一生，而执着追求的光荣与梦想！

第八章 《弟子规》与老码头精神

在创作这部作品期间,我偶遇两位白领CEO。一位经营中等规模的物流有限公司,一位是专做时髦外包业务的世界五百强企业的代理人。两位精英在与我的谈话中,都提到了打造企业文化的理念。他们在长期的经营管理中,充分意识到倘若缺少核心价值观的凝聚力,企业员工就会变成为利益而利益的一盘散沙。有趣的是,两位CEO的话题也都是围绕一部《弟子规》展开。这篇不足千字的古文,曾经远不如《三字经》家喻户晓。只是在近年,通过净空法师不厌其烦的宣讲,才得以传播开来。信奉佛教净土宗的老先生,把它作为弟子们必须遵守的日常行为规范,大加弘扬,通过网络和免费光盘、书籍而散播,不知因何机缘,广为商界精英所接受。

《弟子规》开篇就说,这是圣人训。言外之意就是普通人不必思考,只需虔诚照做即可。其实,过度的圣人训,正是封建专制的底色。在每个时代里,每个作为独立个体的人,都有不同的因缘际会。如果要求大家照着一个版本、一套理论生活,就会有愚民、迷信之嫌疑。五四运动的先驱们,正是看到了因此而致的国家衰弱、民众昏昧的落后现实,才提出了民主与科学的理念,这是当时的先进知识分子为国家、民族兴旺,向封建专制传统发出的强烈挑战。

即使在今天看来,《弟子规》和《三字经》所讲的道理都没有错。问题是,任何事情都不是孤立的。要求孩子们做到的事情,圣人们能不能做到？换句话说，这世上又有几个可以称得上圣人的人。当孩子们向着披了圣人外衣、私下却肮脏龌龊的灵魂鞠躬膜拜的时候，会将他引向什么人生之路？用《弟子规》作为企业核心价值观，看起来并没有问题，毕竟是在教人向善、奉献。只是无休止地追求利润的董事长、CEO们，与耻曰利的圣人风马牛不相及，即使要训，也还缺乏资格。资本唯利是图的本性，不可能在员工们都变成了《弟子规》里的"小绵羊"后，就转变其形象和面貌。在当今中国，年轻的白领们整日在超负荷的工作和无休止的加班中，甚至有人为此而猝死。如果再为他们套上《弟子规》的枷锁，我想，鲁迅在坟墓中也要大声呐喊：救救孩子！

说到这里，一个有趣的现象突显出来。中国传统的儒家文化，搁在哪个朝代看起来都没有错，为什么就成了封建专制的源头？这也令我百思不得其解。大约有两年的时间，我的脑筋都在这个谜一样的问题里打转。从《三字经》到《论语》，怎么看，都觉得老祖宗说的是真理。终于有一天，我在《四书藕益解》里找到了答案。

藕益，法名智旭，明代四大高僧之一。皈依佛门前，受过正统的儒家教育，修养深厚。在自序中，他说：出家成为比丘后，相从于患难颠沛，律学颇谙，禅观未了，后经佛菩萨点化，需借"四书"参悟，于是，经过十多年的努力，终于悟道。

由此可以看出，智旭是中国儒教传统文化空前绝后的专家。他对"四书"的理解和探究超凡脱俗。在《大学》中有这样一句话：自天子以至于庶人，壹是皆以修身为本。其本乱，而末治者否也。其所厚者薄，而其所薄者厚，未之有也。

"其所厚者薄，而其所薄者厚"，自古至今，大多理解成：将应该重视的事忽略了，而应该忽略的事却重视起来。对此，藕益的解释是：所厚，谓责躬宜厚；所薄，谓待人宜宽。

看到这里,我茅塞顿开。儒家文化以修身养性为宗旨,它的指向是自我,而不是别人。按藕益之解,责问自己并鞠躬尽瘁宜严格,对待别人则应宽厚包容。但在中国,无论是古代还是现今,用儒家传统要求别人的多,苛责自己的却少。即使许多有些修养的人,一旦成为某个群体的主宰,就立即像多年的媳妇熬成婆,严苛周围的人,有恃无恐。尤其对待年轻人,更是好为人师,指手画脚,执着地认为一棵嫩苗能被他们的教导堆砌成树,却忘了嫩苗只能自历风雨才能茁壮成长。它唯一离不开的只有大地,要想做圣者,就应像大地,默默承载所有的是非对错、酸甜苦辣。

中华民族经历了几千年封建历史,经历了五四运动和波澜壮阔的民族解放斗争,直到今天的改革开放。如何在复杂的国际环境下继承、发展优秀的传统文化,是个极其庞大而深刻的话题。有中国传统特色、贯穿社会主义核心价值观的优秀企业文化,绝不是一篇《弟子规》所能阐述的。在"7·16"特大原油火灾的采访中,我意外邂逅了它:历经百年历史,用几代人的鲜血和生命铸就而成,具有强大而鲜活的生命力,以独特的精神价值屹立于喧嚣、浮躁的现代社会,它就是大连港集团的"老码头"精神。

与中石油发生事故的103号储罐一路之隔,就是大连港集团的南海罐区,共有12个十万立方储罐,其中的39号罐和42号罐与OTD罐区毗邻,距离不过十米。事故发生后,第一时间报警的是大连港集团,第一时间赶到现场救援的也是他们。责任感和主人翁精神又使他们成为除了消防部队外的主要救援力量。集团从董事长到几个常委,接到报告后,都立即赶到成品油码头,爬地沟,钻管线,来到已被烈火包围的OTD罐区,成立了现场指挥部。在"7·16"那个地狱般的夜晚,他们哭过、喊过,向每一个能找到的领导哀求:要水、要人、要消防车。他们更绝望过,眼睁睁地看着大火涌到面前,没有水,没有泡沫。时任集团总经理孙洪在采访中告诉我,那一刻,他看见了世界上最纯净的眼睛。绝望的人们望着大火,无欲无求,无苦无乐,只是静静地等待,等待着与生命的最后诀别。他们唯一没有过的就是逃跑的念头,不可动摇的决心在城市和大火之间筑起了血肉长城:誓与OTD罐区共存亡,誓与已有百年历史的大连港集团共存亡!

集团负责安全保卫工作的副总经理李雄飞是部队转业干部。他以军人的钢铁意志,整夜守在OTD罐区前,脖子上系了条白毛巾,伫立在烈火中,像一幅鲜红的宣传画,挂在了所有参加救援职工的最前列。

集团安全部长于锦辉在事故刚发生时,被安排在总指挥部里,负责为各级领导提供现场油罐及管线设备分布情况,协调各有关单位参与救援。当晚9时许,OTD罐区面临无水、无泡沫的绝境,消防支队长徐志有在对讲机里发出了绝望的哭号。于锦辉再也坐不住了,他将手里的资料、地图扔给身边的市安检局领导,瞪着血红的眼睛,向平日里唯恐恭敬不及的主管上司吼道:你给我盯住电话,我随时联系你。说完,抓起手机就跑出了指挥部,跑到了已命悬一线的OTD罐区。

火灾发生地的油品码头公司的职工们,当从各种渠道得知事故消息后,没有命令,更没有强迫,不约而同从近百里外的大连市区赶回公司。接受了王毅总经理的任务后,便消失在随时都有可能爆炸燃烧的油罐区里……

凌晨时,大火冲过被炸毁的闸门涌入海里。集团轮驳公司出动全部14条拖消两用船,投入了海上灭火。几十名准备进入现场的职工,站在总经理面前,举手宣誓:决不后退,誓死保卫港口、保卫家园!

"7·16"特大原油火灾使大连港集团损失达数千万元,当职工们得知集团已无法完成当年利润任务时,纷纷表示放弃几个月的工资,支持企业走出困境。在随后的海岸清污工作中,许许多多的职工连续数天不回家,暴晒在烈日和大海里,却没有一个人提出要报酬、要代价。

说不完的故事,诉不完的感动,付出有多苦,创伤有多深,全都包含在憨厚的码头工人的泪水中。自始至终坚守在OTD罐区的油品码头公司安全部长于英波,50多岁的男人,在面对我的采访时,不断地流泪、流泪,直到最后,也没有能够完整地说出自己在那一夜的惨痛经历……

我采访了近百名大连港集团职工,听到他们说的最多的话就是:港口是我们的家园。这种观念和他们在"7·16"特大原油火灾救援中的献身行为,绝不是空穴来风,而是近百年深厚的企业文化积淀的结果,是一代代港口人,用鲜血和生命铸就的老码头精神的集中体现!

被剥削、被奴役、反抗帝国主义统治压迫、工人当家做主等等词语,对于出生在解放后的人来说,都是写在政治教科书中的概念。可大连港的老码头工人却对此有着切肤感受。在沙俄建港时期,从山东逃荒而来的海南丢们,尽管只是统治者眼中的廉价劳动力,毕竟还吃过洋面,挣过洋钱,把大连当成了梦中的天堂。但到了日本统治时期,他们就从天堂落进了地狱。

港口的第一任日本总裁叫相生由太郎。大连市内曾经有一个臭名昭著的红房子,就是他主持修建的。港口发展,需要大批稳定的劳动力,为了不使他们流失,就要提供相对稳定的生活。于是,相生由太郎建起了劳工村,红砖红瓦,里面是大通炕,一间屋子几十人，同吃同住。为了更好地控制劳工，他苦学汉语和中国传统文化，深入了解山东风土、习俗。在劳工村里建了土地庙、戏台子，还诱使大家捐款，修建了天德寺、万灵塔和钟楼，并起了一个美丽的名字叫碧山庄，俗称红房子。为了达到长期奴役、剥削的目的，相生由太郎还开办了二十多家饭馆、妓院和赌场，将劳工们辛苦挣到的钱，再搜刮回自己的腰包。许多经不住诱惑的海南丢们，因还不起赌债、嫖债而自杀。

如果说相生由太郎还挂着伪善的面孔，到了九一八事变后，红房子彻底变成了人间地狱。日本关东军接管了大连港，把它变成了军用物资中转站。为了防止反抗，组成了宪兵、特务、警察三合一的统治体系，对码头工人实行残酷的压迫和剥削。住在红房子里的海南丢们失去了自由，不能说自己是中国人，否则，立即刺刀见血。钟楼上的两口大钟成了催命钟，天不亮就被敲响，随后就是日本工头如狼似虎的吼叫，劳工们必须立即起身，稍有迟缓，他们就拎起镐头把子伺候。吃的洋面卷子变成了由苞米骨子、秸秆掺了滑石粉、豆腐渣蒸成的窝头，瘟疫肆虐，劳工的尸体堆成了山。

码头的工作就是卖苦力，扛着两三百斤的麻袋过桥板。所谓桥板就是搭在岸边和船舷、不足半米宽的木板桥，随着海浪摇摆不定。劳工们既要提防掉进海里，又要提防日本工头，他们手里的镐头把子随时都会落在头上、身上，成了挥之不去的噩梦。经常有人因为生病、体弱，或者没有控制好重心，掉进海里，摔在岸上，轻则致残，重则伤亡。码头工人就把桥板叫作鬼门板。

在我童年的时候，红房子的遗址还在，位于中山区的寺儿沟。我不记得有什么人给我讲过它的故事，但在我幼小的心灵里就是有一颗恐惧的种子，以至于我从没有胆量去寺儿沟。那里离我的家很近，乘有轨电车只需十几分钟就可以到达，车票只有四分钱，可随意乘坐。七八岁的我,因为喜欢透过深黄色木车窗看外面的景色,就经常跑去坐车游荡。大连火车站是西头的终点站,寺儿沟则是东头的终点站,我都是由家门口上车,坐半个多小时跑到火车站,返回时,却从没有胆量坐到东头的寺儿沟,尽管它比火车站要近得多。日本人对中国人凶残的压迫与欺凌,就像一个深重的噩梦,阴魂不散,以至于一个七八岁的小女孩,隔着几十年的时空,依然能够感受到曾经的恐怖与残酷。

如今,我们无法想象劳工们遭受的压迫有多重,痛苦有多深,只能在大连史料中记载的抗日放火团的故事中,体会曾经的苦难。我早就听说过这段传奇,过去,只以为它是中国共产党领导的反抗组织,在为了这次写作查阅相关史料时,才知道,抗日放火团本名国际情报组,是苏联共产国际领导的抗日团体。说到这里,又谈到了利益,无论沙俄政府还是红色苏联,都曾把中国当成防御日本的缓冲地带。"九一八"事变后,日本占领了东三省,直逼中苏边境。苏联人坐不住了,由共产国际出面,组织中国、朝鲜的爱国青年成立了国际情报组,将他们交给苏联红军参谋部训练,主要科目是燃烧和爆破,然后派进中国境内,专门负责破坏日本人的军事设施和战略物资。为了掌握控制权,共产国际要求这些人,不能与本国党组织建立关系,只能跟他们保持单线联络。

大连港的十几个码头工人就加入了这样一个不知该如何评说的抗日组织。其中最突出的成员叫于守安,他曾在一天里连放四把火,大火烧了三天三夜,将港口里几个仓库的物资全部化为灰烬,烧得日本人焦头烂额。他本人也不幸被捕,受尽了残酷折磨,最后死在监狱里。于守安只是千千万万个海南丢中的一个,怀揣吃洋面、挣洋钱的梦想来到大连港,他没有文化,更不会懂得共产国际的大道理。是无法承受的被压迫、被奴役的屈辱和痛苦,将他逼成了反抗日本殖民统治的斗士。

如今，我们同样无法想象，在经历了半个世纪的被奴役、被剥削的苦难后，当大连港重新回到祖国的怀抱，曾经的海南丢们如何深切地体会了当家做主的喜悦，只能从新中国成立后发生的一些小故事中，了解老码头精神的来源和根基。

一锤三斤粮

解放前，老一代的码头工人背井离乡，受尽欺辱和压迫，都是为了能够吃上一口饱饭，不再沿街乞讨，家破人亡。他们受尽了挨饿的苦，又曾经眼睁睁地看着本属于中国人的大米、白面装上了日本人的船舱。所以，在解放后，对自己亲手装卸的、又属于自己的每一车、每一船的粮食都充满了挚爱热情。当时，用火车运送玉米、大豆时，总会有一些残留在车厢板的缝隙里。工人们看见了，就会用卸车的撬杠敲打出来，再从地上一粒一粒捡起。后来，怕撬杠损坏车厢板，就改成用木锤。每个人上班都带着一把木锤，下班的时候，能敲出大约三斤左右的粮食。于是，就有了朴实的顺口溜：一锤三斤粮，在缝里头要勤敲，敲了捡，捡了敲，一粒粮食不丢掉。

一首歌 一部历史

1945年5月，大连港27名码头工人参加了大连市总工会举办的全市工人歌咏比赛。他们身穿工作服，脖子上系着白毛巾走上舞台。随着哟哟、哟哟的号子响起，剧场里一片寂静。在低沉、粗犷的合唱底色里，领唱刘开忠亮开了浑厚、高亢的嗓音：大家一起来呀，快把那绳儿拽呀，劲儿不要往回缓呀，回缓可危险呀……全场顿时掌声雷动，经久不息。这首

《装卸号子》,深深地打动了在场每一位观众的心,荣获了比赛的最高荣誉奖。随后,大连电台播放了它,又获得了广大听众的喜爱,以至于电台在很长一段时间里,每天都要播放这首由码头工人演唱的歌曲。

《装卸号子》曲调简单,歌词接近大白话,但它就能生生地闯进人们的心里,掀起无限的波澜。艺术说起来复杂,其实很简单,不过就是深刻的感染力。没有感染力,任何技巧都是做作,别想流芳百世。《装卸号子》就是靠着非凡的感染力,打动了每一个人。而这种感染力只能来自对生活最真切的感受和痛苦。凡·高之于《向日葵》如此,码头工人之于《装卸号子》也是如此。

它的雏形是在日本统治时期出现的。前面说过,装卸工人要扛着几百斤的货物过桥板,浪在涌,船在晃,身边还有如狼似虎的日本监工,或嚎叫,或用镐把抽打所谓的偷懒者。工人们的处境极端危险。在装卸大型原木时,大家像一串蚂蚱,稍有不慎,就会死伤成片。有一名叫史文运的工人发明了喊口令行进法,大家按照口令统一步调、动作,才能顺利地将大型原木装到船上。码头工人一边出苦力,一边还要忍受屈辱和恐惧,那种心境渐渐将口令变成了《装卸号子》,喊出心底最强烈的痛苦和仇恨。

日本统治大连40年,也占了大连港40年。时间就像麻醉剂,将码头工人的累累伤痕变成了坚硬的疮疤。痛苦和仇恨结了痂,便生出了逆来顺受的智慧。《装卸号子》也慢慢变成了磨洋工的暗语。日本监工一离开,大家就晒太阳、聊天。待他一露面,放哨的人就会喊:大家要留神哟,来了日本人哟……于是,工人们又开始装模作样干活。就这样反复拉锯,弄得日本监工无可奈何。《装卸号子》又唱道：大家一条心哟，气死小鼻子哟……

码头工人们不但逆来顺受，也寻找一切机会破坏日本人的物资。船用大桅杆是首选目标，它又长又细，容易折断。工人们在装卸时，就唱着《装卸号子》弄断大桅杆：往下卸桅杆哪，大家听我喊哪，细头要快放哪，粗头再一颠哪，只要一使劲哪，桅杆保准断哪。

大连解放后，码头工人终于当家做主。曾经的痛苦和今日的喜悦，汇成了新的《装卸号子》：大家一起来呀，快把那绳儿拽呀，劲儿不要往回缓呀，回缓可危险呀，不怕这木头粗呀，工作任务要完成呀，快装又快卸呀，支援前线呀……这首走过了近半个世纪、流淌着码头工人血和泪的《装卸号子》，在电台里，在自由、美丽的大连上空久久回荡！

老八队与老码头精神

从旧社会闯关东的海南丢，到为日本人当牛做马的奴隶，老一代码头装卸工人受尽了苦难和欺凌。在他们朴实的心怀里，是共产党让大连港回到了中国人的手里，将自己救出苦海，为了报答这份恩情，他们愿意献出自己的一切。用他们自己的话说，多亏了共产党，要不，我们这把老骨头早就扔在了红房子里。干活没有累死的，有活没干完，心里才不踏实，活着才不自在。

在这份朴素的信念支持下，他们将所有的力气、情感都倾注在艰苦的装卸工作上。总是用最快的速度完成工作，然后，马上跑去找调度申请新的任务。不同的班组之间，常常会为多装卸一车货而起争执；到了下班时间，有的工人还拉住吊车的钩头不松手,想再多抢几分钟的工作量。

　　到了二十世纪70年代,这些老码头工人都已年近半百。为了照顾他们,大连港组建了第八装卸队,让这些年老体弱的工人只负责客轮的杂货装卸,并规定:生铁不扒、散物不卸、50公斤的货物不扛。可他们根本不被这些照顾和规定所束缚,依然故我。工作量少,就自己找活干。扫货底子、捡散粮,将断了的绳索接起来,为港口厉行节约。有个叫王建佳的老工人,是其中的典型代表。他从来到大连港那天起,就没有吝啬过自己的力气,拼命干活,累弯了腰,最后,得了骨髓空洞症。他让工友用两块铁皮绑在前胸、后背,依然坚持背麻袋、过桥板。王建佳用孱弱、佝偻的身躯和同伴们一起,树起了老码头的精神旗帜,曾连续八年获得大连市先进集体称号。他们就像一盏航标灯,照亮了港口和城市。

　　这一切都诠释了老码头朴素的精神内涵:经历了半个世纪苦难、终于回到祖国怀抱的大连港是我们的家园,当家做主的码头工人为了它,可以奉献自己的一切。今天,让我们在"7·16"特大原油火灾中,再次体会新一代港口工人,如何用生命和鲜血谱写了老码头精神的新篇章!

第九章　千万里,我追寻你

　　火灾的发生地隶属大连港集团成品油码头公司,当总经理王毅接到调度小赵的报告赶回现场时,公司的员工们也陆续从百里地外的大连市区来到了单位。很多工人并没有接到通知,只是一传十,十传百,就有超过九成的职工,或开私家车,或搭乘出租车,以最快的速度出现在了总经理王毅的面前。

　　公司技术部的阎峰当天正在南海罐区加班,为控制联箱换阀门。到了太阳偏西时,换完了3个,还差2个。阎峰看了看表,已近5点钟,心里开始打起了小算盘。今天是他妻子的生日,两人约好了要一起吃饭、看电影。继续换阀门,会耽误约会;如果不换,又会影响工期。他犹豫了片刻,还是决定收工。毕竟是80后年轻人,这样浪漫的日子万万不能错过。

　　一个多小时后,中石油的103号储罐就发生了事故,大火蔓延到南海罐区,控制联箱发生了燃烧爆炸。谁能想到,正是年轻人一点可爱的小私心,为国家省下了两个价值20多万元的阀门,辩证法处处显现它玄妙的面孔。只是,"7·16"大火也烧尽了阎峰和妻子的浪漫,这一天还险些成为两个人的诀别之日。

　　当他驾车刚刚驶进大连市区,就接到了和聪打来的电话。他劈头就说:公司的罐区着火了!

　　不会吧,你别开玩笑。

　　少废话! 不但着火了,还发生了爆炸,我刚刚和调度小赵逃出了办公楼。和聪的口气里冒出了焦糊味。

阎峰意识到事情的严重性,立即掉转车头:我马上赶回公司!

刚刚合上手机,铃声又响了起来,是刚大学毕业分到技术部的王志成:阎哥,我听说公司的油罐起火了。

阎峰顾不得啰嗦,直接问道:你在哪里?

公司宿舍。

等着,我马上过去接你!

王志成高兴了:谢阎哥,帮我省了一百多块的打车钱。

半个小时后,阎峰载着王志成驶上了东快路。一辆接一辆的消防车拉着凄厉的警报,从他们的车旁疾驶而过。王志成害怕了:阎哥,我可从来没有见过这么多消防车。

阎峰的心也在怦怦狂跳,他顾不得搭话,按下应急灯,狠踩油门,加入了东快路上的赛车流。

"7·16"特大原油火灾陆地现场分两个区域,西边是中石油库区,有六个储量为10万立方米的原油罐,引发这场灾难的103罐坐落在这个库区的小山坡顶;中间隔着一条创业路,东边是大连港所属的南海罐区,有12个相同储量的原油罐;在它背后,隔着那条不足八米宽的生死小路,是大连港与挪威一家公司合资共有的化学危险品库区,简称OTD罐区,共有54个装满了剧毒气体的储罐。

火灾现场有两个入口,由开发区主干路进入大窑湾,朝南转弯,上华岭,经过迎宾路,就能到达103号储罐所在的南面现场;朝北转弯,十分钟左右的车程后,有一个小广场,迎面矗立着一座奇怪的建筑,陈旧却造型独特,呈波浪状,是大连港在二十世纪八十年代建造的职工宿舍,俗称S楼。离它不远就是创业路口,从此进入,就能到达OTD罐区所在的北面现场。

不熟悉火灾现场的救援者大多由南面进入,那边离引发火灾的103号罐很近,大家想当然认为,要救火就应该到那里去。而大连港油品公司的职工却清楚地知道真正的危险所在:103罐的爆炸燃烧固然可怕,可如果流淌火进入南海罐区和OTD罐区,毁灭的将是一座城市。所以,第一时间进入现场的农民工消防员孙立明由S楼附近的北端进入,阎峰和其他大多数员工也是由那里进入,因为北端入口离OTD罐区最近。

阎峰将车子停在S楼门口,下了车,与王志成一起朝现场跑去。此时,大连市开发区公安分局的民警已经封锁了入口,两个人被挡在了警戒线外。正焦急中,一辆挖掘机驶来了,到了眼前,也被警察堵住。司机从驾驶室里伸出头,一张清秀、英俊的脸庞急得发红:是港里的领导调我来的。

警察毫不客气:调你去哪里?

只说油罐起火了,让我从北边入口进去。

警察:你拉倒吧,开这么个大家伙,进去后只能挡路。

阎峰连忙插话:里面最需要挖掘机。

这会儿是急眼的时候,没工夫跟你文明执法,再挡在这里胡说,我就拘留你!警察瞪着他,气势逼人。

我没有胡说,流淌火顺坡而下,最好的办法就是用土挡压,挖掘机正能派上用场。阎峰壮起胆量解释。

警察的脸色缓和下来:你是做什么的?

油品码头公司技术部的。

知道着火的地点在哪里吗?

阎峰连忙点头。

带这个大家伙进去!

阎峰和王志成一边答应,一边已经跳上了踏板。

摇摇晃晃的挖掘机终于开进了现场。

警察追着喊:注意安全!

上了创业路,司机便焦急地问:到底哪里起火了?

阎峰说:我也不知道,接着反问:你是哪里的?

个体挖掘司机,听说起火了,就赶过来看看能不能帮上忙。

王志成心性单纯,口无遮拦:原来,你是糊弄警察。

司机的脸红了,岔开话头:我们去哪儿?

顺着创业路走,看情况再说,阎峰道。

几分钟后,挖掘机开上了创业路坡顶。放眼望去,只见西面山坡上的103号油罐浓烟滚滚,流淌火遍地肆虐,三个人立时傻了眼。忽然,身后传来了轰鸣声,是一辆接一辆装满砂土的大货车开进了现场。

阎峰说:这应该是公司领导调来的。然后,转向挖掘车司机:现在最需要沙土,你靠边停,让他们先进去。

司机答应了,熟练地驾车,左转右扭,很快找到空位,将挖掘机停在了路边。

阎峰对王志成:我们走!说着,跳下了踏板。

司机从驾驶室里伸出头:你们去哪儿?

阎峰头也不回:跟大货车进现场。

我怎么办?

王志成回身抬头,朝挖掘机上喊道:你长得像韩国的Rain!

司机大声问:你说什么?

王志成挥了挥手,追着阎峰一起跑开了。

两个年轻人沿着创业路在车流里穿行,一辆大货车在他们身边戛然而止,司机探出头问:你们知道OTD罐区在哪里吗?

泣血
长城 ··· 第二部 金色花开——九个战士之外的传奇

阎峰连忙回答:知道,知道,我们给你带路。

其实,晕头转向闯进现场的阎峰和王志成,恰恰执行了总经理王毅的指令。他交给第一批赶到现场员工的任务,正是到各个路口接应运送沙土的大货车。当他们进入OTD罐区时,救援工作已初见成效。大连港集团成立了临时指挥部,指挥在场人员,用沙土筑堤,阻挡从103号罐奔涌而下的流淌火。杨明局长、窦占祥副局长和许志有支队长则带领消防员们,分成两组,各自从南海罐区前、长达数十米的管池沟两端,一边用水枪消灭流淌火,一边用沙土填埋,渐渐阻挡了火势的蔓延。离OTD罐区最近的39号和42号油罐的自动喷淋系统也打开了,油罐温度渐渐下降。

就在大家觉得救援有望的时候,消防员手中的水枪压力却越来越小,水流渐弱;喷淋系统也由水幕变成了水帘,最后,变成了水滴,像绝望的眼泪,顺着罐体流淌。此时,103号罐主战场也遭遇了同样的险境,所有消防栓的压力都开始减弱,大连市消防支队的战士们不得不开着车四处寻找水源,可偌大的油品码头,所有的消防水池已全部告罄。

流淌火趁机肆虐,如岩浆般涌向南海罐区,现场顿时陷入一片混乱。此时,一辆大货车正准备朝阻挡流淌火的土堤卸下沙土。转眼间,大火就到了眼前,灼人的烈焰舔舐着风挡玻璃,热浪和令人窒息的油气涌进了驾驶室,司机本能地发动车子,沿着罐区小路就跑,大火瞬间涌上了刚刚筑好的土堤。站在旁边的阎峰急了,追着车子大喊,别跑!可司机根本不听,他只好跟着车子拼命追赶,稀里糊涂就跑出了南海罐区,来到了现场南面的迎宾路上。大货车三转两转,很快消失了,留下阎峰呆呆地站在那里。

忽然,一声巨响震破天际,103号油罐再次发生爆炸,罐体崩塌,原油倾泻而出,如海浪般汹涌翻卷,势不可当,冲天的大火、黑色的浓烟油气随之淹没了整个现场。

阎峰在黑暗中摸索,想返回南海罐区,可是,所有的路口都陷入了一片火海,他只好又回到了迎宾路上。其实,这是上天为阎峰创造的极好的逃离现场的机会,只要沿着迎宾路走出去,就可以离开这座人间炼狱。就像没有领导知道他赶回了公司一样,也不会有人知道他就此离开。

阎峰站在一个从未经历过的心灵路口:朝前走,就能回到大连市区,回到正在等待的妻子身边;转回头,就是血色地狱。他掏出了手机,只见屏幕上的电池标志已成了空格,忽明忽暗间,显示15个未接电话,都是妻子的号码,他连忙拨回去,屏幕却关闭了。阎峰握着没有电的手机,一个决定在他的脑海里形成:走出迎宾路,到大窑湾入口处,然后朝北,再次由S楼附近的门岗进入北面现场,回到已被大火包围的南海罐区。这是一条足有15公里的长路,在城市和地狱之间,在妻子和同事之间,沉甸甸地压在阎峰的心上。

人的痛苦不在于做出的选择,而在于弄不清这选择的对与错。阎峰走着,耳边响起不同的声音。有的说,太危险了,快离开这里;有的说,你就是个二货,主动去找死;还有的说,没有领导要求你,即使走了,也不算犯错。可就是没有人说,留下来,就像你所决定的那样,回到南海罐区。阎峰努力在记忆中寻找自己的同盟者,想来想去,都是电影里的人物。举着炸药包的董存瑞,高喊向我开炮的王成,可怎样也无法将自己与他们联系起来,他只有走,不断地朝前走……

迎宾路上已经堵满了消防车。茫茫夜空下,火光、浓烟,闪烁的警灯,接连不断的爆炸声,声嘶力竭的喊声和四处奔跑的消防战士。阎峰游荡在其间,这一切仿佛都与他有关,又都与他没有关系。茫然间,一个身穿反光背心、头戴大盖帽的警察,出现在阎峰的视线里。从停在旁边的一辆小踏板摩托车,阎峰认出,他是大连港公安分局的交通警,经常站在港区周围的路口指挥交通。50多岁,黑脸,寡言,每天与小踏板摩托车形影不离。

此时,他站在通往103油罐的小路口,指挥各种消防车进出现场。那条路只容得下一辆车通过,有进的,就不能有出的。想进去救火和想出去加水的消防战士们都心急如焚,叫喊的,骂人的,拍车门的,只要有条缝儿,都恨不能挤过去。骑小踏板摩托车的警察却镇定自若,遇到听话的,就扯着嗓子讲道理,不听话的,也不多说,直接站到车头下,一副有本事就从我的身上轧过去的姿态。

后来,我在大连港公安分局采访了这个交通警。他叫唐在武,看起来既像工人,又像农民,就是不像警察。寡言到任我使出浑身解数,也没有问出半句关于那天的事情。"7·16"当晚,没有人安排,也没有接到任何命令,对港区地形了然于胸的唐在武,骑着小踏板摩托车就赶到了现场,在通往103油罐的小路口站了一夜。到了第二天早晨,通体油黑,仿佛刚刚从原油里爬出来,变成了一个立在路口的黑色艺术雕塑。

阎峰看着他,心就热了,终于找到了同盟者,不是董存瑞,也不是王成,而是一个既像工人、又像农民的交通警,他不由地加快了自己的脚步。

天上飘洒着黑雨,那是混着原油的消防水遇热后升空,再遇冷变成的。雨越下越大,阎峰跑到了路边的房檐下。抹了一把油腻腻的脸,才发现,房檐下还有个人,是调度小赵。两人都喜出望外,同时说:你怎么在这里?

阎峰迫不及待:把手机借给我用一下。

小赵:你的呢?

没电了。

那就别打了。

我老婆今天过生日。

小赵犹豫着拿出手机,看了看,又揣了回去:不行!

阎峰急了:你怎么这么小心眼儿。

我的手机只剩一个格,得留着到最后关头给老婆打电话。小赵捂着衣兜,仿佛生怕手机被抢走。

阎峰气急败坏:你真是个乌鸦嘴,好像我们今天非死不可。

小赵看了看远处像个大火炬般熊熊燃烧的103号油罐,又看了看已陷入一片火海的南海罐区,说:你觉得这里的人还能活着离开吗?

阎峰默然,片刻后说:你把手机给我用一下,然后,回家吧。

小赵的声音低下来:我倒是想回家,可是……

你已经下班了,再说,现在也不需要调度,回去吧。阎峰劝道。

你为什么不走?

阎峰提高了声音:我是技术部的,负责南海罐区里的联箱、阀门等等工作,部长邵鸿君还在里面,我怎么能走?

你打算怎么办?

到南海罐区!

我跟你走!小赵果断道,如果南海罐区没有了,油品公司就没有了,为了咱们的饭碗也要拼一次!

在通天的火光和油腻的黑雨中,两个人踏上了漫漫长路。先走两公里,出迎宾路;然后上华岭,又是三公里,走出火场南面入口警戒线。在大窑湾岔路口,他们截住了一辆车,顺利地来到了S楼门前。阎峰四处张望:我的车就停在附近,怎么看不见了。

小赵问:什么颜色?

白色。

小赵:所有的车都在黑雨里洗澡呢,哪里还能看出颜色。

阎峰咕哝:两个月前才买的新车。

小赵:我快渴死了,你的车上有水吗?

听他这么说,阎峰才觉得自己也口渴得厉害,想起后备厢里还有半箱矿泉水,连忙走到路边,用车锁遥控器找到了自己的车。

两个人喝着水,阎峰看了看已经淋满了黑雨的白色科罗拉轿车,对小赵说:求你一件事情。

什么事?

你开车回大连,把它交给我媳妇。

小赵瞪起眼睛:让我对她说什么?

阎峰的喉咙动了动,声音低沉下来:南海罐区后身就是OTD,那里太危险了,你还是回去。

小赵嚷起来:让我当逃兵,拉倒吧,要死,大家死一堆儿!

阎峰哽咽,拍了拍他的肩膀:你真是个好兄弟,就是长了个乌鸦嘴……

喝过了水,两个人又出发了。此时,进入北面火场的通道已经被警察层层封闭。他们只好绕道,走了近两公里,躲过封锁线,进入成品油和散粮罐区。这里位于OTD北面,穿过罐区,就能到达火灾现场。

两个人在伸手不见五指的小路上摸索前行。忽然,一阵剧烈的爆炸声传来,几个火球接连升上天空,绽开巨大的黑色蘑菇云。小赵抓住了阎峰的胳膊,吓得浑身发抖:不会是OTD爆炸了吧。

阎峰按捺住狂跳的心,下意识吸了吸鼻子:如果五分钟之内,我们还活着,就说明不是它炸了。

小赵：我们要死了吗，真的要死了吗？

还未等阎峰回答，就觉得头顶掠过一个巨大的黑影，两个人本能地缩起了脖子。只听"嗖"的一声，接着，又是一声巨响，"咣当当"，吓得他们蹲在了地上。

等了半天，不再有动静，阎峰站起身，看了看四周，只见，不远处有一个巨大的管状黑影，他拉起小赵：走，去看看，是什么东西。

小赵跟在他身后，边走边道：看来，我们捡了条命，不是OTD爆炸。

阎峰却说：我们捡了两条命。

怎么回事？

你看这是什么？此时，两个人已经来到巨大的黑影前，阎峰侧身指了指它。

小赵从他身后探出头，立即惊叫：太可怕了！

一段被横向炸开的输油管赫然在目，直径一米，长约两米，像黑色的飞船残骸躺在小路上。

阎峰抬头看了看，只见头顶上方吊着一截砸断了的铁支架，还在晃来晃去，旁边就是纵横交叉的空中输油管线。

小赵又叫：我的妈呀，这家伙长了眼睛，不砸我们，也不砸管线，就瞅准了铁支架。他抬头朝火场方向看了看：从那边飞过来，直线距离足有500米，比狙击手都有准头儿。

阎峰：砸了我们是小事，要是砸开了管线，这里可都是汽油、柴油储罐，见了明火，马上连烧带炸，就算上帝来了，也回天无术。

小赵不由捂住胸口：老天保佑大连港。

两个人继续沿着小路朝南海罐区走去。小赵一边走，一边咕哝：老天保佑大连港，老天保佑大连港……

第二部　金色花开——九个战士之外的传奇

　　离OTD罐区渐渐近了,路也越走越黑。浓烟裹挟着原油燃烧后的气味,大团大团地涌来,糊住了眼睛、鼻子和喉咙,四周漆黑一片,阎峰和小赵觉得陷入了绝境。情急之下,两个人本能地蹲下身子,阎峰的手触到了草坪,他灵机一动,俯下身子,趴在地上,用手拨开草皮,露出湿润的泥土,然后,将嘴对在浅坑里,顿时,呼吸顺畅了许多。小赵也学着他的样子,趴在地上,呼吸泥土的潮湿气息。

　　油腻、厚重的浓雾中,忽然透过一丝光亮,接着传来了汽车驶近的声音。两个人欣喜若狂,跳起身,朝光亮的方向望去。一辆白色的皮卡车出现了,小赵挥舞手臂大喊:这里有人,这里有人!

　　皮卡车闻讯驶来,到了两个人面前,司机打开车窗喊道:你们怎么在这里?

　　阎峰定神一看,是油库主任刘江,连忙问:你去哪里?

　　南海罐区的油罐阀门都呈开放状态,需要马上关闭,我回仓库取工具。

　　阎峰顿时出了一身冷汗,他知道,所有的油罐都通过管线相连,刚才飞来的残骸证明,很可能已经有管道发生了爆炸,如果不及时关闭南海罐区的阀门,成千上万吨的原油就会涌出,淹没整个港区,然后流进大海,再加上遍地的明火,他不敢想下去了。

　　刘江说:正好缺人手,你们跟我去仓库。

　　小赵连忙答应了。

　　阎峰问刘江:你看见邵鸿君部长了吗?

　　他正在现场研究如何关闭阀门,你们技术部的和聪和王志成都在那里。

　　阎峰说:你们走吧,我去南海罐区。

　　已经上了皮卡车的小赵问:你一个人能行吗?

不管怎样,我都要去!阎峰果断道。

刘江调过车头,打开远光灯,照出了一条灰白的马路,对阎峰说:你一直朝前走,到了海边堤坝右转弯,就能进入OTD罐区,集团领导设立的指挥部就在它和南海罐区的39号油罐之间。

阎峰答应了,转身离开。

浓黑的雾中,传来小赵的喊声:我会记住你这个兄弟!

阎峰答道:我也会记住你这个乌鸦嘴!

第十章　罐根阀下六君子

每个原油储罐都有两个阀门,一进一出,通过直径约1米的管线与其他储罐相连。平时都呈开启状态,油轮靠岸,随时作业。形象些说,整个油港码头就是一个流动的大油库。103号罐爆炸起火后,流淌火涌进南海罐区,那里管线沟遍地交错,互相联通。并且,发生了连续的爆炸,已经有输油管被炸开、炸裂,如果不及时关闭原油储罐阀门,就等于不断地给大火加油;另外,如果成千上万吨的原油全部流出,即使没有火灾,也会淹没整个码头。进而流入大海,严重污染渤海、黄海,殃及朝鲜、韩国、日本的海岸。所以,事后有媒体报道称,"7·16"特大原油火灾几乎酿成人类历史上空前的灾难,绝不是耸人听闻。

最了解原油储罐阀门情况的是油品码头公司技术部部长邵鸿君和油库主任刘江。两个人不约而同想到了如果不能及时关闭阀门,火灾将会演变成何种可怕的后果,于是,一份前所未有的责任压在了他们的肩上。在这里,我不得提到另一个看似与此无关的人,他就是公司发展部部长刘兵。

发展部是一个能引起人们对公司未来无限遐想的部门,但细想下来,它似乎又有些空中楼阁、画饼充饥的务虚意味。赵兵是哈建工毕业的高才生,来到油品码头公司后,曾荣获大连港十大科技标兵、十大杰出青年、优秀大学毕业生等称号,并先后担任过公司技术部、安全监督部部长。这两个职务,明眼人一看就知道是公司的要害部门,尤其是技术部,更是关乎整个公司的当下建设。赵兵从技术部到安全监督部,再到发展部,虽说是革命工作不分高下,但大家都心知肚明,他在公司的地位每况愈下。而我在采访中,也从赵兵的故事里,领略了性格即命运的含义。

初见赵兵,是在他的办公室里。我刚走进去,一股执着、强势的气息就伴着热情扑面而来。他个子不高,敦实健壮,戴眼镜,说话语速极快。我提一个问题,他立即会从无数个角度给出最详尽的说明,其聪明度、反应之快令我自叹弗如,心下赞叹:不愧是名牌大学的高才生。他又是真诚而直率的,毫不介意谈起自己为何从技术部调到安全监督部,再调到了画饼充饥的发展部。

赵兵出生在东北,像广袤的荒原、粗砺的寒风,天生一副铲平天下不公的豪杰性格。他也像手持长矛的堂吉诃德,不管不顾,直奔世间各式风车。赵兵遇到的第一个风车是大学时期的班长竞选。原本班主任心目中已有了心仪目标,只希望在学生中走个过场,其他人都知趣,放弃竞选。只有赵兵明知山有虎,偏向虎山行,奇怪的是,他居然在民主选举中高票当选。可想而知,大学四年期间,他的矛和班主任的风车,度过了怎样腥风血雨的日子。

为了世界完美而手持长矛的堂吉诃德,自己并不是完人。他最大的问题是不懂辩证法,只看得见风车的问题,却看不见这后面变幻莫测的世间万象。而在中国,掌握辩证法就是生存的第一技巧,不懂它,只能碰得头破血流。大学毕业后,年轻的赵兵来到大连港集团,被分配到油品码头公司。开始,他凭借过人的聪明、执着的敬业精神,像个完美的骑士赢得了领导和群众的认可。只是日子长了,尤其在被委以重任后,他的矛就藏不住了,几乎所有的事情都变成了风车,他既敢说,又敢做,其结果,可想而知。

任技术部部长时,无数的新想法、新点子都想变成现实,可一

泣血长城 … **第二部　金色花开——九个战士之外的传奇**

个拥有百年历史的老码头岂能任他恣意摆布。领导们知人善用、爱惜年轻干部,将他调到了安全监督部,想发挥赵兵认真、执着的性格特点,让各种监督落到实处。但实践证明,即使监督也要把握好辩证法的度,而赵兵对此一窍不通。

敢说,意味着狂妄;敢干,就会随时给上下左右带来无法预知的麻烦。领导们只好将他送到了发展部,这是个可以想、可以说,但就是没权力做的部门,日复一日,消磨着赵兵的激情。

"7·16"当晚,赵兵正在与朋友聚会,刚端起酒杯,就收到了公司同事发来的彩信,只见码头里浓烟滚滚,他说了句:不好,出大事了,便扔下酒杯,从大连市区赶回了公司。

可以说,发展部与这次火灾没有太多关系,赵兵不回公司,也在情理之中。但他没有那样做,而是一路飞车赶到了现场。我不知赵兵在发展部经受了多少精神磨炼,也不知他是否在回公司的路上不断提醒自己,别再像个骑士冲在最前方。总之,到了现场后,他先是去仓库帮助运送灭火泡沫,然后又跟车装卸沙土。看来,赵兵真的成长了,默默做着自己应该做的事情。可是,他毕竟曾任职技术部和监督部领导,对南海罐区的状况和危险程度了然于心。当跟车经过42、43号储罐之间时,赵兵发现,附近管线沟内,有直径一米的管线被烧裂,油火乱窜,并发出异常声响。他立即意识到,原油储罐阀门平常都处于开放状态,管线一旦泄漏,原油就会溢出,其后果不堪设想。他跳下翻斗车,跑到位于39号储罐和OTD罐区之间的公司指挥部,见到党委孙书记和副总经理吕其德就大声说:必须立即关闭所有阀门!

还用你说! 旁边传来了一句不冷不热的话。

赵兵定神一看,是技术部现任部长邵鸿君,周围还站着油库主任刘江和技术部的和聪、阎锋、王志成,他泄了气,不再说话。

邵鸿君毕业于浙江大学,身材不高,戴着眼镜。他个性沉稳,作风踏实,向来对赵兵充满激情的性格不感冒。平日里,两个人的关系不咸不淡,此时,凑在一起,颇有几分尴尬。

刘江是赵兵的好朋友,见此情景,连忙打圆场:我们也正在商量如何关闭阀门。

邵鸿君对两位领导说:这么做确实很危险,但除此之外,已经没有任何办法了。

孙书记问:是否可以安排倒罐,将靠近OTD罐区的储油罐里的原油,倒进其他罐里。

控制联箱已经断电、失灵,再说,需要的时间太多,恐怕来不及了。邵鸿君答道。

吕经理深深地叹了口气:也只好想办法关闭阀门了,你们谁去?

刘江抢先说:我是油库主任,责无旁贷。

赵兵立即接道:算我一个。

和聪、阎锋和王志成也抢着说:我们也去!

邵鸿君看了看自己的三个部下,都是年轻的80后,王志成大学毕业来到油品公司,还不到三个月。寡言沉稳的人忽然冒出了一句不相干的话:以后,我们就是亲兄弟!

如果在平常,关闭阀门并不是难事。而在此时,南海罐区正处于下风口,完全淹没在浓烟里。那种浓烟,没有经历过的人是无法想象的。仿佛宇宙黑洞刮起了飓风,奔腾翻涌,不见一丝亮光。罐区里不断有窨井盖被管线里巨大的气流冲上天,纵横交错的管线沟里大小爆炸声此起彼伏。要在这种情况走进罐区,确实需要过人的勇气。

毗邻OTD罐区共有六个10万吨原油储罐,分成两排,一排仅隔着八米宽的小路，也就是大连市消防支队郭伟参谋长拼死守卫的那条生死线，另一排则在稍远的位置。六个人也自动分成了两组，邵鸿君和赵兵带着和聪走向了前排罐区，刘江带着阎峰、王志成朝后排罐区走去。忽然，一阵巨大的爆炸声传来，几个人猛回头，只见控制联箱燃起了冲天大火，邵鸿君不禁道：完了，联箱毁了，南海罐区要保不住了。说着，眼泪止不住簌簌落下。赵兵也被镇住了，一时说不出话。和聪小心地问了一句：我们怎么办？

邵鸿君擦掉眼泪：能做多少做多少吧，我们只管为公司、为大连港尽自己的全力……

一种视死如归的情绪在几个人心中蔓延，化作了超凡的勇气，没有防毒面具，甚至没有工具，只有两部对讲机和每个人手中的隔热手套。浓烟和罐体上吱嘎作响的铁架、楼梯却似乎并不可怕了，几个人一边咳嗽、一边互相喊着彼此的名字，用对讲机砸开铅封，用了一个多小时的时间，顺利地关上了四个储罐的八个阀门。还剩下37号罐和42号罐，这两个罐不但离OTD罐区最近，还毗邻创业路，从103号罐滚滚而下的流淌火就在它们的眼前肆虐。郭伟参谋长带领的孟布特中队和大连港公安局消防队以及港区的干部、职工拼死守卫的也正是这两个储罐，它们一旦爆炸燃烧，OTD罐区就将全线崩溃。

午夜11点许，全省的援兵还没有到，南海罐区的水和泡沫也已经弹尽粮绝，流淌火一次次逼近，烧毁了联箱，火头搭上了与OTD罐区仅几米远的37号罐顶，远远看去仿佛它正在燃烧。42号罐的情况也十分严峻，整个罐体已经被大火舔舐了多次，防火层不断地簌簌落下。

六个人站在罐区小路上，看着眼前的情景，生平第一次觉得离死亡如此之近。37和42号罐已经陷入火海中，要进去关闭阀门，就等于踏入了鬼门关。刘江率先开口:如果不关完,就等于没关。

邵鸿君赞同:我们不能半途而废,还是那句话,要为公司、为大连港尽全力。

赵兵:我肯定要进去,你们随意吧。

邵鸿君白了他一眼,对阎峰说:你的孩子太小,别进去了。

阎峰道:你们也有孩子,大的、小的不都一样。

邵鸿君哽咽了。

刘江说:和聪,你刚结婚,还没有小孩,又是独生子……话没说完,就被和聪打断了:已经走到这一步,别想那么多了。

邵鸿君最后看了看王志成,坚决地说:你留下!连女人还没碰过,不能就这样送了命!

王志成犹豫着,邵鸿君又说:你必须留下!

说完,便带着其他几个人朝37和42号油罐走去。

王志成呆呆地看着他们的背影消失在浓烟中,忽然拔腿追了上去,大家看见他,都说不出话,一行人继续默默地朝着冲天的大火走去。

那条路并不长,大概只有20多米,是六个人走过的最沉重的路。在这很可能就是人生最后的一段路上,永远像个骑士的赵兵掏出手机,打给了吕经理。电话通了,他想说,请组织上照顾我的妻子和女儿,却说不出口,只说了句:经理,我们去关37号罐的阀门,然后就收了线。

阎锋的手机早已没有了电,他只能横下一条心朝前走。

和聪在晚上八点左右的时候关闭了手机,想保留些电量到最需要的时候再用。此时,他打开手机,想给结婚还不到半年的妻子打个电话。可是,掏出来,放回去,反复几次,也无法拨通妻子的号码。当走到37号罐附近时,他下了决心,无论如何要给妻子留句话,尽管,他不知道该说什么。可当他打开手机盖,屏幕却暗了下来,仿佛冥冥中的安排,手机瞬间没有电了,和聪终于摆脱了一种无法言说的折磨。

王志成跟在他们身后,越走越害怕,终于忍不住说道:你们知道吗,尽管石油的燃点高,可是,火苗在罐里时的间长了,肯定会爆炸,我们……我们……可能真的要死了……

后来,我在采访中问王志成:既然那么害怕,为什么还要追上他们,跟着去关阀门?

羞涩而憨厚的大男孩看着我,笑容僵在了脸上。憋了半天,眼泪簌簌落下,哽咽道:我怕一个人参加他们的追悼会……那会比死都难受。我宁可跟他们一起去死,也不愿意看见他们都躺在我的面前……

六个人依然自动分成了两组,邵鸿君、赵兵带着和聪,率先走向37号罐;刘江、阎锋和王志成去了42号罐。此时,大火已经包围了这两个油罐,仿佛飓风来袭,卷着呼呼的响声,摧枯拉朽,几个人瞬间就陷入了炙热的烘烤中。由于先后关闭了8个阀门,他们已经筋疲力尽,但对死亡的恐惧让他们忘记了这一切,心里系念的只有手里的阀门。一边机械地转动轮盘,一边高喊同伴的名字,一边还要下意识躲避探进防火墙的火舌。几个人轮流上阵,累到喘不上气,就换下一个。邵鸿君这位浙江大学高才生、戴着眼镜的谦谦君子,居然脱光了上衣,拼尽全力转动轮盘。

忽然,又是一声震天巨响,黑色的蘑菇云再次腾空而起,火光烧红了头顶的天空。王志成害怕了,本能地转身就跑,可跑下楼梯回头一看,刘江还在转动阀门,他又返身回到了两个同伴身边。37号罐下,正在拼力关闭阀门的邵鸿君浑身一震,只觉得热浪扑面而来,可他依然紧紧地握着轮盘。停了片刻,觉得还算安全,又埋头苦干起来。刚刚被他换下的赵兵,眺望远处的103号罐,心底的骑士激情又被点燃了,他嚷道:你们快看,太美了,流淌火像燃烧的海浪,真是百年不遇的奇观!说着,拿出手机,打开摄像功能,开始对着火海录像。旁边的和聪轻声对邵鸿君咕哝了一句:我真想把他踹下楼梯!

黑暗中传来了刘江的喊声:我们关完了!

邵鸿君喘着粗气回答:马上出去!

王志成扯着嗓门掺和进来:不,要等你们一起走!

赵兵接道:好,我们也胜利在望了。说完,揣起手机,换下了邵鸿君,嘴里还在说:我一定要好好保存这些照片,太珍贵了。

两个最危险油罐的阀门终于关闭了,6个人在小路上会合,他们顾不上说话,立即朝罐区外走。可此时,黑烟弥漫,再加上心慌害怕,他们居然迷了路。转来转去,被一堵两米多高的墙挡住了,再顺原路返回,依然还是墙。

赵兵有些慌:我们爬上去吧。

和聪说:你当我们是猴子?

赵兵急道:不是猴子也要爬上去。

邵鸿君忽然闷闷地接了一句:现在,后面要是有只老虎,连我也能爬上去。听了他的话,几个人齐齐地愣住了,旋即又都笑起来。刘江道:邵部长,你咋不给赵兵吃枪药了?

邵鸿君看了看赵兵,赵兵也看了看邵鸿君,两个人心里都有什么动了一动,脸上却是依然尴尬。

后来,在采访中,我问和聪:在这次经历中,你最大的收获是什么?

他想了想,说:我是外地人,大学毕业后来到大连,举目无亲。

在这次劫难中，我交到了朋友，是那种生死的朋友，从此以后，不再孤单。

爬上回仓库的皮卡车，6个人仿佛刚从战场上归来，浑身上下硝烟弥漫，脸上只露出两个眼珠。躺在皮卡车上，仰望被大火燃烧的天空，自豪之情油然而生。赵兵首先开口：关键时候，还是我们共产党员最能冲锋陷阵。

邵鸿君又史无前例地开了句玩笑：你不吹牛，能怀孕吗？

大家哄笑一团。

阎峰见赵兵尴尬，就说：赵哥，我还不是党员，你能帮帮忙吗？和聪也附和：还有我。

赵兵又来了精神：你们大学的时候干什么了？

和聪歪着头想了想：那时候，好像没有人提这件事，我们也想不到。

阎峰自嘲：每天只顾埋头学习，两耳不闻窗外事。

邵鸿君道：明天，你们就写入党申请。

行！阎峰、和聪认真地回答。

刘江喊：王志成，你干吗呢，赶紧表个态。喊了几声，不见动静，大家抬起头看，却见人家早已进入了梦乡。

邵鸿君叹道：年轻，是一件多么好的事情啊。

第十一章　绝地孤军

夏的夜,幽静、沁凉,在通往棒槌岛宾馆的小路上舒开薄薄的袖纱。路灯像腼腆的小巨人,擎着一盏盏萤火虫般的亮光,摇曳、飘荡。小路在丘陵间踯躅,两旁的草坪蜿蜒、逶迤,仿佛阿里巴巴的飞毯落进了人间,将深浓的绿铺进了暗夜。远处的大海潮汐涌动,阵阵涛声远播天际,唤醒了月亮,回眸之间,漫天的星星飘逸。

这里是散步的好去处,却很少有人光顾,来回穿梭的多是神秘的轿车。因为是在僻静的丘陵间,还因为尽头是棒槌岛宾馆,有武警值守,寻常人不可随意进入。到了那里,只能折身回返,一来一去,10多公里的路,对大多数人来说,太长也太寂寞。

夏夜里,偶尔也会有散步者,在黑黢黢的丘陵间,低着头,走自己的路。他们是耐得住寂寞的人,也是这世上最寂寞的人。"7·16"那个傍晚,一个人正走在这条小路上。他穿着短袖短裤、格子图案的家居服,看来很轻松,但还是让人觉得有些伤感,究竟心里在想什么,才会独自走在这样的小路上呢?

一阵急促的手机铃声响起,走路的人停住脚,愣了一下,从裤兜里掏出了手机。

于英波,南海罐区出事了,马上赶回公司!

什……什么?你是谁?

你他妈的连我都听不出来?于锦辉!

部长,你好!

天要塌了,还好什么,废话少说,以最快的速度赶回公司!

说完,大连港集团安全监督部部长于锦辉就挂断了电话。

于英波握着手机,嘴里呢喃:出事了,出事了……片刻后,才反应过来:出什么事了?

他连忙又拨通了于锦辉的电话:部长……

还未等他开口,于锦辉便咆哮道:南海罐区起火了,你再废话,我明天就撤你的职。说完,又挂断了电话。

于英波呆住了,作为于锦辉的直接下属——油品码头公司的安全监督部部长,南海罐区发生火灾,毋庸置疑,他就是第一责任人。到底那里出了问题,自己要承担什么责任,也许会被免职,甚至……12个十万立方米油罐,仅几步之隔的OTD罐区,此时,他才明白,平日里温和的于锦辉为什么会如此火暴。

于英波握着电话的手颤抖不停,举向了空中,试图拦下一辆车子,却没有司机肯停下来,他不得不一边走,一边继续招手拦车。他既希望有车子停下来,又希望这样永远走下去,走在永无止境的黑暗中……

身后响起了汽车喇叭声,于英波回过头,居然是一辆空驶的出租车,红色的顶灯刺破了黑夜,也刺碎了他的心。他想哭,甚至想跳下身旁的悬崖,但却穿过马路,跑到出租车前,拉开车门上了车。

你要去哪里?

开发区大窑湾。

司机从后视镜看了看他:你不会有什么事想不开吧?

于英波看着窗外:我也许活不过今天晚上了。

司机一脚踩住了刹车:你可别吓唬人,住在哪里?我送你回去。

于英波:不行,必须去大窑湾,那里着火了。

司机莫名其妙:救火是消防队的事,你去干什么?

油罐起火了,我是安全部长……

司机紧张起来:危险吗?

于英波喃喃地重复:我是安全部长……我是安全部长……

一个多小时后,出租车停在了S楼门前的警戒线外。司机顿时惊呆了。只见,头顶的天空一片红光,爆炸声此起彼伏,滚滚黑云四处飘散,刺鼻的油烟味呛得人喘不过气。在通往火灾现场的入口处,无数个警察在声嘶力竭地喊着谁也听不明白的话。于英波下了车就跑起来,步伐摇晃,格子图案的家居服在熙攘的人群中显得格外扎眼。司机忽然想起了他还没有付车钱,于是,下了车,朝着格子服的背影追了过去。

于英波来到警戒线旁,立即被拦住了。几个警察声嘶力竭,又喊又推,他却只重复一句话:我是安全部长……我是安全部长……司机追到了他身后,见于英波被警察连续推了几个来回,还依然朝前走,试图通过警戒线。终于,有个警察不耐烦了,用力朝他的后背推了一把:不要命,你就进去吧!

司机的心仿佛也被重重地推了一把,鼻子发酸,眼睛热了,将车费的事忘在了脑后,朝着于英波的背影大声喊道:老兄,你可一定要活着出来!

从北门跑进现场,沿着创业路跑上坡顶,就见流淌火排山倒海从103号罐倾斜而下,已经逼到了南海罐区边缘。地面的大火足有十层楼高,原油燃烧的黑烟如原子弹爆炸的巨大蘑菇云,奔腾翻卷,涌向天空。在大火和黑烟之间,晃动着几辆车和一些人的身影,显得那么渺小、无助。于英波没有停下脚步,只死死地揪住心里的那根稻草:我是安全部长,我是安全部长……朝着南海罐区跑去。

刚进中心火场,就听"嗵"的一声,热浪腾空而起,接着,头顶就传来了尖锐的啸音,还未等于英波弄清状况,已经被人拖着跑出了十多米。惊魂未定,就见一个窨井盖落在了刚才站立的地方,拖他的人开口了:你是谁?跑进来干什么?

于英波顺口就说:我是安全部长。

原来是老于,你怎么穿成这个样子?

于英波这才看清,眼前的人身材高大,穿着消防服,满脸黑油,原来是消防支队长徐志有。

于英波刚想开口,不知从哪里又传来了剧烈的爆炸声,几层楼高的大火瞬间卷到了眼前,旁边的消防员拖起水枪就跑,可是,沉重的水带像条超级巨蟒,任凭几个人拖拉、扛拽,躺在地上纹丝不动。徐志有大喊:大家扔下水枪,快跑!话音刚落,于英波就觉得眉毛唰地一下被燎掉了,他转身就跑,逃到了地势略高的OTD装车平台上。

徐志有和二中队副队长陈广礼、班长孙令明,还有几个农民工消防员也跟着逃了过来,大家眼看着大火吞噬了数十米长的水带。在巨龙般的火头前,一个光着脊梁的人也带着几个人在拼命奔跑。徐志有不禁大喊:李尚勇,注意安全!只见,光着脊梁的李尚勇和二中队长王建波、四中队长邓军等人跑到42号罐的防火墙处,不顾一切地爬上去,然后,翻身滚进了墙内,几乎就在同时,大火扑了上去,顺着防火墙舔来舔去。

见此情景,徐志有拿起对讲机,竭尽全力喊道:指挥部,指挥部,南海罐区、OTD罐区要求增援,要求增援……他的声音嘶哑哽咽,充满了绝望之情。

对讲机里传来了于锦辉同样嘶哑哽咽的声音:老徐,你一定挺住!挺住!我马上赶过去!

徐志有放下对讲机,抹了一把脸。孙令明见此情景,说:车上还有水枪、水带,我们这就去拿。

徐志有看着眼前的几个消防员,哽咽道:装车平台就是我们最后的防线,死也不能让大火烧进OTD罐区。

陈广礼、孙令明点头:横竖都是死,我们拼了!

说完,几个人就朝停在罐区小路里的消防车跑去。

于英波问:我们只有这么多人吗?

徐志有点头:二中队、四中队跟着我,窦占祥副局长和三中队的人,被大火封在了南海罐区的管线沟附近,一中队正从大连市内港区赶过来,现在还在路上。

正说着话,杨明局长从OTD罐区后的小路跑了出来。徐志有迎过去,焦急地问:局长,增援部队什么时候到?

杨明摇了摇头:103号罐形势更加凶险,指挥部根本派不出援军,我们只有靠自己了。

徐志有一把拽下头盔,坐在了地上:局长,完了,你看,只有十几个消防员,就是都被烧死,也挡不住这样凶猛的火势。

杨明弯下腰,拍了拍他的肩膀:老徐,我们没有别的办法,只能坚持。

正说着话,只见大连港集团负责安全工作的副总经理李雄飞,带着几个人从罐区小路的浓烟里钻了出来。

杨明连忙迎过去,徐志有也从地上爬起来,跑到他面前。李雄飞看见他们便说:集团已经调集了铲车、运土车,马上就能赶到。说着,将手里的白毛巾系在了脖子上,转向徐志有:支队长,我和杨明局长救不了火,但是,当个参谋还行,你就大胆放手指挥。

说着,走到了装车平台旁的一堆蓝色空泡沫桶前:这里就是大连港集团临时指挥部,我和杨明局长不会离开半步!

老徐,老徐,徐志有,你在哪里？浓烟里传出了一阵急切地呼喊声。

于英波听出是于锦辉,连忙应道:我们在这里。

于锦辉循着声音跑过来,李雄飞见到他便问:集团不是安排你在总指挥部,为领导们提供信息数据吗,怎么跑到这里来了？

于锦辉道:这里的人都要没命了,我还管什么数据。

大家正说着话,就见有铲车和运土车从坡顶的小路上开了下来。

徐志有戴上头盔,说:我去招呼消防员,再组织进攻!

于锦辉说:好,我去指引车辆,让他们一边卸土,一边用铲车朝前推,你们跟在后面用水枪压制火头。

说着话,几辆车子开进了现场,刚到入口处,就减慢了速度。于锦辉和于英波立即跑过去,却见后面的两辆车忽然倒车,掉头就跑。最前面的一辆也想如法炮制,却被跟在身后的沙土车挡住了,它犹豫了片刻,居然躲过堵在车头的于锦辉和于英波,绕着装车平台,逃进了OTD罐区的小路里。于锦辉追着,边跑边喊:混蛋、王八蛋,你给我回来! 可车子丝毫不减速,转眼便跑得无影无踪。

沙土车也想逃,跟在它后面的铲车停在那里,似乎还在犹豫。于锦辉见状,又火速跑了回来,跳上了铲车,于英波则拦住了沙土车的去路。司机无奈,只好顺着他的指引来到了大火前,不等车子停稳,便按下卸车按钮,将一车土胡乱倒下,也顺着小路跑进了OTD罐区,很快消失了踪影。

现场只剩下一辆铲车,司机吓得浑身颤抖,铲车晃晃悠悠,总算开到了土堆前。站在踏板上的于锦辉不断大喊:向前推,再向前!

司机一边开车,一边拖着哭腔喊:不行啊,不行……

于锦辉:你他妈的少废话,不行也得行!

司机:前挡玻璃都烤炸了,我受不了了!

于锦辉却只顾喊:推啊,再推啊!

司机拉开车门就想跳车,于锦辉眼疾手快,一把揪住司机的脖领,像只受伤的野兽连哭带嚎:死了又能怎么样,是爷们儿就给我上!

司机不知是被他吓住了,还是感染了,居然乖乖听话,不断地将铲车推进,再推进。借着铲车的掩护,李尚勇、孙令明等人迅速铺好了水带,几条水枪阻住了肆虐的大火,将其逼到了管线沟外。

随后,一辆接一辆的沙土车、泡沫车,在油品码头公司职工的带领下,驶进了现场。从未见过如此阵势的司机们胆战心惊,不敢靠近。车子的油箱就暴露在大火里,眨眼间就有可能爆炸,将自己送上天。跟着徐志有第一时间来到现场的王进军见此情景,干脆跑到车头前,一边倒着朝大火里走,一边不断招手,示意司机前行。来来回回不知走了多少趟,被大火熏烤成了焦黑色,50多岁的人本就瘦,在烈焰的映照下,就像一只全聚德炉子里的烤鸭。

穿着格子家居服的于英波,加入了为消防车补灌泡沫的队伍。差一岁60的于锦辉站在梯子最上端,扯着嗓子喊号子;50多岁的于英波则和几个早已筋疲力尽的农民工消防员,拼命将近百斤的泡沫桶朝车上推。突出的腰间盘、整天吱吱嘎嘎作响的后颈椎,承受着无尽的折磨,于英波却不知道疼,连手指甲掉了也不疼,他完全麻木了,这种状态一直持续了20多个小时。人们哭着、喊着,叫骂声不绝于耳,唯有他不说、不闹,像个穿着格子服的游魂,在人群中飘过来,荡过去,就这样熬过了噩梦般的一晚。

没有人知道,别人也无法知道,天生有些抑郁基因的于英波,心里承受了怎样的伤痛。他不能告诉妻子,更不能告诉同事。就这样过去了半年多,直到我坐在他的面前。就像一根绝望的琴弦,再也经不住温情的弹拨,我清晰地听到了裂帛般的声音。于英波的眼泪决堤而出,全不顾自己面对的是个女人,一个陌生的女人。我也经历了平生最奇特的采访:所有的问题,得到的回答都是眼泪。于英波自始至终没有说出一句话,只是流泪,不断地流泪……

年轻的大连港公安局消防支队副支队长窦占祥,带着三中队的消防员被大火堵在了南海罐区和管线沟之间,他们虽然离OTD罐区稍远,但情况一样凶险。从傍晚6点左右,103号油罐第一次发生爆炸,最先出警的三中队已经连续战斗了几个小时。一支正在工作的水枪,即使年轻又经过专业训练的消防战士,也需要两个人才能抱住。但三中队却只有一个人,另外三个需要跟着水枪移动的方向拖动水带。长达数十米、灌满泡沫的水带重如千钧,三中队的七八个队员老的老,小的小。已年届50的中队长于忠斌带着栾永利等两个队员,喊着口号,使出浑身的力气,每次也只能拖动十几厘米的距离。嗓子喊哑了,胳膊和腿一次次抽筋,他们只能咬着牙,艰难地向前推进。

窦占祥在管线沟附近来来回回奔跑指挥,忽然发现,负责为42罐喷水冷却的队员许传杰不见了,他的大脑顿时一片空白。恍惚中,依稀看见有水柱喷向罐体。窦占祥顺着找过去,跑到小路边的铁栅栏旁,只见许传杰将自己和水枪,用消防腰带死死地绑在了栅栏上。见到领导,他连忙说:我实在抱不动水枪了。窦占祥的眼睛湿润了,大喊道:你这样绑了死结,万一流淌火下来,跑都来不及,快松开!

许传杰一边目不转睛盯着水柱的方向,一边喊道:支队长,要是顶不住,南海罐区没有了,大连港也没有了,我是死、是活,还有意义吗?

一车车沙土在南海罐区和OTD罐区前筑起了堤坝,李尚勇在管线沟北,于忠斌在管线沟南,两个人带领队员用水枪对头灭火,居然打开了封锁。杨明局长趁机跑到了窦占祥一方,正见于忠斌弯腰低头喝消防水,他连忙说,这种水不能喝。于忠斌抬起头抹了抹嘴说:局长,我没来得及吃晚饭,犯了低血糖,喝点儿水还能扛一阵。

杨明的心颤抖了,他环顾四周大喊:夏雨!声音出了口,才想起政治处副主任夏雨不在身边,他重重地叹口气,对于忠斌说:我一定想办法弄吃的来!

此时,年轻的女警察夏雨正蹲在罐区的小路上。在伸手不见五指的浓烟里,一边咳嗽、掉泪,一边循着现场里传出的喊叫声摸索着朝前挪动。她是从大连市区的家中赶来的,生平从未如此害怕,却不能停下脚步。她知道,杨明局长需要随时联系各方人员,但不可能记住所有人的电话,她必须尽早赶到。

正在焦虑不堪的杨明,忽然看见罐区里跑出了一个女孩子,居然是夏雨。他又惊又喜,连忙迎上去,开口就说:快!联系附近的派出所,让他们立即送水、送面包!夏雨答应了,掏出手机拨通了所长的电话。半个多小时后,一箱箱矿泉水、面包、火腿肠送了进来。

及时得到能量补充的消防员们,精神和体力都得到了恢复,推进速度明显加快。管线沟附近的两支队伍,眼见着就要会师,大火也被推出了十几米,南海罐区和OTD罐区终于脱离了险境。

光着脊梁的李尚勇，像个就要凯旋的勇士，一边大声唱着不知名的歌曲，一边用水枪横扫管线沟里的余火。可唱着唱着，他的声音逐渐弱下来，看着手里的水枪发呆，只见，水流越来越细，水枪变成了水龙头。另一端的于忠斌也开始大喊：水压不够了！上水、快，上水！

接着，仿佛商量好了一般，大家的喊叫声此起彼伏：没有水了，没有水了，快想办法！

杨明局长和徐志有急得大叫：怎么回事，谁知道怎么回事？

负责消防工作的窦占祥副局长跑了过来：麻烦了，所有的消防栓都没有水了，连续几个小时的救援，已经用光了罐区里储存的消防水！

李雄飞和于锦辉也跑过来，听了窦占祥的话，于锦辉立即掏出手机：我想办法。说着，拨通了指挥部的电话，刚说了句：喂！只听轰的一声震天巨响，远处的103号罐升起了硕大的蘑菇云，随着天动地摇，流淌火如喷薄的岩浆滚滚而下，直奔南海罐区而来，刚刚被推出十几米的大火，转眼又到了眼前。现场的消防员们全都惊呆了，徐志有大喊一声：跑！快跑！大家这才醒过神，纷纷四散逃开。

正在为37号罐喷水降温的陈广礼，听到喊声，拔腿想跑，却忽然不能动了。原来，他的靴子被厚重的原油粘住，患有严重间盘突出的腰部用不上劲，他拼命挣扎，依然被钉在那里，纹丝不动。已经跑到安全地带的孙令明看出了端倪，顾不得自己刚刚被水带接头砸伤的腿，一瘸一拐跑过来，抱起陈广礼，用力将他的脚从靴子里拖出来，两个人连滚带爬，刚刚离开，流淌火就漫延过来，眨眼间吞没了靴子。

第十二章　悲情午夜

肆虐的大火撵着人们朝 OTD 罐区的装车平台后退,那是他们最后的防线。其实,逃跑的路就在眼前,可以冲出罐区大门跑上山坡,还可以顺着南海罐区的小路绕道大海边,逃离这座人间地狱。可是,现场的二十多个人却像中了魔咒,只会后退,朝着生命的尽头后退。脖子上系着白毛巾的李雄飞,白色警监制服已被原油染透了的杨明,还在拼命打电话要增援的于锦辉,光着脊梁的李尚勇,浑身焦黑、碰一下似乎就能簌簌掉渣的王进军,穿格子家居服的于英波、一边哭一边喊的徐志有、年轻的女警察夏雨……还有十几个丢盔卸甲的消防员,50 多岁的,20 多岁的,有复员军人,有合同制农民工,有正值壮年的家庭顶梁柱,还有尚不知恋爱滋味的大男孩,都呆呆地看着手握对讲机,却没有一个人想到离开。因为,在场的所有人都清楚地知道,他们是最后的防线,一旦崩溃,隔海只有五公里的大连市区内 600 多万人口、所有的动植物,将在一呼一吸之间化为乌有,美丽的海滨城市顷刻就会变为死城,酿成人类历史上最大的惨剧。

在后来的采访中,当时跑进现场的大连港总经理孙宏对我说,那一刻,站在生命尽头的人们,没有害怕,也没有绝望,只静静地看着眼前的大火,他从未见过如此纯净的目光,如寂寞晴空,万里无云。

人们至今无法认识被称作奇迹的事情。宗教解释为上帝或者神通,科学却摇头。而我认为,奇迹就是人心向背。卡瓦博格的暴风雪横扫日本登山队,这是真实的故事。在神山发怒的宗教传说背后,却是当地2万多山民昼夜跪拜、祈祷,绝不允许曾经的侵略者踏进心中圣地的意志和决心!

　　这样的事情也出现在了OTD罐区前。正当大火就要吞噬准备决然赴死的人们时,奇迹发生了,一阵东北风从海上渐起,将已经搭在37号罐顶、不断朝着OTD罐区探头探脑的火龙顶了起来,在天上晃来晃去。并且,事故的发源地103号罐附近,情况也是如此,它坐落在中石油库区的最西角,偏东的北风始终顶着火头,让它与周围的油罐保持距离,才没有引发火烧连营的境况。也许,有人会问,这算什么奇迹?但在大连,夏天多刮西南风,很少起北风。如果,"7·16"那天夜里如往常一样刮西南风,就会正助火势,后果不堪设想。

　　一次次的幸运和奇迹都在千钧一发之际光临。我想,正是现场几千名救援者,誓死保卫城市的决心感天动地,美丽的大连、倾注了几代人心血的百年港口,才得以摆脱了这场空前的灾难。

　　东北风还在持续,装车平台上的人们仿佛又活了过来。李雄飞首先开口:大家还有没有办法?

　　徐志有道:可以让消防车去海边加海水。

　　杨明担心:都是进口车辆,能行吗?

　　徐志有说:肯定会对车上的设备有伤害。

　　顾不得那么多了,马上准备去海边!李雄飞拍了板儿。接着又问:这里距离海边有几公里,消防车来回跑,能来得及吗?

　　徐志有说:不用跑,这里留下两辆消防车,其他的用水带连起来,接力供水。只是,我们的车子好像不够。

　　话音未落,驻在大连市区的一中队及时赶到了,徐志有看着他们带来的几辆消防车,马上喊道:李尚勇、孙令明的车留下,其他人准备接力供水!

正要行动,忽然,大家不约而同发出惊呼。徐志有抬起头,只见火头又耷拉下来,朝着OTD罐区压过去。他们眼睁睁地看着,却没有任何办法。杨明用力推许志有:快走,去海边!

你们怎么办?

别管了,早一分钟供水,李尚勇和孙令明就能早一分钟投入战斗。

徐志有看了看李雄飞和杨明,用力抹了把眼睛:你们一定多保重!

你也是,快走!

就在这诀别一刻,大连市公安局消防支队参谋长郭伟率领孟布特中队赶来了。徐志有连忙冲上去,紧紧握住郭伟的手,语无伦次道:谢谢,谢谢,你们终于来了,李总、杨局长,还有这里都交给你了……

很快,在郭伟参谋长的镇定指挥下,孟布特中队将大火死死地控制在了OTD罐区外。这就是孟布特只看见了两辆消防车停在罐区边,而没有看见大连港救援人员的原因,大多数人和车都去了海边,只剩下几个人在焦急等待。

刚刚由大连市内港区赶来的一中队,消防员大多是年轻的农民工,在中队长张永平的带领下,开始在通往大海的罐区小路上铺设水带,参加接力供水。他们刚下车就掉进了滚滚浓烟里,眼前能看见的只有鼻子底下的路。一路上,因为首次参加救火还兴奋无比的队员们,此时,已彻底慌了。刚满20岁的袁得志,平时训练只能抱起2盘水带,一着急竟然抱起了5盘,刚跑了几步就摔倒在地上。

赵志伟的车排在小路拐角处,正处下风口,浓烟呛得他喘不过气。于是,上了车,关紧车窗,打开空气呼吸器,吸了片刻,再下车。脚刚落地,就听车底盘发出一声巨响,糟了,他不禁自语。弯腰低头,果然不出所料,油箱被窨井盖崩漏,正滴滴答答漏油。赵志伟扑到车身接口处,拔下水带,跳上车,开车就跑。看不清路,只能沿着有盖的、没盖的窨井跑,他心里只有一个念头,绝不能让车子在南海罐区里发生爆炸。就这样,昏天暗地、不顾一切地飞驶,居然一直跑到了对面的山顶,以至于彻底迷了路,转了很久才回到山下。

在大火中煎熬的人们早已忘了时间的存在,此时,距火灾发生已过去了5个多小时。时近午夜,全省增援的队伍还在沈大高速公路上飞驶,OTD罐区前依然仅有郭伟参谋长带领的孟布特中队和徐志有带领的李尚勇、孙令明等人。郭伟在正面,徐志有在侧面,一边压制火头,一边为39、42号罐喷水降温。于锦辉、王进军和于英波等人则指挥开进现场的车辆继续推土筑堤。

时间一分一秒地在大火中煎熬,危机又降临了。消防车油箱里的柴油告急,一旦用光了油,所有的消防设备都要停摆。

关键时刻,于锦辉离开指挥部前的最后一个举动发挥了作用。当时,他将手里的资料扔给了市安监局的领导后,大声说:你记住,一定看好手机,我随时与你联系。正因为这个举动,指挥部里及时收到了消防车亟须加油的消息,很快,附近的加油站派出了油罐车赶赴现场。

窦占祥想到装满柴油的汽车驶进现场的危险性,连忙跑进罐区小路准备迎接。正如他所料,油罐车司机刚进罐区就蒙了,只见眼前浓烟密布,不时传来阵阵爆炸声,地面到处流淌着厚厚的原油,车子一动,轮胎就发出哗哗的声音。他想返回,又觉得不妥;朝里走,实在没有胆量。正犹豫不决时,窦占祥发现了他,跑到车前,拉开车门上了车。

司机问:你是谁?

大连港公安局消防支队副支队长。

司机如释重负:领导,你来得正是时候。里面太危险,我这一车油就等于一车炸弹,你们还是想别的办法,让我回去吧。

窦占祥平静道:没有别的办法,眼前只有华山一条路,你必须进去。

司机急了:进去就等于送死!

窦占祥依然平静:你是把车开进去,还是要我现在就拘留你?

我没犯法,你不能说拘留就拘留。

我没工夫跟你废话,是开进去,还是要我现在就抓你!窦占祥卷起了袖子。

司机见他口气坚定,不像开玩笑,只好驾车朝罐区里驶去。刚走了十多米,一个窨井盖在车前腾空而起,司机啊的一声惊叫,踩住了刹车。

窦占祥说:快走!

司机却说:你枪毙我吧。

两个人正僵持不下,几个窨井盖又接连飞上了天。一个年轻的消防队员出现在浓烟里,手里抱着一堆不知什么东西,正拼命奔跑。原来是一中队留在车里操控设备的队员,因为着急,将压力按钮调得过大,水带霎时爆漏。站在旁边的消防员藤季宏看见了,撒腿就朝车上跑,拿了包布,回身再跑,小路上的窨井盖就一个接一个地飞上了天。只见他,抱着包布,穿梭在叮叮咣咣落地的窨井盖之间,跑到爆漏的水带前,蹲下身子就开始缠包。

司机看着眼前惨烈的景象,松开了脚底的刹车。窦占祥说:你如果不进去,消防车没油了,他们只有等死。

领导,别说了,我豁出去了! 司机果断地开车前进。

很快,现场的消防车都加满了油。李雄飞、杨明和徐志有等人终于松了口气,可是,对讲机里传出的声音,又让他们的心提了起来。是孙宏总经理在与人争吵:排洪闸门绝不能关!

对方:如果不关的话,原油流到海里,将造成大面积污染。

孙宏:我们已经安排人在港池里安装了三道围油栏。

对方:那也不行,关了闸门才能彻底堵住原油流向大海!

大家听出,孙宏总经理是在跟环保部门的人争吵。刚从指挥部跑进OTD罐区的大连港集团副总经理傅彬和站在他身边的于锦辉,异口同声朝着对讲机喊:绝对不能关闸门! 要是现在关了排洪闸,原油只能到处蔓延,那就是给南海罐区的流淌火添油加柴!

李雄飞看了看四周的泡沫桶大多已经空了,对徐志有说:你告诉孙宏总经理,泡沫已经不多了,千万别关闸门,等援军到了再说。

徐志有答应了,刚想按下对讲键,里面又传出了争吵声:你到底关不关闸门?

孙宏斩钉截铁:不关!

好,好,我这就请示指挥部,你是要负责任的。

对讲机里又传出了王毅的声音:我们负责任!

傅彬也连忙凑近了对讲机:大连港集团领导班子负责任!

杨明局长想了想,对李雄飞说:李总,我想派人去排洪闸泵房,一方面看看情况,另外,一旦指挥部下令关闭闸门,我们也好尽快行动。

李雄飞道:你说得对!

徐志有听了,接过话头:好,我这就派三中队的人去泵房。然后,用对讲机下达了命令。

忽然,轰的一声巨响,大家本能地回头,只见一个巨大的火球从位于37、42号罐之间的联箱中蹿出,伴随着耀眼的白光闪过,接着,在头顶炸开,现场顿时陷入一片混乱。大家四散逃开,不断有人喊:联箱爆炸了,联箱爆炸了!祸不单行,正当人们惊魂未定时,远处的103号罐也发生了猛烈的爆炸,半个罐体坍塌,原油滚滚而出,如海浪般的流淌火排山倒海而下。原本已被压制住的火头,陡然升高,大火如一座摩天火厦耸立在OTD罐区前。孟布特中队消防车上的水炮开足了马力,也不过像小男孩在撒尿。李尚勇和孙令明等人再也顾不上为37、42号罐降温,掉转水枪,拼尽全力顶住大火。

事情还没有结束,又一声巨响传来,徐志有的对讲机里传出了绝望的呼救:三中队报告,排洪闸泵房发生爆炸!

徐志有急问:情况如何,有没有伤亡?对讲机里却没有了回音,只传来一阵的嘈杂声。

徐志有连忙呼叫正在海边组织接力供水的二中队长王建波:你马上去排洪闸泵房,寻找三中队的人。

几乎与此同时,东面的大海升起一片火光。原来,爆炸后的排洪闸彻底失灵,流淌火混着原油,顺着排洪沟涌进了码头港池里。海上的大火借着东北风朝岸上涌,由103号罐而来流淌火的顺着山坡奔腾不止,南海罐区和OTD罐区被两面夹击,陷入了绝境。更可怕的是,现场只剩下寥寥数桶泡沫,一个念头出现在现场所有人的心中:完了,彻底完了。

就在此时,孙宏总经理再次跑回了OTD罐区。许志有见到他便说:孙总,不行了,我们实在无能为力了。

于锦辉对他大吼:说什么丧气话！然后转向孙洪:援军应该快到了吧？

孙洪点头又摇头:营口市消防支队马上就到,可说不准还需要多少时间。

于锦辉又拨通了市安监局领导的电话,开口便喊:援军到底什么时候到？我们被两面夹击,泡沫也要用光了。

对方回答:营口市消防支队已经进入后盐收费口,丹东市消防支队也马上赶到！

徐志有听见了,更加绝望:从后盐收费口到这里,最快也要半小时,可我们的泡沫马上就没有了。

孙宏看着眼前熊熊的大火泪流满面:我回来,就是要跟你们一起死在这里。百年大连港毁在今夜,我怎么能背负这样的责任苟且偷生！

李雄飞和杨明听了,连忙说:孙总,你别灰心,我们只要还有一口气,就坚持到底。

于锦辉说:对,绝不能放弃！

孙宏听了,用力擦去眼泪,对傅彬道:你马上出去,到必经路口迎接营口消防支队,我留在这里。

李雄飞连忙说:孙总,你也回指挥部,想办法尽快调来泡沫。

孙宏执意不肯,杨明推着他:你快走,与其增加无谓牺牲,不如再努力一把。

等孙宏和傅彬离开后,杨明朝夏雨和后来赶到现场的办公室小张使了个眼色,然后,就朝罐区小路走去。夏雨连忙追上去:局长,什么事情？

杨明不说话,找到自己停在安全处的车子,让夏雨和小张上了车,开离了OTD罐区。

几分钟后,车子到了大海边。杨明停下车,说:顺着小路就能走出南海罐区,你们赶紧下车,尽快离开。

夏雨说:我不走!

一向温和的杨明用从未有过的严厉口气说:听命令,别耽误时间,快走!

夏雨哭了:局长,我们一起走吧。

杨明的心也在流泪,这一刻就是与朝夕相处的部下诀别之时,他努力控制住情绪说:你们还年轻,在这里帮不上忙,赶紧走吧。

办公室小张说:局长,你也不会用水枪救火,要走,就一起走。

杨明的喉咙涌动:OTD罐区要保不住了……不行了。说到这里,他的眼泪流了下来:里面的消防员都是农民轮换工,年龄比我的孩子还小,我必须回去。否则,即使活下来,也没脸见他们的父母。

说完,他关上车门,掉转车头,很快消失在OTD罐区的浓烟里。

待杨明回到现场,李雄飞身边的泡沫已所剩无几。水炮和水枪里的泡沫越来越少,仅靠海水,对原油大火根本无济于事。郭伟参谋长神色严峻,像座雕塑,挺立在几层楼高的大火前,孟布特中队的战士们和李尚勇、孙令明等人则抱着水枪作最后的拼搏。

许志有再次呼叫二中队,询问是否找到三中队的人,对方回答:没有发现,排洪闸泵房还在燃烧,我们正组织灭火。他又无数次地呼叫三中队,可喊哑了嗓子,也没有回音。一张张熟悉的面孔闪现在他的眼前,边啃面包边扛拉水带的队长于忠斌,将自己绑在栅栏上的许传杰,朝着被烧毁的消防车大喊下辈子你做人、我做车的姜辉。他再也控制不住自己,摘下头盔,走到装车平台控制房的墙角处,一屁股坐在地上,号啕大哭。他想到了妻子和正在读高中的女儿，于是，掏出手机，拨通了家里的电话，他一边哭一边喊：我今天晚上要交待在这里了，告诉女儿，一定要好好学习！说完，就挂断了电话，接着，按下关机键，捂住脸，发出了绝望的哀号。

此时，已经赶到后盐收费口到大窑湾必经路口的傅彬，看见了写着营口消防字样的车队驶来，他加大油门迎上去。恰好，营口的前导车停车问路。傅彬冲上去，不顾一切地喊道：我是大连港集团副总经理，给你们带路！指挥官将信将疑：你知道火场的具体方位吗？

傅彬道：我刚刚从那里出来，就是来接你们的。

指挥官犹豫了一下，说：我们不能听你的指挥，先找到总指挥部再说。

傅彬流下了眼泪：化学危险品罐区就要守不住了，你们快救命吧！

指挥官见状，马上说：好，你带路，我们先到现场再请示。

正是这位指挥官的果断决策，赢得了宝贵的时间，当营口市消防支队赶到OTD罐区时，现场所有的泡沫已经用光。如果，他按部就班，找到指挥部，再报告请示，一场人类历史上的空前灾难就将不可避免。

可是，他们毕竟是一支部队，有着严明的纪律和组织要求。到了现场后，指挥官必须联系到上级军官，等待命令。否则，他们就不称其为军人和军队。

傅彬急得如热锅上的蚂蚁，一次次拨打孙宏总经理的电话，却都无人接听。营口的指挥官沉稳镇定，他一边继续呼叫，一边安慰傅彬：你放心，我曾经在大连消防支队工作过，对这里、对这个城市有感情。

此时，孙宏正在指挥部里协调运送泡沫的事情。里面已经乱成了一锅粥,所有的人都在喊,都在吵,甚至在骂娘。孙洪总算乱中取胜,抢到了刚刚由外地调来的泡沫。还没等松下一口气,就听见了自己的手机铃声,他连忙接听,里面传来了傅彬的哭喊声:孙总,营口市消防支队已经赶到了,可是,他们必须等待命令。来不及了,不能再等了,来不及了!

一股热血冲上了上来,孙宏大喊:OTD要保不住了!可已经焦头烂额的各级领导根本没有注意到他的喊声。平日里安静、随和的孙宏,冲到桌子前,一拳砸在桌面上,大吼道:OTD要保不住了!

在场的所有人都转过了头,辽宁省委、省政府的领导看着他,大连市委书记、市长看着他。孙宏啜泣道:求求你们,快下命令,OTD就要失守了!省公安厅长李文喜和辽宁省消防总队的领导弄清了状况,立即拿起对讲机下达了命令。千钧一发之际,营口市消防支队冲了上去。此时,南海罐区的37、42号储罐已经陷入了火海,大火蔓延到了离OTD罐区不足八米宽的小路上。

第十三章　题外的人　题外的话

在"7·16"的夜晚,权力多被漠视,指挥部里,省市各级、各部门领导济济一堂,会议室的桌子却屡屡被小人物拍得震天响。当一座美丽的海滨城市和几百万人口性命攸关之时,许多人将尽其半生努力得到的职务、官位抛到了脑后,为了自己的谏言能被采纳,不惜将平日里唯恐恭敬不及的领导们,当成必须执行命令的战士。

有人漠视权力,还有人整整一夜都在昭告自己的权力。时任大连市公安局党委副书记、常务副局长祁广殷曾长期战斗在刑侦工作第一线,屡建功绩。他为人正直谦和,行事低调朴实,在大连市公安局拥有较高的威信。在"7·16"的那个夜晚,祁局长站在OTD罐区附近的一个岔路口上,一次次向路过的消防战士们高喊:我是大连市公安局副局长祁广殷……之所以如此,是因为看着从四面八方涌来的大火,不断逼近OTD罐区,他希望战士们立即上去阻截。可消防部队有着铁一般的纪律,战士们只听命令,无法执行公安局长近乎绝望的呼喊。整整一夜,祁局长就这样坚持不懈地努力着,仿佛站在那里拼命呼喊,就能阻隔大火,挽救城市,明知徒劳,依然故我。因为,在那样的夜晚,那样的绝境中,这是他唯一能做的事情、能尽的责任。

在离祁局长不远的地方,还发生了一个几乎被埋没的故事——一个被焊死在岗位上的交通警察的故事。"7·16"当晚,全省上千辆消防车涌进了不足五平方公里的油库码头,其中,还有大量运送沙土、泡沫的货车。大连市公安局交警支队及时调集最精干的警力进入现场，这些经验丰富、指挥果断的交通警察，硬是在犹如世界末日般的混乱中，开出了救援通道，为成功扑灭大火立下了汗马功劳。其中贡献最突出的是西岗交通大队，他们派出了8个警察，指挥疏导了从迎宾路进入103号罐主战场长达五公里的车流。事后，这8个交警都荣立了一等功。如果按照正常思维，以他们的经历为重点进行采访，就可以搜集足够的素材，写成一个的独立篇章。可冥冥中似有前导，我总觉得只进行一个大队的采访会漏掉什么，于是，又采访了另外4个参战大队。

由于时间紧迫，采访任务繁重，2011年春节的前一天，我还在漫天遍地的年味中奔波，走进了大连市公安局沙河口区交警大队。因为去现场执勤的民警很多，我只要求对荣立二等功以上的人进行采访。我想当然地认为，能够立功，一定是贡献突出的人。可这种想法和做法，让我险些错过了一个普通交警的泣血情怀。

当采访进入尾声、9名荣立二等功的交警中的最后一个坐在我面前时，我犯愁了。他叫毕宁，内向、木讷，虽经反复引导，却只会重复一句话："7·16"那天夜里，我就站在燃烧的油罐前指挥消防车进出。可据我所知，只有西岗大队的8个交警离燃烧的103号罐最近，其他单位的执勤位置都离现场稍远，而沙河口大队的岗位在火场的外围线，毕宁不可能看见燃烧的油罐。可是，他诚实、憨厚，实在不像会说谎的人。无奈之下，我画出了现场草图。毕宁看了半天，忽然指着OTD罐区附近说：我就站在这里。

听了他的话，我呆住了：你怎么会进到最危险的中心火场，还有谁跟你在一起？

中队长李世学。

他为什么没来？

你采访的是二等功以上荣立者,中队长只立了三等功。

我马上找来了负责人,要求采访李世学。

半个多小时后,李世学从执勤岗位上赶来了。门刚打开,一股寒凉的气息就扑面而来。身穿黑色皮制警服,配银色反光腰带、对讲机的李世学,高大、帅气,见到我就说:事情都过去了,我不想再谈。口气里也散发着冬日的寒凉。对"7·16"事件有着较深了解的我,从这寒凉中听出了深深的委屈。

我静静地看着他,片刻后说:可能只有我知道,"7·16"当晚,你是离化学危险品罐区最近的交警。

话音未落,身着制服的五尺男儿唰地就红了眼圈,哽噎道:我永远都不想再提这件事,你为什么要找上门……

原来,当晚十一点多,带领二中队从市内紧急增援赶来的李世学,刚刚向大队长报道完毕,就有一个佩戴指挥标志的消防军官从火场里跑出来,见到交警就说:北面火场通道已经被消防车完全堵塞,亟须疏导。于是,大队长命令李世学带领毕宁和另外一名交警前去增援。

进入"7·16"火灾现场的绝大多数军警对那里的地形一无所知,鏖战中,没有时间、也没有机会了解54个魔鬼般的危险化学品罐就在咫尺间。我也是先后5次进入那里,才彻底搞清各参战单位所处的具体位置。李世学命运多舛,稀里糊涂就被消防军官带进了OTD罐区。而从大连市区赶来的沙河口交警大队的领导根本不清楚,自己的3个民警落入了最危险的境地。此时,全省增援部队陆续赶到,里面的消防车挤作一团,乱成了一锅粥。李世学带领2名交警很快疏导开了混乱不堪的库区小路。刚刚松了口气,就看见那位消防指挥官匆匆走来,路过李世学身边时,他犹豫了一下,走过去,又返回身,说:这里太危险,你尽快离开吧。李世学不知自己就站在地狱边缘,笑了笑:这么多的消防车进进出出,我不能走。

那位军官脸色沉重,抬起手指着不远处的白色储罐说:那里面盛满了化学危险品,一旦燃烧爆炸,我们立即就会……他说不下去了,转身匆匆离开。李世学呆住了,只见不远处,大火不断地越过37号罐顶,朝OTD罐区压下去。刚满39岁的英俊交警,从未想到死神会如此应声而至,黑色的披风已经罩在了自己的头顶。

赶来增援的消防部队还在不断涌进现场,四周又响起了年轻司机们因为被堵而焦急拍打车门的声音。李世学转过身,抬起手臂,机械地做着各种手势,心里却想起了平日里同事们对他说的玩笑话:你早晚会被焊死在岗位上!

李世学的执勤地点在大连市繁华的西安路口,整年、整月、整日,无论风霜雨雪,他都会站在那里,极少缺勤或是迟到早退。因此,被大家戏称为"焊死在岗位上的人"。他做梦也没有想到,今夜此语成谶。

不知过了多久,车流渐渐顺畅起来。握着死神衣角的李世学,想起了家中的妻子和女儿。他看了看表,已近午夜,掏出手机,又有些犹豫。她们正在酣睡,此时的自己能说什么,又能做什么。想收起电话,眼泪却不由自由地流了下来,思来想去,还是拨通了家里的号码。

妻子接了电话。李世学说:我在开发区大窑湾。

妻子声音含混:怎么会去那么远的地方执勤?

李世学想说:我可能再也见不到你们了,但喉咙却被堵住了,只默默地流泪,说不出话。

困倦的妻子没有觉察出他的异常,只说:这么晚了,你要注意安全,早些回来。

李世学只得答应,收了电话。

此时,天空下起了淅淅沥沥的黑雨,混了原油的雨水,黏滞得

泣血
长城 … 第二部 金色花开——九个战士之外的传奇

令人绝望,染黑了警服,也染黑了李世学的泪水。他又掏出手机,再次拨通了家里的电话。妻子依然对临头大祸浑然不觉,只以为李世学在执行特殊的警卫任务。在她的经验里,丈夫半夜出警,多是这种情况,她根本想不到会有什么危险。于是,声音里就有了浅浅的抱怨:女儿明天要上学,你还有什么事情?

李世学的泪水被堵在了心里,连忙说:没事儿,只是不小心又碰到了手机的拨出键。

在红色的天空下,在漫天淅淅沥沥的黑色油雨中,李世学决然地收起了手机。他来到两个同伴的面前,说:你们到后面去,离我越远越好!

毕宁犹豫道:中队长,这里最容易堵塞,你一个人能行吗?

李世学说:你们去后面,把好门岗入口处,我这里的压力就会减轻些。

两个交警将信将疑,但见中队长脸色严峻,只好离开了。

采访中,李世学告诉我,之所以这样做,是因为自己的两个部下刚由部队转业来到交警大队,并且,孩子都还不满3岁。如果还有一丝生的希望,他想留给战友,只因为,自己的女儿比他们的懵懂幼儿大了十岁……

已经准备赴死的李世学独自留了下来。他冒着黑雨,穿梭在高大的消防车中间,不断地喊,不断地用手掌拍打车门提醒司机,一个人指挥着上千辆次各种车辆进出OTD罐区。午夜3点钟,随着震天动地的巨响,103号罐被撕开了巨大的缺口,流淌火滚滚而来。南海罐区的阀门组联箱爆炸了,排洪闸也爆炸了,大火冲入海中,又被风吹上了岸,OTD罐区四面楚歌。将李世学带入OTD罐区的消防指挥官又匆匆跑了过来,他大声喊道:你怎么还不走?

李世学茫然无语。

那位军官继续喊道：这里要守不住了，我已经准备让战士们留下遗书，你快走吧！说完，便匆匆离开了。

李世学呆呆地站在那里，清晰地看见了生命的尽头。他的泪水滚滚而下，掏出手机，再拨家里的号码，听见妻子的声音就说：你把女儿叫起来，我要跟她说句话！

从睡梦中惊醒的孩子接过了电话，开口就问：爸爸，你怎么了？

一句稚嫩的话，像把尖刀插在了李世学的心上。他不敢倾听，更不敢多想，鼓足勇气，说出了也许是生命中的最后一句话：你一定要好好学习，照顾妈妈！然后，就挂断电话，按下了关机键。

其实，李世学完全可以逃离那里，因为没有人知道他所处的位置，即使逃走了，只要用身上的对讲机与大队领导保持联系，就完全可以隐瞒这件事。可李世学选择了留下，指挥上千辆次消防车顺利进出火场，为成功保住危险化学品罐区尽了绵薄之力。在采访中，他像个孩子般哭着对我说：是头顶的国徽、身上的警服，将我焊死在了OTD罐区的岗位上，无论如何，都不能离开半步！

立功受奖的时候到了，李世学依然命运多舛。他无法向领导和同事们讲述当晚的经历，只能在立功受奖的申请表上，将另外2个民警的名字写在了自己的前面。他说，当天光大亮，终于走出鏖战一夜的OTD罐区时，3个交警恍如隔世。毕宁居然问了句：中队长，我们真的还活着吗？没有经历那样的夜晚，永远无法体会这句话中的生死意味。为了这句话，李世学又将立功受奖的机会让给了自己的战友。结果是，毕宁和另一名交警荣立了二等功，李世学屈居三等功。

说到这里，李世学泪流成河：我真的不是为了立功才进入最危险的化学危险品罐区，也不是为了立功而在生死面前选择留下来，可是……可是……

我也早已泪流成河，说：我知道，我能够理解……

泣血长城 ··· 第二部 金色花开——九个战士之外的传奇

也许,他需要的就是这样一句话;也许,忍在心头半年多的伤痛得到了倾诉,李世学终于能够擦干泪水,换了平静的语气:从那个地狱般的夜晚之后,我不再抱怨超负荷的工作,也不再抱怨违章后还要对交警谩骂甚至殴打的司机。现在,每天都快快乐乐、心甘情愿地做一个焊死在岗位上的交警,只因为经历了"7·16"的夜晚,自己还活着,还能站在蓝天下,而这一切是那样的可贵又可爱。

面临生死抉择,李世学的灵魂经历了令人心碎的挣扎。可在OTD罐区附近还有一个人,没有必须的职责,更没有领导或者上级的监督,面对人间真实的地狱,他竟能独自静静地等,从晚上八点等到了半夜,又从半夜等到了凌晨,终于等来了自己的任务。他就是在S楼附近的北面入口警戒线处,将阎锋和王志成捎进了OTD罐区的个体挖掘车司机于孝田。

"7·16"那天,他接到的唯一命令是车主打来的电话:听说油品码头起火了,需要挖掘机,你去看看能不能帮上忙。正要端起饭碗的于孝田,顾不得多想便跑出家门,打了出租车赶到工地,开上挖掘机就出发了。

我是从于锦辉那里听说了他的故事。于部长感慨道:我从没见过像于孝田一样憨厚、随顺的人。现场都是陌生人,既没有他的领导,也没有他的朋友,可不管谁喊、谁调动,他都认真照办。他是这个年代鲜有的好人,是活着的雷锋。不但于锦辉如此评价于孝田,几乎每个坚守OTD罐区的人都在采访中提到了他,大家异口同声说,如果没有于孝田和那辆挖掘机,他们很可能早已葬身火海。这引起了我的兴趣,于是,千方百计找到了于孝田的手机号码。电话接通,我首先介绍了自己的身份,然后说,大连港的许多领导和职工都说,你为"7·16"救援做出了很大的贡献。对方的声音谦逊、柔和，我甚至能够感觉到他红了脸，诚然而惶惑道：没什么，真的没什么，出了这么大的事，能帮就帮一帮。

我又说：想听听你的故事，能不能麻烦你到油品码头公司办公室来一下。

当时，我正在那里采访，而于孝田则在离此10多公里外的工地，这让我觉得很难为人家，于是连说：不好意思，给你添麻烦了。于孝田诚然道：没关系，你也是为了工作，能帮就帮一帮。

不久，于孝田赶来了。见到他，我忍不住笑了。想起了王志成与他分手时说的那句话：你长得很像韩国的Rain！他确实像，细长的眼睛，厚厚的嘴唇，脸庞清秀英俊，让人很难与一个农民出身的个体挖掘车司机联系起来。见我笑，他更不好意思了，红着脸不断重复：真的没什么，出了这么大的事，能帮就帮一帮。

"能帮就帮一帮"，就是这样一句朴实、简单的话语，成了于孝田的宗旨，支持他在OTD罐区旁静静地等，从晚上八点多等到半夜，又从半夜等到了凌晨。有意思的是，于孝田虽然看起来朴实、羞涩，却很健谈，操着纯正的大连海蛎子味方言，将那天的经历描述得有声有色：

> 我傻呵呵地开着挖子①进了现场，还寻思会有人来接，然后分派活儿。可是，根本没人坤②我，心里觉得挺彪③，没人拿咱当盘儿菜，自己轻腔子郎当，跑来了。可一看见OTD大罐跟前儿，又是火，又是烟，我知道毁了④，要出大事。这节骨眼儿，

---

① 挖掘机的俗称。
② 搭理。
③ 傻。
④ 坏了、完了。

177

泣血长城 ··· 第二部　金色花开——九个战士之外的传奇

咱可不能四五六不懂,还想自己的事儿。所以,我就开着挖子,自己朝里走,看有什么地方需要,能帮就帮一帮。里面的路很窄,我开的这哥们儿又大,还不断有消防车进出,我又怕挡路,又怕挂着那些小当兵儿的,简直做所①了,吭哧憋肚挪了几十米,觉得还是别跟着烂②了,得得瑟瑟帮倒忙。于是,就找了个宽敞地儿猫下了。我拿定了主意,就搁那地方等,也许能帮上忙。一直等到半了夜,有个人从OTD罐区里跑出来,站在车底下急捞捞③地喊:里面需要挖子,你跟我进去!

我曾经在这里施工,对地形很熟,一下子就把车开到了大火跟前儿。里面的人说:挖土挡流淌火!我就玩儿了命地在现场挖,斗子里装满了土,然后,往大火里倒。太烤了!离火10多米,就烤得睁不开眼。那真叫大火,抬头看不见顶,左右看不见边。当时,现场只有我一辆车,挖出的土,跟那大火比,就像摆碗儿碗儿。车子又大,还挡着消防车的路,于是,有人吵吵巴火儿:让他出去吧,调拉土的货车进来。我只好将挖子又开了出去。

当时,在创业路上,消防车一辆接一辆,根本错不开车,我的挖子要是掺和进去,立马就能把路堵死。咱可不能干那脑子有病、待人恨④的事,我就停在了一个不挡害⑤的地方,继续等。

3点多钟的时候,又有人喊我,说是消防战士搬不动泡沫了。我赶快又开车进去,还没停稳,就有很多人开始嗷嗷:到

---

① 被折腾了。
② 瞎掺和。
③ 焦急、迫切。
④ 讨人厌。
⑤ 不挡道。

这边来,到我们这边来。十几辆消防车上的战士都瞅着我的挖子眼红。

　　车下的人将大泡沫桶装进挖掘斗里,我就举着挨辆消防车送。有营口的,沈阳的,鞍山的,阜新的……这边还没卸完,那边又拼命喊,几分钟加一辆车,忙得我呲毛撅腚。更要命的是,我的车有四五米高,头顶上到处都是横七竖八的管线,一旦刮漏了,那就全掉链子了,我就成帮倒忙的哈喇①了。里面的路只有两米多宽,我既要躲着消防车,还要盯着上面的小当兵儿的,他们已经累得吐噜翻张②,精神头儿不集中,我要是再皮儿片儿③的,就会把他们铲进车斗里或者掀到车底下。

　　最危险的一次,是在控制联箱爆炸的时候。像一座楼那么大的火球"轰"地炸了出来,几十吨的挖子都被震得直得瑟④。我正在给大连的消防车加泡沫,3个小当兵儿的站在车顶,爆炸声一响,他们本能地转头,立马就被气浪掀倒了,我的车臂正举在他们面前,吓得我闭上了眼睛,心里说,毁了,毁了。等我忍住心跳,睁开眼,却见两个小当兵儿的晕头转向地站了起来,另外一个,不知怎么跳下了车,跑到了离消防车好几米远的小路上,站在那里发呆。

　　消防车一边灭火,一边朝前走,我开挖子跟着他们。大火过后,水泥地都是通红通红的,我中间下了几次车,鞋底都被烫漏了。消防车的轱辘大概是特制的,我的挖子轱辘不行,只好走一步挖一点儿沙子,铺在前面,再走一步,再挖,再铺。就

---

① 傻瓜、心智不全的人。
② 狼狈不堪。
③ 稀里糊涂、不认真。
④ 颤抖、抖动。

这样一直干到天亮，大火灭了，还有余火，我又接着干到17号晚上，差不多有24个小时。饭忘逮①了，水也没喝，连便所儿都没上。全身糊满了油，墨合墨合②的。回到家里，倒头就睡，第二天醒来，床单、被褥上也都变得墨合墨合的。

注：本章注释处都为大连方言，发音介于三、四声之间，即所谓的海蛎子味。

① 吃。
② 漆黑。

第十四章　打生出来就是交通警察的人们

大连的交通秩序管理闻名全国,是与拥有一支素质过硬的交通警察队伍分不开的。我虽有近30年的警龄,但平日里很少与他们打交道。像许多普通市民一样,很多印象都来自于直观感受。每当早晚高峰时,无论风霜雨雪,城市各主要道口,永远都会有像李世学一样身姿挺拔、气质硬朗、指挥手势标准的交警。也许是同行惺惺相惜,每当看到他们烈日下挥汗如雨,寒冬里包裹得像穿着警服的企鹅,我都忍不住心疼、心动。所以,日常开车,偶有无意违章,我都会主动下车致歉,以示对他们的尊重和理解。

我到过全国许多城市,尽我所见,交警上岗率基本都低于大连。高峰时分,任凭路口堵得水泄不通,也不见半个交警的影子;更有甚者,在某省会城市,我还见过,几个交警站在路边,对不守规矩、造成拥堵的车辆视而不见。这在大连是不可能发生的事情。

"7·16"当晚,大连市公安局消防支队调集了全市所有的消防车赶赴现场。那里位于保税区的大窑湾,距市区几十公里,中间还隔着经济技术开发区。许多年轻的战士司机根本不熟悉行驶路线,只大概知道先上东快路,因为那是出市的唯一通道。可当他们行驶不久,就发现许多交通警察就像从地里冒出来一般,站满了沿途的马路。除了平日里正常的执勤岗位,所有必经路口、转弯处,无论大小,全都出现了交警的身影。他们甚至出动得比消防车还快,指挥从全市各县市、区赶来的消防战士顺利地进入现场。当时正值周末,并且,已经过了下班时间,让人无法想象,几个区的交通警察是如何同时出现在几十公里的沿途岗位上。

而来自全省各市的消防战士对此感受更深。虽然已近午夜,可从沈大高速公路一进入大连地段,所有收费口场地都已被提前清空,无关车辆一律避让。数辆早已打开警灯、警笛的交通前导车,排成箭形,在高速公路上开出一条应急通道,引领消防车顺利进入现场。

在"7·16"这样特殊和紧急的情况下,大连市公安局交通警察支队所表现出的专业素质令人惊诧。他们不但出警神速,其调度、指挥的水平也达到了完美的境界。这其中一定有其深层原因。我在采访中,就发现了深深根植于大连市交通警察队伍中的一种传统、一种精神,那就是简单的八个字:爱岗敬业、忠诚奉献。这句早已被用滥了的官方宣传语,却默默地深植于大连市的广大普通交警心中。所以,在城市生死存亡的关键时刻,出现了焊死在OTD罐区岗位上的交警李世学,是有其深刻思想基础和传统底蕴的。

其实,采访初始,我并不知道这些事情。之所以走进了大连市公安局交警支队,纯粹是我的一点点私心在起作用。"7·16"当晚,大连市公安局党组成员悉数赶赴现场,调动数个相关部门的警察参加了救援行动。作为市局一名普通干部,当我决定写作这部作品时,自然不能忘了自家兄弟。可凭感觉说,消防战士才是灭火主角,要想从协同单位里弄出点不逊于他们的素材,确实有些难度。但我既有私心,就要付出代价,只好多跑些路、多花些心思,在市局十几个参战单位逐个采访,苦心寻找闪光点,哪怕作为绿叶衬托红花,也不负大连市公安局把我从一个十几岁的小女孩,培养成如今能够自立于人生和社会的作家。

当我找到时任大连市公安局交警支队长的高占先时,他直率、幽默道:我只有一个小插曲告诉你。当时,要跟着市局主管交警工作的副局长王庆国进入火灾现场时,我确实觉得,这警服穿到头儿了,小命儿也要到头儿了。我把手表摘下来,交给了警戒线外的同事,并告诉他们:这块表是我闺女用第一个月工资买的,如果我不能回来,请替我交给她!至于其他的事情,你去找王寿波副支队长,他是专家,负责指挥调警。

我打通了王寿波副支队长的手机,他很热情,但说太忙,能不能拖一拖。我只得答应。过了几天,再打电话,终于约好了见面时间。第二天上午九点,我如约来到交警支队,却被告知王寿波副支队长还没有上班。我只好又打他的手机,人家依然很热情,说是稍等片刻,马上就到。可这一等就是半个多小时,在支队大厅里走了无数个来回的我,心下就有了疑惑,交警又不是刑警,何至于忙到这种程度。便自揣测,王支队长已临近退休年龄,也许,忙,只是借口,晚来早走是真。想到这里,采访的热情也泄了七分,甚至想,何必多此一举,非要弄出个绿叶衬托红花。

正胡思乱想间,大门洞开,一个人风尘仆仆而入。身着警服,戴白手套,中等身材,有着标准的交警脸——黝黑粗糙,气质则是钢棱铁角般的硬朗,仿佛随时就能转身挥手,驾驭滚滚铁流。来人正是王寿波副支队长。我的惭愧之心顿起,看他这个样子,可绝不是从暖被窝出来的。果然,王支队见了我,便不断道歉:今天,港湾桥附近的地铁站开工,怕造成拥堵,我一早赶到那里,所以耽误了。

我好奇:你是支队长,还要亲自上岗指挥?

王寿波笑说:当了30多年交警,养成了习惯。

啥习惯?

每天6点半,准时离家上岗。

我的好奇变成了吃惊:你已经当上了支队长,还要像普通交警一样？

王寿波点头:30多年来,每天如此。当民警时,是站大岗;现在,则是逐个岗位巡视、监督。

我心下感慨,不禁道:你的责任感令人钦佩。

他笑了:也算不得什么,就是爱干这一行,差不多打生出来就是交通警察。

这句话让我忍俊不禁:什么叫打生出来就是交通警察?

我是在上世纪七十年代开始站大岗。十多岁的小青年,一直站到了两鬓斑白,我还打算一直站到退休。

我问:站马路枯燥又辛苦,你真的就是热爱当交通警?

王寿波点头:也许是命运如此。年轻时,没有机会选择别的岗位,等有了资历和机会,又舍不得。站出了瘾,也站出了感情,想让我去干别的警种,还真没有兴趣。

我感叹:当警察都愿意破案、抓坏蛋。功利些的人,则是削尖脑袋朝所谓的权力部门挤,你却天生喜欢站大岗,并且,一站就是30多年,真的无怨无悔?

此时,王寿波副支队长已经引我进了办公室,落座后,他将茶水端到我的面前,道:说真心话,人老了,要退休了,有时也怀疑自己,从热血青年到两鬓斑白,除了15枚一等功勋章,似乎再没有什么收获。

说到这里,他忽然换了口气:不过,经历了"7·16",我觉得值了,一切都值了。

这句话听起来有点儿匪夷所思,可随着采访的进行,我终于明白了这其中的深刻含义。

俗话说,机会垂青有准备的人。但对王寿波副支队长来说,这个机会不是提拔升职,而是在一个城市生死存亡的关键时刻,他的阅历和多年积累的交通管理经验,得到了淋漓尽致的发挥。

当接到市局指挥中心通知时,王寿波副支队长惊出了一身冷汗。前些年,由于工作需要,他曾调任开发区公安局副局长。当时,因为大连港油品码头扩建,他参与了动迁协调工作,对那里的情况了如指掌,清楚地知道罐区发生火灾,其后果不堪设想。同时,由于天生的交警情结,也使他在那段时间里,有意无意地掌握了开发区所有大街小巷的交通状况。所以,当火灾发生时,他以高度的职业敏感,首先想到了必将有大量消防车涌进那里,稍有迟缓,就会耽误时间。于是,迅速电话调集开发区公安局交警大队,在每个必经路口设立临时岗位。然后,驾车朝大窑湾码头飞驶,亲自去现场指挥调度。

而从大连市内到开发区的必经路段——东快路沿线,属甘井子区交警大队所辖。时任大队长李国强,当时正组织民警处理一起群体性上访堵路事件,焦头烂额之际,接到了大队调度室老民警袁洪健打来的电话:不好了,大窑湾码头起火了!

李国强一边指挥民警跟周围的群众周旋,一边对着手机嚷:那是消防队的事,跟我们有什么关系?

队长,出大事了,是油罐起火。那码头里密密麻麻全是各种罐,有装汽油的、柴油的,还有散粮罐、化学危险品罐。一旦控制不住,就会火烧连营,甚至殃及大连市区。

李国强竖起了耳朵:你怎么知道的?

我大哥是港区里的工人,他告诉我的。

李国强立即跑到僻静处,说:你马上通知所有在家休息的交警,立即上岗!我估计出了这么大的事,很有可能全市的消防车都要往那里赶,我们辖区正是必经之路。快!马上通知,一分钟都不能耽误!

就这样,在还没有接到市局官方通知前,甘井子区交警大队的民警就行动起来。秩序中队长刘树军正在家病休,发着高烧。接到通知,爬起来就跑。7月底的天气,他坐在车里却冷得浑身颤抖,只好关上车窗,打开暖空调。到了执勤岗位,看见远远驶来的消防车,就把高烧抛到了脑后,摆地椎,设路障,指挥无关车辆避让。稍一停歇,高烧即又来袭,盛夏的柏油马路像个大火炉,可他还是冻得浑身发抖,只好跑回车上,打开热风,暖和片刻。一见消防车驶来,马上再下车,跑到执勤岗位。就这样,足足折腾了大半夜。

三中队长郭世伟刚刚下班回家,正在为怀孕八个月的妻子做晚饭。接到电话,扔下锅碗瓢盆,撒腿就跑。只用了12分钟,就赶到了自己的执勤地点。还未定下神,两辆消防车便从眼前飞驶而过,直接开上了一条岔路。郭世伟驾车就追,直追进了开发区内,才将它们截住,带回了去火场的路口。

夜勤中队民警陈大庆的岗位在甘井子区和开发区的交界处,位置最远,也是最容易迷路的地方,如果他不能及时赶到,那里将是空岗。时间紧急,他只好开着自己的私家车——一辆老掉牙的夏利车上了路。有句话形容旧车,除了喇叭不响,其他哪里都响,用在陈大庆的夏利车上,实至名归。不但如此,此车踩上油门,就不敢再踩刹车,脚下只能含着刹车板控制速度。陈大庆开着这辆老爷车,以百公里的速度穿梭在车流中,及时赶到了自己的岗位。

王寿波副支队长也同样想到了这条必经之路,他一边开车,一边拨通了李国强的电话下达命令:所有民警立即上岗,从市内朝开发区方向铺,不得有误!说话间,他的车已经进入东快路隧道。刚出洞口,就见一个个岗位上的交通警已经进入状态,有的还认出了支队长的车,偷偷朝他敬举手礼。王寿波不禁笑了,对着手机说:你老哥动作倒快!

李国强也开玩笑:这个时候,你肚子里有几根蛔虫,早在我掌握中了。

在半军事化管理的公安机关,虽不如正规部队等级森严,但上下级之间依然有着不同于地方事业单位的一定之规。王寿波与李国强之所以能够如此对话,是因为两个人同时参警,都是在上世纪七十年代开始站大岗,几乎毕生没有离开交警岗位。用王寿波的话说,李国强也是打生出来就是交通警察的人。这种人最大的特点是,只要一站上执勤岗位,便不怒自威。王寿波支队长精明、干练,站在路口,不用举手,司机们就会心发抖、腿哆嗦。李国强虽然有些虚胖、动作迟缓,照样有此威力。他们多年以来,惺惺相惜,早已形成了常人无法理解的默契。

自"文革"以后,在人们的观念中,官方宣传话语总与"假大空"脱不了干系。潜藏在普通人群里的高尚灵魂,只要上了报纸、电视,就会被不屑甚至鄙夷。在喧嚣浮躁、利益至上的今天,他们宁愿默然处之,彼此相知相惜,构成了这个社会的中流砥柱。

第一时间向李国强报告火灾消息的袁洪健,毕业于上海交通大学,阴差阳错当了交通警察,曾经因开发大连市交通管理技术系统,被市政府任命为高级工程师。后又阴差阳错下派到甘井子交通大队调度室,那里是唯一与技术挂点边儿的部门,而所谓的技术就是每天接电话、观察辖区路况。可以想象,命运跌宕,在这位临近退休的老知识分子心中,留下了怎样的伤痛,而他却依然兢兢业业守着调度室的岗位,实在不是常人能够理解的境界。

当我在采访中,委婉地问到这个问题时,袁洪健告诉我,其中有很大的原因是因为李国强。大多数交通警察都能称得上爱岗敬业,而李国强则是爱岗如家、如命。除了上岗执勤,就是坐在办公室里。一个星期七天,每天十几个小时,雷打不动。有一次患了中风,半边脸不能动,整个脑袋扎满了干针,照样坐在办公室里。说出来的理由就像小商贩:这个摊子不能扔。在采访结束时,袁洪健感慨道:我老了,不顶用了,就尽最大努力帮他看好这个摊子吧。

就是这样朴实的想法、这样深沉的相知相惜之情,年复一年于日月星辰中沉浮、坚守。在"7·16"救援中,变成了一块砖、一片瓦,筑起了地狱之火与美丽城市之间的血色长城!

第十五章　二零哥的另类追求

"7·16"那天,当王寿波副支队长赶到现场时,只见外围警戒线一片混乱,人车鼎沸,拥堵不堪。开发区交警大队警力有限,已明显力不从心,急需警力增援。第一个出现在王寿波副支队脑海里的就是李忠文和西岗区交警大队,他的命令是这样下达的:忠文啊,快来吧,要命了,真的要命了,快来吧!所谓"打虎亲兄弟,上阵父子兵",危难时刻,这样一条不称其为命令的命令,显出了李忠文在王寿波副支队长心目中的地位,和他们彼此之间的深厚情谊。

原来,李忠文也是上世纪七十年代参警、当了交通警察。王寿波副支队长分配在中山队,他则分配到了西岗队。用现在网络上年轻人的流行语来说,李忠文更是"奇葩"。从参警到退休,一分钟都没有离开交警岗位,也没有离开西岗区交通大队。他只是个大队长,却人送外号"李支队"。之所以获此殊荣,是因为李忠文敢说敢干,常在支队大会上公开针砭时弊,甚至批评职位高于他的领导们。有意思的是,大家对他的逆耳忠言都无异议,更不会打击报复,这其中最大的原因是,李忠文的资格实在太老,除了王寿波副支队长,支队里的领导都不能望其项背。前几年,市局政治部领导考虑他多年兢兢业业,便拟提升到正处级岗位,并调到相对轻松的部门,竟然被他婉拒。

我向来对敢于在大机关的官场上挑战人情世故的警察颇感兴趣,于是,经王寿波支队长安排,来到了西岗交警大队,准备采访李忠文。走进办公楼,门口坐了个保安,看见我,站起身拦住去路,严肃认真道:队里有规定,不能随意进出。

我这才想起没有穿制服,连忙解释:我是市局的,来队里有公事。

保安依然不肯让路,继续盘问:你找谁办公事?

我只好拿出了警官证:你看一下。我的潜台词是,我来办公,总不需向你汇报。

保安瞅了瞅,拿起了电话:你找谁,我给你联系。

我只得搬出了大队长:跟李忠文约好,有工作要谈。

保安拨了号码,半天没有人接听,他放下电话说,大队长办公室没人,你在这里等着吧。

我耐着性子跟保安周旋:我先去秘书科,还有其他事情。说着,便走进了办公楼。

保安追上来,见了我冷峻的脸色,终于不敢再拦,咕哝道:大队长有要求,外来人员不得随意进入办公楼。

我放缓了脸色说:你放心,我会跟他解释。

办公楼里窗明几净,整洁肃然。我来到二楼秘书科门前,迎面走出一个高挑女孩,乍一看颇眼熟。半天才反应过来,她曾被称为这个城市亮丽的名片,是闻名全国的女交警。大概因为我没有穿制服,女孩并不热情,只问了句:你找谁?

我说:李忠文大队长。

他不在!女孩态度淡然,口气果断。

我知情势不妙,她一定认为来了给领导添麻烦的人。想说是市局的,又觉得无趣,正尴尬间,身后响起了声音:谁找李忠文?

我转过身,见一个身着警服毛衣、手里端着脸盆、脚下穿拖鞋的人,朝这边走过来。于是问:你是李大队长?

人家却不搭话,直接走到回廊边,探头朝楼下的保安喊:谁让她上来的?

保安仰着脖子惶恐道:她说是市局的。

没穿警服,怎么知道是市局的?

我连忙解释:已经给他看了警官证。

端着脸盆的人回过头,毫不客气道:看你这个样子,哪里像个警察。

为了采访舒适、方便,我穿了一套休闲装,大概在此人眼里显得不庄重,明显有了轻蔑之情。

我的面子有些挂不住了,一字一顿道:我是市局政治部的,王寿波副支队长让我来找李忠文大队长。

这好像激怒了端脸盆的人:领导更应该遵守规定!

我沉不住气了,提高了声音:我是来找李大队长采访的,不是来吵架的!

旁边的女孩连忙走过来,说:他就是李大队长。

我愣住了。眼前的人个子不高,瘦而单薄,肤色白净,手里还端着脸盆,怎么看,也不像打生出来就是交通警察的人。

见我愣着,他又说了一句:特权思想严重。

这彻底激怒了我:你才是典型的特权主义,门难进,脸难看!

李忠文也不客气:市局领导的嘴就是大!

我们一边吵,一边走进了他的办公室。落了座,我觉得今天的采访要泡汤,索性跟他吵到底:领导没有义务到基层受气,你光脚不怕穿鞋的,我穿鞋也不怕光脚的!

他瞪着眼睛看了我半天,憋出了一句:你就是咱局里传说中的女作家?说完,站起身拿了茶叶桶,又拿纸杯,朝饮水机走去。

我从他的口气里,感觉到了隐约升起的白旗,心里的气消了大半,连忙也站起身接过了他端来的茶水。

气氛缓和了,我开始给他铺台阶:你的队务管理很严格。

李忠文连忙解释:希望你能理解,交警大队是权力部门,来拉关系的人太多,大门守不住,都拎着礼物上来找领导,实在不好处理。所以,我给保安下了死令,凡是找我的,都要先打电话联系。

话说到这里,彼此的沟通便顺畅起来。李忠文一边换上皮鞋、穿上警服外衣,一边对我说:你别见笑,一早,爬起来站大岗,烟呛土扬的,索性站完了岗再洗漱。

你也每天站大岗?

李忠文波澜不惊:当然,多年养成了习惯,不站,会觉得浑身不自在。

我笑说:难怪王寿波支队长说,你是打生下来就是交通警察的人。

李忠文也笑了:精辟!我这辈子除了当交警,不知人生还有啥意义。

我说:你早晚也要退休,到那时怎么办?

这句话有些刺耳,李忠文却毫不介意:我培养了一批徒子徒孙,他们会接着我的老路走!

我立即有了采访思路,说:能先见见你的这些徒子徒孙们吗?

李忠文爽快地答应了,拿起放在办公桌上的对讲机便喊:二零,二零!

里面立即传来了回音:收到!

马上回队部!

明白!

李忠文放下对讲机,有些自得:我的这些兵们,每天24小时,招之即来。

我说:交警又不是刑警,还用全天候听从调遣?

李忠文正色道:只有平时严格管理,才能保证战斗力。

代号二零的交通警察很快从岗位上赶来了,他叫曲向东,是二中队的中队长,一进门,李忠文便介绍:这就是二零哥。

曲向东连忙解释:我是中队里年龄最大的,弟兄们都喊我二零哥,时间长了,大队上下都这么叫。

我跟着二零哥来到交警们的办公室,他忙着找来纸杯,又找茶叶,里外忙活着,眼睛却盯着放在桌子上的对讲机。中间去了一次卫生间,居然也拿着对讲机。

我说:这对讲机简直就是把你们拴在了李大队的裤腰带上。

二零哥连连点头:丝毫不敢有误,稍一疏忽,就要挨训!

我说:已经领教了,刚进门就被他训了一顿。

二零哥听了,连忙说:你别介意,李大队为人正直,凡事都在面上。对你,还算客气,对大队里的女交警更不近人情。一次,有人穿了红皮鞋上班,硬是被他撵回家换掉。美其名曰:不养贵族小姐。

我恍然,原来,被称作城市亮丽名片的女交警们,就在李忠文的管理之下。大连是全国率先招收女交警的城市之一,身材高挑、容貌秀丽的女孩子们,曾经作为形象工程,专司人民广场市政府门前的交通指挥,颇为风光了一阵。可近几年,她们似乎有些改变,模特儿的气质少了,实实在在的工作作风多了。我偶有好奇,是什么原因令她们有了改变,正好借采访的机会,八卦一下。

二零哥听了我的问题,笑说:自从李忠文任大队长后,女警队伍建设的宗旨改了,从形象工程变成了不要好看、要实实在在的服务,打造坚强意志,切实发挥作用。于是,她们的岗位从单一的市政府门前,延伸到中山路沿线。见女孩子们执勤奔波辛苦,有单位要赞助汽车,被李忠文大队长婉拒,而是为她们配备了踏板摩托车。为保证安全,还对女警们进行了严格的培训和考试,几个月下来,着实将女孩子们折磨得不轻,但她们也收获了一颗平常心和作为人民警察所必需的坚强意志。

听到这里,我由衷地说:女警们在人生的这个阶段遇到李忠文大队长,是件幸事,对人民警察队伍的总体形象建设,也是件幸事。

二零哥却说:要认识到这一点,是需要时间的。就像我刚从市局交警支队调到这里时,对李大队长的所作所为,根本不理解。觉得他天天唱高调,说什么,讲政治,首先讲做人;当警察,首先也要做好人。一年365天,每天高峰时间都必须上岗执勤,稍有迟误,就是一通狂风暴雨般的训斥。对讲机24小时不离身,加班加点仿佛是天经地义,我们经常私下议论,在李大队长手下当交警,简直就是被卖给了周扒皮!

我问:后来怎么理解了?

二零哥直率道:也不理解,只不过看着他,觉得心里不忍而已。李大队已经接近退休年龄,还患有顽固的肺积水,照样没有休息日,一年365天都上班,高峰时,跟着我们站岗执勤。空闲时间,就坐在指挥中心的大屏幕前,像只看家老猫,盯着管区内的各个路口,发现异常,拿起对讲机就喊,我们便连滚带爬地朝那里赶,他以身作则,年轻人还有什么可说的?

现在理解了吗?听着二零哥的讲述,我觉得尽管多有抱怨,可语气里却有着一种体恤和心疼,于是,便提出了这个问题。

二零哥沉默了片刻,眼睛里忽然有了泪,忍了半天才说:经历了"7·16",拉近了我和李大队的距离,也彻底改变了我的许多想法。

原来,二零哥曾在市局交警支队负责交通事故现场勘验。这份工作轻松自在,又有些小小的实权,这让他的日子过得颇为滋润。闲暇时,聚得一帮朋友打牌玩麻将,经常废寝忘食,为此,同为警察的妻子多有抱怨。刚调到西岗交警大队时,让他很不习惯,每天除了早晚高峰按时上岗,就是学习开会,晚上回家后,还时不时被嘈杂的对讲机弄得心烦不已。人们面对生活做出何种选择,通常取决于两个方面。一是内因,二是外部环境。心性端正的人遇到环境不淑,常会随波逐流,一旦环境改变,自身的优点又会显现。二零哥就是这样的人,虽然被李忠文折腾得屁滚尿流,多有抱怨,但他依然努力向上,各方面都出类拔萃。两年多后,被提拔为二中队中队长,成了李忠文的得力助手。

尽管有知遇之恩,可二零哥对他依然心存芥蒂,这大多因为李忠文的火暴脾气。"7·16"那天傍晚,他因为二零哥处理案子有些拖沓,又大发雷霆,嗷嗷地喊:你家里也有司机,要将人心比自己的心!还当面摔了茶杯,让二零哥憋了一肚子气。

离开办公室后,他赶到造船医院。母亲正因为骨折住院,平时没有时间,当天是星期六,又到了傍晚,二零哥觉得不会再有勤务,就想插空照顾母亲。可屁股还没坐热,对讲机又传来了周扒皮一般的喊声:二零,二零! 就是这一喊,将他拖进了地狱。

当李忠文带着二零哥和四中队长王毅等 7 个平日里最得力的交警,从几十公里外的市区赶到现场时,才意识到事态的严重性。他对大家高声喊道:今晚,没有文明执法,要不惜一切代价,打开通道,保证消防车顺利通行!

俗话说,危难之时,方显英雄本色。刚因肺积水做完大手术的李忠文,完全忘了医生叮嘱:千万不可过度说话、行走,率先冲进了人群和车流中。此时,他的火暴脾气化作了凌厉的气势,所向披靡,势不可当。大小司机见到这8个最有战斗力的交警,全都像被施了魔法,乖乖地听从调度。很快,现场外围警戒线就打开了一条通道,消防车开始有序进出。

王寿波副支队长刚松了口气,指挥部又传来命令:现场里面,103号罐附近的迎宾路已被消防车堵得水泄不通,进不来,出不去,急需交警疏导。他的目光再次落在了李忠文身上,又是一句:忠文啊……还未等他说完,李忠文便道:我们去!说完,便带着7个交警跑步进入现场。大家一边跑,脚步也变得越发沉重。只见天空像被烧红的铁炉,黑雨飘洒,让人睁不开眼,看不清路;浓重的油气味四处弥漫,接连不断的爆炸摇动大地,一幅世界末日的景象。跑在最前面的李忠文不断给大家打气:别怕死,里面的领导、战士多了,谁的命都值钱,摊上了,咱们就不能后退!就这样,8个身穿反光背心的交通警察,一路跑着,一路撒在沿线的岗位,像一座座航标灯,矗在了通往地狱的马路上。

最后剩下的李忠文和二零哥,跑到了103号罐脚下。还未等定下神,一个火球便喷薄而出,如原子弹升上天空,巨大的黑红色蘑菇云瞬间笼罩了一切。二零哥本能地推了一把李忠文,两个人就势抱头蹲下了身子。二零哥说,那一刻,真弄不清自己是死了还是活着。在后来的采访中,最年轻的交警曹皓月告诉我,当时真的绝望、害怕到了极点,曾哭着给妈妈打了电话。

可是,他们别无选择,爆炸过后,便投入到了看不到尽头的车流中。长约5公里的迎宾路,8个交警每人负责一段,他们的工作就是不断地来回奔跑,敲砸消防车,命令司机们按调度排列进出。迎宾路宽约5米,路边还铺设了近一米粗抽取海水的管线,剩下的空隙,勉强能够错开两辆消防车。年轻的战士们心急的多,理性的少,见空就想钻,交警们刚疏导开一处拥堵,转身就又出问题。几百米的线路,让他们来来回回,疲于奔命。

天,终于亮了,103号罐的火势渐渐得到了控制。晨曦里、火红的消防车流中,现出了8个油黑的交警。李忠文一边走,一边用对讲机呼喊:二零、四零、二三、四一……然后,从头上的大盖帽、手里的对讲机一个个将他们认出来,按照王寿波副支队长的命令,将岗位交给赶来换防的同事们,撤离现场。

盛夏的清晨,鲜红的太阳从海上升起,阳光雀跃,欢腾奔洒。三辆通体油黑的警车,出现在开发区通往大连市内的海边公路上。车里几个同样油黑的交通警,掩饰不住重回人间的喜悦,正拿着对讲机互相喊话:

二零哥,二零哥!

收到!

你的车子是史上最黑的警车!

看看你们自己吧,天下乌鸦一般黑!

二零哥, 你说我们能当英雄吗?

刚捡回一条小命,就做美梦!

此时,李忠文坐在二零哥身旁副驾驶的位置,默默地听着下属们的对话。他已经筋疲力尽,两个手腕僵疼难忍。他抬起手,想活动一下。旁边的二零哥却误会了,以为他又有不满,立即想到了李忠文平时严令,不许用对讲机说废话。他连忙又喊:不许讲废话!

对讲机马上静默了。

李忠文忽然从二零哥手里拿过它,按下呼叫键,半天说出了一句:你们都能当英雄!

三辆警车驶出东快路,进入大连市区,接着进入了西岗区交警大队属地。忽然,李忠文发现,第一个岗勤出现了交警,接着,一个

197

又一个,并且,齐齐地朝着他们行举手礼。他懵了,问二零哥:现在几点?

快11点了,二零哥若有所思:早过了高峰上岗时间。

李忠文明白了,他们是来迎接自己的。泪水霎时盈满眼眶,近40年的交警生涯,不知多少次执行警卫任务,却从未想过,有一天自己也能够受到相当于国家二级警戒的待遇。沿途的一个个交警,肃立敬礼,目送他们的车子驶过自己的岗位。李忠文再也忍不住,泣不成声……

8个交警真的都当了英雄,全部被辽宁省公安厅授予个人一等功。可是,二零哥的故事却没有完,刚刚获得荣誉,好运再次降临。市交警支队获得了市局下发的虚职领导指数,其中有一项规定,荣立二等功以上者,可破格任用。二零哥各项条件正符合规定,也就是说,他可以破格从正科级岗位升任到副处级调研员,离开基层,再次回到支队机关。并且,任命了副处级调研员,将来还有机会升任正处级实职岗位,其发展前景会远远超出同龄人。

按理说,无论是谁,都会毫不犹豫地做出选择。可二零哥偏偏犯了难。那些日子,他吃不好,睡不香,怎么也舍不得离开交警岗位。实在无奈,只好去找李忠文,说:大队长,你给我拿个主意吧。李忠文其实比他还吃不好、睡不香。早看出了二零哥的优秀潜质,把他当作了能够接下自己衣钵的人,自然最想把他留在基层,留在西岗区交警大队。但李忠文却故作镇定,对二零哥说,这件事,还是你自己拿主意,回家,再跟媳妇儿认真商量一下。

那一夜,二零哥的警察妻子,经过反复权衡,终于拿定了主意:你还是留在基层,尽管回家晚,凡事帮不上忙,但要比打牌、玩麻将有意义得多,我苦点儿,也心甘情愿。

获得妻子的认可,二零哥像得了特赦令,心情顿时开朗许多。

第二天一早,他来到李忠文办公室,进门就说:大队长,我决定了,留下来!

李忠文听了,腾地站起身,差点儿飞起来,扑到二零哥面前,大声喊道:今晚,我请你喝酒!

第三部　七十二勇士生死鏖战 103

第一章　妈妈的故事

当这部作品的创作进行到一半时,我接到公安部文联的通知,去北京参加第一期鲁迅文学院公安高研班的学习。这是千载难逢的机会,也是每个文学爱好者的梦想。鲁迅文学院的门槛极高,每期高研班的人数有限,落实到各省作协,通常只有一两个名额,幸运者都是颇具潜力、有相当创作实力的青年作家。我既不年轻,创作上也并未获得省、市作协的认可。要想通过他们的推荐参加鲁迅文学院高研班,基本属痴心妄想。这也怨不得任何人,尽管自1999年创作至今,我已在全国性的出版社、各类文学刊物,发表作品近百万字,还获得过国家级奖项,但也无法做到从省里到市里,四处昭告自己的创作成绩。而今,后起之秀风起云涌,我唯一能把握的就是手里的笔和心中的信念。

对鲁迅文学院,我向往之极,它毕竟是文学大师的摇篮,当今中国几乎每一个成名作家都出自那里。可以说,如果没有机会进入学习,基本就等于没有机会成为作家。我对此心知肚明,却无能为力,只能接受现实,独自在创作的路上苦苦摸索。

当我对就读鲁迅文学院早已不抱希望的时候,机会却降临了。曾任公安部纪委书记的祝春林同志,在退休后接手了文联的工作。早在多年前任职公安部政治部主任的时候,他就强烈地意识到,培养自己的作家对公安宣传工作的重要性。所以,甫一上任,就立即上下协调,得到了公安部领导、中国作协和鲁迅文学院的大力支持。于是,第一期公安作家高研班诞生,我因此有幸走进了自己梦想中的文学殿堂。

唯有参加鲁迅文学院,能让我放下正在创作的《泣血长城》。虽然四个多月的学习使我受益匪浅,创作水平得到了质的提高,但尚未完成的作品也使我焦虑不堪。在紧张的学习中,我见缝插针,拼命写作。无奈时间、精力都有限,一直无法全力以赴投入创作。

在高研班行将结束的时候,都会有为期一周的社会实践活动。由于首届公安作家班的特殊性,我们的活动安排在广州市公安局。我虽然从未去过广州,但因急于完成这部作品,就想忍痛割爱,省下一周的时间写作。于是,请了假,从北京回到了大连。公安部文联的同志和鲁迅文学院的老师很负责任,先后给我打来电话,解释说,社会实践活动并不只是观光,要参加多次座谈,探访当地的文化与历史渊源。其实,我也知道行万里路的意义,只好又搁下手里的作品,飞去广州,与同学们会合。

那是我第一次去广州,正值初冬。下了飞机,仿佛实现了梦中的穿越,从北方萧索的寒风里,走回了繁花簇锦的美丽夏天。我脱下厚重的棉衣,换上短袖衫。夏风温馨,吹起我长长的丝巾,载我漂浮在花的海洋中。灰色的立交桥缠了满满的绿草鲜花,沿途居民楼的阳台上也点缀了红色、不知名的小花。遍地的绿,遍地的花,我在这平生见过的最美的城市里,看中西合璧的中山纪念堂,在一个个座谈会上发言,谈文学、谈公安文化建设;听广州市公安局的政治部主任回忆难忘的2008冰雪灾情,回忆我的那些可亲又可爱的同行们,如何穿上所有能穿的棉衣警服,在火车站里,与几十万返乡民工一起度过犹如世界末日的春节。

可无人知晓,在这难得的闲暇时光,在这看似光鲜的背后,我的心每时每刻都被一份深重而浓郁的思念所牵坠。我想女儿,已近半年没有看见她,生活里的丝丝缕缕都变成了母女连心的回忆。

流连于广州绝美的广场、花园,遇见妈妈牵着孩子,就会想起在女儿年幼的岁月里,每当走在去幼儿园的路上,都像去赴挚爱情人的约会,是那么的幸福,又是那么迫切。

还有一次的活动安排在集历史、文化和娱乐于一体的游乐场,正是周末,里面遍地都是学生。背着小水壶、像小鸟般不停地叽叽喳喳的是小学生,我摸着一个个小脑袋,那分明就是童年的女儿;初中的孩子则洋溢着青春期过剩的荷尔蒙,莽撞地擦身跑过,令我想起曾经多么无奈和焦虑,盼望孩子快点长大。而如今,望着他们的背影,我才明白,那又是多么快乐而简单的幸福。几个高中的女孩子围坐在一张古老的刺绣床前,认真而笨拙地尝试把自己的小秘密绣在无人知晓的思绪里。我走过去,久久地坐在她们身边,就像坐在高中时,没日没夜苦学的女儿身边……

思念如丝如缕,静静地结满了我的心房,一滴滴泪珠是它的果实,不能触碰、不敢抚摸。我带着它们离开广州,回到了家,回到了这部作品里。想起还有一个需要补充的重要采访,于是,打电话约时间,去见了我的最后一个采访对象——原大连市公安局消防支队开发区大队一中队长曹志伟。

其实,我在去年采访"7·16"特大原油火灾的主战单位、大连市公安局消防支队开发区大队时,已经见过了曹志伟。可他当时已调离该大队,为了接受采访,匆匆由新单位赶来。也许是惦记工作,也许是觉得已调离,不应再多谈,曹志伟只简单说了当晚的大概情况,就离开了。虽然是初次见面,但丰富的采访经验和良好的直觉,让我觉得他还有话没说完。于是,留下了他的手机号码,并说:有时间会去他的新单位看一看。我从他真诚与我道别的表情里,读出了企盼和欣慰。于是,这件事就在心里装了整整一年，当开始写作第三部——《72勇士生死鏖战103》时，我如约再次采访了他。

那是在一间安静的咖啡馆里。咖啡朴素而温馨的香味和窗外冬日的阳光，让我们的谈话愉悦而顺畅，很快，我就从他的讲述中抓住了骨头。文学不但要写出这个世界的血和肉，最重要的是要写出其中的骨头——掩盖在泥沙俱下的日常生活中沉甸甸、亮闪闪的珍贵珠玑。它也许不够绝色、圆润，但却真实地存在于普通人身边，是其生存的意义和价值所在。这在纪实文学中尤其显得重要，如果我想摆脱文学界对这类作品本能的反应：不过是泛泛的救火过程、泛泛的好人好事，我就必须做到这一点。

顺利的采访，让我有了难得放松的好心情。可就在此时，命运伸出了一只温柔而感伤的手直触我的心房，拨动了丝丝缕缕的思念，一滴滴泪的果实再也撑住不住，洒在陌生的消防战士面前……

那是在采访的最后，曹志伟说，我在"7·16"中荣立一等功还要感谢市局的两位宣传干事，是他们写了我因赶去火场，而把来连探亲的母亲遗忘在长途客运站的事，为我在"7·16"中的经历增加了亮点。如果是在过去，曹志伟的这些话并不会引起我的兴趣，这类舍小家为国家之类的事迹，在各种宣传报道中太常见，都成了俗套，我既不会在意，更不会写入文学作品里。

可是，在广州，走一路想一路我的至爱宝贝，那份无限凄凉、失落的心情，使我仿佛看见了在长途客运站里徘徊的母亲，心热了，眼睛随之也热了。于是，话就长了，采访也随之更加深入地展开。我想知道，一个怎样的母亲，能在与孩子失去联系的情况下，坐在长途客运站里熬过了一天一夜。

那一年，曹志伟19岁，弟弟18岁。听说县里来了招兵的首长，两个对外面的世界充满向往的男孩子便迫不及待地跑去报了名，又迫不及待地跑回家里,将这件事告诉了妈妈。她停下手中的活计,愣了片刻,说:部队上的人看中谁,谁就跟着走,我不拦。已被希望插上了翅膀的两个儿子焦急地等,幸福地等,连睡梦中都穿上了英武的军装。可他们怎能知道母亲的心在日日夜夜中煎熬、徘徊。她怕部队上的人带走孩子,更怕他们没有带走孩子。带走了,伤心属于自己;如果带不走,伤心则属于孩子们,可怜的妈妈呵,要何去何从?

终于,两个儿子在同一天里穿上了军装;终于,妈妈在同一天里送别了两个儿子……

空荡荡的房子里,孩子们的身影无处不在。转身回眸之间,都是他们成长的画面,看得见,却摸不着。清晨,冷锅冷碗;黄昏,依然冷锅冷碗。屋子里,只有小狗球球迎进迎出,它忧伤的眼睛望着母亲,令她更加心碎、怅然……

一天天,一夜夜,半年后,妈妈的头发全白了。她无法再忍受下去,独自来到了军营,见到了朝思暮想的两个儿子。可一切都变了,孩子们已经无法回到过去的画面里,母亲的思念无处安放,只能怎样来了,又怎样回去,回到永远都不愿意走出的只有妈妈、只有孩子的世界……

五年过去了,十年过去了,儿子长大了,提干了,打来电话说:夏天是大连最美的季节,请妈妈来看看。可是,一场中外罕见的特大原油火灾烧毁了一切。夕阳里,下了长途客车的母亲怎么也打不通儿子的电话,她不知道该去哪里,更不敢离开半步,只怕儿子赶来了找不到自己。于是,在长途客运站的长凳边,她站起来,坐下去;坐下去,再站起来……

她做梦也想不到,此时此刻,儿子已经深陷火海地狱,手机早已丢失在泡沫、原油里,他不但忘了妈妈,也忘了人间的一切。深夜,母亲的心也像在地狱中煎熬,依然没有儿子的消息,依然不敢离开半步,她能做的只有等……

听到儿子的声音,是在第二天的下午。可曹志伟没有说自己经历了怎样刻骨铭心的痛苦磨难,妈妈也没有说一天一夜的等待是多么的煎熬委屈,母子二人只约定了见面的时间,就各自放下了电话。

五天后,终于从"7·16"的噩梦中透过气的曹志伟,让一位熟识的出租车司机将母亲从大连的小旅馆里接到了开发区。已经多年未见的儿子站在母亲的面前,盛夏里,奇怪地穿着长衣长裤,两只眼睛又红又肿,还罩着一圈洗不掉的黑色原油。妈妈张了张嘴,终于没有问,也没有哭,只坐了一小会儿,说:你太忙了,我还是回去吧。曹志伟也说:好吧,您先回家,等有空时,我再接您来。

夕阳下,妈妈怎样来,又怎样回去了。夕阳下,泪水打湿了曹志伟的心:妈妈,对不起,我不能留下你,不能让你看见掩盖在长衣长裤下遍体鳞伤的儿子……

听着曹志伟的讲述,我早已泪流成河。在中国传统文化中,孝道是头等大事。我们几乎从出生起,就开始接受这样的教育。可是,从曹志伟的故事里,你不能说孩子不孝敬,就像出窝的鸟儿,母亲的羽翼下已无法收留他们的天空,也永远不可能跟着他们翱翔。看着他们越飞越高的身影心碎、怅然,一辈辈、一代代,这就是每一个母亲在暮年时光的宿命。没有人能够逃脱,无论你曾多么爱你的孩子,即使你曾义无反顾地为了孩子,永远把视若生命的写作放在她的利益之后,也无法改变这样的宿命。放飞孩子,留下痛苦,母亲就是大地,只是供孩子起飞的大地……

也许,有许许多多的孩子像年轻时的我一样,不能理解传统文化中啰里啰唆的孝道。其实,在它看似强大、高高在上的面孔下,掩藏的只是一份怯怯的渴盼:在惯性中不断飞翔的孩子们呵,记得回头看一看怅然失落的妈妈……

第二章　向着死亡发出命令:前进!

在"7·16"那个刻骨铭心的傍晚,当大连市公安局消防支队丛树印支队长带领干部战士赶到103号罐爆炸现场时,出现在脑海里的第一个念头就是绝望——三十多年的兵当到头儿了,生命也将在今晚走到尽头。

正如他在接到报告后所预料的情况一样,单靠大连市公安局消防支队的力量根本无法扑救这人类历史上罕见的原油大火。尽管已经请求辽宁省消防总队紧急增援,但他心里非常清楚,即使各级领导以神一般的速度决策、调警,最快也要在六个小时以后,增援部队才能赶到现场。

怎么办?这是所有的人在面临绝境时,都可以想的问题、可以说出的话。但唯有此时此刻的丛树印支队长不行。头顶的国徽、身上的军装早已将他必须承担的责任昭告天下,面对死亡,他甚至连想一想怎么办的权利都没有,唯有一道铁令横空而出:上!今天,我们就是要死在这宿命的阵地!

没有身临其境的人们,也许会觉得,总能有一丝侥幸留给战士们,而我也不过是在夸大其词。可当时的103号罐现场,漆黑厚重的浓烟汹涌翻卷,遮天蔽日,稍一靠近,便伸手不见五指;空气中弥漫着没有充分燃烧的原油颗粒,和着难闻的气味,瞬间就能阻塞呼吸;发生爆炸事故的输油管道,直径近一米,被拦腰炸开,滚滚原油肆意横流,遇见明火,即燃即炸。大连港公安局消防支队三中队的那辆由于故障来不及撤退的高喷消防车,不到半个小时,就被烧得面目全非,以至于随后赶来的消防战士们,根本认不出它是什么东西。上面是看不见天日的浓烟,中间的大火熊熊燃烧,发出如飞机起飞时震耳欲聋的轰鸣声;而地面,流淌的原油,让人抬不起腿、挪不动脚,甚至腻住了高大的消防车轮胎;各种管线沟纵横密布,无数个窨井盖被油气热浪冲击,接二连三地飞上天空,再落下来,叮叮当当,混着爆炸声,此起彼伏,不绝于耳。

死神如万箭齐发,包围了103号罐阵地。在这种情况下,最让我惊诧的是丛树印支队长的镇定神情。当我在"7·16"现场录像里看见他时,根本无法与大连消防铁军带头人联系起来。只见他,浑身上下只有牙齿和间或转动的眼睛露出白色,钢盔歪在头顶,拖着沉重的消防靴,往返奔波于遍地肆虐的流淌火之间。画满黑油道道的脸、并不高大的身影,让我想起的是逃荒路上与母亲失散的孩子。可当他转过脸,在荧屏上面对我时,却不见一丝恐惧、焦虑。仿佛不是在指挥地狱之中的生死之战,倒像操控打仗游戏的孩子王,坚定不移地相信自己能够决胜千里。唯有彻底的绝望,才会有如此心如止水的神情,在彼时彼刻,在他心里,其实生命早已远去,自己不过是奔波在暗无天日的地狱里。

还有一件事情能够说明这绝望之深、之重。这是我在采访中隐约抓住的东西,之所以这样说,是因为大家似乎都对此讳莫如深,但又都绕不开这个话题。而我也在随后几个月的采访中,领会了其中的深重含义,所以,在先后三次面见丛树印支队长时,都没有提起,更没有问他核实。

事情是这样的,有一天,在采访中,忽然有人提到,"7·16"特大原油火灾发生时,大连市消防支队有几十名精英战士没有投入救援。这使我大为惊诧,急问:为什么?对方说,那些战士被封闭在大黑石训练基地,准备参加全省消防系统大比武。我更加不解:难道所谓的比武比城市生死存亡还要重要?可再追问下去,对方却三缄其口,我也只好作罢。但此事如一根芒刺在心,令我无法释怀。于是,在随后的采访中,只要有机会,我就想方设法扯出此话题,可大家仿佛约好了般,都不肯触碰这件事,弄得我郁闷数天。丛树印支队长的形象也变成了不倒翁,在我的心中,晃过来、晃过去。但朗朗日月,终究难掩。有一天,一位支队领导,也是在我心目中分量最重的英雄之一,终于透露了此事的玄机,他说:你想想,丛树印支队长能不清楚大比武与城市生死存亡孰重孰轻?当时,有许多干部提出建议,要调集这几十名精英战士奔赴现场,大黑石训练基地的负责人也做好了应急准备,年轻的战士们更是心急如焚,在宿舍里上蹿下跳,恨不能立即插上翅膀飞向103阵地,可丛树印支队长的命令却始终没有发出。因为,我们的战士大多是独生子,在岗的,宿命难逃,全部跟随各个大队赶赴现场。而大黑石基地被封闭的几十名战士没有在岗,这是丛树印支队长最微弱的借口,他想借此,为几十对父母留下他们的独生儿子。绝望有多深、悲心有多重,能够做出这样的决定,由此可见一斑。大家讳莫如深,是担心丛树印支队长因此被追责,而在我的心目中,这才是人间最具意义和价值的英雄。

但是,丛树印支队长毕竟是个军人,自有军人的豪迈情怀。当我得知这件事情的原委后,曾与消防支队政治处女干部陈昕馨谈及此事。在沉默了许久后,这个唯一跟随丛树印支队长进入103阵地的女战士,含着眼泪告诉我,当时,丛支队长还说:今天,我们这些人是回不去了,但留下的几十名战士,依然会让大连消防铁军屹立在明天的朝阳里!

最先赶到现场的消防部队是开发区消防大队的战士,"7·16"

事故现场隶属于他们的管理辖区,也离得最近,是理所当然的主战单位。大队长李永峰精明、干练,瘦高的身体仿佛蕴藏着无尽的勇气和能量。就是他带领开发区消防大队的72名战士始终战斗在103号阵地上,与大火展开了殊死较量。在见面之前,我就已经了解到关于他的许多传奇,比如,在消防战士的基本训练科目挂吊梯中,端长梯自32米外起跑,到楼前搭梯,从1楼一边挂、一边爬到4楼,只需14秒36,此纪录历经十几年,至今无人能破;曾连续三年荣获比武状元;也是大连市消防支队第一任特勤班长。所以,在等待李永峰大队长到来时,我的脑海里涌现出许多关于英雄的斑斓想象。可是,当这个来自山东沂蒙老区的钢铁汉子坐在我面前时,却未开口,便泪湿胸襟。他用纸巾捂住眼睛抽咽,令我也潸然泪下。

在泪水中,在颤抖的叙述中,我终于弄清了是什么令英雄如此气短,令英雄变得儿女情长。在死神如万箭齐发的残酷战场上,他不断地穿梭奔波、不断地喊:撤,快撤!72个战士有三分之二是独生子,李永峰说,我的脑海里瞬间就出现了第二天的追悼会,出现了数十个痛不欲生的父母。什么救火,什么当英雄,全都抛到了九霄云外,我要做的就是无论如何一定要让这些战士活着出去!

其实,大火是救不了的,可职责又使他们无法逃离;而要想活下去,就只能救火。这千古难逢的悖论,就是72个战士的信念,支撑他们,不,是逼迫他们走进了人间地狱。让我们再来看看这些战士们的状况,前面已经说过,由于要参加全省大比武,开发区大队也同样抽调了十几名精英战士,在大黑石基地进行封闭训练。赶赴现场的除了新兵就是带伤老兵,年龄最大的25岁,最小的年仅17岁。炮台山中队指导员王国开由于常年艰苦训练,膝盖严重受损,当天上午还在医院里,医生嘱咐无论如何不能再多走路,要静养,要用护膝。

　　消防部队的训练强度是常人无法想象的。关闭阀门的英雄桑武就曾经告诉我,在新兵连做单杠训练时,由于他体胖、身量重,手掌脱了皮,又脱了肉,第二天依然照常训练,每天晚上都捂着被子哭。所以,几年消防兵当下来,没有不带伤的。

　　而新兵虽然受伤得少,可年龄太小,有的甚至还未进过火场。跟随王国开进入现场的新兵孙茂群,1991年出生,当年刚满18周岁。到了现场,就吓得双腿发软,他悄悄告诉21岁的战友胡一所:我害怕,想回家。只是,可怜的孩子还未等想一想是否有当逃兵的机会,冰冷、迅急的水柱便从消防车上倾泻而下,十几个战士立即就成了落汤鸡,为了能使他们顶住不知道多少度的高温进入现场,这是唯一的降温办法。指导员王国开一马当先,朝着大火中走去,班长周新扛着水炮断后,而中间的孙茂群却在发呆。周新二话不说,抬起腿就是几脚,将孙茂群踹进了艰难行进的队伍中。

　　此时,103号罐就像一个熊熊燃烧的大火炬,抱着水枪的孙茂群跟着指导员、班长,一直走到了火炬的根部。呜呜燃烧的大火,仿佛掀起了来自太阳的飓风,让人根本无法站立,孙茂群只得和战友们趴在遍地的原油里,打开了水枪。身边不断传来王国开的叮嘱:无论如何不能扔下水枪,那就是你们的武器!

　　不能扔下水枪,不能扔下水枪,这句话成了孙茂群心中唯一的念头,他将怀里的水枪抱紧了、再抱紧。就这样,连续7、8个小时,可怜的孩子趴在泥水里、原油中,翻过来、滚过去。手上没有力气了,就用身体压。当爆炸袭来,当对讲机里传来李永峰大队长"撤,快撤!"的呼喊声时,孙茂群站起身,刚回头,便被气浪掀倒,人早已是魂飞魄散,手里却还紧紧地握着水枪。

　　时间静止了,唯有大火排山倒海,蜂拥翻卷。孙茂群头盔上的有机玻璃罩开始变软、变形,阻挡了视线。他抽出一只手,想将有机玻璃罩转到脑后,可却转不动,原来,头盔也变了形。他的视线越来越模糊,连眼前喷出的水柱也变成了抽象画,张牙舞爪,四分五裂。原来,是他手中的水枪也被烤变了形,令喷出的水柱像散了架。可怜的孩子,不是有机玻璃,也不是钢铁制成的头盔、水枪,他只是刚刚成年的血肉之躯,要如何忍受这酷烈的炙烤?那条死都不能扔下的水枪,手握不住了,身体也压不住了。极度的干渴遍体劫掠,直达心脏,令它阵阵抽紧。孙茂群的意识开始模糊……

酷烈的炙烤若即若离,火光荏苒,穿越地狱人间,在家乡高大的桦树上长舒广袖,透过茂密的树叶,斑驳闪耀。一个六岁的男孩正在不断地下坠、下坠……那是童年的孙茂群,因为上树掏鸟蛋,不慎失足落下。树枝划破了他的手和脸,一截狰狞的粗杈直戳腹部,鲜血洒落,男孩拼命地哭,拼命地喊:爷爷,爷爷……凄惨的哭声撕碎了太阳的心,它徒劳地在茂密的树叶中旋转,随着孩子落地的声音,阳光戛然失色……

剧痛将六岁的男孩带回了人间,睁开眼睛,四周寂静、惨白。恍惚中,一张满是皱纹的脸出现了:宝儿,宝儿……男孩欣喜若狂,大叫:爷爷。这一声喊,牵动了全身,刚做完手术的腹部再次撕裂般剧痛,男孩忍不住大哭起来。爷爷也哭,一边哭,一边说:宝儿,宝儿,不怕,有爷爷在呢,有爷爷在呢……就这样,祖孙俩在医院里熬过了不眠的三天三夜,终于捡回了一条稚嫩的生命。

火光蜂拥翻卷,爷爷满是皱纹的脸,在濒死的孙茂群眼前晃动,他的意识也越来越清晰,想起了自己是爷爷三代单传的孙子,还想起了当兵走时,爷爷说,宝儿,早些回来,陪爷爷喝酒!

不,我不能死,决不能死!一股无穷的勇气在孙茂群的心中油然而生,他艰难地掉转水枪,将它从衣领口伸进了自己的怀中。冰冷的水激活了他的心脏,也激发了他的斗志,孙茂群站起来了。他将水枪从怀里抽出,又浇向头部。大火中,他决然挺立,从一个男孩变成了钢铁战士……

在那个惨烈的夜晚,丛书印支队长和李永峰大队长与其说是在救火,不如说是在拼尽全力救战士们的命。两个人在103阵地穿梭奔跑,既观察火情,也观察战士们的境况。大小爆炸不断,他们要准确地判断,准确地发出命令,支撑他们的信念只有一个:即使生或死,即使天上人间,即使地狱苍穹,也决不要数十对父母变成追悼会上的断肠人!这强烈的信念感天动地,也激发了他们无穷的潜能,无数次爆炸,无数次都准确预报。丛树印支队长一声令下,李永峰大队长便拼尽全身力气高喊:撤,快撤!于是,抱着水枪的、扛着水炮的、拖拽消防带的,并且全副武装的战士们便有如神助,滚的,爬的,被气浪掀翻的,居然也无数次地躲过了厄运。

英雄也像艺术家,需要天分才能成就。班长周新就是这样一个先天具备过人勇气和胆识的战士。炮台山中队除了指导员王国开和中队长曹志伟,数他年龄大(其实也不过24岁),当兵时间长。到达现场,周新率先站出来,要求第一个进入103阵地。被指导员王国开拒绝后,他又扛起了分量最重的水炮。每次爆炸发生前,当听到李永峰大队长"撤,快撤!"的命令时,战士们不能立即就跑,因为他们根本跑不过大火,需要用水枪交替掩护才能脱身,每次与指导员王国开断后的都是周新。其中,最惨烈的一次,是103号罐附近750毫米管线再次发生爆炸。现场火光变白,罐体不断抖动,发出凄厉的哨音,对讲机里同时传出了李永峰大队长的撤退命令。王国开对周新说:你快带着战士们走,我掩护!

周新却梗着脖子道:不!说完,扔下正在操作的水炮,抢过了战士手里的水枪。王国开无奈,只得先指挥撤退。周新见他们离开,随手拿起身边的一块石头压住水枪,然后,又奔向水炮。可搬了一次又一次,水炮却纹丝不动,原来,它已被滚烫的原油牢牢地粘住了。大火已经卷到他的头顶,像飓风般吹得他合不上嘴。可倔强的周新依然不肯放手,拼命搬动水炮。千钧一发之际,王国开跑回来了,他抱住周新就拖。与此同时,爆炸发生了,强大的气流袭来,将两个人掀出了十几米,正掀到了李永峰大队长脚下。他正在清点战士,发现少了王国开和周新。急疯了的大队长见到两个人,上去便踹了几脚,口不择言道:操你妈!喊撤,为什么不撤?

周新头昏脑涨,两耳轰鸣,还未等回过神,就大哭着喊:我的炮没了,我的炮没了……

李永峰哭笑不得:我要人,不要炮!

周新却回答:没有炮,就没有了武器,要我还有什么用!

第三章　女人和孩子的歌

陈昕馨是大连市公安局消防支队政治处干部,也是唯一跟随丛树印支队长进入103阵地的女战士。"7·16"那天下午,她带6岁的儿子晨晨去上特长班。下课后,在回家的路上,看见了一辆接一辆的消防车呼啸而过。陈昕馨的心阵阵抽紧,当兵十几年,她还从未见过如此多的消防车集中出动。一定是出了大事,她不禁抓紧了儿子的手,加快了脚步。晨晨却放慢了脚步,拽着妈妈的手,尽力向后拖。6岁的孩子,正是最需要母亲的时候,可陈昕馨却经常为了工作,将他留给外祖母。

年轻的母亲很少会想到,处于童年时期的孩子,在离开妈妈的时间里是多么寂寞忧伤。我在26岁的时候,有一次,需要到郊区县城工作半个月,便把刚满2岁的女儿送回了乡下奶奶家。二十年后,我早已忘了这件事,可是,已经上了大学的女儿却借开玩笑的机会对我说:你现在总觉得我长大了,把你抛弃了,呵呵,真是风水轮流转啊。想当年,有一天,你早早把我从幼儿园里接出来,坐着刘大大开的警车,先到新华书店给我买了本《黑猫警长》,我可高兴了,以为你要带我回家给我讲故事,结果,却去了奶奶家,你把《黑猫警长》塞给我,就跑了,当时,我就觉得你把我扔了,再也不要我了。听了女儿的话,我震惊了,从未想到看似平常的事情,却给女儿幼小的心灵留下了创伤,以至于二十年后,她依然对当时的情景记忆如新。

我们在年轻的时候,大多想的是如何成就一番事业,既没有精力也没有心性去体察儿童心理。可对孩子们来说,幼小、稚嫩的心灵还不能承担人生风雨,妈妈的陪伴会为他们将来拥有健康的心理打下最重要的基础。晨晨也无法脱俗,而妈妈的职业又让他比其他孩子更多地体会了离开母亲的寂寞忧伤。此时,呼啸而过的消防车更加深了晨晨的恐惧,他拖着妈妈,希望永远不要回到家里。

可陈昕馨去意已决,进了家门,对外祖母简单交代了几句,就要离开。却发现手提包不见了,她立即想到是被儿子藏起来了。外面消防车的警笛声更加凄厉,陈昕馨顾不得儿子,匆匆走出了家门。在里屋,晨晨抱着妈妈的手提包呆呆地坐着,关门声在他小小的心上回荡,他想哭,外祖母却推门而入,牵了他的手说,好孩子,不能哭,妈妈去救火了,爸爸可能也去了,你若是哭,会给他们带来不好的事情。晨晨尽管小,也知道不好的事情意味着什么,他不敢多想,能做的事情就是不哭,他愿意相信外祖母的话,只要不哭,爸爸妈妈就能平安回家。

陈昕馨的丈夫也是消防军人,任职于庄河消防大队,此时,也接到了支队的命令,正带领战士们火速赶往"7·16"现场。根据多年的工作经验,他知道油罐着火并且支队调集全市消防力量赶赴现场意味着什么。在飞驰的消防车上,他想起了妻子,陈昕馨负责大连市消防支队的宣传工作,按照她的性格和责任心,很可能会主动出战。事实正是如此,陈昕馨出了家门,便给支队指挥中心打电话,弄清了火场位置,拦了一辆出租车,朝大窑湾赶去。

消防车上的丈夫握着衣兜里的手机想给妻子打个电话,他想说,不要去火场,为了孩子、为了父母,我们应该留下一个人。可是,思来想去,总觉得此话无法出口,又因为车上还有其他战士,只好作罢。

陈昕馨先赶到了火场。出租车司机停下车,就被吓呆了,直到陈昕馨将车钱递过去,他还没有回过神。陈昕馨碰了碰他:师傅,给你钱。司机回过头,看了看穿着消防制服的女乘客,又回头看了看浓烟翻卷的火场,问道:你来救火?

陈昕馨点点头。

司机道:不收钱了。

陈昕馨执意要给,司机却无论如何也不收。无奈,她只好下车,朝外围警戒线走去。

身后忽然传来了司机的喊声:小姑娘!

陈昕馨回头。

司机又喊:你千万离那火远点儿!

来到103号阵地,陈昕馨才知道事态的严重性。丛树印支队长和几个班子成员个个像包公,脸黑、眼睛红、牙齿雪白。而阵地上手持水枪的战士们,一个个仿佛在演皮影戏,渺小、单薄,就像大火中的一片纸。

丛树印支队长正在为几位班子成员布置任务:阵地南面交给金刚,北面由郭伟参谋长负责,政治处主任孙奇去东面,西面是郑春生。大家一定要深入最前线,指挥战士灭火,同时,尽最大的努力保证他们的安全。

金刚、郭伟等人走了,陈昕馨望着他们的背影,鼻子一阵阵发酸。丛树印支队长看见了她,走过来说:小陈,你回去。口气就像平常看见陈昕馨加班太晚,劝她早些回家的时候一样。

陈昕馨没有说话,也没有离开,丛支队长也没有再劝。在男人都无法忍受的酷烈灼烤和呼吸困难的103号阵地上,勇敢的女战士留了下来。

凶猛的爆炸一次又一次袭来,选择留下来的陈昕馨就不可能再离开。面对大火,她能够做到勇敢,可她毕竟又是妻子和母亲,无法忘了丈夫和儿子。陈昕馨知道,丈夫也一定在火场里。当丛树印支队长说,我们这些人今天回不去了的时候,陈昕馨掏出手机拨通了丈夫的电话。她是战士,不能哭,也做好了献身的准备。此时,陈昕馨唯一的愿望就是丈夫的岗位能在相对安全的位置。她不怕牺牲,却怕和丈夫一起牺牲。

电话通了,传来了丈夫的声音:你来火场了吧?

是的。陈昕馨的声音平静得连自己都不相信。

丈夫不知是松了一口气,还是叹了一口气:你要注意安全。

你也是。陈昕馨连忙应道。

我们现在还在后方供水,没有问题。

陈昕馨想说:你要照顾好儿子,却变成了:那就好。

丈夫顿了一顿,说:就这样吧。

陈昕馨也说:就这样吧。

整整一夜,几次的命悬一线,陈昕馨都与丈夫通了电话。每次她都想说:照顾好儿子,却每次都没有说出口。

丈夫远远地看着103号阵地一片火海,听着不断传来的爆炸声,每次也都想说:你回家吧,我们还有儿子。可是,同妻子一样,他依然也没有说出口。

而家里的晨晨聪明、敏感,本能地感觉到了危险,这让他比平常妈妈不在家的时候,更害怕,更担忧。沉重的情绪占据了晨晨小小的心,连睡梦中都压着他,6岁的孩子失眠了。除了妈妈,他忘了一切。直到第二天早晨,站在老师面前,才想起作业没有做完。

老师说:你为什么不做作业?

晨晨想说:妈妈不在家。但知道,这不是理由,只好不开口。

老师又说:不做作业不是好孩子。

从来都是优等生的晨晨憋不住了,想哭,又想起了外祖母的话,马上忍住了眼泪。

老师关切地搂住他:到底发生了什么事情?

晨晨终于忍不住,眼泪扑簌簌掉下来,一边哭,一边还在说:我不能哭,我不能哭。

老师很奇怪:为什么不能哭?

晨晨一边努力忍住抽泣,一边说:妈妈去救火了,我哭了,妈妈就会有不好的事情。

已从电视上得知了大窑湾发生罕见火灾的老师,搂住孩子,也忍不住流下了眼泪。

职业的选择,多是命运使然。我19岁参警,只觉得穿着制服神气无比,根本不懂这份职业会带给自己什么样的考验。另外,生活在新时代的母亲,早已觉得男女平等、妇女能顶半边天是理所当然的事情,很少反思,当自己同男人一样在所谓的事业中沉浮挣扎、疲于奔命的时候,给家庭和孩子带来了怎样的损伤。我曾是最盲目、最坚定的男女平等主义者,直到34岁的时候,却被最平常的一件事触动了。我的一个男同事,毕业于吉林大学,聪明得像火星人。经常扬言男女不可能平等,我们之间自然少不了争论。有一次,支队购买办公桌椅,我心安理得地站在窗前,看着楼下的男同志们忙碌。"火星人"抬头看见了我,喊道:你不说是男女平等吗?有本事下楼,把柜子搬上去!

我当时心下一凛,似乎悟到了什么,可我并不是轻易认输的人,心里虽有所悟,嘴上依然不服软。"火星人"争不过我,恨恨地说:早晚有事情会教育你。不久,事情还真就有了。辽宁省公安厅举行全省治安民警大比武,每个城市出9名男警察、1名女警察参加比武。就算要100个男警察都好找,可是1名女警察却难住了支队领导。因为,参加比武除了要熟练掌握治安管理业务,还要能熟练使用电脑,更加上了一项射击科目。全市公安局里也找不到符合条件的女治安警。万般无奈,支队长把目光落在了我的身上,"火星人"见此状况,乐了:有本事,你上!

看着他幸灾乐祸的表情,也因为支队领导实在为难,我一狠心,答应了下来。前两项比武科目对我而言,驾轻就熟,唯一难在射击上。要在很短的时间里,练出用六四式手枪在25米的射程里,达到10发子弹90环以上的成绩,对从来没有碰过手枪的我来说,难度可想而知。可为了大连市公安局治安管理部门的荣誉,也为了"火星人"进进出出的冷嘲热讽,我真的拼了命。那时,正值严冬,在部队的简易靶场里,靶道上长满了齐腰深的蒿草,每打十枪,我就要跑到靶位处检查着弹点、换新靶纸。20多天的时间里,我的虎口磨出了泡,破了再磨,直到结了茧。在寒风中,我反复琢磨如何用几乎谈不上臂力的胳膊,与手眼配合,把握最佳击发时机。最后的结果是,我成功了,成为辽宁省公安厅命名的十大治安岗位标兵中唯一的女警察。

我赢得了荣誉,也彻底打掉了"火星人"的气焰,为此,颇得意了一阵,还时时为练出的好枪法沾沾自喜。可不久后发生的一件事情,让我永远放下了手中的枪。当时,河南省发生了一起歹徒身捆炸药包在幼儿园里挟持数名儿童的恶性案件,当地的一位女警察神勇无比,身带手枪,化装成老师进入现场,将歹徒一枪毙命,她因此被命名为公安部一级英模。我看着她的事迹,不禁问自己,如果有一天,我遇到这样的情况,能做到吗?答案是:不能。且不说枪法如何,真的身临其境,我首先会想到,如果牺牲了,女儿怎么办?绝没有女英模的定力和勇气,完成任务的希望十成没有一成。就算我真的打死了嫌疑人，随后的日子也将会在无法忍受的痛苦中度过。于法于理，嫌疑人都罪该万死，可是，我总会想到他也是母亲所生，所谓可怜天下父母心，为此，我会抱憾终生。

最后，我得出结论，当英模是需要能力的，而我恰恰缺乏这种能力。也许，上天为了能够让我更加清醒地认识自己，另一件事情接踵而来。时值大连解放五十周年，市委、市政府在人民广场举行盛大的庆祝活动。按照以往惯例，我作为现场治安情况控制及协调人员，进入由市局局长、主管副局长等人组成的指挥部，地点设在市公安局三楼顶，从上俯瞰，广场全景尽收眼底。

当时，制定的安全保卫方案看起来完美无缺，我们也有着多年大型活动保卫工作经验，万无一失既写在方案里，也每每都变成了现实。在大连，自新中国成立以来，从未发生过大型群体治安事件。但世间万事不会每次都在方案和经验中运行。也许造化使然，那年的庆祝活动聚集了非凡的人气，以至于完全开放的人民广场人满为患。广场上的草坪造价高昂，平日里就像这个城市的眼珠子，各有关部门对此呵护有加，甚至派出专人看管，严防有人进入草坪踩踏。可是，在当晚，未等活动开始，我们就不得不取消了禁令，草坪上立即就挤满了观众。并且，汹涌的人流还在不断地由城市的每个角落涌向人民广场。待到活动开始，只见主席台周围负责安全保卫的警察们，被挤在人群中，就像大海里随波逐流的漂浮物，尽管难以发挥作用，但还都在拼命挣扎，试图将人群推离临时搭起的主席台。人群也像海浪，随着警察们的推动，波澜起伏。我们从楼顶看下去，只觉得黑压压的人群随时都会倒地，酿成不堪设想的后果。情急之下，局长下令调动特巡警进入现场，可是警车刚由市局大门开出，就落入了人民战争的汪洋大海。数辆警车就像狂风中的扁舟，摇过来、晃过去，几次险些被挤翻。

我站在楼顶,看着楼下的情景,听着从电台里传出的妇女、儿童的哭声和警察们声嘶力竭的喊声,只觉得阵阵寒气逼来,我体会了从未有过的害怕、绝望,禁不住浑身颤抖。可是,坐在我前面的两个男人,时任大连市公安局局长和主管治安工作的副局长,面不改色心不跳,静静注视着广场里发生的一切,用正常到不能再正常的口气,说出了令我终生难忘的两句话。

局长说:要出事了。

副局长:是的,我们的警服穿不住了。

就是这样简单的两句话,让我深刻地体会了男人和女人在生死攸关之时的天壤之别,你不得不承认,他们具有天生的勇气、责任和担当。尤其在整天与社会黑暗面打交道的公安工作中,男人远远比女人拥有更多的优势。有句古话说:君子素位而行,说的是做人要守本分行事。对此,我有更深一层的理解:做人还要看自己的能力行事。盲目拼搏,与男人博弈高下,受伤的不但是自己,还有家庭和孩子。

孔子说:天下之本在国,国之本在家,家之本在身。其中家与国的关系,最重要的方面在于,天下人才皆从家庭而出。而相夫教子为女人之天命,做得好,于国于家都有大益。疏于此事,则家不成家,甚至令子女成才之路夭折于母亲之手。

著名的奥运场馆水立方的总设计师是位年轻的女性,她在谈到成功后,为教育儿子回归家庭时说:培养一个孩子甚至比设计、修建水立方还要难。我对此感同身受。别的不说,只说训练女儿弹钢琴一事。童年的女儿顽皮到男孩子都无法与之相媲美,为了能让她坐得住,培养专注力,我每天坐在她身边,从4岁时的半小时,到6岁以后的2小时甚至3个小时,要让一分钟都闲不住的女儿,将所有的精力都集中在钢琴上,简直就是非人的折磨。再说临到中考时，女儿的作文成绩依然还是拖后腿的水平。我实在被逼急了，亲自上阵操刀。先苦苦研究中学生范文，然后找老师请教，写出了五篇不同类型的作文。再去找老师修改，反反复复几次，终于过关。最后，教给女儿如何临场发挥、变通。终于让她的中考作文，拿到了罕见的高分。可如此之难的事情，却没有任何浮华而言，你要默默地做，无限地付出，十几年如一日，无论孩子多么令你失望，有的时候甚至绝望，都要做到不责备、不抱怨，只从自己身上找原因：还有什么做得不够好。谁能说这不是君子之行，大丈夫胸怀？

在经历了前两件事情之后，我彻底放弃了一切非分之想。那时，我正处于人生极光鲜的阶段，几乎参与过大连所有的大型活动安全保卫工作。上至国家领导、省市级官员，下至红得发紫的娱乐界、足球界明星，都有过近距离的接触或合影的机会，更有了荣誉在手。但我却在随后的十多年中，与此渐行渐远，只在内勤的岗位上安之若素。工作之余，将全部精力投入到培养教育女儿之中。我也获得了丰厚的回报，那就是发掘了女儿无限的潜力，让她从小学老师眼中只能勉强考入三本大学的孩子，变成了智商高达137的优秀大学生。

但女战士陈昕馨的故事，又为女性在社会生活中的作用，提供了另一种注脚。她们勇敢、坚强，远远超出一般女性、甚至部分男性。就像替父从军的花木兰，天生就是精英中的精英。对于她们，摆脱各种传统观念的束缚，自由、坚定地在一些男人主宰的天地里驰骋，就像facebook的首席女执行官谢丽尔·桑德伯格所说的那样，勇敢地"向前一步"，将会对女性解放、社会更加文明包容，产生最深广的影响。

第四章　小小的战士之一：胡一所

在咖啡馆里接受我第二次采访的曹志伟,是带着战士胡一所一起来的。我们在谈被儿子遗忘在长客站的母亲时,胡一所则忙着照应我们的茶局。其实,没有什么需要照应,可他却眼睛、手脚不得闲,瞅着自己的教导员和我,时刻准备倒茶或是递纸巾。他身高大约有1米65,单薄偏瘦,长着一双月牙般弯弯的眼睛,每当开口,里面就盛满了羞涩和暖暖的笑意。1988年出生,看起来还是个大孩子。与曹志伟谈完了,我对胡一所产生了兴趣,于是逗他:你像个小姑娘。胡一所丝毫不反感,还顺着我的话回答:是的,我会做饭,还会缝衣服。

我听了,差点儿笑出了眼泪,更加喜欢他了。

旁边的曹志伟大概怕我误会,连忙说:胡一所也参加了"7·16"救援,还荣立了一等功。

我吃惊:难道他也是72勇士之一?

曹志伟点点头:跟着我,从头到尾都在103阵地上。现在,又从开发区大队调到了我新任职的单位。

为什么总跟着教导员?我问胡一所。

他却不肯说,只看着曹志伟。

我若是不带他走,他就要复员回家,指导员只好替他回答。

为什么?刚刚立了功,年龄又轻,正是在部队发展的好时机,却要回家,你也太洒脱了吧。我对胡一所道。

听了我的话,小小的战士有些急了,连忙辩解:不是,不是的……

曹志伟接道:我也觉得他现在离开部队太可惜,所以,想尽一切办法将他调到了身边。

我明白了,于是问胡一所:你是不是因为指导员调走了,才要复员?

他连连点头,说:如果指导员不在了,我也不想干下去。

当兵难道是为了指导员?我不客气地问。

胡一所说:不是为了指导员,但没有他,就不知道怎么干下去。

我不禁对曹志伟叹道:你们可真是有缘分啊,这孩子认准了你。

曹志伟却说:在部队里,这种情况很普遍。他们不过还是些孩子,需要有人依靠、指导。

不是依靠,是信任!胡一所破天荒抢白了一句。

这里有什么故事呢?我问。

胡一所眨了眨眼睛说:新兵训练时,要从十多米高的地方跳到气垫床上,我不敢跳,是指导员走上来,先跳下去,我才跟着跳了下去。第一次去救火,现场有个偏厦子,要从二层楼跳到那上面,我刚要跳,被指导员拦住了,他背着空气呼吸器先跳下去,结果,偏厦子的房顶塌了,指导员摔了下去。从那以后,我就知道,只要有指导员在,我就不会有危险。

在我们的惯性思维里,战士穿上军装,就像孙悟空受了菩萨的点化,顿时就能超拔地、实现神一样的飞跃。其实,军装只是责任,穿上了它,哪怕前一秒钟还是个孩子,也许受教育不多,也许身为农民的父母并没有提供更多的见识和思想,都必须变成战士。没有人了解他们如何实现真正的成长,填补这中间遥远的空白地带。而胡一所和曹志伟的故事告诉我,除了部队的政治教育和艰苦训练,爱兵如子的干部是他们坚强的靠山,暗夜里的明灯。

就是靠着这样一种信任,小小的战士胡一所走进了103阵地。他告诉我,面对大火,虽然害怕,但知道,曹志伟会在他的左右,事实再次认证了这份信任的可靠度。当导致103号罐崩塌的那次爆炸发生时,拖着水枪和沉重水带的胡一所按照命令后撤,却不慎摔倒在遍地的原油里。他挣扎了几次都没有爬起来,只觉得大火已经卷到了脖子后。就在绝望之际,一只胳膊搂住了他的腰部,用力将他抱起。胡一所借势站了起来,迅速跑到了安全地带。这个人正是曹志伟。

103号阵地有个地下油池,开始,战士们还能看见油池的混凝土顶部,可当推进到附近时,它却不见了,掩盖在遍地的黑色原油里。其实,经过十个多小时的酷烈大火,油池的混凝土顶部已经烧成了粉末状,又混了水和泡沫,变成泥浆沉没在原油里。战士们并不清楚这些事情,只知道必须通过它,才能到达103号罐。曹志伟将走在前面的胡一所和罗海洋拉回来,自己走上前,伸出脚探了探,然后迈出了步子。忽然,他身子一歪,右腿便陷了进去。胡一所大叫一声,本能地拉住了他,可曹志伟却镇定自若,朝吓呆了的战士们露出了雪白的牙齿,那是微笑,一个黑色的微笑。所有参战的消防战士,脸上无一例外覆了厚厚的原油,以至于在后来的数天里,用洗衣粉、牙刷都难以洗掉。

干部镇定自若、以身作则,给了战士们信心和勇气,服役不过两年的胡一所开始发挥老兵的作用。他见孙茂群趴在地上已经筋疲力尽,就跑过去,趴在他身上,用两个人的体重压住水枪。下面的孙茂群浑身发抖,胡一所想起了他进火场时说,我害怕,想回家,于是,便开起了玩笑:你身底下有没有窨井盖?

孙茂群说：不知道。

胡一所故作夸张：你也太粗心了，不看清楚就趴在这里。一旦有窨井盖，咱们俩就变敦煌飞天了。

经过了几个小时的酷烈炙烤，战士都渴极了，开始喝水枪里的消防水。泡沫的主要原料是死动物蛋白，味道又臭又涩。胡一所喝了几口，孙茂群问：好喝吗？

胡一所连连点头：好喝，像可乐，你尝一尝。

孙茂群信以为真，猛地喝了几大口，等弄清了味道，又臭又涩的泡沫水早已下了肚。

当103号罐爆炸崩塌后，原油倾泻而出，地面上厚达几十厘米。战士们无法趴在地上，只得站起来进攻。孙茂群在前抱着水枪，胡一所在后抱着孙茂群的腰，两个人奋力向前。一边走，胡一所一边给孙茂群打气：往前走，别停下。等扑灭了火回去，队长一定给我们红烧肉吃。为了红烧肉，加油！

当战士们在大火中鏖战了几个小时后，103号罐附近的另一条管线再次发生爆炸。白光耀眼，大地颤抖，按照李永峰大队长的命令，死里逃生撤到安全地带的战士们，眼睁睁地看着大火转眼吞噬了自己的阵地，他们只好再次组织进攻。胡一所和1989年出生的新兵罗海洋分在一个战斗组。经过了几个小时的鏖战，他们已经筋疲力尽。胡一所让罗海洋把水枪，自己在后面拖水带。我们可以想象灌满了消防水、长达几十米的水带有多沉重，身材矮小、单薄的胡一所将它扛在肩上，跟着罗海洋的行进路线，拼命拖拽。他的脚下穿着装有隔热钢板的消防靴，走在黑色的原油里，沉重不堪。时值夏天，又是紧急出动，胡一所来不及穿袜子，早已磨破的脚后跟，疼到无以复加。他索性坐在地上，脱掉了消防靴，光脚走在炽热的原油里。

前面的罗海洋终于走不动了,坐在了水带上。过度的疲劳仿佛减轻了他的体重,他居然压不住水带,只得再站起来,朝不远处的路灯杆走去。高达十几米的金属路灯杆被大火烤得像根面条,脑袋弯到了地面上。罗海洋走过去,吃力地放下水枪,坐在水带上,然后,双手死死搂住路灯杆,将水枪固定在大火的方向。

胡一所见事态暂时平稳,小脑袋瓜开始围着自己的窘境转动,当务之急是找到一双鞋。可环顾四周,所有的鞋都穿在别人的脚上。忽然,他见一辆负责供水的消防车开进了阵地。显然,这辆车是第一次进入,从车上下来的战士手忙脚乱,晕头转向。胡一所灵机一动,扔下水带,跑到了那辆消防车的后部,趁人家不备,钻进了车厢,拿起一双迷彩胶鞋,撒腿就跑。回到路灯杆旁,立即穿上试了试,居然正合脚,他笑了,白色的牙齿在黑油烈火中闪烁着狡黠的得意之情。

可事情并没有完,胡一所还有难题。他左右四顾,发现了一个泵房,已经被大火烤得倾斜了,像个偏着肩膀的落魄人。胡一所高兴了,脚上有了鞋,跑得更快。罗海洋一不留神,就不见了同伴的身影。只得大声喊胡一所的名字,半天没有回音,却把曹志伟喊来了。他一边帮助罗海洋调整水枪方向,一边四处搜寻胡一所的身影。罗海洋焦急,还想喊,被曹志伟拦住:别再喊了,影响军心。话虽这么说,其实,他比罗海洋还急。

几分钟后,胡一所从泵房里走出来,脚步明显轻松了很多,似乎还有些洋洋得意,双手背在身后,来到了路灯杆前。曹志伟连忙问:你干什么去了,没看见泵房已经被烤歪了,一旦倒塌,你的小命还能保住吗?

胡一所却只是笑,不说话。

罗海洋毕竟还是孩子,对胡一所此行充满了好奇心,忍不住问:你去尿尿了?

胡一所说:你真傻,都快成烤鱼片了,哪还有尿。

那么,你到底去干什么了? 曹志伟一边问,一边探头看胡一所背在后面的双手。

小小的战士窘了,转动身体躲避队长的目光。

曹志伟有些生气:说实话,拿了什么?

胡一所只好扭捏着从后面伸出了右手,一条蓝色士兵内裤赫然在目。

曹志伟愣了片刻,笑了:你倒聪明。

胡一所嗫嚅:我的大腿和裆部都被它磨破了,实在太疼了。

曹志伟再笑:你还拿着它干什么,准备当战旗呀。说完,也拔腿跑进了泵房。

于是,战士们一个接一个都跑了进去,从厚而硬的消防服里,脱下了要命的内裤。

第五章 小小的战士之二:马尧

我在大连市公安局消防支队开发区大队采访时,见到了另一个小小的战士马尧。他虽比胡一所略高,却更瘦,1989年出生,参与"7·16"救援时,还不满21岁。他不会做饭,更不会缝衣服,浑身筋道,皮肤黝黑,像个小铁蛋儿。与孙茂群和胡一所不同,他听说去救火,兴奋得像被关在笼子里就要放归山林的小豹子,到了现场,也是豪情万丈:终于看见真正的大火,能当英雄了!

可上天却跟他开了个玩笑,本想和战友们冲进大火里把水枪,却被留下守着消防车负责供水。马尧虽心有不甘,也只能服从命令。一根根水带接进了103阵地,看着战友们去冲锋陷阵,小小的战士将手里原准备穿上的防火靴,扔进了车厢,觉得自己当英雄无望了。

可是,几十分钟后,马尧才知道上天的这个玩笑开大了。由于火势严峻,人手紧,只留下他一个人负责供水。若是在平常的火场,这并不算问题。但在103阵地,情况就截然不同了。当发生第二次管线爆炸时,对讲机里传来了李永峰大队长的命令:撤!全体撤退!全体,意味着不但包括前方的战士,还包括正在供水的消防车。马尧听到命令,立即从车上跳了下来,准备去车后的接口处,拔下所有的水带。却不知已是遍地滚烫的原油,脚刚沾地,他就本能地跳起来,随后,鞋就掉了一只。两只脚再落地,就陷在了滚烫、黏稠的原油里,他被困住了。可军令如山,他必须拔下水带接头,然后，将消防车开到安全地带。情急之下，马尧只得抓住车身上一切可以摸到的物件，艰难地挪到了车后。因为慌乱，也因为水压太大，马尧几次都没有拔下水带。消防车的倒车镜里一片耀眼的亮光（为了及时撤退，进入阵地的消防车都是车头朝外，所以，在车后的马尧能够看见倒车镜）大火已经逼到了眼前。马尧急了，用力再拔，这次成功了，可他却被喷出的消防水险些冲倒。此时，地上的原油更厚了，只穿了一只鞋的马尧，拼尽全身力气，趔趄朝车前移动。滑倒了爬起来，再滑倒，再爬起来，不到十米的距离，已使他浑身上下滚满了黑色的原油，终于挪到了车门处，他跳上车，踩下油门，将消防车开到了安全地带。

爆炸过后，再次组织进攻，马尧又将消防车开进了阵地。这次，他接受教训，穿上了防火靴。可上天还有更大的玩笑在等着他。刚回到阵地不久，泡沫就用光了。没有泡沫，水枪就成了摆设，前方的战士心急如焚，喊声此起彼伏：

马尧，怎么回事？

马尧，能不能快一点儿，我们要烤死在里面了。

马尧，你是干什么吃的，快要泡沫！

小小的战士比他们还急，抱着对讲机拼命呼喊：泡沫，没有泡沫了，快送泡沫上来！

可任凭他喊破了嗓子，急碎了心，也不见有泡沫运来。马尧绝望了，眼泪汩汩流下，心里默念：老天爷，求求你，快送泡沫来吧。

他的祈求真的灵验了，泡沫运来了。兴奋的马尧连蹦带跳跑过去，却立即傻眼了。只见眼前的泡沫桶，直径近一米，高至齐胸，重达上百公斤。十几个大泡沫桶堆在小小的战士面前，他要把它们弄到三四米高的消防车顶，简直比天方夜谭还荒谬。

可是，再荒谬的事情，都在103阵地上变成了现实。来回奔跑指挥灭火的李永峰大队长正路过此地,他大声喊道:还站着干什么,加不上泡沫,前方的战斗员就要死在里面!

一句话给了小小的战士无穷的力量:决不能让战友们死在里面!他将一个个大泡沫桶推倒,滚到车前。然后,从车里拿出梯子搭到车身上,将其中的一个拼力朝梯子上推。可是,任凭他在心里叫了无数遍老天爷,也无法独自将泡沫桶推上车顶。他真的失望极了,一屁股坐在地上,放声大哭。

正在此时,从阵地上出来取水带的胡一所看见了他,连忙跑过来,问:哭什么呢?

马尧抬起头。

胡一所说:你太黑了,我都看不见你,你笑一笑。

马尧忍不住,破涕为笑,站起来抓住他:快帮我把泡沫桶推到车上!

两个小小的战士,一个在车顶,一个在车下,一个用绳子拖,一个用肩膀顶,终于将泡沫桶推了上去。

连着推了两个,胡一所说:我要回去了。

马尧站在车顶急道:你别走。

胡一所却转身就跑,一边跑,一边回头喊:我再去给你找帮手。记住,要说话时,先笑一笑,否则,谁都看不见你。

马尧无奈,只得从车顶下来,正遇上一个扛着水炮的战士跑过来,他连忙拦住人家,也不管认识不认识,便说:兄弟,求你帮帮忙,我一个人实在推不上去。于是,扛水炮的战士又帮他推上了两个。

就这样,马尧在阵地上堵了一个又一个认识或者不认识的战友,终于保证了前方的泡沫供给。但不管谁来帮忙,主力都是他自己。为了省力、方便,防火靴早就又脱下扔掉了,身上也只剩下一件迷彩T恤。他的工作流程是这样的,或是站在车顶,用双手拖拽套在泡沫桶上的绳子,或是站在车下,用肩膀顶百公斤重的泡沫桶。整整一夜,十几个小时下来,手上在平日训练时留下的茧子,被消防水泡软了,又被绳子磨掉,血流不止。肩膀则是惨不忍睹,就像受了鞭刑,皮肉模糊。更惨的是,漫天的黑色油雨飘飘洒洒,落在马尧的肩膀上,疼到极处,小小的战士朝着天哭,朝着地哭,一边哭,一边还要再将肩膀送到万恶的泡沫桶下。

  负责在后方供水的战士,看起来相对安全、轻松,其实,压力更大。开发区大队一中队的王永安是个服役14年的老兵,指导员王国开考虑到他年纪大,体力有限,就命令他留在外面负责后勤保障。当王永安发现保证供水是第一大要务时,就将其他的事情抛到了脑后。他在103阵地附近,四处寻找水源,堵截消防车。后续赶来的各区、县大队都成了他的目标,靠着当兵年限长,熟人多,他将一辆辆消防车堵住,引到自己中队的阵地上。开始还有耐心套近乎、拉关系,后来变成了哀求,再后来则变成了抢。只要看见有消防车驶来,撒腿便撵,到了跟前,不由分说,跳上消防车,对着比他年轻许多的战士连唬带吓,将他们强行带到阵地上。

  开发区大队二中队的邵福生也是个老兵,我去采访时,他正代替回家探亲的炊事员为战士们做饭。临到中午,我来到食堂,只见为我准备的饭菜显然用了心思。看起来与战士们没有不同,但盘碟摆放颇为讲究,红红绿绿搭配得体。为我盛了米饭,还用碟子装了半个馒头和一个小花卷。在平常,我确是个讲究生活情趣的人,但到部队采访时,对此,实在没有奢望。在不经意之间,邂逅了一颗如此细腻而真诚的心,还是非常感动。我知道这是一个战士能为我尽的最大心意,于是,由衷地对邵福生说:谢谢你。他看出我明白了他的努力,有些不好意思,匆匆说了句:不客气,便躲进了厨房。

到了下午采访时,我特意指名要采访邵福生。负责接待我的队领导说:他很内向,"7·16"那天,也只是负责供水,怕会让你失望。我说,没关系。于是,邵福生来到了我的面前。刚坐下,他的眼泪便流了下来。我深深地叹了口气,说:别有压力,你想说什么都行。

邵福生呆呆地坐着,眼泪汩汩而流。他不擦泪,也不抽泣,只默默地哭。许久后,才说出一句:那天晚上,我就怕他们死在里面。

原来,"7·16"当天,他开着高喷车赶到现场。可是,当时的103阵地附近所有的配电室都已经被烧毁,高喷车无法使用。于是,代理中队长黄炳胜命令他负责供水。看着即将进入阵地的十几个战士,黄炳胜用平静的口气说:老邵,我把这些人的生命交给你了,只要你能保证供水,我们就有回来的希望!

中队长的这句话,让老实内向的邵福生成了103阵地上最疯狂的战士之一。他跟着附近的消防车到处跑,追了这辆追那辆,统统带去为自家供水。后来赶到的旅顺中队,因为暂时没有接到指挥部命令,等在阵地外。被邵福生发现了,他像只看家老猫似的守在附近,硬是把旅顺中队变成了自己的"私有财产"。

邵福生告诉我,每当爆炸发生时,阵地里的战士朝外跑,阵地外的战士则是朝里跑。朝外跑的人是按照命令撤退;而朝里跑的人,是担心再也见不到自己的战友。几次爆炸,他都像疯了一样地跑进103阵地,直到看见黄炳胜等人后,才放心地跑回来,继续供水。对于他们来说,失去战友,真的比自己去死还难受。所以,在那一刻,已将自己的生死置之度外。

第六章　只要和你在一起

开发区大队共有三个中队,一中队位于开发区城内,也是大队部所在地。指导员是王国开,中队长是曹志伟;二中队离区内稍远,黄炳胜为代理中队长;三中队则离"7·16"现场最近,在这部作品开头,帮忙说情让我挤上消防指挥车的战士刘磊,代理行使中队长职务。事故发生后,因为离得最近,三中队第一个赶到现场。刘磊下了车,带着战士们就钻进了浓烟烈火中。到了爆炸地点,他们就没有了回头路。只见,近一米粗的管线被拦腰炸断,原油滚滚而出,带着火、裹着烟朝着西面山坡上的国家战备储油库区涌去。刘磊无法再离开请示,直接带领战士们投入到阻截中。这也顺其自然成了三中队的任务,整整一夜,他们扛着水枪,来回与流淌火展开拉锯战,竭尽全力将火势控制在103阵地,从而保证了国家战备储油库的安全。

黄炳胜带领二中队赶来时,大队长李永峰命令他们进入阵地,为103号罐和附近的106号罐降温,以防爆炸。而当王国开和曹志伟赶到时,就剩下了最艰巨的任务:直接由连接迎宾路的库区小路向103号罐进攻,去扑灭那里的大火。在王国开看来,这是理所当然的事,因为他们是一中队,是大队里的排头兵,应该承担最严酷的考验。

王国开和曹志伟将战士们分为两个组:周新、孙茂群和郝利权等人跟指导员,罗海洋和胡一所等人跟中队长。分配完毕,他们铺设水带，展开进攻。那条路有一二百米长，走到半路，发现水带不够，王国开命令郝利权回消防车上取。年仅19岁、第一次进火场的小战士，刚回头，一个窨井盖就腾空而起。他只记得执行命令，根本顾不得危险，撒腿就朝马尧的消防车跑去，路线正在窨井盖下落的轨迹里，只见黑乎乎的铁疙瘩，贴着他的头顶就飞了过去。惊得王国开险些扔掉手里的水枪。他连忙命令战士们趴在地上，观察周围的窨井盖。只见，它们一个个吱吱作响，冒出白气，接着，带着粉红色的火光，一冲上天。等到窨井盖噼里啪啦落下后，王国开命令继续进攻。

战士们渐渐接近103号罐，就像走进了燃烧的火炉里。他们的护目镜开始变得模糊，眉毛一根根贴在了皮肤上。厚厚的头盔发软变形，防火服也发出碎裂的声音。他们仿佛被卷进了从太阳上刮来的炙热暴风，在大火中摇摆不定。王国开命令走在后面的战士打开水枪，朝走在前面的战士身上喷水，迅急的水柱将他们一步步顶进了大火里。流淌火遍地奔涌，要想阻截其蔓延，只有用水枪打火根才有效。十几个战士，两人一组，跪在黑色的原油里，一个努力瞄准火根，一个拼命拖拽水带。其间，还要将水枪转向同伴，互相喷水降温。每当爆炸袭来，对讲机里传出李永峰大队长撤退的命令时，他们不能转身就跑，而是要交替掩护才能离开。战士们全身装备重达十几公斤，还要抱着水枪，拖着水带，根本跑不过流淌火，几乎每次都是被爆炸的气浪掀出阵地。然后，再组织进攻。就这样反反复复几个小时，王国开和曹志伟带领战士们攻上了库区小路的坡顶，看到了大连港被烧毁的那辆高喷车，这意味着103号罐就在附近。似乎胜利在望了，可他们哪里知道，这才仅仅是个开始。

几次的反复进攻、撤退，战士们已经适应了接连不断的大小爆炸，也因为过度的炙烤、疲劳，身体和精神都处于麻木状态。而更大的危险就在这个时候降临了。忽然，大地抖动，眼前的火光开始变白，又变黄，接着，不知从哪里传出尖锐的啸音。与此同时，对讲里传出了撤退的命令。战士们抬起头，就见一个巨大的黑色蘑菇云腾空而起，中间渐渐透出亮光，瞬间扩散开来，"嗡"的一声，震耳欲聋。油雨混着火雨，如绚烂的礼花从天而降，扑向103阵地。原来，是现场一根直径800毫米的输油管线发生了爆炸。此时的103阵地，就像被小行星撞击后的地球，天上、地上烧成了一片。

精疲力竭的战士们有的用水枪朝天喷射，有的拼命拖拽水带，向后撤退。可是，爆炸后涌出的滚滚原油推着遍地的流淌火，如岩浆般奔涌而来，转眼就吞没了地上横七竖八的水带。火追着战士们，顺着库区小路，直逼迎宾路。远远看去，仿佛火山爆发，流淌火汹涌澎湃，顺势而下，从阵地上撤下来的几十个战士随时都有被扑倒的危险。而此时的迎宾路上，停满了消防车和其他各类救援车辆，一旦失守，后果不堪设想。

丛树印支队长和指挥部其他成员，一边命令现场的所有消防车朝着库区小路打开水炮喷射，一边指挥工程车卸下沙土，筑堤阻挡。可是，这一切努力相对于火山爆发般的流淌火，都显得回天乏力，空前的灾难迫在眉睫。

就在大家绝望之时，忽见一辆体型硕大的消防车开了进来，车身上赫然印着：大连国际机场。只见它刚刚停稳，便启动了水炮，喷出的泡沫如漫天大雪，转眼就覆盖了库区小路，掩护几十个战士逃出了险境。原来，它是大连市唯一的一辆超大功率消防车，专门用于飞机灭火。它有个霸气的名字：狂牛。及时将它开进现场的是大连机场消防护卫中心大队长孙绍江。当时，他正因胳膊骨折在家休病假，接到救援通知，抱着伤臂就跑。从家里到机场，组织消防队员启动狂牛赶赴20公里外的大窑湾,冲进警戒线,挤过混乱不堪的迎宾路,到达103阵地,仅仅用了一个小时。这一切都因为孙绍江曾经是个消防战士,由大连市消防支队转业到大连机场消防护卫队,他不仅是在履行职责,更是去救昔日战友们的命。

流淌火终于被阻住,丛树印支队长的指挥部也被迫从库区小路撤到了迎宾路上的拐角处,103阵地全线失守,几个小时的努力,转眼就化作泡影。再看眼前死里逃生的战士们,浑身上下,黑黑白白,裹着原油、泡沫,不说话,根本分不清何许人也。

丛树印支队长命各大队领导点名,确认无人受伤、失踪后,才深深地舒了口气。他回头看了看103阵地,再看看眼前的战士们,依然没有别的选择,只要活着,就要继续冲锋。于是,他平静地问:谁的车上还有泡沫?

赶来增援的西岗大队一中队长范军道:我有!

王国开连忙接道:我也有!

其实,现场还有其他赶来增援的中队,可还未等人家开口,王国开就抢了先。后来,我在采访中问他:你已经带领战士们鏖战了几个小时,完全可以不抢这个头筹,为什么还要急着重回103阵地?

王国开说:首先,我是主战单位,不能让别人去替自己冒险;另外,我们熟悉里面的情况,比新来的人相对安全些。

王国开的话听起来很有道理,可我总觉得似乎还有隐情,于是,继续刨根问底:真的就这么多?

尽管是个经历了生死考验的英雄,也是消防部队里的主力猛将,可王国开不过刚满30岁,面对我这个参警20多年的老警察,他红了脸,只好说出了心里话:我和范军是兄弟,不能看着他去送死。

原来,王国开和范军都是军中佼佼者,曾经同时入选特勤中队,在艰苦的训练和火场实战中,建立了深厚的友情。两个人性格相似,脾气相投,年龄只差了两岁,王国开是兄,范军是弟。提干后,还一起在开发区一中队任职搭班子,那段时间,令他们最得意的事情是带领战士们在大比武中,战胜了优中选优的特勤中队。

丛树印支队长看了看自己的两个得力干将,果断下令:范军、国开,把103阵地给我夺回来!

任务领回来了,两人开始组织队伍,准备投入战斗。几十个战士一字排开站在他们面前,王国开问:大家有没有信心和决心重新攻下103阵地?

范军的部下赵天野首先喊道:决不当孬种,死也要死在阵地上!

周新连忙应道:对,决不当孬种!

几十个血气方刚的战士也跟着同声附和。

艰难的进攻又开始了,王国开和范军这对生死兄弟顶着浓烟、黑雨和漫天飞舞的白色泡沫朝着通往103号罐地库区走去,但他们彼此不敢看对方,心里的许多话也不知从何说起。范军先开口:哥,怎么进?

王国开答非所问:只要我们在一起,就能活着出去!话音刚落,他就摔倒在地,受伤的半月板已经在来回奔跑和剧痛中煎熬了几个小时,此时,再也难以负担身体和装备的重量。

范军连忙伸手扶他,问道:哥,你怎么了?

王国开为了掩盖伤情,一咬牙,用胳膊撑地,站了起来,说:没关系,只是绊了一下。

已经分开了几年,范军并不清楚王国开的膝盖伤情如此严重,但他们是心系彼此的兄弟,出于本能的担心,范军一直紧紧地抓住王国开的胳膊,这令王国开的膝盖得到了缓解,受伤的半月板也在行走中渐渐适应了疼痛。

此时,大火已将103号罐包围,十层楼高的储罐看起来就像一把熊熊燃烧的巨型火炬,阵地上的原油足有一尺厚,战士们的防火靴底镶了厚厚的隔热钢板,走在其中,拔腿抬脚都很困难,水带落了地,就别想再拖起来,十几个战士只好将水带扛在自己的肩膀上。西岗中队的赵天野一马当先,喊着号子前进,终于将水带铺上了103阵地。

冲锋就要开始,王国开对范军说,我在前,你负责掩护。范军想争辩,王国开说:这里到处都是没有了盖的窨井,你不熟悉情况,太危险。范军看了看四周,只发现了几个还在冒火的窨井,于是说:我小心就是。

王国开说:还有很多窨井藏在原油下面,稍不留心,就会掉进去。说完,率先走进了大火中。

周新连忙带着孙茂群、郝利权等人也开始了行动,他在左,曹志伟带领胡一所等人在右,两面包抄,朝103号罐进攻。范军只好命自己的战士一边缓缓跟着他们前进,一边用水枪朝他们身上喷水降温。

走在最前面的王国开、曹志伟和周新等人就像进了地雷阵,弓着腰,先用脚尖,再用脚掌探路,确定前脚落了地,才敢抬起后腿。即使如此,也多次有人一条腿掉进了覆盖在原油下的窨井里。前面的人一失足,后面的人就连忙用力拖水带,将他拉住。战士们就像大火里的一串蚂蚱,奋力向103号罐靠近。当年的新兵,断不敢让他们加入如此危险的队伍,又不能让他们脱离大家的视线。于是,王国开就将曹金等几个新兵,安置在小路两边略高的地方,举着手电为大家照明。

正当战士们小心前行,用水枪收复失地的时候,浓烟烈火中又传出了接连不断的爆炸声。队伍瞬间僵住了,一个个战士像被施了定身术,不敢动,也不能跑。不是不想跑,而是根本无法跑,脚下,原油缠足;肩上,还扛着沉重的水带。此时的103阵地浓烟滚滚,前路一片漆黑,对讲机里又传出了李永峰大队长撤退的命令。

惊魂甫定,范军问:哥,怎么办?

王国开看了看四周,只见有几个被炸开的金属桶滚落下来,他走过去查看,发现里面还有残留的液体,于是说:可能是这些东西被火烤炸了。

曹志伟赞同:听声音,不像管线爆炸,再说,地面的原油和流淌火也没有增加。

大家正说着话,又传来了爆炸声,接着,几个金属桶滚落下来。

王国开松了口气:看来我们的判断没有错,我想,暂时不必撤。

范军也道:战士们已经精疲力竭,要撤回去,只能将水带留下来。阵地上到处都是流淌火,水带肯定保不住了,再想重新铺上来,基本不可能。

是的,撤下去,他们也很难再有勇气冲回来了。王国开的语气有些沉重。片刻后,他下了决心:豁出去了,不撤,生死成败在此一搏!

范军道:行,就这么办!

曹志伟和战士们也纷纷表示赞同:我们绝不能半途而废!于是,王国开用对讲机向李永峰大队长汇报了现场情况,征得同意后,一队人马继续向浓烟烈火中缓缓移动。

年轻而勇敢的战士此时并不清楚,要想扑灭大火其实比登天都难。他们所处的阵地共有6个10万立方的储油罐,彼此管道相连,并且所有的阀门都呈开放状态,数十万吨的原油通过已被炸塌的103号罐和周围的管线源源不断地涌出,与明火会合,遍地流淌。常常扑灭了这边,那边又起;前面刚开出了路,后边又现火光。流淌火还极顽固,水枪稍有示弱,便会复燃。战士们被围在大火中,只有招架之功,没有还手之力。王国开心急如焚,用手按住被火烤得生硬的脸,勉强张开嘴,通过对讲机不断要求供水车加大水压,可意外却发生了,一条水带的接头处忽然爆开,迅急的水柱不偏不倚正射向了站在旁边的王国开。他大叫一声:我的眼睛!便蹲在了地上。

范军扑过来:哥,你怎么了?

我看不见了!王国开一边用力揉眼睛,一边喊道。

范军慌了:哥,你别吓我,真的看不见了?

王国开听出范军拖着哭声,于是尽力忍住疼痛,镇定下来:快找干净水!

范军连忙大喊:哪有干净水?声音里满是绝望。

胡一所听见了,应道:我去泵房脱衣服时,好像听见里面有嘀嗒声。

范军站起身就朝泵房方向跑去。曹志伟在他身后大喊:不能去!原来,泵房已经被大火烧歪了,随时都有倒塌的可能。并且,门旁还堆着十几个不断发出爆炸声的金属桶。

范军却顾不得这些,一头便钻进了进去。顺着嘀嗒声摸到了水管,他摘下头盔,一边接水,一边用手蘸着尝了尝,居然真的是清水。他兴奋地大喊:哥,找到干净水了!

接满了水,他抱着头盔跑回来,蹲在王国开身边小心地帮他洗眼睛,一边洗,一边焦急地问:怎么样,好些了吗?

头盔里的水顺着眼睛流到了嘴角,王国开尝出了清水的味道。他慢慢睁开眼睛,看见了范军焦裂不堪的嘴唇,于是,推开头盔说:行了,眼睛能看见了,剩下的水,你赶紧喝下去。

范军却像没听见,继续用手蘸着头盔里的水抹在王国开的眼睛上,一边抹一边喃喃道:哥,你可千万别吓我,能看见了吧,能看见了吧……

已经几乎被大火烤干了的王国开,听着范军颤抖的声音,心头阵阵发热,从鲜血里沁出的泪,一滴滴掉进了范军的头盔里。

第七章　成阳,你在哪里

这是个伤感的题目,也是个伤感的故事,正如我三年前采访时的心境。众所周知,纪实文学的写作总要承担些风险责任,而我的身份和多年所受的警营教育,更增加了其中的压力。那时的我,希望能够得到强有力的官方支持,可四顾茫然,多次的努力都以失望而告终。能够支持我的只有自己的信念和执着:一定要写下来,写下那些在"7·16"特大原油火灾中,准备慨然付出自己的生命保卫一座美丽城市的高尚灵魂。我只是个弱女子,命运给了我一份大礼,能阅读、会写作,也附送了脆弱不堪的体质和精神。在这样的情形下,要采访,要坚持,其伤感无限,唯有冷暖自知。

原本对消防部队的写作,我只想集中在103阵地的主战单位大连市消防支队开发区大队。可随着采访的深入,范军率领的西岗大队一中队又浮出了水面。这意味着我的工作量陡然又增。那时,我已连续采访了几个月,身心疲惫,焦虑不堪。在去西岗消防大队的头天晚上,我结束了当天的采访开车回家,半路想起需要约见一位正局级领导。于是,趁着等红灯的时候,用手机拨通了他的电话。谁知对方当头泼来一盆冷水,口气透着比冬天还冷酷的严厉:我在开会,以后再说!我像红灯一样呆住了,握着手机不知所措,此时,路口的绿灯亮了。我茫然踩下油门,跟着前面的宝马吉普车起步,却不知这土豪为何又忽然踩了刹车,只听"轰"的一声,我心爱的白色卡罗拉轿车就被毁了容。

那天晚上,气温逼近零下十度。我如风中败柳,在严寒里瑟缩颤抖,一边认真地向宝马车主道歉,一边认真地听他嚎叫着抱怨。终于熬到他消了气,又按照他的要求,一起去交警大队接受处理。

来到温暖的"自家"屋里,我并没有说出自己的身份,因为担心宝马车主一旦有仇官、仇警心理,会惹来更大的麻烦。比我的年龄和警衔都小了许多的交通警也不客气,打着官腔支使得我团团转。折腾了两个多小时,才走出了交警大队。夜深沉,风凛冽,独自走在回家的路上,我的泪在心上结了冰⋯⋯

第二天一早,我又站在了街头,准备搭乘出租车去西岗消防大队。此时,已近春节,大街上挤满了置办年货和送礼的人群、车流,这个城市仿佛早已忘了那场大火、忘了曾经的危在旦夕,一时间似乎只有我的执着和坚持在寒风中颤抖、踯躅。

在大连市消防支队西岗大队,我的采访从朝至暮。临近黄昏的时候,战士赵天野两手扶着腰走了进来。我连忙站起身,问:你这是怎么了?他走到椅子前,连连摆手说:没事儿,老毛病,腰椎间盘突出。

我请他坐下,然后问:也是训练留下的?

他点点头:新兵训练时,落下了病根,稍不注意就会发作。

虽是初次见面,但我对赵天野并不陌生。在对开发区大队战士们的采访中,我知道他像周新和马尧,面对大火激情四溢,是天生的战士,也是103阵地上的中流砥柱,但我却不知道,他患有如此严重的腰椎间盘突出。于是,采访便从这个话题开始:"7·16"那天,你是怎么坚持下来的?

赵天野显然没有想到我会问起这件事,他愣了愣,看着我,原本刚直的目光渐渐染上了夕阳的颜色。可他并没有像许多我采访过的战士那样掉泪,也没有接我的话头,而是清了清嗓音,努力坐直身体,冒出了一句:我想不通!

我猝不及防,下意识问:什么?

我想不通! 赵天野又重复道。

看着他,我的心里泛起了酸楚,谁又能想得通,这世间有多少事该如此,却偏不如此,就像我的写作,居然上下左右找不到一个支持者。我懂得这其中深深的孤寂与凄凉,于是打起精神,想安慰眼前年轻的战士。可说出的话却南辕北辙:想不通也要做,这就是生活!

赵天野皱了皱眉头,显然没有明白我的意思,只按照自己的思路顾自说:成阳已经复员,再也不能回来了。

此时,窗外传来零星的鞭炮声,我的手机也随之响起,是爱人,弄清了我还在采访,他便用惯常调侃的口气说:今天可是小年,你不过年,也不让人家过年?我茫然问:到腊月二十三了吗?

是的,今天是小年。爱人重复道。

聪明的赵天野明白了电话里的事情,于是站起身,悄声说:您回家吧,等有机会,我们再谈。

我连忙示意他坐下,对着手机道:还有战士没采访完,你等我好吗?

爱人连忙说:我也还在单位,今天过节,要多照应一会儿,你不用着急。

收了电话,我轻轻地叹了口气,对赵天野说:过小年了,我还来采访,实在不好意思。

他笑着摇摇头:没关系,对于我们当兵的来说,节不节的没有多大差别。

年的味道在我们之间弥漫,那是佳节中浅浅的感伤情绪。

249

赵天野望着窗外渐深的天色,眼神迷离,喃喃道:也不知成阳在做什么。

王维有句诗说"每逢佳节倍思亲",我抓住这个话题,将采访进行下去:成阳好像你的亲兄弟。

比亲兄弟还亲!赵天野的语气低沉下来。

为了调节气氛,我故作轻松道:男孩子们经常这样形容自己的好朋友……

那不一样!还未等我的话说完,赵天野便断然插话:我们是能够把生命交给彼此的朋友,即使亲兄弟,也未必做得到。

多日在消防部队的采访,令我立即明白了这话里的含义,于是问:成阳也去了"7·16"现场?

是的,我们一起进入103阵地,一起荣立了一等功。说到这里,赵天野激动起来:我就是想不通,为什么让他复员!

我沉默了,知道这是一个无法延伸的话题。按常理,荣立了一等功的战士,都会在部队里有很好的前景,而成阳却复员了,个中原因必不是我应倾听或能评断的。

于是,我想了想才开口说:人生不如意十有八九,如果所有的事情都能依我们所愿,这世界就不叫人间,而应该是天堂了。

我的话大而无当,却打动了赵天野,他深深地叹了口气,显得既失望又无奈。

窗外又响起了接连不断的鞭炮声,在这节日里,我不想让他如此伤感,就说:我的采访和写作能够让这个城市永远记住你和成阳的故事。

希望永远是人生的一阵轻风、一剂良药,赵天野的眼睛亮了:你会写出一本书?

我点点头,却在心里深深地叹了一口气。年轻的战士哪里知道我的沉重,又哪里知道我的路还有多长。就算完成了近400人的采访,就算写出了这部《泣血长城》,能否出版面世,还是遥远的未知数。

我的还在梦中沉浮的《泣血长城》,却令赵天野的脸色开朗起来,很快进入角色,说起了他和成阳的趣事。

其实,他是个有点儿"二"还冒冒失失的人。说着话,赵天野仿佛回到了往昔无忧无虑的日子,脸上浮出了柔和的笑容。

刚当兵时,我和他在一个班。第一次去火场,是间民房,我首先冲到屋子前,却发现水枪不够长。那时,年轻又没有经验,还急着灭火,就扔了水枪冲进去,抓起床上的棉被,朝外面的成阳喊:快打开水枪,朝被子上喷水!我是想用湿被子扑灭屋子里的火。慌里慌张的成阳不知耳朵长在了哪里,端起水枪躲开棉被,对着我狂喷。我连忙又闪又挡,可抵不过水枪的压力,一下就被顶倒,摔在了起火点上。我急中生智,裹着棉被连滚带压,才捡了条命。

还有一次是仓库起火,我们俩抱着一条水枪来到门口,里面已经断电,黑咕隆咚,烟雾弥漫,只隐约看见有面墙。接受上次的教训,我说:等一等,弄清状况再说。成阳却不耐烦:等什么等,你往前顶,赶紧顶,我拿水枪顶你。被他逼着,我只好朝里面走。刚到土墙后,一股浓烟裹着火扑过来。成阳神速打开了水枪,可却没有控制好方向,迅急的水柱像颗炮弹轰倒了土墙,将我压在了下面。成阳"嗷"的一声扔下水枪,也不管烟火四窜,从土墙的残垣断壁中扒出了我,拖着,跑到了外面。一屁股坐在地上,抱住我的头就嚎。其实,我没事,看着他的鼻涕一把、眼泪一把的可怜相,我差点儿乐昏过去。

听了赵天野的故事,我也几乎乐昏过去,擦着眼泪说:就这样冒冒失失的成阳,你还敢把生命交给他?

赵天野却不笑,认真地说:在"7·16"现场,有他就有我,有我就有他。无论生或死,我们绝不可能分开。

随着他的讲述,我第一次在现实生活中见识了什么叫生死与共,什么叫至死不渝。

"7·16"那天,赵天野和刘成阳跟随范军进入了103阵地,增援开发区大队。他们两人各带了张雪松、杨忠诚等几个新兵,组成战斗小组。赵天野在前把水枪,刘成阳在后,负责操控消防车供水。赵天野尽力朝前走,试图靠近大火,刘成阳在后面声嘶力竭地喊:要小心,千万别掉进窖井里!赵天野就像被扔进了猛烈燃烧的火炉,根本无法顾及刘成阳。可只要他不回话,刘成阳就会更加拼命地喊:你听见没有?你听见没有?直到赵天野回应,才肯罢休。刘成阳一边操心前方的赵天野,一边还要带领几个新兵尽快将双干线、长约400米的水带尽快铺到阵地上,以保障为赵天野的水枪供水。刘成阳身体瘦弱,平日训练,身上不带装备跑百米,也只能拎两盘水带。此时,他穿着防火靴、背着空气呼吸器,全身的装备重达几十公斤,却拎起了四盘水带,来回不知跑了几个400米。之所以创造了这样的奇迹,是因为如果供不上水,赵天野在前方就很有可能被活生生地烤死。

同样的奇迹也发生在了赵田野的身上。鏖战到午夜的时候,他的腰已经不听使唤。烈火烘烤的痛苦,千言万语难以形容,早已掩盖了腰间的疼痛,年轻的战士只觉得后背像背了块石板,活动严重受限。刘成阳见此状况,跑到前面要接过他的水枪。两个人撕扯了半天,一不小心,将赵天野腰间的对讲机碰掉了,落进了地上的油水里,待捡起来,已经失灵。赵天野只好将水枪交给了刘成阳,自己跑回指挥部换对讲机。

拿上新的对讲机,赵天野再想跑,却已经迈不开腿。离开了严酷的一线战场,腰间的剧痛凸显出来。他只能叉着腿,双手托腰,顺着山坡朝刘成阳的方向艰难移动。忽然,一声震天动地的巨响,103阵地上再次升起了巨大的火球。只见,刘成阳转身朝山坡下跑,汹涌翻卷的大火中,瘦小的身影渺渺,仿佛飘在火海里。手里的水枪还连着几百米长的水带,那是灌满了泡沫水的水带,究竟有多重,只有天知道。刘成阳却是不肯撒手,拼命与大火撕扯。赵天野见状,立即将腰间的剧痛抛到了九霄云外,拔腿就朝他跑去,到了附近,弯腰扛起水带,如同神助,奇迹般地拖着水带和刘成阳逃离了险境。

我从不迷信,关于神鬼显灵的传说,从来都是一笑而过。可是,在对"7·16"救援的采访中,我相信了人间真的有神灵。否则,瘦弱的刘成阳如何能身背几十公斤的装备,还能提着四盘水带长途奔跑;而赵天野又如何能在腰椎间盘突出剧烈发作的时候,疾跑到大火中的刘成阳身边,并且扛起了沉重不堪的水带。其实,这神灵并不超凡脱俗,它不过就是两个年轻的战士心中不可动摇的信念——绝不能让自己的兄弟葬身火海!

生命、水带和水枪保住了,赵天野和刘成阳依然要返回103阵地。这就是战场的残酷、士兵的命运。没有命令,就只能坚守,即使被烧死、累死、痛死,也不能离开半步!两个年轻的战士再次回到了人间地狱,他们再也不打算分开,抱着水枪一起坐在了原油和泡沫水里。他们不是不想站立,而是已经无法坚持。赵天野腰疼难忍,刘成阳的膝盖颤抖不已,只好一个在前,一个在后,赵天野倚在刘成阳身上,刘成阳则将头盔的面罩转到脑后,将下巴搁在赵天野的肩膀上,互相支撑。生命已开始远离两个可怜的战士,唯有命令像根稻草在他们模糊的意识里飘摇。赵天野一次次闭上了眼睛,又拼力睁开。每当这短暂的瞬间,水枪就会偏离方向,坐在后面的刘成阳则用仅剩的游丝般的力气,推拉他的胳膊,努力将水枪对准大火。两个战士真的已经走到了生命的尽头,只是不肯放手那根飘摇的稻草。

爆炸声于混沌中再次响起,对讲机也随之嘈杂起来:撤退,立即撤退!两个战士一激灵,随后又都僵着不敢动。刘成阳说:你先走。赵天野说:你先走。过了片刻,两个人又同时说:咱俩一起留下吧。那一刻,他们放弃了生命,却再也不能放弃彼此。

我的眼泪在万家团圆的小年夜潸然而下。大火和死亡没有将两个战士分开,不公的命运却在胜利来临之后,让他们天各一方。有谁能回答,是什么让年轻、可爱的战士如此伤心?对于能够主宰他们命运的人们,难道你的一己之利,真的就比让战士们既要坚守士兵的操守,还要承受绝望的心灵之苦更加重要?真的就比让这些与我们儿女同龄的战士们,直面惨淡而无望的人生更加重要?

合上了采访本,我的心情异常沉重。赵天野却轻松了许多,开始安慰我:成阳回家后,在县城做生意,也许,现在已经发财了。听了他的话,我的心隐隐作痛,战士们其实无所奢求,只要有人听听他们的心里话,就非常知足了。

不仅赵天野如此,在参与"7·16"救援的勇士中,上到各级领导,下到普通战士、工人,那夜的经历是他们终生难忘的伤痛,无人知晓,也无人关心,唯有把它搁在胸口,变成无声的泪,在自己的血管里流淌。也许是命运使然,我闯进了他们的故事里。每一次采访就是给他们一个倾诉的机会,一段倍感安慰的时光。从这个意义上说,即使《泣血长城》不能出版面世,我也履行了自己的使命。因为,在我看来,一个真正的作家应该触摸和安抚这世间无法言说的伤痛,将慈悲和温暖播撒进痛苦辗转的心灵。

采访结束了,我准备离开。那个冬天异常寒冷,又到了夜晚。想到自己的车子在修理厂,只能去到马路上搭出租车,我就觉得浑身冷得透心凉。就在此时,门被推开了,刚刚从市消防支队调任西岗区消防大队长的王国军走了进来。我是在机关采访时认识的王国军。他中等身材,面容慈善,初见面时,我就对他颇多好感,可惜当时采访进行了一半,他因为有急事匆匆离开了。此后,就再也没有见过面,没想到,今天在西岗大队相遇了。我高兴地说,正好借这个机会,继续采访你。

王国军却拉着我朝门外走,一边走一边说:我听战士们说,市局来了个女作家,一想就是你。采访好说,先去吃饺子。

我笑着说:这么晚了,还是算了吧。

王国军说:过节嘛,一定吃了饺子再走。

来到食堂,只见桌子旁已经围了一圈人。中间是一个50多岁的盲人,身旁带了个年轻的女孩;还有一位老年妇女,怀里抱着四五岁的孙子。坐在她身旁的是一个干部模样的中年人,他首先站起身,王国军连忙介绍:这位是西岗区政府的张科长,我伸出手与他握了握,又向其他人一一点头问候。

这是我平生吃过的最奇怪的小年夜饭,无法想象王国军是如何凑起的这样一桌饭局。我努力猜了猜,觉得也许是他的亲戚朋友,却又想不通,为什么要将这些人带到部队里。

我见那个盲人坐在正位,就端起饮料杯子说:我先敬您。他站起身,虽然看不见,却准确地面向我说:不敢,不敢。并且,毫不怯场,接着问我:你是哪里的?

还未等我回答，坐在旁边的女孩拉了拉他的衣襟，示意不要多话。他讪讪然，没有等我回答，就喝了饮料，然后，坐了下来。

王国军接过话头打圆场：她是市公安局领导，到大队有公事。说着，站起身，夹起一个饺子，探身放在女孩的碟子里，说：小梅，阿姨不是外人，你别拘束。然后，又一一夹了饺子，分别放进了盲人和那位老年妇女的碟子里。

我更纳闷了，又不好意思多问，只能端起酒杯对抱着孙子的妇女说：过节了，我敬您。那妇女慌着站起身说：可不敢，谢谢，谢谢。我应道：您是长辈，别客气。

听了我的话，她用手按了按眼角：你们都是好人啊，国军是好人啊。

王国军连忙接过话头：大婶，你又见外了，刘大队去世得早，我平时照顾不周，你还要多包涵。

听他们说着话，我才弄清楚，这位抱着孙子的妇女是原西岗消防大队刘大队长的遗孀。十多年前，刘大队长退休，王国军接任他的职务，因为老队长就住在院子里的部队家属宿舍，王国军便会时常探望、慰问。后来，老队长去世了，王国军也调到了市消防支队，但依然坚持在年节的时候，登门看望他的妻子。最近，王国军又调回了西岗大队，于是趁着小年，将他妻子请到队部，一起吃顿团圆饭。听了这个故事，我不禁在心里感叹，王国军的所作所为，在当今的世道真真够得上一个传奇了。

可是，还有比这件事更传奇的故事，就是那个叫小梅的女孩和她的盲人父亲的经历。十多年前，刚刚就任西岗区消防大队长的王国军下管区检查防火工作时，在一片破烂不堪的平房区里发现了当时只有五六岁的小梅。只见她蓬头垢面，双手拎着一桶水，走一步停一步。王国军连忙上前，接过了水桶，跟着小梅一起走进了她的家。刚进门,黑暗和异味便扑面而来。王国军站在门口,停了半天,才适应了屋子里的环境。只见锅灶旁蹲了个男人,站起身,不足一米六,不断眨动的眼睛只有眼白,大概听出来了生人,便含着怒气问:小梅,你把什么人领进了家?王国军连忙做了自我介绍。此时,里屋传出了一个女人微弱的声音:同志,请你进来坐。王国军挑起污秽不堪的门帘,只见靠墙的床上坐着一个皮包骨的女人,围着破棉絮,双手捧着胸口,不断地喘息。见到王国军,便移动身体,试图下床。王国军连忙走过去拦住她:你千万别动!

再也找不到比这个家庭更令人绝望的生活了,丈夫是盲人,妻子患着严重的心脏病,看起来只剩下了喘气的能力。他们没有工作,没有收入,只有一个小梅,于是她不得不过早地担负起照顾父母的任务。女人干枯的眼睛里流出了泪水:要不是有这个孩子,我也许早已咽了气。

善良的王国军再也无法待下去,他含着泪匆匆告别了一家人。回到大队,立即组织战士们成立了扶贫帮困小组,并建立了制度,规定全大队战士定期轮流照顾小梅和她的病残父母。毛主席说,一个人做点好事并不难,难的是一辈子做好事。其实,这句话还可以这样说:一个人帮助别人并不难,但要把对方当作自己的家人,事无巨细,亲力亲为,并能给他们一个美好的未来,才是真正的难。王国军做到了,除了组织战士定期捐钱捐物,帮助做家务、干体力活,每个年节登门慰问,王国军还关心着小梅的教育,他将小梅送进了学校,并切实履行了家长的义务。检查作业,关心成绩,定期与老师取得联系,从未有丝毫的放松。慢慢地,这个生活在社会最底层的女孩,上了小学,又上初中,顺利地考上了区重点高中,又考上了师范大学,美好的前景在她的生命中徐徐展开。而王国军的责任还没有完,请来的西岗区政府的张科长是负责民政工作的,王国军希望与他一起努力,帮助小梅在大学毕业后,找到一份理想的工作。

十多年前就已经只剩下喘气能力的女人,如今还好好地活着。因为,女儿给了她希望,给了她整个世界。这是一桌匪夷所思的年夜饭,也是世界上最温馨的年夜饭。吃过饺子的我,走在漆黑、寒冷的冬夜,心里是从未有过的暖……

第八章　理想的颜色

许多男孩子在年幼的时候,都会挺起稚嫩的胸脯,大声说:我的理想是当一名解放军! 在他们的眼里,威武的军装和枪炮就像盛开的玫瑰,装点了幻想中的天堂。可这世间从没有天堂,只有现实。理想或在现实中支离破碎,或在不肯低头的坚守者们身上诠释它的壮美与荒诞,有时候甚至留下凄美而悲凉的影子,述说着无尽的寂寞与无奈。

开发区消防大队一中队的郝利权来自朝阳市喀左县,家里经济宽裕,还有两个姐姐。他是父母唯一的儿子,几乎在蜜罐里长大。所以,对他来说,理想就是理想,在他的天堂里,只有盛开的玫瑰,不掺丝毫杂质——其他来自贫困农村的战士,或许理想中会包含着对微薄的津贴和城市生活的向往。郝利权当兵只为幻想中的天堂,穿军装敬军礼,骄傲地站在钢铁长城的队伍里。他大声告诉死也不肯放手的母亲:这是我一生的理想,如果阻拦,我会恨你一辈子!

妈妈无奈,只好为儿子送行。包饺子的时候,她背着身子哭,那颤抖的背影成了郝利权幻想天堂里唯一的杂质,自从走进军营的那天起,就时时浮现在他的脑海里。"7·16"发生时,郝利权还不满19岁,参军仅几个月,刚刚熬过了新兵训练,就像做了一场噩梦,还未等完全清醒,就被送到了103阵地上。

在汹涌的大火里,房子被烧歪了,高大的路灯杆变成了面条,水泥地像起酥饼干,柏油马路则咕嘟咕嘟冒起了泡。战士们撤退时来不及抢出的水炮,转眼就被烧得只剩下了炮管。在高温、炙烤、干渴煎熬中,蜜罐里长大的郝利权,躺在、趴在、坐在泥水、原油里,要压住水带,要握住高压水枪。撤退的时候,刚一转身,大火就卷过头顶,贴在了脖子上。水枪、水带都不能扔下,否则,再进攻就失去了武器,只好拖着一起跑。平日训练时,勉强拖得动一根灌满水的水带,此时,却要拖起3、4根,发挥所有的想象,也无法弄清战士们如何拖得动,还能逃得掉。郝利权给了我一个解释,他说,进了火场,他霎时就明白了什么才是真正的理想,那就是活着!只要活着离开这人间地狱,生活中所有的一切都是美好的理想!要活着,就要拼命干,只有拼命干,才能重新回到故乡的蓝天下,回到妈妈的身边。在那一刻,这理想确实给了他无穷的力量,也因此而创造了奇迹。

母亲从没有理想,只有现实,那就是时刻揣在心口上的孩子。当郝利权的妈妈在电视上看见大连发生了特大原油火灾的时候,几近崩溃。她不敢看,又不能不看,每当画面上出现消防战士的身影,她就喃喃自语:那不会是我儿子,那不会是我儿子……

经历了"7·16",郝利权的理想终于在妈妈的现实中着陆。出了火场第一件事,就是拿起了电话。听着妈妈的声音,年轻的战士一句话也说不出,只有流泪,不断地流泪。

郝利权是幸运的,在19岁的时候,就懂得了理想和现实的距离。他或许会继续留在部队里,或许会复员回到家乡,但不管怎样,他都还年轻,有充足的时间选择和改变自己的生活。可对另一个人来说,就没有如此幸运。直到而立之年才有了与郝利权相同的体会,并且,可能永远再也没有机会转身。

他叫丁浩,31岁,是东北大学材料力学的博士毕业生。我是在开发区消防大队二中队采访时,发现他的。那天,中队长不在,一位代理值班的年轻中队干部接待了我。他的胳膊上戴着红色的值班长袖标,身高足有一米九,我需仰视才见,脸庞出奇的年轻,还很面熟。我想了半天,也想不起在哪里见过他,于是问:你有多大?

他说:23岁。

我不禁感叹:这么年轻就提干了,你太厉害了。

他笑了:你才厉害,又能当警察,又能当作家。

我诧异:你似乎挺了解我?

他露出了顽皮的笑容:我还知道你的名字。

看着那张年轻、略显得意的脸,我终于想起来了。他的妈妈曾是一个基层派出所的内勤,十多年前,我去派出所工作,经常看见这个男孩,不是在桌子底下,就是被值班室里的警察折腾得大呼小叫。我到中队之前,他正好跟妈妈通电话,说起了要接待女作家的事,他妈妈想到了是我,还嘱咐他认真接待。

看着曾经的顽皮男孩,如今身穿军装、臂缠红色值班长袖标,我不禁暗自感叹,时光如水,洗去了母亲的铅华,浇灌了孩子们未来……

遇到了自家人,话题自然随意了许多,聊着聊着就聊到了丁浩。我一听他的学历,就产生了强烈的兴趣,便要求采访他。

年轻的值班长说:丁浩刚到连队,连军姿都站不好,并且,也没有参与"7·16"救援,还是采访别人吧。

我说:还是听听看,只当积累素材了。

他答应了,拿起对讲机就喊:丁浩,到队部!

过了一小会儿,没见人影。他皱了皱眉,又拿起对讲机:丁浩,马上到队部!

几分钟过去了,还是没有动静。

年轻的值班长站起身准备下楼,刚走到门口,就听外面喊:报告!

进来!值班长口气里明显含着怒火,转身回到办公桌前坐下。

门被推开了,丁浩出现在门口。戴眼镜,中等身材,尽管穿着军装,却看起来依然是个博士。确实连军姿都站不好,立正、挺胸的动作极不自然,刚将右手举起,准备向值班长敬礼,就遭到了严厉的训斥:喊你几次听不见吗?知不知道这是什么地方,是消防部队,要救火、要救人命,不是花前月下的大学校园!

丁浩嗫嚅,想辩解:刚才,我……

我什么我?你只管记住,喊你,就必须立即出现,这是命令,明白吗?值班长丝毫不留情面,严厉训斥道。

在军营里,只讲上下等级,不论年龄、学历。我虽然明白此道理,但心里还是同情丁浩,于是,温和插嘴:这位就是丁浩?

值班长转向我:是的。

我站起身,走到丁浩面前,伸出手:你好,想占用你一点时间,做个采访。

他显然领情,连忙握住我的手:没关系,我服从命令。

气氛缓和下来,值班长站起了身:你们谈,我去检查。

门关上了,我和丁浩都松了口气。我请他到沙发上坐,却被婉拒,他走到墙边,搬了把椅子,坐在了我的对面,双手平放在膝上,腰背挺直。

你别觉得不好意思,我也是警察,在部队和警营都是这样,服从命令为天职。我的这句话又进一步拉近了与丁浩的距离。

他连忙说:我已经开始习惯了。平日里,很少有领导喊我,大多是喊另一个叫丁洪的战士。刚来的时候,精神高度紧张,人家喊丁洪,我以为是喊自己,弄错了两次,挨了训。所以,刚才听到喊声,就不敢确定,结果,又错了。

我说:难得你能习惯,这么大年龄,这么高的学历,要绝对服从年轻的领导确实不容易。可我实在不明白,一个材料力学的博士生,为什么要跑到部队里当战士?

丁浩深深地叹了口气:这是我自己的选择,怨不得任何人。

原来,丁浩自幼热爱军营,从小到大一直渴望当兵。高中毕业时,因为眼睛近视,错过了入伍的机会。上了大学,他依然不死心,曾经努力想转为国防生,但阴差阳错,总也未能如愿。读完了大学,读硕士;读完硕士,又读博士,学历越来越高,可他依然念念不忘当兵的理想,直到博士生毕业,在网上发现了全国消防部队招收高学历兵源的消息。丁浩当时正面临毕业分配,可供他选择的有国内著名的汽车、钢铁公司,并且,年薪都在十几万元。丁浩却对这一切无动于衷,整天魂牵梦绕,只想当兵。父母劝,妻子劝,导师更是震怒:你简直是在糟蹋自己,糟蹋多年学成的专业!

任凭风吹雨打,丁浩依然我行我素。他报了名,并且顺利地走进了消防部队。这次招收的高学历新兵,是为将来充实消防部队领导干部队伍,新兵连、基层实践锻炼,一个环节都不能少。其他人都是本科毕业,年龄轻,身体壮,只有丁浩已过而立之年,又不擅长体育项目,从里到外都是不折不扣的一介书生。可想而知,消防部队超强度的新兵训练,对他来说,是怎样的一种折磨。体能垫了底,业务笔试也吃力,年龄大,记忆力减退,常年学习工科专业,脑袋里装的都是公式、符号,对着一本本厚厚的消防业务用书,苦不堪言。最后,总算连滚带爬完成了第一期训练,又从天津下派到位于大连郊区的消防中队,接受基层锻炼。

丁浩的理想到现实的距离,堪比天与地。我很难想象他如何能适应这巨大的落差,从一介书生变成军中硬汉,于是,问了一个既蠢又刺激人的问题:你真的不后悔?

丁浩苦笑,果断说:后悔!从进入新兵连的那天起,我每天早晨睁开眼睛就后悔。可是,如果放弃了这次机会,我会后悔一辈子、遗憾一辈子,至死都不甘心。反正怎么样都是后悔,就无所谓了。

丁浩的选择颇有些悲壮的意味,仿佛是他的注脚,还有人诠释了一辈子没有机会当兵,却至死都在追求少年理想的痛苦和磨难。他就是这个中队代理中队长黄炳胜的父亲。此人自幼向往军营,却没有机会穿上军装,自谋职业,开了个小饭馆,整天生活在油烟和吃客中。黄炳胜是他唯一的儿子,也是他唯一的希望,自然成了他理想的寄托者。黄炳胜与丁浩如出一辙,个子不高,怎么看都像个书生,并且,有过之而无不及,说话细声细语,生怕吓到了别人。我第一次见他,愕然道:你这种性格,能带兵?

他笑说:在战士们面前就不一样了。

我相信他的话,因为,"7·16"那天,正是他带领二中队的战士死守在103号油罐附近,为它降温,以防爆炸,并阻止流淌火向附近的106号罐蔓延。

话题还是回到十几年前。黄炳胜当时正读重点高中,成绩不错,考上一本大学并不难。可临到高考时,他父亲却说话了:你能考上清华、北大吗?

黄炳胜摇了摇头。

要是考不上清华、北大,你觉得其他大学有意思吗?

黄炳胜知道,父亲是醉翁之意不在酒,他想让儿子报考军校,但又不肯直说,怕落下家长专制的名声。

内向的黄炳胜没有回答父亲,但临到报考时,他填写了武警军校。老师诧异:你的性格不适合当兵,怎么能报考军校?

黄炳胜也不解释,填完了表,拿给父亲签字。

看着"武警军官学校"几个字,父亲乐开了花,签了字,就像自己穿上了军装,从此,走路都昂着头。

黄炳胜如父亲所愿考进了军校,并顺利毕业,来到开发区消防大队,很快得到提拔,"7·16"前,已任二中队代理中队长。可就在此时,他的父亲却患上了贲门癌,手术后,无法进食,需每隔两小时打一次鼻饲。如此折腾,气管就容易进食物,感染了肺部,经常发高烧,成了医院里的常客。"7·16"那天上午,黄炳胜请假去医院看望父亲,坐了一会儿,父亲就说:你回去吧,别耽误工作。

黄炳胜说:我请了一天假,明天再回去。

父亲听了,面露愠色:我不需要你陪,马上回部队!

黄炳胜站起身,走了出去。来到医院走廊的僻静处,靠墙站着,默默流泪。因为,母亲曾说,父亲何尝不想让儿子多陪他,但他最大的心愿就是儿子能在部队里好好发展,有个光明前途。自己已经去日无多,不愿因儿女情长而耽误了孩子的工作,也为了将来少些留恋,于是,故作无情,每次都将休假的黄炳胜提前撵回部队。

黄炳胜离开了,病床上的父亲也在暗自落泪,父子俩一个在屋里哭,一个在屋外哭。到了中午,黄炳胜来到病房外,偷偷看了看父亲,便匆匆离开医院,回到了中队。可父亲做梦也想不到,这一次,自己将儿子撵到了地狱的边缘。当天傍晚,黄炳胜就带队进入了103阵地。

黑烟翻滚奔涌,根本看不见原油储罐在那里,他们摸着黑走了半天,遇到了一排围栏。黄炳胜带着朱晓旭、郑令浩等几个战士扛着水炮、拖着水枪翻进去,还未等回过神,一阵风起,103号罐赫然出现,热油、烟灰开锅般地往外翻溅,战士们本能地躲闪,连人带枪、带炮又翻出了围栏。黄炳胜下令,打开水枪朝各自身上喷水,待全身湿透后,又重新翻进去。

黄炳胜走在最前面,只见大火顺着罐体旁的楼梯涌下来,他将水炮支在胳膊上,迎着大火喷射,其他战士也学着他的样子,投入了战斗。燃烧的空气干热、滚烫,烤透了头盔,烤透了脸上的皮肉,又通过呼吸涌进身体里,内外燃烧、煎熬。他们离103号罐太近了,呼呼作响的大火甚至掩盖了对讲机的嘈杂。当爆炸即将发生时,黄炳胜竟然没有听到撤退的命令,是王国开发现他们没有动静,在外面大喊:小黄,快跑,要爆炸了!

可是,已经来不及了,震天动地的爆炸伴着滚烫的原油倾盆而下,刚刚爬上围栏的几个战士还未等跳下去,就被气浪掀起,摔到了十几米外的草坪上。黄炳胜爬起来,立即清点人数,老天保佑,居然一个不少,一个未伤。惊魂甫定,他们又爬进了围栏。找到没有来得及扛走的水炮,发现自摆装置已被烧得失灵,他们只能两人一组,用手操作,一个扳炮头,一个扳炮身,尽力控制方向,均匀扫射。

黄炳胜开始接受的任务是为103号罐降温,可随着不断发生的爆炸,他的任务逐渐演变成了将涌出的原油和流淌火控制在罐体旁的楼梯上,因为,一旦他们阻击失败,大火就会烧到附近的106号罐。一个103号罐已经应接不暇,若是再加上一个,其后果不堪设想。

什么叫人不可貌相,黄炳胜做了最好的注解。就是这个身材不高、说话细声细语,在我眼里没有丝毫英雄气概的人,带着五个战士、四门不能自摆的水炮,连续十几个小时死死地守在离103号罐不足十米远的阵地上,顽强地阻止了流淌火的蔓延,为保住附近的106号罐起到了决定性的作用。

黄炳胜荣立了一等功,"7·16"救援后,还被调到了大连市内更加重要的岗位，应该说，这是他军旅生涯的一个里程碑。可是，父亲已无法分享，凶险的癌症继续扩散，从地狱中逃出的黄炳胜睁睁地看着父亲一天天朝那里走去。不能说话，时常昏迷，可即使如此，只要睁开眼睛看见儿子在身边，就会立即示意他离开，回部队好好工作。

　　这就是一个普通人超越平凡的故事。是理想让他的小饭馆里也有了高远的蓝天，是理想给了他与癌症抗争的勇气和决心。短短的人生不再是毫无意义的生、毫无意义的死，他的生命和他的理想，通过烈火中英勇的儿子照亮了这个世界。

第九章 绝地警卫

2010年7月16日傍晚,坐落在市中心人民广场东侧的大连市公安局肃穆、安静,它建于本世纪初,已沉积了近百年的岁月沧桑,虽不高,却稳健、挺拔,在夕阳中,像个永远的哨兵,守护着渤海边美丽的城市。

大楼内,市公安局警卫处副处长李志侠正在值班。他一次次看表,又看窗外不远处的人民广场,喧闹的音乐喷泉和五颜六色的灯光始终悄无声息。他觉得很奇怪,今天是周末,按惯例,广场上早该热闹起来,可此时却毫无动静。三三两两散步的人们似乎也觉得无趣,走进广场,转两圈,又都陆续离开了。他大约朝窗外看了五、六次,每次都见马路上驶过几辆消防车。开始,他没有在意,可看见两三拨车队后,多年的职业敏感,让他心里有了隐隐的不安。当第六拨消防车驶过时,拉起了凄厉的警笛,李志侠的心霎时被揪了起来,他拿起电话,准备拨通市局指挥中心,询问发生了什么事情。还未等按下号码,门外走廊里传来了急促的脚步声。随后,值班室的门就被推开了,一个满头、满脸,浑身上下都是黑油的人,像一辆坦克闯了进来,进门就说:立即通知全体人员火速赶回局里!李志侠半天才认出是警卫处处长文楠,脱口问:你这是怎么了?

文楠顾不上搭话,转身又出了门。几分钟后,换上了警服走进来,头上、脸上依然是黑油斑驳。李志侠见到他马上说:已经通知完毕,20分钟后,全体到位!

好!文楠点了点头,显得心事重重。李志侠找来一瓶矿泉水递给他,也被推开了。他走到窗前,又走回来,几个来回后,终于开口说:出大事儿了。

李志侠看着他脸上黑色的油污,小心地问:今天是星期六,也没有警卫任务,你去哪里了?

大窑湾码头。那里起火了,到处都是储油罐,密密麻麻,一个挨一个,看起来难以控制了……说到这里,他的声音竟有些哽咽。

原来,当天下午,文楠到大连市边防支队研究警卫工作,其间,边防支队值班中心向领导汇报大窑湾码头发生了火灾,会议只能匆匆结束。文楠开车离开,本想回家,但想到副市长、公安局长王立科很可能会去火灾现场,多年的警卫工作培养出的职业素养,令他想到领导的安全,于是,调转车头,驶离了市区,朝大窑湾码头赶去。

到了现场,文楠才意识到事态的严重性。大窑湾码头上空像被覆盖了一层厚厚的黑云,不断有民工扛着铁锹、镐头仓皇逃出,一辆接一辆的消防车则拉着凄厉的警报钻进滚滚浓烟中。文楠驾车跟着他们摸到了103号阵地附近的指挥部,他一眼就从消防战士中间找到了身穿白色衬衣的王立科副市长,文楠连忙跑过去,王立科正握着手机打电话,脸色煞白,声音颤抖,大声喊道:厅长,我们急需增援、急需增援!

时任省公安厅厅长李文喜的声音也在熊熊燃烧,从电话里传出来,甚至比王立科的喊声还响:立科,你一定要顶住,我马上调集全省消防力量赶赴大连,顶住,一定要顶住!

王立科虽然看着文楠,却像他不存在,拿着手机,接一个、打一个,片刻不停。文楠从无数个电话中,知道了自己的任务:随着全

269

省消防力量的调集,省委书记、省长,大连市所有的市委常委、市政府领导都会随之而至,甚至会有需要警卫级别的中央首长赶来,大连市公安局警卫处的任务,就是要绝对保证他们的安全,引导各级领导车辆顺利进入火场。

文楠正要向王立科副市长告别,忽然,一声震天动地的巨响传来,浓烟热浪蜂拥而至,接着,黑色、滚烫的油雨从天而降,淹没了现场所有的人。文楠站在黑浓的世界里,仿佛一切都已消失,只听见王立科副市长还在对着手机喊:市局全体党委成员、政治部、指挥中心、交警、特警马上出警,不得有误!

几个消防战士拿着头盔、防火靴、隔火服跑过来,不由分说,就朝王立科身上套,他也顾不得,任凭战士们摆布。头盔盖住了半张脸,甩掉自己的皮鞋,一只脚套上了靴子,另一只脚还站在地上,手里的电话依然是一个接一个。文楠看着局长,心头忽然涌起生离死别的感觉,他不想离开,但是,职责告诉他必须离开。文楠忍住泪水,决然转身,驾车冲出已混乱不堪的现场,朝市内飞驰,于是,就出现了开头的一幕。

晚八时许,大连市公安局的大门徐徐打开,几辆警灯闪烁、挂着小号公安牌照的高级轿车陆续驶出。上了马路,像夜航的飞机,又像深海里的潜艇,悄然无息又迅急异常,眨眼间,就消失在了夜色中。

我一共去过"7·16"现场五次。其中有一次是跟随市公安局警卫处的同志们去的,坐着警卫前导车小张驾驶的汽车刚出市局大门,我就被深深地折服了,原来司机还可以当到这种境界。在繁华的中山路上,穿梭在车水马龙中,我们的汽车就像生了翅膀,无论是超车、并道,还是躲闪无规矩驾驶的汽车,都不减速,并且车体异常平稳,感觉就像在毫无障碍的天空中飞翔。耀武扬威的公共汽车、大货车,投机取巧的出租车,稀里糊涂的新手上路,都别想在小张的手下讨得半点便宜。我坐在车里,忍不住说了好几次:太帅了,太爽了! 你太厉害了!

年轻的小张颇自得,但还是谦虚地说:在警卫处,这算一般水平。

我热切地说:有时间,请你教教我,如何能把车子开到这种境界。

他笑着摇头:教倒是可以,只是女同志很难练到这种程度。

我点头,表示赞同:的确如此,这是需要有超级胆量和超级细心结合起来才能做好的事。

小张说:你倒是很有悟性。

我问:你遇见过敢跟你叫板的司机吗?

很少,小张难掩自得。

接着又说:不过,"7·16"倒是遇上了一个,是省委书记的司机。当天,我的任务是在高速公路上等候,准备为领导带路。他的车刚一露面,我便顺了上去。可对方根本不减速,像道闪电,"嗖"的一声飞过去。我踩下油门就追,一看公里表:200,我吓出了一身冷汗,他们就是以这个速度从沈阳赶来的,在高速公路上实在太危险了。

别提"7·16"了,小张脸色暗淡下来:那是我平生第一次真正感到了害怕和绝望。

我想知道小张真实的故事,就要先走进他的心里,于是说:作家其实跟司机一样,要在细节上求胜,不同的是,作家总想弄清人们心里的细节,说起来,这是件挺讨厌人的事情。

小张连忙否认:看你说到哪里去了,我怎么会讨厌你,我告诉你一件事情,但你最好不要告诉别人。

我面露难色,说真心话,我想满足他的要求,可听故事就是为了写出来,怎么能保密呢?

见我为难,小张又说:其实也没什么,我讲给你听……

那天,我带着王岷书记的车直接来到了103阵地,我不是作家,不会形容那种场面,只觉得就是下了地狱,天是红的,地是红的,下着黑雨,刺鼻的油味熏得人喘不上气,车玻璃都被烤得滚烫。此时,好像省里、市里所有的领导都来了,一群人朝燃烧的油罐走去。我努力镇定下来,按照警卫工作要求,车子不熄火,车头朝外。爆炸声此起彼伏,我害怕极了,不是怕死,是怕油火点燃车子的油箱,那样的话,我就成了恐怖分子,是来制造自杀性爆炸的。越想越怕,但是,又没有任何办法。心里就盼着领导们快点儿离开,可这帮大官儿们,左等也不回来,右等也不回来。我实在等得焦虑,就想起了媳妇儿,我给她打电话,说:我的工资卡在X-box底下,密码是6个8……

小张说到这里,我笑了:你就是不愿意我写这件事吧?

他有些不好意思,点了点头。

我说:你为什么不把工资卡交给媳妇?

小张说:我总要留点儿压腰钱吧,跟朋友喝个小酒儿什么的。要是把卡交给媳妇,那就等于全都进了老虎洞,别想要回来。你不知道,我那媳妇才叫会过日子,一分闲钱都不花,也逼着我向她学习。咱大老爷们儿,哪受得了她那种打法儿。

"7·16"那天晚上,所有等在家里的亲人,都想不到大连已经危在旦夕,几百万人命悬一线,更想不到自己的亲人已经落进了地狱,是比死都残酷的地狱——清清楚楚、每分每秒都在体验即刻就有可能诀别这个世界、诀别父母妻儿的锥心痛苦。

但有一个老人却是例外,他是时任保税区管委会主任卢林的父亲。大窑湾码头在保税区管辖内,"7·16"当晚,卢林责无旁贷,整夜煎熬在最前线。他70多岁的老父亲曾是化工企业的高级工程师,清楚地知道这场灾难的后果。家人都安睡了,他却在午夜走上了街头,直到凌晨才回到家里。卢林的妻子听见动静连忙起身,老人见到她,低着头只说了一句:卢林很危险,你要有思想准备。

走到自己的房门前,老人顿了一顿,又说:你是领导干部的妻子,要坚强……

而小张的媳妇做梦也想不到,自己的丈夫开着市公安局里最体面的警车,会跑到史上最惨烈的火灾现场里。她在X-box下找到了工资卡,不免欣欣然,又将电话打了回来:我找到工资卡了,你在哪里,什么时候回家?

听着妻子的声音,看着眼前熊熊燃烧的大火,小张的心揪到了嗓子眼,他努力用平静的声调说:你一定要关好窗户,千万别打开。

妻子问:为什么?

有毒气,小张刚说完这三个字,就见王岷书记等人从浓烟烈火里冒出来,走下了山坡。

他连忙又说:你别废话,一定要关好窗户,我要工作了。说完,就关了手机。

小张知道,如果OTD罐区爆炸,关闭窗户根本无济于事,但他没办法,也没有时间对妻子说清楚这件事,只能横下一条心,听天由命了。"7·16"现场的警卫工作就像在毒气里关闭窗户一样,能起的作用几乎为零。也像即将沉没的泰坦尼克号上的小乐队,演奏的只是生命最后时刻的责任而已。试想，还会有什么人会去"7·16"的现场上访、告状或者制造事端，负责警卫工作的同志们，其实就是自愿殉葬的武士，时刻准备跟随自己的警卫对象慨然赴死。

午夜，大连市区浓雾顿起。时任国务院副总理张德江的专机，在大连的上空盘旋了一圈又一圈，大连市公安局警卫处处长文楠在地面，从周水子民用机场到土城子军用机场跑了一个又一个来回。天上的飞行员在努力寻找能够安全降落的跑道，地上的文楠则按照不断变化的指令往返穿梭在午夜的街头。专机终于落在了停机坪上，大连市公安局的警卫前导车也分秒不差地赶到。可以说，这是自新中国成立以来最特别的一次警卫行动，呼啸的车队居然载着需要警卫的中央首长，朝着地狱火海飞驰而去。

坐在前导车里的文楠，专注地握着对讲机，时刻等待上级发出的指令。他本想直接将车队带到设在海港大厦的总指挥部。可是，他的提议很快就被否决，首长坚决要求直接去火灾现场。经过一阵紧急的上下磋商，最后决定，先将车队带到OTD后身的成品油库区，因为那里还没有流淌火进入，相对安全。可是，他们的苦心很快就被识破，下了车，首长一见四周的状况，立即传来指令，要到最危险的前线，亲自弄清火灾实情。

谁都不敢隐瞒最危险的地方就是OTD罐区，于是，大家只好重新上车，沿着浓烟滚滚、爆炸声此起彼伏的库区小路，来到了离罐区不足百米的0号码头。火灾现场的地图铺在了一块石阶上，有人擎着手电筒照明。从省委书记、省长到市委书记、市长，汇报一个接一个，首长全神贯注，一边听一边看地图。左边是在火海边飘摇、随时都有可能爆炸的54个剧毒储罐，右边则是因为油火的流入、已经开始熊熊燃烧的海湾，站在人群外围的警卫处老王和小常,只觉得仿佛深陷三国赤壁、火烧连营的绝境里。

一阵在大连的夏天里很罕见的东北风袭来,顶起了已经搭到了OTD储罐上方的火头,就像我在前面写到的,挽救了已陷入无水、无泡沫绝境的大连港救援人员。但这幸运之风也将海湾里的大火卷上了岸,朝着一群要在地狱中主沉浮的人们扑来。与此同时,在老王和小常身后不远处,一个窨井盖腾空而起,他们连忙提醒上级警卫领导:太危险了,必须撤退!

可奔涌而来的大火和不断叮叮当当飞上天的窨井盖,丝毫没有影响眼前黑压压的人群,他们就像一块巨大的磐石,纹丝不动。后来,在采访中,警卫处的同志们告诉我,在那一刻,他们的心里、脑海里真真切切地出现了四个字:共产党员!

终于,人群开始散开。现场的警卫人员都松了一口气,准备将首长送回海港大厦总指挥部。可是,当他们刚刚启动了车子,指令再次传来:下一个目的地——正在燃烧的大海,视察海上灭火。

此时,港湾里已经十分危险,大连港的十几艘拖消两用船正在全力阻截流淌火,万一首长乘坐的船被流淌火包围,后果将不堪设想。可是,换一个角度,如果流淌火挟着成千上万吨的原油流入大海,造成的污染很可能影响朝鲜和日本海域,作为一个负责任大国的领导人,只能忧天下而甚于个人安危。

天色微亮之时,视察船终于安全返回了码头。警卫处处长文楠的脚刚沾地,还来不及适应不再漂泊、摇晃的感觉,新的指令即刻而来:到OTD罐区!

文楠的心咯噔咯噔地跳,可这是命令,没有选择。车队在晨曦中蹒跚而行,库区里遍地狼藉,一排排灰白色的储罐有的被熏成了黑色,有的则被大火烤得鼓鼓囊囊,令人触目惊心。接近罐区时,地面的原油近一尺厚,车子开上去,立即发出警报声。无奈,从中央到地方，所有的领导下车准备步行进入。文楠引着首长走在最前面，看着遍地的原油和泡沫，他犹豫了，不自觉停下了脚步。首长开口：你不去，我自己去！说着，就朝原油里走，文楠只好跟上。

此时，OTD罐区的大火已基本被控制住。在浅灰色的晨曦中，公安部副部长刘金国两手扶着膝盖坐在蓝色泡沫桶上，脸色苍白，疲惫不堪，脚边放着一个白色的餐盒。大连市副市长、公安局长王立科则弯着腰，趴在一辆汽车的机关盖上，用手抓着眼前餐盒里的饭菜朝嘴里送，两个人都穿着棉制的防火大衣，脸上黑油斑斑。

见到他们，张德江副总理快步上前，紧紧握住刘金国的手说：我代表党中央、国务院问候你们！

所有的苦、所有的煎熬都在那一刻释怀，刘金国和王立科能将汹涌的波澜、泪水隐于心间，大连港公安分局局长杨明却抑制不住自己的感情，他紧紧地握住总理的手说：请您放心，有我们在，就有阵地在！

第十章　谁是最可爱的人

在刚开始进行采访的时候,"7·16"救援行动在我的脑海里只是一些零零散散的片段。按常理,采访应该有个计划,围绕当天晚上发生的事情,去找相关的人员。可我当时掌握的信息,都是来自新闻报道和用于表彰的事迹材料,表象的东西多,如果按图索骥,就很有可能漏掉我所需要的素材。所以,我只好一个单位一个单位地跑,一个人一个人挖掘,我的计划就是在采访过程中形成的。今天听说了一件事,凭着敏感和直觉,判断其价值,明天就去找相关的人采访。也许是苍天不负苦心人,看起来毫无计划的采访,却将我所需要的素材一一呈现出来,仿佛浑然天成,早就等在那里,等着我的到来。

当大连市警备区司令员邵军青出现在采访名单里时,我的心掠过一丝莫名的激动。这种感觉很奇怪,我从未见过此人,多大年龄,什么模样,全都一无所知,可就是有一种说不出的情绪在心中回旋。去见他的那天早晨,我不想像往常一样,稀里糊涂地穿着一身休闲装,可拿出警服,犹豫了半天,也觉得不合适。最后,换上了那套我最喜欢的衣服,它既有正装特点、又颇具优雅韵味。我平时很少穿,是因为一穿上它,就会吸引很多目光,而我对此早已兴致全无。人到中年的心态是恨不得藏在地缝里,最好全世界的人都当我不存在。

早晨8点,我来到大连市警备区司令部。年轻的焦参谋等在门口,将我领到他的办公室,落座倒茶后,他说:你稍等,司令员正在与别人谈话,马上就能见你。

我说:没关系。

我与焦参谋素昧平生,他看着我,似乎多有疑虑:你真的是警察?

我愣了片刻,忽然明白,在门口见面时,只是凭着一个笑容和问候,彼此断定是自己要找的人。我穿着如此,难免他有怀疑。于是,连忙掏出警官证递过去:你看看,标准的警察。

焦参谋有些不好意思,接过去看了一眼,自语道:我还是第一次见到你这样的女警察。

听他这么说,我有些后悔穿了这套衣服来到军营里。

正说着话,焦参谋办公桌上的电话响了,他接听后对我说:司令员请你到办公室。

我连忙站起身,跟着焦参谋走出去。走廊长而暗,一边走,我的心居然又掠过一丝莫名的激动。这真的很奇怪,说起来,我见过的各级领导不在少数,却从未有过这样的感觉,激动紧张,就像一个中学生。

门被推开了,穿着军服的司令员出现在我的眼前。他从办公桌后站起身,朝我们走过来,并不高大,也看不出威武之势,可浑身上下都写着两个字:军人。你无法从外貌或者举手投足之间去形容这种感觉,可它就明明白白地出现在你的脑海里。

我有些恍惚,估计司令员关于女警察的想象也受到了冲击,他很绅士,请我坐,并亲自倒了茶。气氛是真的有点奇怪,焦参谋忽然冒出了一句:司令员参加过对越自卫反击战,是货真价实的英雄。

一句话彻底打破了闷葫芦,我终于明白了自己为什么罕见地纠结了一个早晨,到底要穿什么衣服来见司令员,为什么激动紧张得像个中学生。这一切都源于少年时关于对越自卫反击战的记忆,还有那部作品,那个电影,就是《高山下的花环》,将英雄崇拜情结牢牢地刻进了我的心灵深处。

不是小说,不是电影,此时,在战争中流过血、见证了无数牺牲的英雄就真真切切地站在眼前。我站起身,再次朝司令员伸出手,说出了这样一句话:我终于见到真正的英雄了。

司令员被我的神态逗笑了,说:没有什么了不起,我也吃饭、睡觉、工作。

我热切地说:有机会,让我写你的回忆录吧。

司令员也高兴:可以,等退休了,我们找机会合作。

我说:一言为定?

他说:一言为定!

在对越自卫反击战中,司令员任某集团军侦察连连长。当过兵的人都知道,这是一份需要过人胆量和智慧的工作,要在敌后穿插、潜伏、"抓舌头"。如果是我,宁可跟着大部队冲锋陷阵,也不愿意独自面对这样的危险。在战场上,死也许并不可怕,可怕是落入敌人的手里。在我看来,侦察兵被俘虏的机会远远大于冲锋陷阵的战士,所以,有一句话形容他们最贴切:纯爷们儿!

尽管如此,侦察部队里也有过于珍惜生命的人。司令员当年的连队里就有这样一位副连长,每次执行任务前,装备自己都一丝不苟,迷彩伪装、防红外线探测设备、各种自救措施,一个都不能少,恨不能武装到牙齿。遇到危险的时候,他也是行动最慎重的一个。而另一位排长到敌人的碉堡前执行潜伏任务,居然带着扑克,趴在草丛里和几个战士斗地主。结果是,第一个牺牲的就是武装到牙齿的副连长,而在敌人眼皮子底下打扑克的,直到回国,居然

279

还是毫发无损。

这个颇有意思的小故事,是"7·16"当晚跟随司令员进入103阵地的参谋小李讲给我听的。当时,在大火和黑色油雨的包围中,年轻的参谋们不禁害怕紧张,于是,司令员说出了这件事。还说,危险和死亡也欺软怕硬,你弱它就强,你强它就弱。这是司令员唯一一次说起自己在越战中的经历,不但对身边的人如此,对我也是如此。任凭本作家使出何种手段,直到黔驴技穷,也没有从司令员嘴里套出一句关于越战中的经历。我向来对自己深入和贴近采访对象心灵的能力充满了自信,在对几百个人的采访中,总能屡屡得手。可到了司令员这里,却马失前蹄,成了他的手下败将。

在采访中,司令员仿佛身处前线指挥所,我坐着,他站着,慷慨激昂,说的却都是别人的事情。尽管我没有得到可以为作品增添奇闻轶事的素材,但对"7·16"救援的整体概念,却是在司令员的讲述中建立起来的。那时,关于"7·16"的采访已经进入了尾声,如果没有这次采访,我的作品很可能会流于只见树木、不见森林的境地,也许不乏感人至深的场景和故事,却会犯下女作家的通病,脆弱和伤感成了主调。而对司令员的采访,让我站上了巨人的肩膀,为这部作品铸就了风骨和灵魂。

胸怀宽阔、勇敢智慧的司令员做梦也想不到,自己会在已知天命的年龄、身居要职的情况下,再次履行了一个侦察兵的职责,深入敌后、"抓舌头"、摸清准确情报,及时向中央首长汇报,为"7·16"救援决策起到了关键作用。我曾说,这部作品所需要的素材就像天生等在那里,等着我的到来,命运和造化弄人永远超越我们的想象。按照正常思维,城市面临灾难,驻军部队出马都在情理之中,司令员对此事的想象大约与我们并无二致:不过是带领部队冲锋陷阵。所以,到了现场指挥部,面对时任市委书记夏德仁,司令员慷慨陈词：我们是驻大连人民解放军部队，请将最危险的任务交给我们！

可上天赋予他在"7·16"救援中的使命却另有蹊跷，这就像那天晚上现场刮起的大连夏日里罕见的东北风，是这座城市的幸运。上天不但在OTD罐区无水、无泡沫的时候送来了能够顶起火头的风，还送来了一个身经百战的侦察兵。可在当时，无论是指挥部领导还是司令员自己都没有看清这件事，驻军部队的到来，就像多了一个定盘星，市委书记当即就说：请司令员加入指挥部工作。

实事求是地说，我们毕竟身处和平年代，忽然间，几百万人命悬一线，决策者们的紧张和压力可想而知。当时的指挥部就像开锅的粥，司令员并不插言，只是专心地看着现场地图。忽然，有人来报：103阵地急需人手关闭阀门。

领导们问：还有几个阀门未关？

来人道：一个，只要关上，就胜利在望。

在场所有的人都欣喜异常，市委书记转向司令员：103阵地非常危险，只有请解放军战士承担这项重任了。

司令员慨然受命，同时说：我也去现场看一下。

就是这句简单的话，上天赋予司令员在"7·16"救援的使命开始露出端倪。此时的救援现场已经混乱不堪，通往103阵地的迎宾路，挤满了消防车。司令员的车根本无法通过，他索性下车，带领参谋们跑步进入。迅急的黑色油雨打得人睁不开眼，司令员一边跑，一边向刚刚到达现场的大连坦克基地的官兵下达了进入103阵地关闭阀门的命令。

当时，正在103阵地前线指挥部的大连保税区管委会副主任宋晓波向我描述了那幅悲壮的画面。几十个大连坦克基地的解放军战士，身穿迷彩短袖T恤，每人一条白毛巾、一个水壶，就冲进了浓烟烈火中。她说,作为一个母亲,看着与自己儿子年龄相仿的战士们,就那样走进了地狱,当时便止不住眼泪滚滚而流。直到很久以后,每当想起那一幕,她依然忍不住热泪盈眶。

当长途奔袭的司令员赶到时,103号罐就像一个红了眼的暴徒,一边爆炸、一边熊熊燃烧,大火丝毫没有减弱的迹象,侦察兵的直觉令司令员立即感到情况不对。自从他进入指挥部,耳边就灌满了"关闭阀门"几个字,已经几个小时过去了,如果只剩一个阀门未关,火势不会愈演愈烈。

在战争中培养出的超然的冷静和沉着,让司令员果断地做出决定。命令带领战士们关闭阀门的坦克基地四大队大队长曲士波前来汇报现场情况。见到司令员,曲大队便说:里面太危险了,这样蛮干不是办法。

司令员请他来到稍僻静处,一起蹲在地上,用矿泉水瓶摆出了现场几个储罐的位置,认真听取曲大队长的汇报。此时,指挥部又传来了命令:再调集一批战士进入现场帮助关闭阀门。

而司令员却果断决定,在没有弄清情况时,暂不派兵进入。曲大队长深深地松了一口气,说:司令员,要尽快拿出办法,坦克基地的战士不比普通士兵,他们都是各个部队送来进行坦克技能培训的精英,如果出了问题,我们无法向他们的部队交代。

司令员点了点头,站起身对焦参谋说:跟我走!

在采访中,焦参谋告诉我,司令员带着他进入了103阵地,那是他第一次感到自己走向了战场。烈火中,司令员仿佛回到了越战前线,动作机警,反应迅速,很快跑遍了储罐间的每一条小路。随后,他停下脚步,四处观察,对焦参谋说:我们必须抓住一个"舌头",弄清阀门的真实状况。事有凑巧,正说话间,浓烟中出现了一个慌慌张张的身影,司令员健步上前拦住他,用极严厉的口吻道:

说!你是干什么的?

此人本就慌,见了司令员立即现出了俘虏相,结结巴巴地说:中石油员工。

这些储罐的阀门到底是怎么回事?

俘虏没有反应过来:什么怎么回事?

到底是关闭的,还是开启的?

不瞒你说,领导,俘虏不知是害怕还是绝望,拖着哭腔说:它们都是开启、互相联通的,完了,完了,要保不住了……

即使是身经百战的司令员听了这句话,也犹如五雷轰顶。他顾不上俘虏,转身就跑,焦参谋连忙跟上。一边跑,司令员一边说:立即回指挥部汇报情况!

也许真的是苍天有眼,大连命不该绝。就在司令员弄清了关于阀门的准确情报的时候,中央首长的飞机在浓雾中安全降落,指挥部所有的领导都进入了火场,等待首长的到来。司令员得知这一情况,四处寻找,终于在0号码头附近见到了中央首长和省市各级领导一行。汇报一个接一个,当听完了邵军青司令员关于103阵地6个储罐的阀门全部呈开启、连通的状态后,"7·16"救援的焦点问题终于凸现出来,首长果断决策,为救援的全面胜利奠定了最坚实的基础。

在对邵军青司令员的采访中,他说过这样一句话:稳定的军心,首先来源于准确的情报。说者无意,听者却有心。我长年工作在半军事化管理的公安系统,从这句话里,我悟出了作为一个司令员、一个沈阳军区1号首长亲自授权指挥大连所有驻军部队参与"7·16"救援的最高领导者,邵军青为什么还要亲自深入103阵地当侦察兵,如果换作一名没有军营生活经历的作家,也许会慷慨激昂地赞誉司令员务实、敬业,而我的理解却是完全不同的。

大连市警备区司令部是个独立的国防部门,与各驻军部队并没有隶属关系。在"7·16"救援中,邵军青司令员临危受命,要在最短的时间里驾驭、指挥各支部队,其难度不是常人能够想象的。沈阳军区将权力交给了你,并不意味着临时的下属部队会闻风而动,立即将自己的心交给你。邵军青司令员真正能做到的驾驭就是自我煎熬,他要身先士卒,要在城市生死攸关之际,走在牺牲、奉献的最前列,普通人怎能体会其中的泣血沧桑,又怎能理解蕴含在"权力有多大、责任就有多大"这句话中的泰山压顶之重负!

第十一章　沉默是金

本章的标题原是《背影》，但文学作品有时也像人，出生后，会命运跌宕，前路莫测。这部作品于2014年10月由《中国作家》杂志发表后，就像一个美丽的婴儿，获得了众多赞誉。公安部文联邀请十余位文学界著名作家、评论家召开了研讨会，大家交口称赞，后又荣登2014中国优秀报告文学排行榜，部分章节被选入中国作协优秀作品丛书。我知道，这一切都是因为我所写作的人物带来的感动和推崇，不敢沾沾自喜，更不敢自恃倨傲。同时，回首我几十年在文学世界里的孤独跋涉，还有为了写作这部作品经历的四年磨难，我的心境只是一片怆然寂寥。

我不知它将如何长大，有时，还下意识希望它就此驻足。我觉得，生出它，就已经完成了自己的使命，对得起那些曾经准备用生命换回一座城市的勇士，也对得起他们在面对采访时，流进我心灵深处的血和泪。这真的不是矫情，四年前，要采访、写作由中石油公司引发的一场罕见的责任事故，我承受了超常的压力。当时，我什么都不奢求，只希望能够发表这部作品。在最绝望的时候，在无际的沉夜里，我甚至流着泪告诉自己，写下来，只要把这一切写下来，即使无法发表，也要坚持下去。如今，就像历经饥荒的人忽然被奉上了山珍海味，我虽欣喜，却又怀着淡淡的委屈，只想转身而去，并不奢望跟随这美丽的婴儿，长成万众瞩目的骄子。

可是，注定的因缘总是等在看不见的地方。不觉中，就会走近它，服从它。起因是在研讨会上，我尊重的评论家贺绍俊先生激动地说，这部作品成书出版时，一定要将作品中那位购买了远程供水系统的前公安局长，再认真地写一写。他说的是前大连市副市长、公安局长张继先。2006年，在我创作《寂寞英雄》时，他曾经与我长谈了一个上午，告诉我这个时代依然有英雄，也更需要英雄。他给了我一个信念，我也兑现了自己的承诺——让一部书写公安英模的作品获得了全国文学奖。也就是在那次谈话中，我第一次知道，一个有责任、有担当的领导干部，在当今社会环境下，所经历的磨难和心中的苦楚。

贺绍俊先生以评论家的敏锐，读出了作品中只有百余字掩盖的故事。他甚至比我这个作家更敏锐地捕捉到了其中稍纵即逝的火花。这么说，是因为这段文字的写作只不过来源于采访中的顺口闲聊，我看出了它的价值，却忽略了它可能是深植于生活底层的一座宝矿，并没有深入挖掘。贺先生的敏锐令我汗颜，于是，便有了采访张继先副市长的想法。

如今，他已经从大连市人大常委会副主任的位置上退休，要约会这位前副市长、公安局长并不容易，尤其是为了一部以真名实姓写作的报告文学。但我有一个撒手锏，已经存了八年。当年为写作《寂寞英雄》与他长谈时，张副市长曾问我，有什么困难？我说，我开着一辆老旧的二手车，上山下乡采访，又漏水，又漏油，要想不在高速公路上抛锚，全靠运气。他当即说，你完成这部作品，如果能获得全国文学奖，我就特批一辆中华轿车，专门用于你采访写作！

《寂寞英雄》写完了，当年被中国作协定为重点扶植作品，由人民文学出版社出版发行后，获第三届徐迟报告文学优秀奖。可是，我始终没有勇气找市长兑现那辆轿车，估计，他考虑各方关系，也无法主动做这件事，于是，不了了之。我天生对物质利益的事情有些稀里糊涂的免疫力,很快,就当了过眼烟云。但后来,时常从各种途径听说,张副市长一直记着那辆车。

如今要采访,我心里拎着这把撒手锏,给市长发去了短信,说了《泣血长城》产生的影响,也说了贺绍俊先生的期望。他并没回短信,但我却强烈地感觉到他会赴约,于是,按照短信里定的时间、地点,准备了一壶普洱茶,等着他的到来。

果然,市长如约而至。已经八年没见面,只用了半分钟寒暄。他是个雷厉风行的人,不喜虚套啰嗦,落座后就说,我可以讲一讲那位评论家想听的事情。我心下狂喜,没有想到张市长会这么痛快。因为,按照我多年在大机关工作的经验,类似事情总会横向、纵向多有牵连,我一直担心他不愿意谈论以前的工作,准备了一大堆说辞,却并无用武之地。

正如贺绍俊先生所料,事情远不止一套远程供水设备那么简单。张市长年轻的时候,曾在国家大型石化企业工作,一度还担任过厂消防队长,精通各类安全生产业务,对防火工作有着高度的自觉性。后来,他历任厂长、大连市计委主任,就任公安局长后,这根弦依然绷在心里。他深刻地了解,大连是各种石油、化工企业重地,稍有闪失,就有可能引发大祸。在千头万绪的公安工作中,打造过硬的消防队伍成了他心头的大事。当务之急就是要解决硬件配置,大连消防铁军精神全国闻名,但面对石油化工火灾,只有精神是不够的,更需要超强、超前的各种消防装备。

预算经费表摆在了张副市长的面前,要想配足配齐所需的车辆、设备,总金额为两亿三千万。这是天文数字,政府每个部门都需要钱,财政时常捉襟见肘,要想讨来这笔巨款,难于上青天。

张市长不但雷厉风行,还爽直幽默。他先找到市委书记,开口就说:书记,您想每天晚上都能踏实睡觉吗?

领导不解:这话从何说起?

于是,如实汇报:大连石化企业数字、安全生产的重要性,万一出事,现在付出两亿三千万,就有可能保住一座城市。

书记连忙应允。

张市长松下半口气,又奔市政府。还是同样的爽直幽默,所谓"天下英雄所见略同",市长也连忙应允。

可张市长剩下的半口气依然堵在胸口,领导们都搞定了,剩下的就是要掏出真金白银的财神爷。此爷看似光鲜,其实如坐针毡,大家都要钱,财政却没钱,更何况张市长要讨的是一笔巨款。他只好能逃则逃、能躲则躲。于是,张市长七赴此爷办公室,晓以利害,当然也没有忘了爽直幽默:万一石油化工企业惹了祸,你老人家连如坐针毡的日子也没了!终于感天动地,此爷拍案而起:就冲您对这个城市的责任心,一次次放下市长架子,光顾本小庙,我豁出去了:大连市财政举债,给你2亿3千万!但是,您必须保证,每一分钱都要花在消防车上! 张市长早已成竹在胸:所有车辆、设备都交给政府公开采购,全社会招标!

就这样,除了全国仅此一套、在"7·16"救援中发挥了巨大作用的荷兰产远程供水设备,大连市消防支队及所属的各区市县中队,还全部配齐、配足了超大吨位、技术先进、世界一流的进口消防车。可以说,如果没有它们,只靠过去配备的国产消防车,面对"7·16"特大原油火灾,就要上演真实版杯水车薪了:大连市消防支队无法独自坚守近7个小时,城市也会遭受灭顶之灾。

讲完了这件事的来龙去脉,张市长说,请你代我向贺先生表达谢意。为官半生,看着自己曾经的努力,为保住一座城市发挥了作用,已经很欣慰,从没敢奢望有人能了解其中的跌宕辛酸。万没有想到,这件事居然进入了文化学者的视野,并且,给了如此高度的理解和评价。这是我自退休以来,感到最快乐、最欣慰的事情之一。

我也很激动,说:市长,这也是我写作《泣血长城》的目的所在,挖掘深藏于这个时代的高贵人性和精神底色,点一支火把,给需要的人以温暖和光明。

市长拿起水瓶,亲自为我的茶杯续了水,说:无论何年何月,什么时代,总要有人承担、做事,祝你能够坚守自我,在这条路上勇敢地走下去。

说完,他沉吟片刻,似有犹豫,说:我今天来,其实还想告诉你一件事……

我连忙问:是关于"7·16"救援的吗?

张市长点头:来的路上,我还在犹豫,是否能说这件事。

我迫不及待:市长,请您相信……

还未等我说完,他便摆手:你的火把已经给了我信心,我告诉你一件远比2亿3千万更值得写下来的事情。

我激动异常,连忙拿起笔:市长,这部作品将会成书,谢谢您的支持,为它锦上添花。

爽直幽默的张市长笑了:我是再给你的火把添点儿油。他喝了口茶,问:你了解"7·16"救援中的焦点所在吧?

我脱口而出:就是关闭103阵地上6个储罐的阀门,切断大火的加油站。

他又问:你知道是谁关闭了阀门吗?

我说:开始,是消防支队的三个战士,然后增援的解放军战士参与了战斗;当张德江副总理赶到后,时任常务副市长肖盛峰临危受命进入103阵地,带领现场的工人、战士关闭了十余个阀门。

张市长愣了一下,随后露出赞许的目光:确实如此。看来,你对整个"7·16"事件非常了解。英雄桑武的事迹蜚声各级媒体,但很少有人知道肖盛峰副市长的经历。

我有些自得:在《泣血长城》中,有一章专门写了这件事。

张市长有些吃惊:你采访了肖副市长?

我摇头:一个普通警察,怎么可能采访到他。我是在参加救援单位拍摄的103阵地现场照片里发现了他,后来,费尽周折,四处收集素材,创作时,才勉强凑起了一章。

张市长说:肖副市长不会接受任何人的采访,这是他的一贯作风。然后,又问我:既然觉得勉强,为什么还要写?

我说:文学是写人的艺术。我在照片里看到,他的外貌很有特点,忠厚、踏实,穿着一身天蓝色的李宁牌运动服,裤脚和旅游鞋之间还露出一截深蓝色西裤,盛夏的天气,他居然运动服裤子套着西服裤子穿。如果是普通人,都算正常。可他是常务副市长,从文学艺术的角度看,就很有些意思了。尤其是运动服裤子套着西服裤子穿,我都不好意思写进作品,怕损了他的形象。

张市长拿起水瓶,又为我的茶杯续了水,说:你有点令我刮目相看,对文学,确实有些独到的天分。我告诉你天蓝色运动服和西服裤子的故事。

"7·16"发生那天,正是肖副市长从中央党校省部级干部培训班毕业的日子,晚上7点多,飞机刚刚降落大连机场,他就收到了发生特大原油火灾的信息。顾不上回家,直接从机场赶到了现场。当时,黑油泥水遍地,天上大火翻卷。身上的白衬衣很快看不出颜色,肖副市长想起了行李箱里的运动服和旅游鞋。在北京学习的四个多月里,他每天晚上坚持锻炼,所以随身带着。在现场,衣服和鞋子好换,裤子实在不方便,于是,直接套上了运动服。

听了张市长的话,我心下怅然,说:没有直接采访的写作,确实有些问题。我写的是,他回到了家里,然后,才去现场。

张市长想了想说:应该还是直接去了现场,否则,不会随身带着行李箱。

接着又问我:你还写了什么?

我说:看了肖副市长在现场的照片,很感动。但总不能只写天蓝色运动服,于是,四处打探,终于找到了一个角度,有人告诉我,当时,他独自走进了103阵地,没有一个随从。于是,我以"背影"为题目,重点写了那种悲凉的境况。

听了我的话,张市长的脸色凝重起来:他的经历确实很悲凉,但重点并不在于独自走进阵地。其实,真实的情况是,他还有一个随从——政府办公厅副主任贾立庚。这个人50多岁,矮个子,戴眼镜。没人指派,也没有命令,他见肖副市长独自去103阵地,便主动跟了进去。

听了这些事情,我几乎崩溃,央求道:市长,您一定帮帮我,把您知道的情况都说出来,等这部作品成书时,我要重新写作这一章,还事件的本来面目。

张市长看出了我的焦虑,说:你有为文学的本心,不必太为难自己。我讲给你听,并可以负责任地说,这些都是值得写进书里,并流传下去的事情。

于是,犹如一部好莱坞灾难大片的救援现场,在我的眼前徐徐拉开了帷幕……

从103号罐炸塌的缺口处涌出的原油,在阵地上四处流淌。近一尺深的原油上,火焰混着白色的泡沫,漂浮翻滚。被大火烤得滚烫的消防水蒸发后,在天空中遇冷,混着空气中没有充分燃烧的原油,变成黑雨,淅淅沥沥飘洒,阵地上一片地狱火海景象。肖盛峰蹚着齐膝深的油水,艰难地朝着103号罐走去。正在现场指挥灭火的辽宁省消防总队长王路之赶来迎接。一路上,只见阵地的消防战士们精疲力竭,有的摇摇晃晃,有的瘫坐在泥水里。肖盛峰大声对王总队长说:请你马上调动部队增援!

王总队长说:火场面积太大,陆续赶到的增援部队都已投入灭火。这里的路太窄,能够进来的消防车有限,并且,战士们全都精疲力竭。

肖盛峰说:找总指挥部要大连市的增援力量!

话音刚落,在他身后传来声音:好,我马上就办!

肖盛峰回头看,居然是贾立庚,厚厚的眼镜片上落满了黑油,不知用什么擦过,只在中间露出两个圆洞。

肖盛峰一阵感动:老贾,你怎么跟着我跑来了?

贾立庚一边拨手机,一边扶了扶眼镜,波澜不惊道:你没有随从,我怕忙不过来。

几个人继续前行。大连市消防支队长丛树印从山坡上走下来,拦住了他们:肖市长,您就在这里指挥,上面太危险。

随从的人也附和:原油下到处都是没盖的窨井,并且,爆炸随时都有可能发生。您是市长,不能这样冒险。

肖盛峰说:不靠前,弄不清情况,如何指挥?说完,便径自朝山坡上走去,大家只好跟上。

肖盛峰来到103号罐附近的一个土坡上,听丛树印支队长汇报:市长,我派出的战士正在关闭106号罐的阀门,已经干了7个多小时,只关上了一半。

肖盛峰道:那就是说,全部关上,还需要7个小时?

丛支队长说:是的。

随后赶到的邵军青邵司令员插话:我带来的坦克基地三大队进入了102号罐,大队长向我汇报,用人工根本不可能在短时间里关上阀门。

肖盛峰自语:如果再拖下去,只怕OTD罐区要守不住了。

丛树印说:原油不断流出,火焰浮在上面,泡沫一打,便四散开来,基本不起作用。

王总队长接道:其他战场上的部队也遇到相似的情况,无论如何努力,也很难扑灭流淌火。

肖盛峰说:你们带我去看一下阀门的情况。说完,便走下土坡,朝离他们最近的储罐走去。

一个女人的声音响起:我给您带路!

肖盛峰这才注意到,一直站在附近的矮个子,原来是一位50多岁的瘦弱女性。

他开口就说:女同志到这么危险的地方干什么,请你马上离开!

女人还想再说什么,秘书小戴上前劝道:市长现在要操心的事情很多,你赶紧走吧。

女人只好悻悻离开。

几个人来到阀门处,肖盛峰仔细察看后,说:情况确实如你们所说,我们必须立即想办法,不能再拖下去了。

他的手机响起,是陈省长:盛峰,情况怎么样?

我已经查看清楚,如果用人工,短时间内无法关闭阀门。

省长焦虑道:OTD罐区已经被大火包围,你看,还有救吗?

肖盛峰说:我正在想办法。

专家组准备了最后的方案,万一守不住,就要撤出所有人员,使用特殊灭火弹,覆盖整个码头。陈省长的声音异常低沉。

肖盛峰说:那样做,新港码头从此就要消失。

是的。

肖盛峰大声说:省长,您再等一等,让我搏一次!

好的,盛峰,我们搏一次,无论如何,不能当毁掉港口的千古罪人!

合上手机,肖盛峰果断道:邵司令员,请你下令,加派解放军战士,同时进入各个罐区,关闭阀门。

然后,又对贾立庚说:我们两条腿走路,你马上联系孙宏,让他派技术人员到这里,找到电源,想办法使用电力,关闭阀门。

旁边又响起了女人的声音:泵房已经被炸毁,附近没有其他电源。

肖盛峰回头一看,还是那位瘦弱女人。他急了:你怎么还不走?

女人连忙说:市长,我是这片罐区的设计工程师,最了解这里的情况。

肖盛峰愣了一下,旋即说:你看,有什么办法,能够马上关闭阀门?

女工程师摇头:用人工,只是理论上的可能……

还未等她说完,肖盛峰急了:人工不可能,电源又没有,真的只能坐以待毙?

女工程师顿了一顿,说:可以调发电机。

肖盛峰喜出望外:这是个好主意,小戴,马上联系指挥部,调港区发电设备。

工程师又开口:市长,现在用电风险太大。罐区里充满了油气,稍有不慎,就会引发新的爆炸。

肖盛峰大声道:港口就要保不住了,我们拼了!

小戴说:市长,我联系到了孙宏,发电机马上就到!

肖盛峰说: 告诉他,再派几个技术工人上来,准备关闭阀门!

终于,拖着发电机和电缆的货车,摇摇晃晃开进了103阵地,几个工人下了车。肖盛峰连忙跑过去:你们是孙宏派来的吗?

领头的工人道:是的,我们进来关闭阀门。

肖盛峰用力拍了拍他的肩膀:好样的,关键时刻,体现出了工人阶级的战斗力,马上准备电缆!

几个工人卸下了粗大的电缆轴。然后,拼力拖拽,将电缆从缠绕的轴上解下。

肖盛峰急了,大声问:轴上没有自动装置吗?

一个工人说:出发太急,拿错了。

肖盛峰吼道:你们是干什么吃的,照这样拽下去,什么时候能铺到罐底?

正焦急间,两辆卡车载着预备役战士开进了阵地。师长孙剑利跳下车,跑过来,见到满身满脸油黑的肖盛峰,情不自禁喊:市长,您这是怎么了?说着,眼睛湿润了。

肖盛峰说:我是这里的现场总指挥,你马上命令战士,协助解下电缆,铺进罐区!

孙剑利敬礼:是!说完,带领战士们迅速将电缆全部拖拽解开。

忽然,轰的一声巨响,脚下震动。接着,开发区消防大队长李永峰从103号罐附近的大火中跑出来,到了王总队长和丛树印身边,大声喊道:103号罐和106号罐之间的管线又发生了爆炸,流淌火已经涌进了106号罐的防火墙,我加派了战士正在全力扑救!

正说着话,又传来了一阵噼里啪啦的声音。大家抬头看,只见大火已经烧上了106号罐顶,罐体的防火层纷纷落下,露出里面的钢板,已被烧得通红。

肖盛峰的手机又响了,省长喊道:盛峰,我已经看见大火上了106号罐顶,如果它再发生爆炸……

还未等他说完,肖盛峰对着手机喊道:省长,你再坚持一下,还有希望!

省长果断道:好!专家组已经发出最后通牒,我顶住,等你消息!

肖盛峰合上手机。王总队长说:应立即关闭106号罐阀门,确保它不再发生爆炸。

丛树印也说:我们的战士已经关闭了大半,只要用上电,几分钟就能完成。

肖盛峰道:立即将电缆铺到106号罐!然后,猛地抓住领头工人的肩膀:现在,整个港口甚至大连市的命运就在此一搏,你一定要完成这个任务!

工人说:市长,您放心,我们拼了!

站在旁边的女工程师凑到肖盛峰耳边:市长,我不得不提醒你,用电操作关闭阀门,很容易出现静电火花,引起阀门爆炸。那样的话,真的什么都完了。

肖盛峰一阵急火攻心,只觉得天旋地转。

工程师还在说:市长,按照专家组的建议使用特种灭火弹,现场这些人的命就保下了,您也不用承担任何责任。万一,发生爆炸……

还未等她说完,肖盛峰声嘶力竭喊道:我就是千古罪人!我知道,千古罪人!

一阵铃声传来,他的手机又响了,还是省长:盛峰,专家组说,要撤出现场所有人员需要时间,再拖下去,这里的人一个都跑不了!

肖盛峰扶住小戴的胳膊,努力站住,对着手机喊道:省长,你再给我十分钟,只要十分钟……

说完,用力合上了手机。

王总队长拿起对讲机:现场部队注意,集中水炮,对准106号罐,打出隔离空间,掩护工人师傅进入!

话音刚落,几个水柱就对准了106号罐喷洒。

工们朝大火里走去。肖盛峰忽然追上,一把揪领头工人的衣领:如果完不成任务,我砍你的脑袋!

那人说:不用您砍,我就死在里面!

刚要转身走,又被肖盛峰拉住了,他抖着声音说:我求求你,一定要活着出来。你懂得静电吧,千万千万要小心加小心,不能弄出火花!

工人哭了:市长,您放心,我一定活着出来!

几个工人朝106号罐走去,大火吞没了他们的身影,现场的空气凝固了,肖盛峰站在那里,仿佛度过了几个世纪。

忽然,丛树印的对讲机传来了嘈杂声,接着,只听桑武喊道:关上了,关上了!

肖盛峰的眼里涌出了泪花,他拿出手机,拨通了省长的电话:106号罐的阀门关上了!

省长欣喜若狂,语无伦次:盛峰,你是英雄,大英雄!是大连市的英雄,是我的英雄!

肖盛峰努力平静下来,说:省长,我们继续关闭其他阀门,港口应该有救了。

工人们跑了出来,肖盛峰迎上去,与他们紧紧拥抱,说:我会建议孙宏,为你们记功!

领头的工人说:现在,还剩下4个储罐,共8个阀门,我们再努力一把,就胜利在望了。

预备役战士们又将电缆拖到了102号罐处,工人们接好电源,送上电,轮盘刚刚启动,又停下了。

领头的工人急忙跑出来,一边跑一边喊:市长,发电机不工作了!

负责发电机的人也跑过来:负荷太大,设备烧了!

肖盛峰又气又急,对着他大喊:你们到底是干什么吃的,这个时候,一而再、再而三地添乱!

那人胆怯道:这是港口负荷最大的发电机。

肖盛峰无奈,对小戴说:马上联系电业局长!

此时,又一批赶来增援的解放军战士进入了阵地。肖盛峰一见,连忙对邵司令员说:让战士们马上进入剩下的4个储罐,能干多少,就先干多少。

小戴拨通了电话递给肖盛峰,他接过来,劈头就说:大连市的天都要塌了,你还躲在家里,能不能当这个局长了?

对方小心问:市长,您有啥事,尽管吩咐,我马上赶到!

肖盛峰说:我急需发电机,大马力的,还有,电缆要能自动解开。

局长说:我马上就办,您在哪里?说完,他反应过来:您是在新港火场?

肖盛峰说:废话不说了,你快准备发电机!

局长道:我接到了通知,早就派出了发电车。

肖盛峰急问:在哪里?

就停在火场外。

太好了,你马上将它调进火场。说到这里,肖盛峰停住了,转而说:别折腾了,告诉我发电车司机的电话,我直接打过去。

局长说:我查一下。

肖盛峰喊:别挂电话!

好的,我用座机!

片刻后,他说出了一个号码,贾立庚连忙在手机上按下,接着就拨了过去。

十多分钟后,电业局的发电车开进了103阵地,于是,阀门飞转,大火终于被控制住了,黑夜消散,黎明降临……

附:本章原作《背影》

在对"7·16"救援的采访中,每到一个参战单位,我都会看见许多现场照片。一组组,一张张,总有一个人掠过我的眼睛。开始,我没有留意,看得多了就有了印象。他相貌敦厚,五十岁左右,穿了件天蓝色短袖运动衫,胸前有个挑钩的标志,不是耐克,是李宁牌。在照片里,他很少有居中的位置,看起来很普通,就像在公园里晨练的某个人。这让我以为他不是救援中的关键人物,便一直没有深究到底是谁。直到采访我的好朋友市公安局宣教处副处长郭海时,在他拿出的照片中,有一张吸引了我的注意力。只见,晨曦中,穿蓝色短袖运动衫的人,两手托腰,站在厚厚的白色泡沫里,眼前是已经坍塌的103号储油罐,正在冒出滚滚的黑色浓烟。周遭遍地狼藉、满目疮痍,只有他静静地站着,显得那么的孤单、无助。

看着他,我一阵心酸,不禁问道:照片上的人是谁?

郭海听了我的话,眼珠子几乎撞到了近视镜:你不认识?

我摇头。

你真的不认识?郭海几乎吐血,提高了声音说:他是肖盛峰常务副市长!

这回轮到我瞪大了眼睛:他居然是市长?怎么会一个人跑到

103阵地？

我很少看电视，又向来认不准人。曾被同事们讥笑为：要是派你去抓逃犯，没准儿能弄回个明星。类似与领导之间的尴尬事远不止这一件。在某届大连国际服装节的开幕式上，我遇到了当时的一位市委常委。人家很和气，见公安局指挥部的女警察挺辛苦，特意走过来与我合影，以示慰问。我与领导寒暄、握手，拍了照片。然后，转过头悄声问身后的同事：他是谁？几个人听了，恨不得将我开除出警察队伍。

我就这样邂逅了时任常务副市长的肖盛峰，留在记忆中的一张张照片掠过，将一个市长如何与自己的城市共生死、同存亡的悲壮经历，呈现在了我的眼前。

2010年，肖副市长去北京参加了中央党校培训班。7月16日正是结业的日子，典礼在下午举行，时任国家副主席习近平同志做了重要讲话。五时许，会议结束。其他同志都去了食堂准备晚餐，肖副市长却匆匆离开了。司机和秘书等在党校门口，市长上了车子，一行人便飞速赶往机场，此时，离他们乘坐的航班起飞时间只剩下一个多小时。

终于上了飞机，肖副市长深深地舒了口气。其实，当天正是周末，也没有紧急公务需要处理，但他依然行色匆匆，连晚饭也没有吃，就追着最近的航班赶回大连。我们每个人都有这样的体会，每天在晨曦微露中醒来时，首先涌上心头的就是正在承受的各种压力。生活贫苦的人是孩子的学费、父母的药费；出租车司机是几百元的份子钱；生意人则是银行贷款的利息。大龄男女的茫茫感情之路、居家主妇的柴米油盐，都在一声叹息中拉开帷幕。这帷幕既旧也新，说旧，人生仿佛永远都在这泥沼中；说新，希望又总会伴着晨曦升起。对常务副市长来说，压在他心头的是一个城市。这不仅意味着无数要参加的会、要协调的事情,还意味着危险、意外无处不在,稍有闪失,就成了他的原罪,而常务副市长也是人,并没有三头六臂,更不是观音菩萨转世。对这样一级领导干部来说,除了拼命工作,更多的时候是将常人无法想象的忧虑压在心底,小车不倒只管推,"挺"是他们最常有的心态。在光鲜的主席台上,在所谓的觥筹交错中,谁又能看得见他们心里重如磐石的这个字。对肖副市长来说,多年来,这沉重的压力已经成了习惯,以至于稍离开它,倒会紧张和不安了。所以,无论什么原因离开大连,他都会尽快赶回,生怕错过这城市的一举一动,一颦一笑。

飞机在大连机场降落,肖副市长打开手机,没有来电提醒,也没有公务短信。这意味着可以有一个与家人共度的周末夜晚。离开机场,轿车在熟悉的街道中穿行,浅灰色的晚风拂过,也许,岁岁年年,只有在这一刻,他心中的城市才变得轻盈美丽,挥动着天使般温馨的翅膀。

冒着热气的晚餐,忙碌的家人,延续着美好的周末。可这一切却在肖副市长打开水龙头准备洗手的时候,伴着刺耳的电话铃声,戛然而止。

"大窑湾码头发生特大原油火灾!"

这消息就像一枚炸弹落在肖副市长的头顶,每天在心里捧着、揩着的城市顿时分崩离析。他顾不得擦干手,抓起白色衬衣,就跑出家门。

人们常说,性格即命运。其实,很多时候,责任感也是命运。就像肖副市长,如果他没有时时刻刻将城市挂在心上,就完全可以留在北京,哪怕只是吃过晚饭再走,按照中国机场航班晚点已成常态的风格,都可能躲过人生的一大劫难。可他偏偏被与生俱来的责任感追着、撵着,不想停,也无法停下来,生生将它演变成了自己在"7·16"救援中的悲壮命运。

　　刚到现场时，肖副市长并没有介入救援的指挥和领导工作。辽宁省委书记、省长，大连市委书记、市长都已赶到，再加上各级公安、消防、安监部门的领导，临时指挥部里早已是人声鼎沸，各种命令、建议层出不穷。对于性格沉稳、随和的肖副市长来说，在这种情况下，多听多看自然成了他的主要工作。反映在照片上，就是他去过每一个现场、每一个参战单位，却又总是在角落里认真地听、认真地看。只是在来回穿梭之间，跑回自己的轿车里，将白色衬衣换成了平常晨练时穿着的李宁牌蓝色短袖运动衫。

　　就像一个兆头，换好了衣服的肖副市长，迎来了人生最大的考验。时任国务院副总理的张德江赶到了"7·16"现场，在0号码头四面夹击的火光中听完了汇报，做出了救援中最英明的决定。我时常觉得迷惑，要知道，我先后去过火灾现场5次，才分清了103阵地、OTD罐区和海上三大战区。对于当时在场的省、市各级领导也是如此，毕竟大家不是这里的直接主管者，面对烧得面目全非的港口，以及纵横交错的罐区和复杂的所属单位，难免一头雾水。可一个日理万机的国务院副总理，却在短短的时间内，只通过听汇报，即弄清了整个现场的情况，并果断做出决策。张德江同志清晰地将救援现场分成三大战区，并指出关闭103阵地六个储油罐的阀门为第一要务，大连市要派出最得力的干部深入103阵地，亲自完成这个艰巨的任务。

　　就这样，大连市市长李万才的目光落在了穿着李宁牌蓝色短袖运动衫的肖盛峰副市长的身上。没有人告诉我，市长是如何说出了决定，肖副市长又是如何接受了任务。只有一张现场照片无声地诉说着当时的场景。那张照片看起来没有任何艺术含量，就像平日里领导干部的工作照，要仔细端详才能发现其中的不同。

我看见两个人的手紧紧相握,万才市长的脸上看不出任何表情,只有身体略略前倾,仿佛要拉住眼前正要离开的人;而肖副市长目光坚定,后背挺直,传达给我的只有四个字:生离死别。这并不是危言耸听,此时的103阵地火光冲天,烈焰足有十层楼高,大小爆炸声此起彼伏,黑色的油雨和白色的泡沫混在一起,倾盆而下。遍地的窨井盖不断被地下管道里的大火冲开,乒乒乓乓,飞上天,再落到地。进入现场的人,要掉进井里,或者被井盖砸中,都是一眨眼就可能发生的事情。并且,肖副市长的任务是要关闭现场十几个阀门,其中106号储罐的阀门离已经被炸开缺口的103号储罐不足十米远。

一个在和平年代成长起来的领导干部,此时,却要走进堪比腥风血雨战场的103阵地,身上还背负着国务院副总理赋予的艰巨任务。围绕关闭阀门,英雄桑武带领的特勤战士如西绪弗斯推动巨石,在反反复复努力着;随后,大连驻军某坦克基地的几十名战士也冲上去了,近十个小时,任务依然没有完成,最后的希望全部落在了肖副市长身上。

0号码头黑压压的人群渐渐散去,只剩下了大连市常务副市长肖盛峰和大连市警备区司令员邵军青。司令员问:只有你一个人?副市长点点头。

司令员又说:走,我带你去看看情况。

肖副市长答应了,跟着他来到了一个高坡上。

司令员指着远处的103阵地,逐一介绍了六个储油罐周围的情况。最后说:你一定要注意安全。

肖副市长点了点头,与司令员道了别,独自朝103阵地走去。

准备慷慨赴死的人深一脚、浅一脚地走着。前方,地狱已张开了血盆大口;身后,则是无尽的黑暗。除了黑暗,常务副市长没有一个随从，孤单而飘摇的背影，越走越远，渐渐融入了冲天的火光中。

山坡上，司令员久久地伫立着。望着肖副市长的背影，仿佛看着战场上即将倒下的战友。也许，只有他能够理解，在这条人烟稀少的路上，独行者的泣血心灵！

当被肖副市长留在指挥部的秘书小戴，得知领导已独自进入103阵地，眼泪霎时涌出。他不顾一切，站起身就跑，从指挥部一直跑进了103阵地，直到看见那件蓝色的短袖运动衫，才松了一口气。此时，肖副市长已经察看了所有阀门，弄清了其中的状况。平日里，关闭、开启它们用的都是电力，而眼下，所有的电源都已被烧毁，如果用人工，无论如何也无法在短时间内彻底关闭。五个10万立方的储油罐就像一个巨大的加油站，通过相互连通的管道，不断为已被炸开缺口、熊熊燃烧的103号罐添油加料，流淌火汹涌澎湃，不断涌进OTD罐区和大海中。全省的救援力量已经赶来了，全国的泡沫也都在调集中，但面对如此罕见的火势依然回天乏力。有专家提出了放弃救援的方案，如果执行，整个港口将毁于一旦。

对于指挥部里的领导们来说，做决策就是他们的日常工作。可眼前，要让一个具有百年历史的港口毁在自己的手上，谁又有勇气背上这千古骂名。但如果不做决定，一座城市和几百万人口又将遭受灭顶之灾。在这最沉重的时刻，前方又传来了噩耗：103号罐的大火越烧越猛，已经包围了离它最近的106号罐。绝望的情绪在指挥部里蔓延，每一个领导都清楚，如果106号罐再发生燃烧爆炸，就是最后一根稻草，足以压垮整个救援工作。指挥部里死一般的沉寂。万才市长缓缓拿起手机，拨通了肖副市长的电话。

脸上依然没有表情，声音也依然平静如水：盛峰，你觉得还有救吗？

手机里传来大火呼呼燃烧的声音和肖副市长的喊声：市长，再坚持十分钟，你等我电话。

十分钟能做什么？参加救援的人们早已筋疲力尽，辽宁省内所有的泡沫已经调集殆尽，以至于辽宁省公安厅和沈阳市公安局派出警察守在一家泡沫生产厂，只差用枪逼着工人们不许停工。

十分钟能做的就是煎熬，是已经落进了地狱的绝望与为了重回蓝天而努力挣扎的不屈意志的较量。在这超出常人承受能力的考验中，肖副市长挺过来了，也许是他感动了苍天，也许真的是大连港命不该绝。就在这短暂的十分钟里，一阵罕见的西风迎着火头而起，就像一只无形的手，将大火推离106号储油罐，只在已经被炸塌的103号罐上方盘旋。

好消息立即传回了指挥部，大家一片欢腾。可肖副市长的磨难依然在继续。为了尽快关闭阀门，他命市电业局和大连港调来了发电车，工人们冒着大火迅速将电源接到了106号储油罐的阀门上，可守在旁边的肖副市长却犹豫了。因为，一旦在火海中下令启动电源，极有可能引起新的爆炸，一个城市和几百万人口的生命就握在自己的手上，生存还是毁灭，莎士比亚的古老命题，又将肖副市长逼进了绝境。

这也许是生命的最后时刻，肖副市长回头看了看，仿佛看见了深爱的城市，它从未如此紧密地与自己相连，无论生、无论死，自己无怨无悔，相信这个城市也无怨无悔。想到这里，他的心异常平静，命令也异常平静：推上电源，关闭阀门！

一分钟过去了，两分钟过去了。没有爆炸，只有发电机在欢快地转动，转眼间，106号储油罐的阀门就被关闭了，接着一个又一个，不到半个小时，现场所有的阀门都被关闭了。

天边露出了晨曦，助纣为虐的暗夜迅速退去。终于，大自然光明普照,湮没了火魔狰狞的脸庞,令它只剩下沉重的喘息,吐出黑色的浓烟。103阵地渐渐清晰起来,此时,奔波了一夜的肖副市长才感觉到患有椎间盘突出的腰部疼痛难忍。他用双手托着腰,缓缓地在阵地上走着,百感交集。原本堆成山的装满泡沫的蓝色塑料桶,大多已经变成了空桶,横七竖八,四处散落。只剩下了一小块山根,秘书小戴数了数,共八十桶,不够现场消防车十分钟的用量。

　　光明也照到了大连市消防支队开发区大队的七十二勇士,首先看到它的是小小的战士胡一所。他正坐在半尺厚的油水里、倚着一面还未倒塌的墙打盹。忽然清风拂面,他悚然惊醒,本能地跳起来,才发现大火消散了。不远处的一根输油管吸引了他的注意,上面有一团黑乎乎的东西在跳来跳去。胡一所走过去,揉了揉眼睛才看清,原来是一只小麻雀被管道上的黑油粘住了脚爪,在挣扎着想飞起来。胡一所手脚并用爬上了输油管,抓住了小麻雀,刚想站起来,却脚底一滑,身子趔趄,眼看要掉进管道沟里。一只有力的手扶住了他,是正走到这里的肖副市长,他和蔼地说:要小心!胡一所并不认识他,说了声:谢谢,就跳下了输油管,捧着小麻雀跑到还未倒塌的那面墙前,将它放在上面。小麻雀振翅一飞,离开了这座人间地狱。胡一所回过头,看着扶他的人笑了,油黑的脸上露出了雪白的牙齿。

　　肖副市长也由衷地笑了。这一夜,说不清有多少次,他一边操心自己的阀门,一边盯住附近三三两两的消防战士,不断提醒他们要小心,生怕这些还是孩子的勇士发生意外。在同处地狱的劫难中,战士们真的就像自己的孩子,牵着他的心,扯着他最脆弱、最痛的那根神经。

　　开发区大队一中队的教导员王国开和中队长曹志伟还在带领

着战士周新、罗海洋等人埋头进攻,忽然抬头,就看见了103号罐。在旁边与他们交替掩护前进的范军惊呼:哥,我们要胜利了!

十几个战士立即振奋起来。眼前是一条管线沟,垂死挣扎的火焰还在里面窜来窜去。一夜之间,由孩子已经变成战士的孙茂群、郝利权和罗海洋,跑去找来了几桶泡沫,打开盖子,扔进了管线沟里,火焰变成了白烟。罗海洋大声喊道:看看是你厉害,还是我们厉害!

跨过管线沟,战士们的眼前出现了两门自摆炮,靠东面的炮上,趴着二中队的黄炳胜和他带领的两个战士;靠西面的炮上则趴着三中队的刘磊,几个人都睡着了,只有自摆炮还在兢兢业业地朝着储油罐摆动、喷射。

王国开身上的对讲机传来了命令:各参战单位注意,现在开始准备换防!周新一听换防两个字,"嗷"的一声就跳起来:不行,我绝不离开,不能让别人抢去胜利成果!看了看范军,他又接着喊:除了西岗大队,谁也别想分我们的蛋糕!说完,环顾四周,发现那座即将倒塌的泵房还有火焰冒出,他抓起水枪就冲了过去,一边跑,一边又喊:绝不能让换防的部队看到半点儿火星!

王国开看着摇摇欲坠的泵房,惊呼:别进去,太危险!

可是,像头犟驴般的周新根本听不进去,还要朝泵房里冲。

范军见劝不住他,连忙找来一柄大锤,跑到泵房前,抡起就砸,想砸倒它,将火压灭。

可摇摇欲坠的泵房却意志坚挺,任凭大锤压顶,就是不倒。周新耐不住了,抱着水枪就钻了进去,片刻后灭了火,才走了出来。

灾难终于进入了尾声,这场罕见的大火到底有多猛烈,从救火用掉的泡沫可见一斑。辽宁省内的全部用光了,又从全国拥有大型石化企业的天津、山东、大庆等地,通过飞机、轮船源源不断地调

307

入。如此多的泡沫不但要运进来,还要加入消防车。开始时,都是战士们在拼命把近一人高、重达百公斤的泡沫桶弄上消防车。可过了半夜,他们已是筋疲力尽,再加上人员有限,根本忙不过来。这时,另一支部队上场了,他们就是罕为人知的大连预备役高炮二师。

他们在接到市应急办和大连市警备区司令部的命令后,时任师长孙剑利只用了四十多分钟,就集结了三个团的兵力赶到了现场。刚到达时,指挥部命令他们准备干粉灭火剂和防毒面具,随时待命。但后来经专家研究,暂不宜使用容易引起爆炸的干粉灭火剂。于是,他们便一直等在103阵地外的迎宾路上。凌晨三时许,他们接到命令,进入现场,帮助消防战士加泡沫。

当师长孙剑利来到103阵地时,他的眼睛湿润了。只见泥里、水里到处躺着轮班休息的消防战士,剩下还在工作的,有的抱着水枪摇摇晃晃,有的趴在地上,用身子压住水带。一个年轻的预备役战士见到此情此景,想永远留下这如诺曼底登陆般的现场照片,于是,趁大家不注意,拿着手机爬上了高处的管道。仿佛后背也长了眼睛的肖盛峰副市长一转身看见了他,大声喊道:你给我下来!话音未落,他自己身边的一个窨井盖爆开,带着浓烟、火焰冲上了天。孙剑利惊出了一身冷汗,连忙跑上前问:市长,你怎么在这里?

肖盛峰笑了笑:司令员难道不该跟他的战士在一起?

孙剑利也笑了,举手敬礼:司令员,预备役高炮二师向你报到!

原来,肖副市长还兼任大连预备役司令员的职务,造化弄人,竟在此时此地与自己的部下邂逅。

来到103阵地的八十多名预备役高炮二师的官兵,全力投入了自己的工作中。孙剑利师长将他们分成两组,一半人在车上,一半人在车下,将近一人高、重百公斤的泡沫桶滚到消防车前,再弄到车上。这些预备役战士，平日里没有经受专业部队的刻苦训练，又大多人到中年，体力有限。可硬是在阵地上坚守了数个小时，确保了现场的几十辆消防车不间断地朝103号罐喷洒泡沫。在采访中，我问官兵：是什么让你们完成了这超出体能极限的任务？

他们答道：无论是谁，看见肖副市长，看见那些可怜又可爱的消防战士，都会不要命地干！

尾声 燃烧的海

第一章　引子

　　中国人对能够为文的女子有一种奇怪的情结,通常把她们称为才女。而其他领域里出类拔萃的女子却难得此殊荣厚爱。其实,无论执何行业,没有天生的才华都难走到顶峰,哪怕是做一个出类拔萃的运动员都要如此,更不用说那些从事科学研究、音乐、绘画等等的女子了。即使驰骋于商界、政界的女强人,她们都是具备寻常妇女难有的天生素质,才能与男人争雄天下。可中国人却只肯把"才女"的桂冠戴在女作家的头顶。作为一个对文字有特殊志趣的人,我对"才女"两个字的感觉大致等同于"名媛",总觉得其中华而不实的东西占了主导。并且,"名媛"永远风情万种,而"才女"却总是隐隐透着一种说不清的拧巴气质。所以,一听到"才女"这两个字,我的头皮和胳膊就要起又麻又窘的小疙瘩。但很不幸,越怕什么,就越会遭遇什么,自从有人发现了我在报纸发表的文章开始,才女就成了我躲不开、甩不掉的紧箍咒,外人觉得很美又神奇,而我却不胜其烦。

　　之所以烦,主要来自惭愧。我崇尚科学,对优秀的女科学家和女医生推崇备至。这辈子只做了一个人的粉丝,她就是居里夫人。这些女人所具备的才华和后天的艰苦努力,令我难以望其项背,如果人家不能被称为才女,我有何颜面顾影自怜。另一烦则是来自所谓的文学才华带来的负面气质,外人根本不了解,也无法理解,其中的尴尬、难过只有冷暖自知。

泣血
长城 ··· 尾声　燃烧的海

  我确实有一点阅读、写作的天分和运气，六岁开始读长篇小说，二十九岁写作第一篇文章即顺利发表。在中国，当作家要有孙悟空的本事，要能自生，就像从石头缝儿里蹦出来。想找到一位既有才华修养又品行清净高洁的老师，给你优秀的传承和指导，比虔诚信佛的人找到真菩萨都难。而我居然自生了，还挣扎着至今没有自灭。在没有受过任何专业训练，也没有任何人给我过任何系统指导的情况下，写作了近百万字的作品，全部发表出版，从未有过退稿，还得了一大堆省市乃至全国的文学奖。
  这就是外人能看见的所谓"才华"，可外人看不见的另一面，却让我苦不堪言。命运不过给了你一条路，所谓的"天分"就是让你天生站在这个起点上，而一个作家的基本起点是一颗纯真的心，就像白纸，等着清晰地记满这世界上点点滴滴，然后，放在寂寞的书架上。这天分的副产品是与常人截然不同的思维方式，它使我自幼就不敢轻易在人前说话。常常一开口，就会被嘲笑，也因此总是处于被欺负的弱者地位，我就像这世界眼睛里的一粒沙子，很难融入正常的社交圈子，并时刻面临着被清除的危险。所以，我的人生前期大多生活在自闭、忧郁、诚惶诚恐的状态里。为了掩盖这些弱点，我尽量不说话，时间长了，便给了人少言寡语的印象。后来，我发现这种状态居然成了大家眼中的优点，很多善良、正派的人给了我稳重自律的评价。随着年龄的增长，我悟出了其中的道理：如果顺其自然，也许，坏事慢慢就会变成好事。只是这过程太漫长，熬得只有自己知道多苦。
  尽管如此，我还是把顺其自然作为人生的座右铭，指导自己的生活和写作。因为，我除了擅长写作，就是擅长甘于沉静。凡事不勉强，走到哪里，做到哪里。我生活中百分之九十的时间静若止水，但遇到机会，也不会轻易放过。从决定写作《泣血长城》这部作品开始,历时四年,最远的一次,我居然走到了江苏太仓。

起因是光头大副潘宏正。我的采访随意性很大,完全凭直觉进行。尤其在开始时,我对"7·16"事件一头雾水,根本分不清其中的经纬。进入大连港集团采访时,也是东一耙、西一扫,一个个部门走下来,就像到处捡碎纸片。光头大副便是在这种状况下露出了端倪。先是总调度室有个人对我说,你应该写一写连港43号拖船的大副潘宏正,我问:为什么?他说:大副是英雄,一个人驾船冲进了港池,完全陷入了大火的包围中。

我再问,他则说:你可以去拖船公司采访,他们了解得更清楚。

我于是申请去拖船公司。大家你一言我一语,有人说:潘宏正确实很勇敢,排洪闸爆炸后,港池里到处都是油火,他见岸边一处800毫米的管道被炸开,果断冲进去,用船上的水炮将火扑灭。

有人却不屑:什么勇敢,他那是靠着七分傻气。

由于自己的经历,我对被大家视为另类的人总是抱着深深的同情。于是,收紧脸色,看了一眼露出不屑的人。他很知趣,立即不说话了。旁边有人打圆场:潘宏正确实与大家有些不同。

我问:什么不同?

对方说:二十年前,他曾经出过事故。被船舱里的有毒气体熏昏,醒来后,就大不如从前了。

我明白了,潘宏正是因为出事故,大脑受了损伤,于是问:既然如此,他还能当大副?

一位中层干部回答:潘宏正的业务能力没得说,只是比别人难管理,还剃着光头,乍一看,像电影里的坏人。

采访到了这里,我意识到了光头大副身上的文学况味,他将会是这部作品里最具特色的人物之一。于是,我立即提出要采访他,可拖船公司的人却说:不行。我急问:问什么?

对方说:大连港集团的业务遍布全国港口,潘宏正和他的拖船正在江苏太仓轮岗,八个月后,才能回到大连。

我说:我去太仓,你们通知他一下。

听了我的话,拖船公司的人面面相觑。我知道,他们是担心费用的问题。但我不愿意把话说得太白,让人家下不来台,于是,轻描淡写道:我马上回去订机票,明天就出发,你们联系好后,给我电话。说完,便站起了身。

拖船公司的人显然明白了我准备自费的意图,他们非常感动,说:我们马上向总经理汇报,一定安排好你的行程。

第二天中午时分,我走出了上海浦东机场。一辆陈旧的斯柯达轿车在等着我。与司机寒暄、确认后,我上了他的车子。其实,在出发前,我根本不清楚太仓在哪里,只是听了拖船公司的人说,你先乘飞机到上海,我们派人接你,就踏上了旅途。凡遇事,我总是抱着顺其自然、随遇而安的心态,并不在乎其中的困难。但这一次,坐上斯柯达轿车,我才明白,自己实在弄得有些悬。司机人高马大,开的是私家车,还说着我几乎听不懂的太仓话。从上海到太仓,有五六个小时的车程,一路上荒野乡村,如果人家起了歹心,我是完全的孤立无援。当警察最大的收获就是比普通人更加知道,这世间并不只是歌舞升平,还有太多的黑暗面。就这样一路担着心,终于熬到了太仓。天色已暗,司机将我送进了大海边一家孤零零的宾馆。

直到进了房间,我才深深地松了口气。里面的条件还不错,有基本的卫生设备,也很干净。整整跑了一天,我已筋疲力尽,只剩下躺着的力气。当时正值深秋,因为走得急,又觉得南方会比北方暖和,我只穿了件单薄的外衣。一路上,总担心会遭遇不测,早就忘了冷。直到躺在床上,才觉得全身的骨头都冻透了。宾馆里没有暖气,似乎还久无人住,满屋里都是清冷的气息,我围了两床被子、一条毛毯,还是瑟瑟发抖。无奈,只好披着被子下床,想走一走,也许能更快地暖和起来。浑身抖着,挪到窗前,无意间朝外一瞥,看见大海边有一幅巨型浮雕,上面古老的帆船林立,有一位须发飘然的人站在最前面的船头。再仔细看旁边的文字,原来,眼前的这片海居然是郑和七下西洋的起锚地。我的眼泪霎时涌出:伟大的郑和,你是否也曾体会过如此的凄冷,如此的寂寞……

第二章　光头大副潘宏正

第二天一早,开斯柯达轿车的司机就来了。站在阳光下,显得慈眉善目,跟杀人越货根本不沾边儿。他将车子开进太仓港,远远地,我就看见有三个人站在船坞上,朝着进港口的方向张望。车子开到他们面前,我走下车,一个身材不高、相貌端正的中年人迎上来,握住我的手说:欢迎你,我叫王守山,是船长。

我脱口问:潘宏正呢?边问,边探头看他身后的人。

那人也马上伸出手:我是老轨马连生。

我扑哧笑了:老鬼?什么叫老鬼?

就是管船上轮机的,不是鬼子的"鬼",是轨道的"轨"。伴着说话声,马连生身后露出了一张怯怯的脸,光头,面部表情有些僵,倒颇有杀人越货的气质。

你是光头大副?我一喜,就把在心里反复想着的名字说出了口。

不敢当、不敢当。那人一迭声地说着,诚惶诚恐,一副受宠若惊的样子。

想象真是件不着边际的事情。中国男人能把我这类在现实生活中尴尬不断的女子想象成才女;而我则因为孤单无助,就把慈眉善目的人想象为强盗。天知道,光头大副把一个号称作家的女警察想象成什么样子,以至于把我对他并不恭敬的称呼当成了最高荣誉。

看着他,我仿佛看见了过去诚惶诚恐的自己,于是,真诚地握住他的手说:我就是来找你的,"7·16"救援中的英雄。

听了这句话,光头大副彻底撑不住了,连连摆手,语无伦次道:你看我这个形象,哪里跟英雄沾边,脑袋不灵光,还有半边脸面瘫,倒是像横路敬二。说到这里,他指了指王守山船长:这才是英雄,你采访他。

憨厚的王守山一听,也连连摆手:哪有的事,都是应该做的。

老轨王连生发话了:他们两个是"7·16"那天表现最突出的人,你都应该采访。

我喜出望外,上天不负苦心人,居然买一赠一,又让我从人海里捞出一位闪光者。于是说:我都要采访,好好听听你们的故事。

大家一起走进船舱,落了座,我从包里拿出采访本,再抬头,却不见了潘宏正。王守山船长也发现了,朝着门外喊:老潘!却没有回音。

我说:没关系,你先谈。

王守山却不肯,吩咐老轨王连生:你去喊老潘。

王连生应了,走出去。片刻后,回来对王守山说:潘宏正说,他不会讲话,让你谈,他做饭。

我诧异:怎么还要做饭?

王连生说:我们外派轮岗,都是自己在船上做饭。今天,老潘要亲自下厨,为你做中午饭。

我心里一阵感动,光头大副是个多么善良、真诚的人啊,可社会游戏规则却常常把他们视为眼中的沙子,揉过来,搓过去,逼着他们总在边缘徘徊。

船长王守山四十多岁,为人谦逊正派,业务能力突出,是大连港集团多年的劳模,也是拖轮公司最优秀的船长之一。提起

"7·16",他首先说:潘宏正是为了保护我的船,才独自闯进了港池灭火。随着王守山船长的讲述,从未见诸媒体的"7·16"海上灭火的惊险故事,终于浮出了水面,也成就了这部作品的尾声部分《燃烧的海》。

在我们的常识里,大海着火了绝对闻所未闻,但在"7·16"中,这件无法想象的事情却真实地发生了。当晚6点25分,王守山船长正驾驶连港39号拖船在三十万吨原油码头作业,忽然接到调度通知,马上到新港14区待命。他刚驾船驶离码头,就听到了两声爆炸,接着,远处的天空升起了滚滚浓烟。

不好,出事了!王守山的心里涌起了不祥的预感。连忙加大马力,按照调度指令,迅速赶到14区待命。

晚上九点多钟,他再次接到指令,到0号码头接替连港33号船为岸上的救援消防车供水。0号码头与OTD罐区毗邻,从灭火开始,不到两个小时,岸上的消防储水池即告罄。无奈,指挥部只好下令抽取海水为消防车供水。大连港集团拖船公司先是派去了连港33号,但因为马力小,无法满足需要,只好又派出了连港39号和连港40号。它们是目前国内马力最大的两艘拖轮,还是拖消两用船,平时,用于为万吨货轮离、靠港服务,遇到火灾,又能马上投入消防,价值上千万元,不到万不得已,公司领导绝不舍得将它们送进火场。在"7·16"海上灭火中,拖轮公司还倾其所有,将十四艘拖消两用船全部派进了火场,因为,当大海着火了的时候,唯有他们能够投入救援。

也许是上天的安排,当王守山驾驶39号拖轮赶到0号码头时,40号拖轮已靠上了岸边。它居里,王守山居外,这意味着,当大海起火后,39号拖轮首当其冲挡住大火,又能对40号拖轮起到一定的保护作用。停靠妥当后,王守山负责操控拖轮,大副韩学敏带领船员连接好设备、水带,引到岸上,以每小时一千六百吨的吸水量,为OTD罐区的数十辆消防车不间断供水。大火将拖船驾驶室的玻璃烤得滚烫,浓重的油气味熏得人喘不过气。海水一动,拖船就会晃过来、荡过去,要保持平衡,王守山就要尽力用舵压,一分钟也不能离开驾驶舱。大副韩学敏既要照顾船上的轮机设备,又要负责岸上供水。一共四条水带,连着四辆消防车,他站在船头,用手势与岸上的消防指挥官联系。加满了,对方双手一抱,韩学敏就跑下机舱关阀;然后,再跑上来。对方双拳交叉,他又要跑下去关阀。拖船上下到处都是水,后来,为了保护船体不被大火烤坏,又打开了喷淋系统。韩学敏就像在暴雨中奔波,先是脱下了工作服,后来,索性脱得只剩背心短裤。

多年在港口作业,王守山船长清楚地知道0号码头旁边就是OTD罐区,大火已经烧到了它的眼皮底下,一旦爆炸,自己眨眼间就会离开这个世界。他想到了刚刚打来电话、挂念儿子的老母亲,眼泪一次次涌出,又一次次被烤干在脸上。但他清楚地知道,连港39号就是岸上数十辆消防车和上千名参加救援的战士和工人的命脉,无论如何都不能将他们扔进地狱。

连港39号拖轮上还有两个年轻的船员,一个是从山东来的轮换工,一个是刚刚大学毕业的见习机匠,他们根本不知道OTD罐区的玄机,但韩学敏知道。他一边上上下下跑着,一边对两个年轻的船员喊道:别给我添乱了,赶紧找安全的地方躲起来,机舱、客厅都行,我照顾不了你们。然后,趁着供水间隙,他又跑进了驾驶室,像是对王守山,又像是对自己喊道:我们绝不能跑,只有扑灭大火,才能保住大连,保住港口,保住我们的工作和家园! 王守山船长看着与自己朝夕相处、感情甚笃的大副,像只落汤鸡一样,浑身滴着水,不断颤抖,心里万千滋味,却只说了半句话:老韩,你是英雄……

泣血
长城 … 尾声 燃烧的海

　　什么英雄,咱没那个境界。只要你在这艘船上,我绝不离开半步,谁叫咱们好呢……韩学敏也说不下去了,扭头就出了驾驶室。

　　其实,他们的磨难仅仅才是开始。午夜后,岸上的排洪闸发生爆炸,随即失灵。流淌火裹挟着原油,奔腾翻涌,冲进了大海。排洪闸外是一个几平方公里的港池,水泥修成的船坞三面环绕,另一面开口向海。大连港集团早有预见,在出海口拦起了三道围油栏,试图将原油挡在港池里。可是,流淌火气势汹汹,任意肆虐,很快就烧断了三道围油栏,直接奔向大海。连港39号船就在出海口附近,正在驾驶室里指挥操作的王守山看见大火如涨潮般涌来,他的心立即揪到了嗓子眼。缆绳就在海里,大火很容易就会顺着它烧到拖轮上。想到了价值上千万元的船,想到了拖轮公司几年辛苦才能弥补的损失,还想到了如果自己命令拔下供水管,OTD罐区直接就会变成原子弹发射场,他浑身的血液都变成了汗水,顺着脸庞滚滚而下。坚持,只有坚持！他在瞬间便做出了决定,既要保船,又要确保岸上供水！

　　他喊来韩学敏,命令开启船上的消防水炮,与越逼越近的流淌火展开拉锯战。水炮喷出的泡沫拉起了巨大的白色扇面,压下了火头。流淌火泄了气,如退潮般缩了回去。王守山刚松了一口气,忽然,"轰"的一声,积聚了巨大能量的流淌火在海上发生了爆炸,火球一个接一个,嘭、嘭、嘭,相继上了天。随后,"哗"的一声,如礼花般散落下来,海上的火又如涨潮般涌向了连港39拖轮。水炮再打,流淌火再退潮,然后,再涨潮,围着拖船不依不饶。

　　王守山船长清楚地看到了自己的绝路。船上的泡沫马上就要用光了,而岸上的消防车还在一辆接一辆地赶来加水。生平第一次,他觉得就要做一个与自己的船、与港口、与美丽的家乡大连同归于尽的船长了。泪水再次涌出,模糊了他的眼睛。眼前的大海如万花筒斑斓、破碎,不断旋转。忽然,画面开始连接,渐渐显出了一艘船的影子,同时,对讲机里传出了光头大副潘宏正的声音:连港39,我是连港43!

王守山喜出望外,拿起对讲机大声喊道:43,你一定要将流淌火堵住!

明白!

此时,拖轮公司已将全部十四艘拖消两用船全部派到了这里,跑得最快的是潘宏正。陆续赶来的船,在港池出海口处一字排开,打开水炮,将流淌火压在了港池里。拖船由于马力大,都是双舵、双发动机。一旦启动消防功能,其中的一个发动机就要为水炮服务。要一字排开,就只能单车偏舵驾驶,说得通俗些,就像一个人单腿原地站立。十四艘拖船并不如十四辆汽车,不可能绝对静止,其实是在漂荡中保持平衡,还要时刻注意彼此之间的距离,不能发生碰撞。那晚开船的并不都是船长,还有年轻的大副,大家居然配合默契,没有发生任何事故。

事情到了这里远没有结束,虽然有拖船挡住了出海口,但流淌火依然还在港池里肆虐。并且,103阵地上六个十万吨储油罐的阀门仍未关闭,原油通过排水沟涌向已被炸毁的排洪闸,进而源源不断地涌进港池,引得大火越烧越旺。就在此时,从一字排开的队伍中,缓缓开出了一条船,是潘宏正驾驶的连港43。只见它渐渐脱离队伍,开进了港池。

危险!余下的10位船长同时发出了惊呼。因为,大家都知道,拖船的吃水线为四米,而港池水深不足四米五,并且,水下暗礁密布,一旦螺旋桨碰到礁石,价值上千万元的拖船就会变成废铁。

有着超强责任感的王守山船长一边操作设备供水,一边时刻关注着海上其他的拖船。当他看见潘宏正进入港池时,立即用对

泣血
长城 … 尾声 燃烧的海

讲机呼喊：连港43，不能进去，太危险！

潘宏正回答：我知道。但是，如果不进去灭火，再过一会儿，我们也挡不住了。

王守山沉默了，他知道潘宏正说得有道理，并且，也知道，潘宏正并不只是鲁莽，他长期在港池附近作业，对里面的情况非常熟悉。

此时，对讲机里传来了连港44号船长王雅洁的声音：老潘，要小心，我掩护你！

潘宏正高兴了：有你老船长的掩护，我一百个放心。原来，王雅洁已年过五旬，是拖轮公司资格最老的船长之一。

连港43徐徐驶进了港池，流淌火立即将它包围了。后面的王雅洁连忙打开水炮，一边朝连港43周围的流淌火扫射，一边为它喷水降温。潘宏正则只对付前方，水炮一开，就压住了三面船坞边的火势。因为调度太急，43号船上只有一名水手，叫苏延峰。他的父亲是大连港集团的老船长，酷爱大海，也逼着儿子酷爱大海。苏延峰已经大学毕业，学的是计算机专业。老船长借口不好找工作，硬逼着儿子重新回炉，念的却是哈尔滨航运学校，还是个中专。毕了业，老船长又说话了，你就上潘老大的船，他技术好，要求也严，跟着他，能学到真本事。就这样，苏延峰上了潘宏正驾驶的连港43号拖轮。平时，师徒两人相处融洽，此时，更是配合默契。潘宏正负责驾船，苏延峰在船舱里跑上跑下，一会儿看机舱里的设备，一会儿又要照应位于船顶的水炮。

流淌火熄灭了，变成滚滚浓烟包围了连港43。烟里混着黑色的原油，将驾驶室的前挡玻璃变成了黑板。潘宏正急喊：救命！

苏延峰赶来，见此状况，抓起抹布跑出去擦玻璃，却丝毫不起作用。潘宏正急得大叫，苏延峰灵机一动，跑进了厨房，拿出刷饭碗的钢丝球,爬上船头,拼命蹭开了前挡玻璃。潘宏正高兴了:真是我的好徒儿,感谢你老爹!

港池里的火势开始明显减弱,潘宏正不敢恋战,准备撤离港池。正想调头,前方陆地上三十万吨原油码头的输油管线忽然发生了爆炸,大火腾空而起。潘洪正眼疾手快,迅速将船开近,打开水炮,巨大的白色泡沫扇面横扫过去,瞬间就盖住了火头。潘宏正在大火和白色泡沫交织的天地间,发出了"嗷嗷"的叫声,他仿佛又回到了当年。就像真正的英雄,从充满有毒气体的船舱里救出了一个水手,然后,又下去拽第二个。他继续大声地叫着,还仿佛要将这些年所有的压抑和委屈全部抛进大火,焚烧殆尽。

王守山的故事讲完了,王连生又去喊潘宏正,还是不肯来,说是午饭马上就好。我说,没关系,过一会儿吃饭的时候,我边吃边跟他谈。王连生说:这个老潘,平时天不怕、地不怕,今天却像个小媳妇。我听了,既觉得好笑,又觉得心酸,这么多年,光头大副可能是第一次遇见了想听听他的故事的人。王守山站起身说:我带你参观一下我们的拖轮。我答应了,跟着他走出会客厅,来到船舱里。路过厨房的时候,就见光头大副弯腰埋头,正兢兢业业地炒菜。明明听见了我们的声音,也不回头。王守山想喊他,我摇头,示意别打扰他,大概只有我能理解潘宏正此时诚惶诚恐的心态了。

午饭端上来,四个大连的家常菜,还有米饭和馒头。其中有一盘茄子炒辣椒,我因为不吃茄子,就没有伸筷。光头大副注意到了,问我:是不是做得不好吃?我连忙摇头,将筷子伸过去,说:都好吃,我这就尝尝。其实,我从小几乎不吃蔬菜,尤其对茄子恨之入骨,长大后,对它也没有任何好感。但为了光头大副,我勇敢地将它塞进了嘴里。嚼了嚼,却丝毫没有那股我无法忍受的怪味,清香微辣,令我忍不住又伸了筷子过去,一边还说:这是我吃过最好吃的茄子。光头大副还是有些诚惶诚恐，问：真的吗？我点头，岔开话题：你在家一定经常做饭，手艺超好。

我才不做饭，绝对的大男子主义。光头大副瞪起眼睛，露出了杀人越货的神情。

王连生说：在这里，他也很少做饭，宁可跑腿买菜，也不愿意进厨房，害得船长有时还要做饭。

王守山打圆场：每个人都有自己的长处、短处，大家在一起，互相包涵就好。再说，老潘如果不是遭遇那次事故，现在，也早就是船长了。

光头大副将脸埋在饭碗里，叹了一口气：别提那些事情了。

我不解：既然能开船，并且开得很好，为什么不能当船长？

脑袋不灵光了，没法通过那些考试。光头大副放下饭碗，将脸转向舷窗外。

王守山又说：当年，如果不是为了救那两个船员，大副也不至于变成现在的样子。

原来，十多年前，潘宏正所在的拖船发生了火灾，船底机舱里充满了有毒气体。听见有人呼救，他立即跑过去，就要下舱。旁边有人说：别下去，太危险！潘宏正说：救人要紧。于是憋足一口气，下到底舱，连拖带拽，救出了一个水手。那人刚缓过气就说：下面还有一个。

潘宏正二话不说，又憋了一口气，下了底舱，将第二个水手拽上了扶梯。可这一口气没有憋住，刚一呼吸，就晕了过去。大家七手八脚将他拖上来，送进了医院。出院后，人就大不如从前了。毒气损伤了神经，半边脸面瘫，智力也受了影响，从一个精明能干的大副变成了拖轮公司里的边缘人。

这件事如果发生在社会上，潘宏正至少能得到一个见义勇为的表彰。但在企业里,各种合理、不合理的规定多如牛毛,最后的结果是按工伤处理。有两个选择:可以拿很多钱,然后提前病退;还可以不拿钱,继续留在船上。潘宏正选择了后者,他告诉我:大海就是我的家,即使不能当船长,我也要留下来。

这真是个令人心酸的故事。为了调整情绪,我站起身说:要去卫生间。回来后,又不见了潘宏正。王连生说:他马上就来。

过了一会儿,潘宏正端了个盘子走进来,放在桌子上,说:加个菜。

我喜出望外,居然是西红柿炒鸡蛋。顾不得已经吃得不少,又盛了米饭,和西红柿炒鸡蛋拌在一起,露出了吃货的嘴脸。

潘宏正高兴了:我去倒点儿酒!

王守山连忙阻拦:人家不喝酒。我也说:我是过敏体质,喝了酒,再加上拖船一晃,我就该成"横路敬二"了。

潘宏正兴致不减,说:你们不喝,我自己喝一点儿,今天高兴。

一小杯白酒下肚,光头大副不再诚惶诚恐,他夹了一口菜,一边吃一边说:这些年,我一想到过去的事就伤心,但再一想,我潘宏正救过两个人,又觉得值了。

在去卫生间的时候,我一直想如何安慰光头大副。听他说到这里,脑袋里灵光一现,想起了一件事情,便说:你在"7·16"救援中,不但救了连港39号拖船和王守山船长,还救了另外八个人和一条狗。

对面的三个男人同时直起腰、睁大了眼睛:什么,居然有这样的事情,是真的吗?

我点点头。

潘宏正连忙拿起酒瓶,倒了酒,抖着手端起酒杯,说:等一等!我把这杯喝下去,你再说。

第三章　沙坨子历险记

这是个真实的故事。只是在没有见到光头大副和王守山船长之前,它还是一些碎纸片,零星地存在我的记忆里。

在"7·16"那晚,排洪闸是大连港集团领导胸口的最痛。它位于出海口,平日里处于关闭状态,只在雨季才会打开,让积聚在陆地上的雨水流进大海。由于103号储油罐发生爆炸,又与周围另外五个储油罐的阀门互相连接贯通,造成原油滚滚泄漏,四处流淌,很快就填满了管线沟,又涌向码头上的排水系统。大连港集团领导只好决定打开排洪闸,缓解救援压力。可环保部门的同志坚决不同意,因为会给周围海域造成严重污染,大家吵得不可开交,其实心里都明白,无论怎么做都是错。大连港公安局长杨明听见他们吵,暗自与消防支队长徐志有商量:你看,是否应该先派人去排洪闸泵房,一是掌握那里的情况,再是,如果指挥部下令关闭闸门,我们也可以提前介入,不耽误时间。

徐志有说:局长,还是你想得周到,我这就派人过去。

考虑到三中队驻守在码头里,熟悉排洪闸附近的情况。徐志有喊来了代理中队长栾永利,向他交代了任务。于是,栾永利带着于忠斌、李承广、杨龙等人开了一辆消防车,朝排洪闸泵房驶去。

到了附近,就像陷进了地雷阵。通往泵房的小路上有一排窨井,消防车刚开进去,一个窨井盖就腾空而起,落下来,砸在车头前,车上的人都倒抽了一口凉气。但任务在身,还是要朝前走,急中生智,他们终于找到了前进的方法。先看窨井的动静,如果冒出白汽还伴着滋滋声,就说明马上要发生爆炸,于是,靠边停车,等爆炸过去再走。就这样摸索了一阵,好运降临,里面的窨井大多已经炸过了,窨井盖已不知去向,他们可以直接通过,不必担心消防车的油箱被炸漏。

几个人战战兢兢开着车,摸到了排洪闸泵房。只见里面已经断电,漆黑一片,不断冒出滚滚浓烟。此时,栾永利身上的对讲机传来了指挥部的命令:港池外三道围油栏已经被烧断,为了减少原油、流淌火进入大海,关闭排洪闸。

李承广和另一名队员背上空气呼吸器、带着手电、工具走进了泵房。两个人摸上泵房二楼,来到排洪闸阀门前,开始了操作。刚将扳手旋紧,就感到泵房开始抖动。此时,外面的栾永利和于忠斌发现附近的窨井全都开始热气升腾、滋滋作响,他们本能地意识到了危险,栾永利拿起对讲机就喊:不好,要爆炸,快撤! 泵房里的两个人听见喊声,立即扔下工具,跌跌撞撞下了楼。刚跑到泵房门口,只听一声震天动地的巨响,两个人随即就被掀出了门外。是排洪闸经过数个小时大火的炙烤,再也撑不住,发生了爆炸。

浓烟裹挟着烈火席卷而来。大家搀起两个惊魂甫定的人,也顾不得是否受伤,连拖带拉塞进消防车,逃离了火场。车子来不及调头,只能倒着走。四周黑烟弥漫,倒视镜里根本看不清路。慌乱中,在一个三岔路口,栾永利和于忠斌等人被大火逼进了三十万吨原油码头附近一个叫沙坨子的角落里。

尽管被大火堵住了去路,但他们终于可以暂时喘口气了。并且,幸运的是,经历了如此险境,大家居然都没有受伤。栾永利和于忠斌决定,调整一下,然后,再冲出去。可是,当他们查看了消防车后,便陷入了绝望中。油箱里没有油,水罐里没有水,泡沫也用

泣血
长城 … 尾声 燃烧的海

光了,连对讲机也没了电,与外界完全失去了联系。

年轻的杨龙急得大喊:怎么办,难道要被烧死在这里?

正在大家焦急之时,忽然,隐约传来了一阵狗叫声。

栾永利侧耳仔细听了听,困惑道:是狗叫吗?

杨承广肯定地说:是狗叫,刚下车的时候,我就听见了。

大家循着叫声找过去,只见一条大狗被链子拴在平房门口,正又蹦又跳,拼命嚎叫。

走近了看,原来是一条大白熊狗,通体的白毛已经变得油黑,见到来人,叫得更惨了。

于忠斌走过去,解开了链子,拍了拍大白熊的脑袋说:快逃吧。

可是,狗却不走,围着一群人转来转去,任凭怎么撵,也不肯离开,大家无奈,只好随它。

正焦急间,黑暗和浓烟中跑出了两个人。栾永利等人连忙迎上去,问:你们是谁?

值班的,来不及走,被大火堵在了这里。

于忠斌问:你们知道哪里有柴油和泡沫吗?

知道,知道,我们仓库里就有。

说着,两个值班工人带着他们来到了仓库,居然找到了三桶泡沫,两罐水,还有柴油。

真是天无绝人之路。大家看见这些东西,立即来了精神。七手八脚,开始为消防车加油、泡沫和水,大白熊也来凑热闹,前后左右,跟着队员们跑。

准备妥当,于忠斌对值班工人说:我们在前面开路,你们带着狗随后,一定要小心。说完,便上了消防车,朝大火开过去。

他们终于杀开了一条路,正准备辨清方向,逃出绝境,忽然,又是一声巨响,在离消防车十多米远的高处管道上冒出了两个火球,大火随之而起,又拦住了他们的去路。其实,这次发生爆炸起火的正是潘宏正大副在港池里看见的三十万吨原油码头上的管线。危急时刻,他果断出手,不但阻挡了新的流淌火进入大海,还为正在突围的栾永利等人打开了通道。

　　故事讲完了,我的采访也进入了尾声。因为还要赶晚上的飞机返回大连,我不能久留,喝了茶,又坐了一会儿,就到了该离开的时间。站起身告别,才发现光头大副潘宏正又不见了。

　　我走出船舱,看见他一个人在岸上徘徊。原来,他是怕错过了为我送行,就提前跑了出去。码头上,潘宏正低着头,走过来走过去。太阳拉着他的影子,一会儿长,一会儿短,就像他的人生变幻不定……

　　写到这里,我想起了赫塔·米勒。我与她的相识颇有些戏剧性。那时候,她还并不为中国人所知,国内的一份发表了她的长篇小说《低地》节选版的刊物,同时发表了我的中篇小说,翻过自己的作品,就遭遇了她令人炫目的天才叙述,在震惊和羡慕中,我记住了这位罗马尼亚女作家。两年后,赫塔获诺贝尔文学奖,我买回了她在中国出版的文集。一本本读下来,我终于明白了她究竟向西方扬起了怎样的一条手绢(赫塔在诺贝尔文学奖颁奖仪式上的发言题目为:你带手绢了吗?),她的作品描述了齐奥塞斯库时代意识形态的荒谬和对人性的摧残,那些我曾在上世纪七十年代罗马尼亚电影中看到的为了自由和民族解放而抛洒生命和热血的人们,全都变成了独裁者愚蠢的工具。我们虽然不了解罗马尼亚的过去和现在,但世界却有基本的规律,伟大的宗教家释迦牟尼曾经运用过这种规律,他用八万四千种方法阐述自己的理论。这是因为,对同一件事物,不同的人及其不同的经历会造就出色彩斑斓的感受和角度。相对罗马尼亚历史,赫塔代表了其中的一条手绢,西方欣喜地接受了,却狡猾地隐藏了自己的用心,送给赫塔的颁奖词只说:她的作品以诗歌的精练和散文的直白,描绘了无依无靠的人群的生活图景。赫塔是极端聪明的,她扬起了一条西方正需要的手绢,成就了自己的文学美梦。但她的野心又是极端险恶和愚蠢的,在给中国读者的赠言里说,你们都可能是我诸多书中人物的命运共同体,我们以相似的姿势飞翔,也极可能以相同的姿势坠落。

　　相对于中华民族五千年历史,我连条手绢的纤维都算不上。但是,我的眼睛看到了赫塔没有看到或者说是她不想书写的东西。那就是小人物并不只会成为受害者或者独裁者的工具,他们还能像光头大副潘宏正,在平凡和苦难中超越自我,成为真正的救赎者——不计代价、不图回报,无论于何朝何代、何年何月,就像万里长城的一块普通基石,铸成中华民族最坚实的脊梁。

第四章　长城长

　　从王守山船长和光头大副潘宏正那里,我听说了另外十余艘拖船的故事。于是,在大连港集团拖轮公司的大力支持下,又去了距大连二百多公里外的瓦房店市长兴岛,采访正在那里轮岗作业的几位船长。他们大概已经听说我独自去了太仓,又知道我不计任何报酬要写出"7·16"海上救援的事情,所以,对我表示出了最大的诚意和感激之情。我先上了连港33号拖轮,船长很年轻,三十岁刚出头儿,叫韩胜。像在太仓一样,船员们亲自为我做午饭。我也很感动,一边吃,一边跟他们唠家常,气氛融洽,就像认识了几辈子。正说着话,一条小狗贴着客舱门溜了进来,谁也不看,直接凑到韩胜跟前。年轻的船长在饭桌上找了几块肉喂给它,然后,拍了拍狗脑袋,小狗很知趣,立即又贴着门边溜了出去。

　　我问:你喜欢狗,连上班都带着?

　　韩胜说:别提了,这不是我的狗。

　　我逗他:你这样善待别人的狗,说明更有爱心。

　　韩胜叹了口气:有时,爱心真是件麻烦事,会让人左右为难。这条小狗是我从海里捞起来的。那天非常冷,我们正驾船在海上作业,远远见浮冰上有一团黑影,大家仔细看,原来是一条小狗趴在冰上,正瑟瑟发抖。我想躲开,但又实在不忍。小狗大概也看出了我的矛盾,叫了两声,便绝望地趴在了冰上。我一横心,将船开了过去,费了好大的力气,才将它捞上船。

我自语:真是无法想象,谁这么狠心,会把小狗扔进大海里。

韩胜苦笑:有扔的,就要有捡的,否则,这条小生命太可怜了。

年轻船长的话听起来朴实、单纯,可在我看来,却蕴藏着深刻的玄机。这世间其实就是处于这样的对立,扔的人,毫无爱心、善心、利人之心;捡的人,却要承受、背负、救赎。就像"7·16"特大原油火灾,自私自利、贪得无厌的人造成重大责任事故,而另一些人却要用自己的生命力挽灭顶之灾。这两类人的心就像兽与神,其中的对立构成了这世间的景色,在美好的延续和黑暗的灭亡之间摇摆、挣扎,是生存还是毁灭,成为人类永恒的主题……

可生活并不因为你是好人,就让麻烦远离你。韩胜从海里捞起了狗,船靠了岸,他将狗放走,原以为到此结束,却不知,磨难仅仅是开始。几天后的清晨,韩胜正要驾船离港作业,一个船员跑进驾驶室说,它来了。

韩胜困惑:谁来了?

那条狗。

韩胜诧异:它是如何找到我们船的?说着,走出驾驶室,来到船舷边。

小狗已瘦得皮包骨头,还瘸着一条腿,怯怯地蹲在岸上。看见韩胜,竟一纵身,跳上了船,围着他转来转去,嘴里发出呜呜的声音。船员们说,前些天,看见小狗被几个外地来的打工者追撵,要杀了它炖肉解馋,小狗的腿就是被那些人用棍子打伤的。

那天晚上下了雪,岸上到处都是狗爪印。显然,小狗在岸上找了许久,才在众多停靠的船只里找到了连港33号拖轮。

韩胜实在不忍心再将它送上岸,于是,收留了它,养在船上。为此,他颇受微词,毕竟他是一船之长,私自养狗,违反了公司的规定制度。但恻隐之心难违,韩胜只好硬着头皮扛下去。

他告诉我,公司领导已经听说了这件事,并且,过几个月,连港33号就要回到大连港,到那时,这条小狗无论如何都不能再养下去了。

我问:那怎么办?

韩胜回答:能熬一天是一天,爱心和责任绑架了我,无法脱身,只能承受。就像在"7·16"那天晚上,海平面上的火高达两米,由于不断燃爆,天空上还有大约十米高的火,拖船夹在中间,彼此要喷水降温,从海里吸上来的海水混了原油,对方一炮扫过来,我就陷入了黑天暗地之中。说不害怕是假的,可再怎么怕,也不想离开。

我接道:还是爱心和责任绑架了你,宁可死,也无法放弃。

韩胜点点头:也许吧,在"7·16"之前,我从来没有想到,有一天,自己会做出为了港口和城市献出生命的决定,可事到临头,我真的做到了。

有人宁可死,也不能放弃。还有的人为了不放弃,即使面临心脏骤停,也坚决不能倒下。年过五旬的石敬宝是大连港集团唯一一艘专业消防船的船长,因患心脏病,做了支架手术,刚出院一个月,就撞到了"7·16"的枪口上。他按照调度的指令,驾船朝现场赶去。海上黑烟弥漫,能见度几乎为零,石敬宝只能靠雷达导航摸索前进。当他到达港池附近时,十余艘拖消两用轮上的泡沫都已用光,大家只好眼睁睁地看着大火肆虐。此时,港池内,黑色的浓烟卷着橘红色的大火,翻卷奔涌,高达十余米,港池东岸是燃供码头,上面摆放了大量的成品油。大火就像爬墙虎,顺着水泥船坞舔舐、攀爬,一旦上了岸,后果将不堪设想。

浓重的原油味熏得石敬宝呼吸困难,心脏憋闷。他在心里默念,不能倒下,坚决不能倒下。一边想着,一边从上衣口袋拿出药瓶,倒出里面剩下的五粒硝酸甘油,全部塞进嘴里。然后,毅然驾

泣血
长城 … 尾声 燃烧的海

船进入港池。一路走,一路灭火,他的心脏也在跳跳停停,眼睛发花,胸闷气短。石敬宝握住舵盘,不断地告诉自己:坚持,一定要坚持住,无论如何,不能在这个时候倒下。靠着顽强的意志,石敬宝驾驶消防船终于控制住了港池里的大火。

当我采访连港47号的老船长曹善卫的时候,他没等开口,已是老泪纵横。我心里很纳闷,曹善卫从上世纪七十年代开始,就是大连港集团的劳模先进,又是经历过大风大浪的老船长,何以如此脆弱? 待他勉强控制住情绪,我小心地问:您为什么流泪?

曹善卫哽咽道:我在海上经历过台风、风暴潮,那种危险堪比"7·16"。在海上救火时,我不怕,也没觉得苦,只是为了那些年轻人而感动。我的船上有四名船员,都是从山东招来的轮换工,平均年龄不到三十岁。我知道OTD罐区的危险性,当船上的泡沫用光后,情势一度十分危急。想到船员们还年轻,又是两年一轮换的农民工,让他们就此付出生命,实在不公平。于是,对他们说:拖船现在离岸不远,我送你们上去,赶紧离开这里。可四个船员没有一个人表示要离开,他们只说:船长,下命令吧,你说怎么干,我们就怎么干。

说实话,在这之前,我对这一代年轻人很失望,总觉得他们再也不会像我们这些老码头,兢兢业业,不计得失,一心为港口做贡献。我有时甚至觉得大连港看不见希望,国家也看不见希望了。可经历了"7·16",我才知道,这些年轻人依然是老码头的后代,在他们的心目中,港口也依然是他们的家园。

事情确如老船长所说,"7·16"那天晚上,十余艘拖轮上都有80后船员,有的还负责驾船,却没有一个人临阵脱逃,他们坚守下来了,在大海上,在漫天的大火中,竖起了老码头的一面新旗帜。驾驶连港45号拖轮、年仅三十二岁的大副李光州向我讲述了其中艰难的心路历程。

接到调度的命令后,他全速赶到了现场。第一项任务是收集水带,赶到0号码头,送给岸上的大连港公安局消防支队。拖船靠了岸,一个二十多岁的农民工消防员上了船,他身材矮瘦,满身满脸都是黑油,帽子歪在头上,见了人就问:有水吗?

李光州看着他,心酸不已,连忙拿出矿泉水递过去。消防员接了,几口就喝了个精光,然后,抱起水带就要离开。李光州说:你坐一会儿吧。

他说:不敢,岸上有领导看着呢。

李光州只好送他上岸。

消防员抬腿要跨上船坞,又犹豫了,顿了一顿,回过头说:我有个秘密告诉你。

李光州纳闷:什么秘密?

消防员贴近他,悄声说:你看见那几个着火的储罐了吗,里面装的是二甲苯!(注:消防员指的是OTD罐区)

李光州听了,如雷轰顶,他知道二甲苯的厉害,但不知道,百米开外正在大火里挣扎的储罐居然装的是它。

消防员又说:我们快顶不住了,马上就会爆炸,你快跑,能跑多远跑多远,否则,就死定了。说完,便跨上了岸。

李光州大脑一片空白,嘴上却在喊:你记住我的船号,连港45,一旦不行了,马上来找我,我等你,带你出海!

消防员没有回答,只朝他挥了挥手,就消失在了浓烟烈火里。

船上的李光州腿发软、脸发白。他才三十二岁,年轻到从来没有想过自己会死、会永远地离开这个世界。可世事无常,死神倏然而至,生平第一次,他切切实实地感到了绝望。

泣血
长城 … 尾声 燃烧的海

可是，不管多年轻，他驾船，就是这里的老大，船上还有三个船员看着他，邱师傅、段师傅和刚满二十岁的王涛。李光州犹豫了几番，想说出二甲苯的事情，话到嘴边却变成了：你们全部下到机舱，准备泡沫。李广州是想让他们躲起来。段师傅不解：为什么都去机舱，我一个人就够了。李光州偷偷擦去眼角的泪说：别问了，执行命令。此时，岸上又发生了爆炸，滚滚的原油和流淌火顺势而下，流进大海，随着海浪，在拖轮附近跳跃。浓重的油气味呛得人喘不过气，段师傅找出了一个空气呼吸器。李光州说：让王涛戴上！然后又转向邱师傅：万一出事，你务必让他快跑，一定要让他活下来。大家面面相觑，不知李光州的话从何说起。

对讲机里又传出了调度的声音：连港45，马上打开消防系统，保护39、40！听到命令，几个人立即开始行动。王涛拿着呼吸器，来到李光州身边：还是你戴着它。

年轻的大副瞪起眼睛：我没工夫跟你说废话，快戴上，去下面的机舱。说完，抓过驾驶台旁的毛巾捂住了口鼻。

王涛无奈，离开驾驶室，下到机舱里，将呼吸器递给邱师傅：这里气味太重，你用吧。邱师傅不接，王涛扔下，就跑到了甲板上，跟段师傅一起操纵水炮。

过了一会儿，邱师傅又将呼吸器送到驾驶室，说：我不能戴，怕听不见机器报警声。李光州回答：我也不能戴，怕看不清方向。

于是，这唯一的空气呼吸器又传回了王涛的手里。

李光州告诉我，小时候，在电影《上甘岭》里，看见一个苹果在战士们的手里传来传去。做梦也想不到，今天，这样的事情居然也发生在了自己的身边。他说，在生死边缘，是人与人之间的温情，给了他无穷的勇气和信心，战胜了恐惧，也战胜了大火。

提起电影《上甘岭》，我还想谈谈中国男人超乎想象的意志力。无论历史如何评价朝鲜战争,其中可歌可泣的人和事都会永远流淌在中华民族的血脉里。来自中国南方的志愿军,在零下四十度的严寒里,穿着单衣,没吃没喝,与装备精良的"联合国军"鏖战数日,前一分钟还在射击,后一分钟就被冻死、饿死,一息尚存,就在拼搏战斗;还有我们所熟悉的邱少云、黄继光等等,他们的坚韧意志诠释了中华民族几千年生生不息的精神源头。

在对"7·16"采访之前,我像老船长曹善卫一样,觉得我们这一代人,再也没有那种精神、那种意志。可是,随着采访的深入,我从无数年轻的消防战士身上,又看到了中国男人在历史中曾经上演过的感人瞬间,他们的激情,完全化作了无限的承受力和意志力,扑灭了中外历史上罕见的大火,从而,也改变了世界。

第五章　遗憾的话

在2010年,由于"7·16"特大原油火灾所谓的复杂背景,我的采访牵动了各路敏感神经。那段时间,我不得不像祥林嫂,四处游说采访,介绍自己的创作思路,不断向各色人等解释,这将会是一部展现大连城市精神和灵魂的作品。

2010年圣诞节前的平安夜,我为了《泣血长城》的采访和写作,再次独自进京。这已经是我在一个月间,第三次辗转于大连和北京。其中的滋味,像飞机外的夜空,是深不见底的惘然。希望似乎越来越渺茫,曾经认为理解你、欣赏你,会为你的追求毫不吝啬给予助力的人,都树起了冰冷的墙壁。矜持和自尊一次次饱受创伤,我也一次次问自己,到底为何着了魔般不肯放弃,为何不留在温暖的屋里,写作那些炫技又炫才的文学作品。

那个平安夜,偌大的北京城,我只有一杯咖啡。在杯子空了的时候,手机响起了短信提示铃声,是几个月来让我在采访中数度落泪的消防战士,他说,送给我关怀,送给我牵挂,还有快乐的祝福……

我需要的人都如冬日冰冷的风,只有需要我的人送来了些微暖意。我为了需要我的人而悲悯,又为了这份悲悯走上了救赎的路。我说不清是救赎别人还是救赎自己,也许两者都有。那些需要我的人也曾经悲悯,悲悯一座美丽的城市,悲悯六百万鲜活的生命,所以,在"7·16"的地狱之火中,用血肉之躯诠释了救赎者的苦难。救赎即利他,利他就要忘却自我,可自我又明明存在,这无法调和的痛苦足以使每一个救赎者绝望。在那个平安夜,在那杯苦涩的咖啡里,我浅尝了这人生最深刻的绝望。

十年前,我在《长阿含经》里见到这样一句话:如紫磨金。当时并不懂紫指的是什么,又如何能磨出金。只觉得美,就拿来当了笔名,仿佛一个宿命,两部长篇报告文学的写作,都成了打磨心灵的艰难历程。

"7·16"特大原油火灾发生后,由于火势凶猛、过火面积太大,在增援力量赶到之前,大连市的救援只有招架之功,没有还手之力。是随后赶到的全省十余个城市的消防部队联手,才最终扑灭了大火。原本在我的计划里,还要逐一采访辽宁省消防系统的所有参战单位。可第三次北京之行,依然空手而归。我只是大连市公安局的一名普通干部,没有强大的助力,根本无法完成这样大规模的采访。这件事对我的打击很大,惆怅、苦闷了数月,最后,只得接受现实。

没有完成的采访,成了我深深的遗憾。在这部作品结束之时,思来想去,终于有了办法。我找到了当年辽宁省公安厅的几位宣传干部写下的一部纪实作品《红天黑云》,从中摘录、整理了辽宁省沈阳市消防支队启工中队的事迹。尽管那部作品偏向于战地宣传,而我没有进行采访,也很难再现人性深处的挣扎,但这一切并不妨碍我以这种方式,向没有采访到的参加了"7·16"救援的每一个人、每一名消防战士致以深深的敬意!

启工中队是全国消防部队的一面旗帜,以能打硬仗而闻名。我对他们的直观印象来自一幅"7·16"战地摄影作品。照片上的人三十岁左右,健壮结实,只穿了条短裤,满头、满脸都是黑油,赤裸的身体则被白色的泡沫包裹。摄影者告诉我,他是沈阳启功中队的战士,当时,刚从正在燃烧的阀门组底部爬出来。

我惊问:他去那里做什么?

对方回答:侦察漏油点。因为阀门组底部狭窄黑暗,为了行动方便,不影响视线,这个战士脱去了消防服,摘了头盔,光着身子钻进大火里。进去之前,战友们将泡沫打在他身上,算作防护措施。

此人堪比邱少云,我无法想象他是如何光着身子在大火里侦察,又如何能从大火里爬出来,启功中队的战斗力由此可见一斑。

在救援最危急的关头,OTD罐区一次次濒临失守,指挥部的领导们盼星星、盼月亮,就盼着启功中队尽快赶到。大家把扑灭OTD罐区大火、挽救大连的希望都寄托在了他们身上。其实,这个中队不过十一个人,除了两人负责供水,直接参与扑救的只有九个人。

当指导员谢立峰带领战士们赶到现场时,尽管久经沙场,也被眼前的景象惊呆了。只见,离OTD罐区仅隔着一条八米宽小路的37号、42号原油储罐已经陷入了一片火海中,南侧的电缆沟被流淌火淹没,西侧的高架输油管线爆炸断裂,浓烟滚滚,火焰高达数十米。谢立峰将战士分成三个组,中队长助理张立新、班长程宾宾带领战士王帅、高明震扑救管线上的火;班长孟凡君带领战士于洋扑救电缆沟里的火。自己则带领郭人逢、刘岩深入到37号罐底部灭火。他们用泡沫水枪艰难打开通道,成功进入了防护堤,找到了第一处漏油点,消灭了这里的大火后,有效地阻截了流淌火对OTD罐区的威胁。

还未等战士们松口气,37号和42号储罐附近的阀门组箱大火又起。原来,持续在大火中烘烤,早已爆炸变形的阀门组被烤化,底部泄漏,原油流出,与外面的大火交汇,形成了新的流淌火,如果不及时处理,大火将烧进原油管道,进而,烧进南海罐区的十余个原油储罐。

要灭火,首先要掐住源头,就是要找到阀门组底部的漏油点。于是,就出现了照片上的那一幕。弄清了现场情况后,谢立峰决定使用处置井喷的扑救方法,将泄漏原油和流淌火切割、分离,但采取这个方法,需要冲过流淌火,钻进管线沟里作业。

危急时刻,指导员谢立峰站在最前面喊道:启工的弟兄们,跟我上!于是,九名战士拖着泡沫枪,硬是闯过火海,进入了纵横交错的管线之间。人进去了,水带却进不去。遍地都是滚烫的原油和流淌火,水带一落地,就会被烧坏。战士郭人逢见此状况,又突袭出去,扛起一个五十多公斤的沙袋冲回来,成功地将水带架设在新的阵地上。而他自己,由于在大火中负重奔跑,造成缺氧眩晕,摔倒在地。战友们连忙用泡沫枪为他喷水降温,郭人逢甩了甩头,爬起来,又投入了战斗。经过近一个小时的鏖战,谢立峰带领战士们基本将泄漏原油和流淌火分离开来,并筑起了一道水泥堤坝,阻止了原油大面积流淌。

正在大家庆幸火势开始减弱,一声巨响传来,在37号、42号储罐之间的高架管线上又发生了爆炸,不断喷出的原油火柱高达五米,如礼花般落下后,四处喷溅。谢立峰将战士们分成三个组,两个组继续控制周围火势,自己则带领三个战士组成敢死队,强行冲上了发生爆炸的管线。一路上,两个战士在前灭火,另一个战士在后,用泡沫枪为他们喷水降温。身上的温度降下来了,可脚下的水泥地已被烧酥,滚烫难耐。战士们只好一会儿站着走,一会儿跪着走,用脚底和膝盖轮换着地,以缓解高温的烫烤。谢立峰一直顶在最前面,由于管线的遮挡和浓烟、泡沫的影响,看不清起火点,他只好靠近再靠近,以至于没有了距离感,大火烧到了鼻子尖儿,才被后面的战士拉回来。

勇敢顽强的启工中队终于战胜了第三个起火点。在总指挥部

泣血
长城 ··· 尾声 燃烧的海

的统一协调下，一辆辆翻斗车和铲车进入现场，用沙土填满管线沟，逐步控制了火势。就在成功在望时，被填埋的地沟内输油管线再次发生剧烈爆炸，就像被踩中的地雷，将地面的沙土掀起七八米高，形成一个大坑。浓烟裹挟着烈火，滚滚而出，引燃了附近阀门组的管线，大火熊熊燃起。

谢立峰再次一马当先，在水枪的掩护下，他扛起一门移动水炮，冲向了被点燃的阀门组。到了起火点，他忍受着高温灼烫，跪在地上，将移动水炮放在了起火点下方，气势汹汹的大火立即偃旗息鼓。

就这样，启工中队的战士连续奋战十余个小时，来不及喝一口水，更没有吃饭，在早已精疲力竭的状态下，靠着超乎想象的意志力和忍受力，顽强地战胜了大火，将启工中队这面全国消防部队的旗帜插在了OTD罐区，也永远插在了大连人民的心中！

代后记：后来的救援者
——在《泣血长城》作品研讨会上的发言

紫　金

"7·16"特大火灾救援结束后，我踏上了漫漫采访之路，写在作品中387人采访数量，是我在采访笔记里有名有姓的记录，实际见面谈话的人远不止这个数字。我在14岁之前有自闭倾向，这种孩子最大的问题是与人交流有心理障碍。19岁考入大连市公安局后，经过生活的磨炼，这种状况趋于好转。而文学曾经这磨难中的避风港，我躲在阅读和写作中，调整与这个世界的距离，但是人间从来没有一座永恒的避风港，即使文学也不行。2007年，我创作了获奖报告文学《寂寞英雄》，在历时两个月多的采访和写作中，我一次一次晕倒入院。自闭是天生的精神倾向，只能缓解不能改变，我带着这样的问题进行了80多人的采访，结果是心力交瘁，几近崩溃。对此，我心有余悸，曾发誓给多少钱、得什么奖，都再不碰报告文学。

可"7·16"特大原有火灾又一次将我推向了苦难，从进入现场的那天起，命定的路就清晰地摆在眼前，我必将成为"7·16"后来的救援者，历经磨难完成救赎。我在《泣血长城》中写作的人物，诠释了如何从普通人蜕变成忘我的救赎者，这其中的路短得令他们自己都始料未及。大连市西岗交通大队长李忠文，在进入103阵地时

泣血长城 ··· 代后记：后来的救援者

说过一句话:摊上了,我们就不能后退! 其实原因就这么简单。当一座城市和600万人口危在旦夕,你无法转身就走,只能向前,尽管这前方就是地狱。同样如此,面对经历了生死考验、心灵遭受重创的救援者,我又如何能转身就走?《泣血长城》的采访和写作,让我走过了一条真正的作家之路,采访的艰辛,写作的痛苦,还有作品也许不能发表,就此埋没的残酷现实。尽管浅尝其中的辛酸悲凉,但对于我一个小女子来说,也已是数度濒临深渊。谁能救赎我,挽救一个脆弱不堪的心灵? 是公安部文联主席祝春林和我的导师艾克拜尔先生。

2012年8月,我进京参加了第一期鲁迅文学院公安高研班。当时,我正处于创作最痛苦迷茫的时期,怀疑自己,也怀疑这部作品。四个月的学习,让我的创作水平得到质的提高,祝主席肯定了我的创作方向,我的文学院导师艾克拜尔先生则给予了悉心指导,可以说没有他们就没有今天这部作品。我只是个弱女子,除了些许的文学才华,一无所有。是这两只有力的手,不计代价和回报,撑起了我的作家梦,也由此延续了"7·16"救援,让一个一个高尚灵魂浮出了喧嚣纷杂的现代社会。

我曾经像许多人一样,觉得这个时代再也不会有英雄主义和献身精神,可当我深入到"7·16"救援的采访后,才发现这种高尚的人性依然存在于普通人中,当面临一个城市生死存亡的关头,绽放出了灿烂的金色之花。其实,今天参加会议的每一个人都是后来的救援者,你们对作品的肯定和重视,必将对当今社会产生深远的影响,让中华民族生生不息数千年的精神力量,重新注入这个时代。

汪雪涛编辑曾经问我,你这部作品是经过思考有意识这样写,还是完全凭感觉创作? 我回答,可以说各占一半。在创作初期,我完全靠感觉写出几万字,那是在强烈的冲动下完成的,大概是到郑占宏和张良的故事。后来,由于中石油所谓的背景,我的采访遭受了阻力,同时,我也意识到,这部作品即使写出来,也很可能没人敢发表。这是巨大的压力和打击,创作速度慢下来,就有了思考的时间。面对激情创作下的几万字,我静下心来仔细思索其中蕴含的文学元素,结果发现,虽是激情写作,但它融汇了我多年的阅读经验。我熟读普鲁斯特的《追忆似水年华》,他对文学中"真实"两个字的解读,深刻地影响了我。时间太短,我不能展开讲,只能简单地说,普氏的智慧接近于中国禅宗大智慧。我用自己对他的理解,对"真实"两字的理解,写作塑造人物,准确地揭示了人性中的高尚层面。

在当今社会,大家几乎形成了下意识共识,一提人性就是阴暗、残忍、肮脏、丑陋等等,而这部作品对高尚人性的挖掘,恰恰契合了主旋律的要求,我做到了不动声色地歌颂,不喊一个口号,不说一句官话,却通篇洋溢着主旋律的正能量。另外,我受俄罗斯白银时代作家影响深刻,我的笔名"紫金",另外一层含义是俄罗斯丰富的矿产,俗称"红金",正式的名字就叫"紫金",俄罗斯妇女的首饰大多用它做成。在白银时代的作家中,影响我最深的是女诗人阿赫玛托娃,一是她深刻的人文精神和对祖国、对人民博大深沉的爱,我也把这种精神注入作品中,对其中的人物倾注了无限的同情和慈悲;二是她极准确、平实的文字叙述也给了我深刻的影响。

其实文学并不在于写什么题材,而在于它的内涵,我把这部报告文学当作长篇小说去思考去创作。我用自己的采访经历结构作品,用人物成立章节。而不是简单地顺着事件去叙述,从而,打破了报告文学的常规写法。在对人物的叙述过程中,反复叙述场景,当作品结束时,读者也对整个事件有了清晰的认识。关于这部作品还有许多艰辛的思考过程,由于时间关系不多说了,请各位专家给予最中肯的指导和批评。